A CASA dos NOVOS COMEÇOS

Lucy Diamond

A Casa dos Novos Começos

ARQUEIRO

Título original: *The House of New Beginnings*
Copyright © 2017 por Lucy Diamond
Copyright da tradução © 2019 por Editora Arqueiro Ltda.

Todos os direitos reservados. Nenhuma parte deste livro pode ser utilizada ou reproduzida sob quaisquer meios existentes sem autorização por escrito dos editores.

tradução: Viviane Diniz
preparo de originais: Carolina Vaz
revisão: Melissa Lopes Leite e Tereza da Rocha
projeto gráfico e diagramação: Natali Nabekura
capa: Alex Hadlow
imagem de capa: Kate Forrester
adaptação de capa: Gustavo Cardozo
impressão e acabamento: Lis Gráfica e Editora Ltda.

CIP-BRASIL. CATALOGAÇÃO NA PUBLICAÇÃO
SINDICATO NACIONAL DOS EDITORES DE LIVROS, RJ

D528c Diamond, Lucy
A casa dos novos começos/ Lucy Diamond; tradução de Viviane Diniz. São Paulo: Arqueiro, 2019.
320 p.; 16 x 23 cm.

Tradução de: The house of new beginnings
ISBN 978-85-8041-957-3

1. Ficção inglesa. I. Diniz, Viviane. II. Título.

19-55967
CDD: 823
CDU: 82-3(410)

Todos os direitos reservados, no Brasil, por
Editora Arqueiro Ltda.
Rua Artur de Azevedo, 1.767 – Conj. 177 – Pinheiros
05404-014 – São Paulo – SP
Tel.: (11) 2894-4987
E-mail: atendimento@editoraarqueiro.com.br
www.editoraarqueiro.com.br

Para Martin, com amor.
A muitos anos felizes
na casa número três.

Quadro de avisos de SeaView

LEMBRETE
Para todos os moradores

POR FAVOR, distribuam a correspondência pelos escaninhos apropriados assim que a receberem. Agradeço também se puderem NÃO deixar tudo espalhado. Além de ficar bagunçado, representa um risco de incêndio. Para poderem distribuí-la apropriadamente, segue abaixo a lista dos moradores:

Apartamento 1 - Rosa Dashwood
Apartamento 2 - Joanna e Beatrice Spires
Apartamento 3 - ~~Michael Donovan e Dominic Sanders~~
Apartamento 4 - Charlotte Winters
Apartamento 5 - Margot Favager

Angela Morrison-Hulme
Administradora

Prólogo

Charlotte sonhava com Kate de novo. Dessa vez estavam em um lindo jardim, só as duas, com magnólias carregadas, pássaros cantando e várias tulipas cor-de-rosa balançando suavemente com a brisa sussurrante da primavera. *Ah*, pensava Charlotte, surpresa, *aí está você, Kate! Devo ter me enganado. Estava enganada esse tempo todo e ninguém me contou!*

Não conseguia deixar de olhar para Kate. Os lábios rosados, as maçãs do rosto arredondadas, o cabelo escuro e sedoso.

— Pensei ter perdido você — disse ela, maravilhada, abraçando-a com carinho e sentindo seu cheirinho bom de sabonete.

Não sabia se ria ou chorava de alívio, sentindo o rosto macio de Kate contra o seu. Era a melhor sensação do mundo.

— Você estava aqui esse tempo todo. Por que ninguém me contou?

— E as manchetes das sete horas da manhã de hoje? — indagou então uma voz séria, interrompendo o momento, e tudo pareceu tremular, o sol se escondendo atrás de uma nuvem.

Charlotte não deu atenção. *Não me interessa*, pensou ela, abraçando a filha.

— Um homem de 49 anos está sendo interrogado pelo assassinato de um policial — continuou a voz, e um vento frio soprou pelo jardim de sonho no segundo seguinte, pétalas sedosas se desprendendo das tulipas.

Quando Charlotte baixou os olhos, Kate havia desaparecido.

— Não... — sussurrou Charlotte, olhando em volta, aflita. — Kate!

— O papa Francisco deve fazer um discurso hoje sobre...

— *Não!* — gritou Charlotte, o sonho se estilhaçando à sua volta em fragmentos brilhantes.

Se pudesse voltar para lá, pensou desesperadamente, puxando o edredom sobre a cabeça para abafar o som do rádio... Voltar ao instante em que estavam juntas, só ela e Kate, o instante em que tudo estava bem de novo... *Feliz*.

– O primeiro-ministro foi alvo de duras críticas esta manhã por conta de...

Vai embora. Ela estendeu a mão e apertou o botão de soneca do alarme para não deixar que pensamentos sobre o primeiro-ministro invadissem sua cama. Porque, é claro, estava na cama e não em um jardim. Tinha 38 anos e já fazia algum tempo que acordava sozinha todas as manhãs em um pequeno e silencioso apartamento.

Quanto a Kate... Bem, ela definitivamente se fora e não voltaria. Nunca mais.

Capítulo Um

Georgie Taylor puxou o freio de mão, desligou o carro e olhou para o boneco em forma de bolinha verde peluda que passara muitos anos pendurado em seu espelho retrovisor.

– Então chegamos a Brighton – disse ela, erguendo um ombro dolorido e depois o outro, em uma vaga aproximação da aula de ioga que um dia frequentara. – Estamos bem longe de casa, não é?

Como era de se esperar, o boneco não respondeu. Simon, o namorado de Georgie, teria rido se a visse conversando assim com uma pequena criatura inanimada de cabelo espetado, mas ela se afeiçoara muito ao rosto sorridente do bonequinho, que nunca julgava sua terrível baliza ou ré instável com seus grandes olhos de plástico. Às vezes, olhava para ele depois de uma péssima ultrapassagem, e era como se compartilhassem aquele pequeno momento, que nunca seria confessado a Simon. O que acontece no carro fica no carro. Ou algo do tipo. Pensando bem, talvez estivesse pensando demais naquilo.

Enfim, ali estava: Dukes Square, seu novo endereço, sua nova cidade, sua nova vida! *Olá, Brighton*, pensou, descendo do carro, as pernas rígidas e pesadas depois de dirigir cinco horas rumo ao sul. *Então você é assim.* Ela olhou para o outro lado da estrada movimentada próxima à praça, em direção à praia, onde o sol quente de abril fazia o mar cintilar como mil paetês. Passara de carro pelo Palace Pier alguns minutos antes, com suas montanhas-russas e barracas de suvenires, e lá embaixo vira a orla com seus postes vitorianos e suas grades azul-claras. Sentia o cheiro de batata frita, algas marinhas e diesel, algo tão diferente do ar limpo, úmido e cheirando a grama a que estava acostumada em Dales. Apesar do receio que tivera ao empacotar tudo o que tinham em Yorkshire para a mudança, não podia deixar de experimentar uma ligeira animação. Morar perto do *mar*! Iam mesmo morar perto do mar, só os dois, num pequeno e aconchegante ninho de amor. Uma nova aventura. Um novo capítulo. Muita diversão à frente!

Oi!, mandou uma mensagem para Simon. *Já cheguei! Você tá vindo?*

Georgie examinou o horizonte enquanto esperava a resposta sorrindo feito boba ao imaginar o namorado subindo a colina em sua direção e os dois correndo em câmera lenta com os braços estendidos. Afinal, tinham passado duas semanas inteiras afastados. Duas semanas sem conseguir dormir direito, ouvindo todo tipo de barulho estranho que a casa deles fazia no escuro e preocupada de ter deixado alguma janela aberta. Duas semanas em que ele aproveitara a hospedagem em um hotel de luxo em Brighton, dedicando-se ao novo trabalho. Uma verdadeira eternidade para duas pessoas que passaram toda a vida adulta juntas.

Georgie e Simon namoraram durante todo o ensino médio, depois estudaram juntos na Universidade de Liverpool e voltaram a Stonefield após a formatura. Então arrumaram emprego na cidade – ela como bibliotecária e ele como arquiteto. Embora ela não fosse lá uma bibliotecária muito dedicada, preferindo os dias chuvosos, quando a biblioteca ficava mais silenciosa e podia ficar sentada chupando bala e lendo romances policiais, Simon, ao contrário, acabou se revelando muito talentoso. Em cinco anos, seu estilo singular despertara o interesse de todo tipo de pessoas no norte da Inglaterra, e um antigo chefe pedira sua contribuição para aquele novo projeto em Brighton: transformar uma imensa mansão vitoriana abandonada nos arredores da cidade em um hotel moderno. Seria o maior projeto de sua carreira até o momento, e ele ficara empolgado por seu design ter sido escolhido dentre todos que haviam concorrido à vaga.

– Querem que eu gerencie todo o projeto. Seria loucura recusar – dissera ele, os olhos brilhando. – Vão ser apenas seis meses, e é a minha chance de fazer meu nome, Georgie. Pode ser um passo decisivo.

Como era uma namorada legal e generosa, Georgie ficara feliz por ele, e orgulhosa também. É *claro* que queria que ele "fizesse seu nome", é *claro* que esperava que ele desse esse místico passo decisivo. Mas, como também era humana, não conseguia ver como poderia conciliar essa novidade na carreira dele com o "felizes para sempre" com que *ela* sempre sonhara – o cachorro, os filhos, a adorável casa espaçosa em Yorkshire, e talvez mais um cachorro, por via das dúvidas –, e isso a fazia sentir-se um pouco angustiada.

– E o que *eu* vou fazer enquanto você passa seis meses lá? – perguntara, tentando disfarçar a irritação. – Ficar à toa?

Ele parecera um pouco aflito com a pergunta. E pela expressão dele, que evitava olhar nos seus olhos, dava para ver que não fazia ideia, como se a pergunta de Georgie não tivesse lhe cruzado a mente durante todo o processo de decisão. Como se ele não se importasse!

– Podemos conversar pelo telefone, pelo Skype... – sugerira, hesitante.

– Durante seis *meses*?

Georgie tinha ficado horrorizada em ver como Simon parecia indiferente diante da perspectiva de passarem tanto tempo afastados.

Enquanto isso, em Stonefield, sua melhor amiga, Amelia, ficara noiva recentemente (no Dia dos Namorados, a maldita) e já começava a falar sobre vestidos de noiva. Suas amigas Jade e Sam também se casariam no verão. Quando Simon lhe dissera naquela noite que tinha algo para lhe falar, Georgie presumira que – finalmente! – chegara sua vez de ouvir o pedido, e sentira o coração palpitar. No passado, já se perguntara (muitas vezes) como reagiria àquele momento: dando um grito de alegria, atirando os braços em torno do pescoço dele, fazendo uma dancinha da vitória ou talvez um espontâneo *high-five*. Mas parecia que ela ia ter que esperar um pouco mais para descobrir.

Então, após uma pausa longa demais, em que franzira a testa, inseguro, como se tentasse descobrir a coisa certa a dizer:

– Que tal... ir comigo?

Ela não queria *ter que* ir com ele, essa era a questão. Principalmente quando a oferta fora tão sem entusiasmo, como uma reconsideração em vez de uma proposta séria. Ela preferiria que os dois continuassem em Stonefield, brincando de casinha em sua pequena casa geminada, com seu acolhedor fogão a lenha, indo ao pub com os amigos toda sexta-feira à noite, ouvindo os sinos tocarem na velha igreja de pedra todo domingo de manhã. (Ok, talvez não a parte dos sinos. Na verdade, era um pé no saco ter que acordar tão cedo, e de matar quando estava de ressaca.) Aventurar-se em um lugar novo onde não conhecia ninguém, onde não tinha emprego nem amigos? Soava terrível. Por outro lado, sempre que imaginava seu namorado sozinho em Brighton por seis longos meses, cercado por todo tipo de tentações, enquanto ela estava presa no norte do país, não lhe parecia uma alternativa melhor.

– É melhor ficar de olho nele – opinara Amelia, preocupada, mordendo o lábio e girando o anel de noivado no dedo.

A amiga fora à despedida de solteira de uma prima em Brighton no ano anterior e agora se considerava uma especialista no lugar.

– Aquilo lá parece até o Velho Oeste nos sábados à noite, estou lhe falando. Despedidas de solteira. Despedidas de solteiro. Gente de bunda de fora e mau comportamento por toda parte. Eu nunca deixaria o Jason longe da minha vista por cinco *minutos* naquele lugar, que dirá por seis meses, Georgie.

Georgie era a primeira a admitir que seu namorado era extremamente atraente, com seus ombros largos de jogador de rúgbi, cabelo loiro e sorriso aberto, e foi imaginá-lo cercado por um bando de mulheres loucas por sexo, talvez até mesmo laçado por uma vaqueira vestida de maneira vulgar, que finalmente colocou o último prego no caixão. Não que ela não *confiasse* em Simon, disse a si mesma. Ia se mudar para morar com ele porque era uma namorada leal e solidária, só isso. E ele faria o mesmo por ela, não faria? Não a seguiria até o outro lado do país se estivesse em seu lugar? Claro que sim.

Enfim, eles iam se arriscar e mergulhar de cabeça. Ele se mudara quinze dias antes e, enquanto isso, ela se demitira da biblioteca, guardara vários dos pertences dos dois num depósito – bem, na verdade, na garagem dos pais dela – e alugara a casa deles por seis meses. Nesse meio-tempo, Simon arrumara um lugar para morarem e ali estava ela, aparentemente no centro da devassidão, embora o ambiente distinto em que se encontrava parecesse bem mais respeitável do que imaginara.

Ela deu uma olhada na grande praça que subia da orla, cercada em três lados por construções do período regencial pintadas de branco e creme, com janelas panorâmicas e um enorme gramado no centro. E se perguntou qual daqueles prédios seria sua nova casa. ("Sério? Vai deixá-lo escolher seu *apartamento*, sem nem visitar primeiro?", guinchara Amelia, com a mão no pescoço, pois sempre fora meio dramática. "Você... confia mesmo nele", dissera, embora Georgie pudesse ver em seu rosto que, na verdade, queria dizer "... é completamente louca".)

Mas Georgie sentia-se confiante. Dera a Simon instruções bem específicas sobre o que esperava de sua casa nova: vista para o mar, para começar, ou, pelo menos, enormes janelas por onde pudesse espiar o resto do mundo lá fora. Uma espaçosa e linda sala de visitas, onde receberia os amigos (não que conhecessem alguém ali, mas ela sempre fora o tipo de pessoa que fazia novas amizades em banheiros femininos, ônibus e até mesmo no elevador de uma loja de departamentos certa vez). Um quarto grande o suficiente para abrigar seus livros. ("Você não precisa trazer todos os seus livros", dissera ele. "É *claro* que preciso!", replicara, espantada com a sugestão.) Uma sala de estar com lareira. ("Para assar castanhas", sugerira Georgie de maneira sonhadora. "Em *abril*?", replicara Simon, incrédulo. "Está bem, para fazer amor diante dela então", dissera ela, sabendo que seria mais convincente.) Ah, sim, e um jardim, caso decidissem ter um cachorro, fora seu último pedido. ("Não vamos ter um cachorro", dissera ele sem rodeios, mas Georgie, que adorava cachorros e não conseguia pensar em nada que tornasse um lugar mais acolhedor do que um vira-lata saltitante de olhos brilhantes, ignorara sua última declaração. Simon só precisava se acostumar com uma ideia às vezes, era isso.)

Ainda não havia sinal do namorado, então ela começou a subir a colina para procurar sua nova casa, no número onze. ("Ah, a décima primeira casa, isso é sinal de sorte", dissera Amelia imediatamente quando Georgie passara o endereço. Sua amiga gostava muito de astrologia e levava a coisa toda extremamente a sério. Amelia Astral era como a chamavam na escola. "A décima primeira casa na astrologia é a casa dos amigos, esperanças e desejos, objetivos e ideais. Não poderia ser melhor!")

Sete... nove... onze. Lá estava. Uma imponente porta preta, três andares, aquela linda janela panorâmica em arco no térreo... Resumindo, o tipo de casa antiga elegante, de onde se podia imaginar damas vitorianas saindo, as longas anáguas farfalhando nos degraus pintados de branco. *Está vendo só, Amelia*, quis mandar numa mensagem, e pegou o celular para tirar uma foto, bem na hora em que uma enorme Land Rover empoeirada com janelas escurecidas veio da estrada principal lá embaixo, atrapalhando a vista. O motorista virou de repente o veículo em uma vaga (com uma segurança invejável, era preciso dizer; em um Land Rover, o motorista com certeza não precisava da compaixão de um bonequinho peludo), então saiu do carro: uma mulher de cabelos alaranjados e óculos escuros, usando um vestido preto assimétrico, uma enorme bolsa com estampa de zebra no ombro e aparentemente repreendendo alguém ao telefone.

– Depois não diga que eu não avisei – alertou ela sarcasticamente enquanto caminhava pela calçada.

Georgie engoliu em seco quando a mulher subiu os degraus do número onze.

– Bem, isso não é problema meu, é? – disparou ao telefone antes de desligar abruptamente.

A mulher olhou para o relógio, franziu a testa e ficou parada, com os braços cruzados, com ar de quem estava à espera de alguém. Georgie tinha quase certeza de que aquela mulher intimidadora deveria ser sua nova senhoria. E, como Simon ainda não respondera sua mensagem – nem aparecera –, só havia uma maneira de descobrir.

– Bem na hora! – declarou a mulher, os lábios pintados de vermelho se abrindo em um grande sorriso quando Georgie se aproximou e se apresentou, hesitante. Seus olhos eram tão azuis e brilhantes quanto o mar, e pareciam bem aguçados e atentos ao encararem Georgie. – Olá, meu nome é Angela Morrison-Hulme. Sou a proprietária dos apartamentos. Prazer em conhecê-la.

Georgie queria estar vestindo algo um pouco mais glamouroso do que uma calça jeans desbotada, uma camisa listrada e seus tênis velhos e fora de moda que pareceram uma boa ideia quando tinha quatrocentos quilômetros de estrada pela frente. Seu cheiro provavelmente também não era dos melhores, agora que tinha parado para pensar.

– O prazer é meu – respondeu, sua voz emergindo como um balido nervoso. – Não sei direito onde Simon, meu namorado, está, mas ele deve chegar a qualquer minuto. Aliás, meu nome é Georgie Taylor. Oi.

– Muito bem, Georgie Taylor – respondeu Angela, que, diferente de sua nova inquilina sujinha, exalava um cheiro forte de perfume, que provavelmente custara mais do que o carro de Georgie. – Não posso esperar o dia inteiro pelo seu namorado, então deixe-me lhe dar isto. – Ela soltou dois conjuntos de chaves do imenso molho barulhento que tirou da bolsa. – Esta chave é da porta da frente do prédio, ok? A menor é do seu apartamento. Se perdê-las, há uma taxa de vinte libras para a substituição, mais o risco de provocar minha famosa ira, então não as perca, está bem? – Então riu alto para mostrar que estava brincando. Pelo menos, era o que Georgie esperava. – Vamos entrar?

* * *

Após checar pela última vez os dois lados da orla para ver se Simon não estava chegando, ofegante – infelizmente, não –, Georgie tirou uma mala e uma bolsa do porta-malas do carro e entrou atrás da nova senhoria.

– Uau – murmurou ao chegar no hall de entrada.

O pé-direito era alto e havia uma escada ampla coberta por um carpete vermelho que dava voltas até o alto, o corrimão de carvalho polido pelas centenas de mãos que passaram por ele ao longo dos anos, enquanto as grades de ferro forjado da escada de alguma forma davam um ar de glamour parisiense.

A Sra. Morrison-Hulme parecia satisfeita.

– Você gostou?

Georgie assentiu.

– É incrível – disse, sem conseguir deixar de compará-la à estreita escada da casa deles em Stonefield, em que se poderia tocar os dois lados da parede com os cotovelos se os virasse para fora.

Elas subiram a escada até o patamar do primeiro andar, e a Sra. Morrison-Hulme destrancou a porta com o número 3.

– Bem-vinda! – disse ela, segurando-a aberta para que Georgie pudesse entrar.

Georgie percebeu que prendia a respiração ao entrar em um corredor estreito, onde outra porta levava à sala de estar. Largou, então, a mala e a bolsa e olhou ao redor, e sentiu o coração afundar até seus tênis velhos. Sem sombra de dúvida, sua primeira impressão foi... decepcionante. Em Stonefield, ela se empenhara em criar um ambiente aconchegante e luxuoso para a sala de estar, com verniz escuro no assoalho, um tapete branco macio, um grande sofá de couro com almofadas fofas e a lareira do tipo salamandra que tornava as noites geladas quentes e acolhedoras. Em contrapartida, aquela sala era pequena, cheirava a mofo e tinha um sofá azul-marinho velho que afundava no meio e cortinas de veludo empoeiradas que mesmo a pessoa mais gentil não poderia descrever sem mencionar o tom marrom cor de cocô. Apesar de toda a poeira nos vidros da janela, não havia como disfarçar o fato de que tinha vista para um pequeno pátio dos fundos com duas lixeiras grandes de rodinhas e nenhuma vista incrível para o mar. *Ah, Simon...*, pensou com desânimo. Não era de admirar que ele não havia aparecido na hora. Estava envergonhado demais para encará-la em razão da *casa nada ideal*.

– Então... esta é obviamente a sala de estar – disse a Sra. Morrison-Hulme, caminhando rapidamente para o cômodo ao lado de Georgie e gesticulando com o braço como se estivesse exibindo um salão exuberante.

– Sim – replicou Georgie com voz fraca, incapaz de desencavar mais nenhum comentário, que dirá entusiasmo.

Deveria ter ouvido Amelia. Deveria ter insistido para Simon lhe mostrar pelo Skype todos os apartamentos que visitara. O que ele estava *pensando*?

– O banheiro fica aqui... – continuou a senhoria, voltando para o corredor e indicando a próxima porta pintada de branco. – A cozinha, obviamente, é aqui – continuou, mostrando um cômodo estreito de azulejos azuis com pia, geladeira, fogão e dois pequenos armários. Em seguida, explicou como ajustar o termostato e usar as bocas engorduradas do fogão. – E o quarto fica no final do corredor, ok? Acho que é tudo. Só preciso lembrá-la de que não é permitido fumar, sublocar, ter animais de estimação, dar festas nem ouvir música alta depois das onze horas da noite.

– Certo – disse Georgie, a voz saindo um pouco áspera.

Em resumo, nenhuma diversão. Nenhum entretenimento. E, definitivamente, nenhum cachorro fofo e engraçado batendo o focinho contra sua mão e perseguindo bolas de tênis no gramado da praça lá fora.

Angela pegou um cartão de visitas da bolsa e colocou-o na palma da mão de Georgie.

– Qualquer coisa, é só me ligar... este é o número do meu celular. Meu filho Paul me ajuda com os negócios, então ou eu ou ele podemos atender. – Então piscou a pálpebra coberta de sombra turquesa e se inclinou para perto. – Aliás, meu Paul é muito bonito. Se as coisas derem errado com seu namorado pouco confiável... onde ele está mesmo?... então uma garota bonita como você poderia conseguir coisa muito melhor. Sem pressão!

Georgie tentou sorrir, mas era um esforço quando o pânico a assolava como ondas quebrando em uma praia. Meu Deus. O que ela fizera? Com o que concordara? E por que diabos Simon escolhera aquele apartamento horrível? Dizia-se um grande arquiteto, um designer de belos edifícios. Então por que essa visão artística não se estendia ao novo ninho de amor deles?

– Obrigada – conseguiu dizer enquanto as perguntas zumbiam em sua cabeça como mosquitos, e depois, lembrando-se de que deveria defender Simon, acrescentou: – Ele provavelmente ficou preso no trabalho.

– É claro – respondeu a Sra. Morrison-Hulme com outra piscadela que dizia não acreditar naquilo nem por um minuto. – Enfim, é melhor eu ir embora. – Seus saltos deixaram pequenas marcas no tapete quando deu os poucos passos de volta até a porta da frente. – Tudo de bom. Seja bem-vinda a SeaView!

A porta se fechou, e então Georgie ficou sozinha, completamente assoberbada pelo horror da situação em que se encontrava. SeaView House… Não tinha nada de vista para o mar, pensou, indignada, lembrando-se das latas de lixo nos fundos. Ela podia sentir o cheiro de algo podre na cozinha e havia uma mancha de umidade no teto. O que Amelia diria se pudesse vê-la agora? *Ah, meu Deus, Georgie. Que pesadelo! Mas que inferno!* Lágrimas brotaram em seus olhos ao pensar na voz chocada de sua melhor amiga e ela teve que conter o impulso de correr para o carro e dirigir direto para casa.

"Isso tudo foi um grande erro", imaginou-se dizendo para a bolinha de pelos em seu carro enquanto dava meia-volta. "Um desastre!"

Mas então seu telefone tocou: Simon.

– Oi – disse ela, cheia de cautela. – Onde você está? Estou no apartamento.

Por favor, diga-me que houve um erro e esta não é nossa casa nova, pensou, cutucando uma bola de poeira no tapete com o dedo do pé.

– Sinto muito – disse ele. Georgie podia ouvir conversas ao fundo, outra pessoa rindo. – Surgiu algo aqui. Você conheceu a senhoria, certo?

– Sim. Ela veio e já foi embora.

Georgie passou a mão pelo cabelo e se recostou na parede. Agora que finalmente estava na mesma cidade que ele, não sabia bem o que dizer. *Odeio este apartamento!*, queria se queixar. *Não posso morar aqui!* Mas sabia que ele detestava quando ela criava caso. Além disso, não queria ser o tipo de namorada grudenta que criava caso. Então rangeu os dentes e fez um imenso esforço para se livrar do nó na garganta e se recompor.

– Uma figura, não é? – comentou ele. – E sei que o apartamento é um pouco simples, mas adorei a iluminação… E a localização é ótima, não é? Do lado da praia! Podemos nadar juntos toda manhã.

Ela deu uma risada forçada.

– É.

Só que *não*.

Ele estava louco? E a lista que ela lhe dera? Ele *ouvira* alguma palavra do que ela dissera?

– Está vindo para cá agora? – perguntou Georgie.

As coisas pareceriam melhores quando ele estivesse lá também, procurou lembrar. Poderiam rir da decoração, ela poderia provocá-lo sobre seu terrível mau gosto, poderiam testar a cama de casal. (Bem, talvez depois que a inspecionasse à procura de insetos e borrifasse com vários galões de spray desinfetante.)

– Não posso mesmo ir embora agora, mas saio às cinco sem falta, está bem? – disse ele, e Georgie se sentiu tomada pelo desânimo mais uma vez. – Podemos comer peixe com batata frita e tomar algumas cervejas, sentar na praia e brindar ao nosso novo começo, que tal? – Então Georgie ouviu outra gargalhada por trás da voz dele e teve que pressionar o telefone ao ouvido para escutá-lo. – Agora tenho que ir. Até mais!

– Até.

Ela desligou e respirou fundo, tentando não ceder à tristeza. Peixe com batata frita e cervejas mais tarde com Simon, lembrou a si mesma. A praia. O novo começo. *Vamos, Georgie, anime-se, vai ficar tudo bem.*

Em seguida, atravessou a sala e, ao espiar pela janela, viu duas gaivotas brigando por uma embalagem de batata frita no pátio, batendo as asas, atacando com os bicos. Não era de desistir fácil, procurou se lembrar enquanto uma das aves por fim voou, vitoriosa. Definitivamente, não. Uma vez passara a noite toda em uma fila em Leeds para ser uma das primeiras a comprar peças da coleção da Kate Moss na H&M, não é? E se mantivera firme em um emprego aos sábados num salão de cabeleireiro durante dois anos quando era adolescente, ainda que lavar cabelos toda hora tivesse feito a pele de seus dedos rachar até sair pus. E fizera a prova de direção três vezes antes de passar, de tão determinada que estava em conseguir. Ela não desistia das coisas, essa era a questão. E de jeito nenhum desistiria dessa vez também, nem voltaria para Yorkshire para ter que aguentar os olhares de pena de suas amigas, por mais bem-intencionados que fossem. Definitivamente, não.

Então estava decidido. Ia desfazer as malas e pensar positivo. Não era tão ruim assim, era? O mar estava logo ali, a algumas centenas de metros da porta da frente, azul e cintilante, com sua percussão de seixos a cada onda – além disso, havia toda uma nova cidade a explorar. Novas aventuras! Um leque novo de diversões! Talvez até mesmo novos amigos e algum trabalho aqui e ali. Ela podia fazer isso. Ia conseguir. E começaria escrevendo seu nome e o de Simon naquela listagem dos apartamentos lá embaixo.

– Muito bem, então – disse em voz alta. – Vamos lá!

Capítulo Dois

Havia algo de zen na atividade de fatiar cebolas, Rosa sempre pensara, pegando da pilha outro bulbo com textura de papel. Cortar uma fatia de cima, outra de baixo, e depois descascar a pele acobreada, revelando a esfera nua e branca por baixo, lisa como um ovo. Cortá-la ao meio com a faca, fatiá-la em translúcidos arco-íris ("Dedos como garras de urso!", dizia Liz, sua professora preferida no curso de bufê) e depois picar, picar, picar até ter uma montanha de retângulos claros aquosos na tábua de cortar, mil miniaturas de janelas opacas.

– Vai terminar de cortar as malditas cebolas ainda este ano, Dorothy?! – bradou Brendan de uma maneira nada zen, tirando-a do transe.

Brendan era o sous-chef do Hotel Zanzibar, um dublinense beligerante de pescoço grosso e bigode mais grosso ainda, que berrava ordens como se comandasse tropas em uma batalha sangrenta. Também era o tipo de pessoa que não se dava ao trabalho de aprender o nome de seus funcionários, chamando-os do que quer que quisesse no dia, e por isso Rosa levou um segundo para perceber que ele se dirigia a ela.

– Saindo num minuto – murmurou Rosa, curvando-se para a frente e picando mais rápido.

No instante seguinte, ele pairava sobre ela, o cheiro de alho e da cerveja da noite anterior saindo pelos poros.

– Num minuto O QUÊ?

– Saindo num minuto, *chef*.

– E não se esqueça, garota: abobrinhas e pimentões em seguida. Você não está mais no Kansas, Dorothy. Há muitas iguais a você por aí.

– Sim, chef – murmurou ela, batendo a faca na tábua com mais força do que o necessário.

Tinha 35 anos e já fora famosa na área de publicidade; chegara até a ganhar um prêmio por sua campanha "espirituosa e inovadora" da Butter Betty's, mas ali não era ninguém, apenas uma humilde funcionária da cozinha com um salário insignificante, num restaurante onde era esperado não só que trabalhasse como uma escrava, mas que também fosse grata pela honra duvidosa de seu emprego. E que aturasse sem reclamar aqueles desaforos de tipos como Brendan. Deu um olhar de soslaio e o viu repreendendo Natalya, a pobre e pálida aprendiz russa, cujas mãos estavam sempre cobertas por curativos azuis por causa de deslizes com a faca. Rosa dava duas semanas, talvez três, para a garota desistir em busca de uma vida mais fácil. Trabalhava ali havia alguns meses apenas, mas era o suficiente para perceber que os aprendizes não duravam muito tempo.

O Hotel Zanzibar, uma construção da virada do século, ficava na orla de Brighton; um prédio clássico com fachada de estuque e luxuosas acomodações cinco estrelas, sua própria adega particular e uma fabulosa suíte na cobertura onde se dizia que todo tipo de pessoas famosas já havia se hospedado no passado. Na recepção havia um elevador panorâmico, uma fonte e um porteiro com uniforme vinho que a equipe da cozinha gostava de provocar sempre que possível. Rosa sabia que nos andares superiores havia belos quartos elegantemente decorados com vista para o mar e varandas, chuveiros com jatos massageadores e produtos de higiene pessoal chiques, roupões de banho brancos e macios perfeitamente dobrados no guarda-roupa e um minibar recheado de tentações. Sabia disso tudo, é claro, porque não fazia muito tempo que ela mesma se hospedava em hotéis como aquele – para conferências e reuniões de trabalho, usando tailleurs pretensiosos e salto alto, ou para fins de semana de prazer com Max, usando uma lingerie sexy e desfrutando do serviço de quarto na cama king-size, sem poupar despesas. E é óbvio que nem pensava no pessoal da cozinha ou nos faxineiros, correndo como formigas nos bastidores, cortando, marinando, esfregando, limpando. Por que o faria?

Às vezes se perguntava como Brendan reagiria se pudesse ver a Rosa de um ano atrás, maquiada e arrumada, dirigindo-se de tailleur a uma sala de conferências, seus longos cabelos negros perfeitamente reluzentes e escovados, em vez de presos de qualquer jeito em uma fedorenta rede de cabelo. Será que ele reconheceria essa versão da calada e humilde Rosa que ralava sem parar em sua cozinha atualmente, a Rosa que não queria nada além de se misturar à paisagem?

– Cadê as cebolas, Dorothy?! Pelo amor de Deus!

E por falar no diabo...

– Já vai, chef – replicou ela, cortando outra cebola e imaginando que a lâmina descia sobre o belo pescoço de Max.

Quem quer que tivesse organizado os turnos no Zanzibar devia ter uma tendência sádica, porque a escala da cozinha não podia ser considerada fácil por ninguém. Alguns dias Rosa pegava mais de um turno – das dez da manhã às duas da tarde, e depois voltava ao hotel das cinco da tarde até meia-noite. Em outros, começava a trabalhar às cinco e meia para atender os pedidos de café da manhã e terminava após o horário do almoço, e ainda havia dias em que trabalhava só à noite. Era um verdadeiro inferno para qualquer um que quisesse ter vida social, mas Rosa não conhecia ninguém em Brighton além de seus colegas igualmente sobrecarregados e, quando não estava trabalhando, geralmente dormia para se recuperar do último turno. Mas, na verdade, ela preferia assim. Pela sua experiência, os problemas só começavam quando deixava outras pessoas entrarem em sua vida. Ficar sozinha, sem incomodar ninguém, e construir uma cerca em torno de sua vida discreta e tranquila... não era nada além de autopreservação.

Naquele dia, começara a trabalhar cedo e teria a tarde e a noite inteiras só para ela. Além disso, o turno do dia seguinte, uma sexta-feira, também era curto, terminando logo depois do almoço. Rosa planejava passar seu tempo de uma forma gloriosamente preguiçosa: passear sem pressa pela nova cidade (ainda estava descobrindo coisas novas após quatro meses), tomar café com calma em uma das muitas fabulosas cafeterias enquanto observava as pessoas e depois talvez testar uma nova receita em sua própria cozinha.

Sempre levara jeito para cozinhar. Na época da faculdade, era conhecida por seus magníficos assados com o melhor molho e o *Yorkshire pudding* mais macio. Quando tinha seus vinte anos, às vezes dava grandes banquetes indianos para os amigos nas noites de sexta – curries perfumados com cardamomo e cominho, arroz jasmim bem quentinho e tigelas de *dhal* defumado. Nos fins de semana, também adorava preparar para as amigas suntuosos *brunches* para curar a ressaca – *huevos rancheros* ou pilhas de panquecas douradas cheias de reluzentes mirtilos – e, é claro, quando Max estava em casa, ela às vezes fazia jantares românticos para os dois – robalo com amêndoas, frango com páprica, filé e batatas gratinadas...

– Você deveria trabalhar com isso – diziam, encantadas, suas amigas, pedindo para repetir e raspando o prato.

No entanto, por mais que dissessem isso, Rosa sabia, assim como elas, que jamais trocaria sua prestigiosa e extremamente bem paga carreira de publicitária por horas e horas em uma cozinha abafada. Porém, fora exatamente o que fizera.

– Meu Deus, eu não esperava por isso – dissera Colin, o diretor de recursos humanos, surpreso quando Rosa entrara em seu escritório e lhe entregara o envelope branco com a carta de demissão. Ele olhou para o papel por vários segundos, como se fosse uma bomba prestes a explodir, antes de ajustar os óculos redondos e erguer os olhos para ela. – Podemos convencê-la a ficar? Um aumento salarial ou algum outro tipo de benefício? – perguntou de maneira persuasiva. – Mais uma semana de férias, que tal?

– Melhor não – disse ela, cruzando as mãos no colo.

Mal dormira após descobrir a devastadora verdade sobre Max na noite anterior, mas sabia, com toda a certeza, que queria fugir dali. Para qualquer lugar. E mesmo que, naquele instante, a ideia de deixar a segurança da vida no escritório para trás a fizesse sentir-se na beira de um imenso abismo, ela sabia que o que quer que Colin pudesse lhe oferecer não seria o suficiente para mantê-la naquele escritório, bem debaixo do nariz de Max.

Então decidira ir para Brighton num impulso naquela mesma tarde, motivada por uma mistura de adrenalina, raiva e mágoa. A cidade estava toda decorada para o Natal, e fora como entrar em um mundo encantado, onde nada importava, onde ninguém a julgaria. Assim que se mudara para o novo apartamento, uma das primeiras coisas que fizera para estrear o lugar fora sair e comprar fôrmas e ingredientes de bolo, apesar das grandes filas de pessoas cansadas de compras de Natal, transpirando em seus casacos pesados e cachecóis. Um bolo de pão de ló com geleia era receita garantida para fazer qualquer lugar se parecer mais com um lar, pensara. Um bolo de pão de ló, depois uma rodada de tortinhas de frutas secas (bem, o Natal estava logo ali) e então um bolo tradicional de frutas e alguns biscoitos de gengibre caseiros para amaciar sua mãe quando Rosa teve que visitá-la em Derby na véspera de Natal e encarar a difícil conversa que sabia que a aguardava. ("Ele o quê?

Você está brincando. E aí você... Ah, você não fez isso, querida, por favor, me diga que não fez isso!")

Na dúvida, asse alguma coisa, dizia a si mesma durante aqueles primeiros dias sombrios em que se perguntava qual seria seu plano de ação agora, o que faria em seguida. Mas foi então que lhe ocorrera: era *aquilo* que sempre a fizera se sentir melhor – pesar, bater, assar. Então decidiu deixar de lado seus anos de experiência em publicidade, seu talento para jingles brilhantes e seu toque criativo. Com um avental e as mãos cheias de farinha, tudo parecia temporariamente suportável em seu mundo. Talvez fosse hora de mudar a maré a seu favor, pensara, e qual o lugar melhor para isso do que bem ali perto do mar?

Sua mãe e sua irmã, é claro, pensaram que Rosa tinha surtado. Seus amigos também não podiam acreditar naquela decisão. ("Sei que está chateada", disseram alguns, "mas não acha que é um pouco... extremo?") É verdade que houvera algumas ocasiões durante as seis semanas do curso intensivo de culinária de Rosa na faculdade local, já no ano seguinte, em que passara pelo que parecia ser uma experiência extracorpórea, em que se vira em seu avental branco engomado, preparando uma *vichyssoise* ou um molho tártaro, e pensara: o que estou fazendo aqui...? Talvez todos estivessem certos, talvez tivesse enlouquecido, preocupava-se sempre. Afinal, ali estava: a quilômetros de distância de amigos e familiares, seguindo um impulso sem garantia nenhuma de trabalho, segurança, pagamento decente...

Em momentos como aquele, ela se lembrava de algo que uma de suas professoras uma vez anotara em seu relatório escolar: *Rosa é uma garota bastante emotiva, com tendência a reagir exageradamente.* Uma professora de biologia de olhar frio, lembrava, que se ressentira quando, por nojo, Rosa se recusara a dissecar um sapo morto em uma aula. Era isso que estava acontecendo ali? Reagira exageradamente, fora emocional demais; a garota pálida e nauseada vomitando em uma lixeira ao lado do laboratório enquanto o resto da turma ficava presa lá dentro com seus bisturis?

Bom, se fosse o caso, tudo bem, procurava sempre se tranquilizar. Com certeza era melhor ser emotiva do que insensível. E, está certo, talvez *tivesse* uma tendência a reagir exageradamente, mas sua incrível determinação equilibrava as coisas. Iria conseguir, seja lá como fosse. Resistira bravamente aos turnos cansativos e à exaustão física e não deixaria as dúvidas das outras pessoas a corroerem. Além disso, era só provar o que cozinhara naquele dia – um curry verde tailandês com macios pães naan caseiros, um bolo úmido de ruibarbo com um toque de gengibre, atum grelhado com salsa verde picante – para seu equilíbrio retornar.

Uma mudança é tão boa quanto tirar férias, sua avó gostava de dizer. E, embora trabalhar para Brendan não fosse um mar de rosas, Rosa só precisava continuar se agarrando à ideia de que estava fazendo a coisa certa.

Era uma caminhada de vinte minutos ao longo da orla até seu apartamento, e uma brisa forte chicoteava o mar, levantando a espuma branca das ondas, golpeando os toldos listrados das lojas de suvenires e fazendo os displays de cartões-postais girarem em um borrão de cor. Rosa soltou o rabo de cavalo, balançando o cabelo em torno dos ombros, e inspirando de forma apreciadora ao passar por um restaurante que oferecia peixe com batata frita. Batata frita quente, cerveja e sorvete, o ir e vir das ondas – esses eram os cheiros e sons da cidade que adotara, e já a faziam se sentir em casa.

Tirando o fato de seu coração ter sido dilacerado, e de todos claramente pensarem que estava surtando, começar de novo acabara sendo o melhor tipo de distração. Sua nova casa ficava a uma curta distância da orla e da Regency Square com seu amplo gramado central. O aluguel não era barato, e a senhoria parecia bastante autoritária (e vivia falando sobre seu lindo filho de maneira um tanto sugestiva), mas Rosa adorava o fato de a casa ficar perto do centro da cidade e da orla. Além disso, sua nova cozinha era bastante espaçosa e bem equipada. E o mais importante: o esplendor decadente do prédio antigo não tinha nada a ver com o moderno e elegante apartamento de solteiro de Max em Islington para o qual ela se mudara cedo demais – o que, por si só, já era um ponto positivo. Um teto todo dela; Virginia Woolf definitivamente teria aprovado.

Ao deixar a orla e subir a suave colina em direção ao prédio, viu uma família fazendo piquenique no longo gramado inclinado no meio da praça, um labrador caramelo deitado ao lado deles, atento a qualquer migalha ou crosta caída. A uma boa distância havia dois jovens que pareciam estudantes deitados nos braços um do outro, "de agarramento", como sua mãe diria, membros angulosos pálidos e cabelos despenteados. Então notou o familiar nó na garganta que ainda sentia quando pensava em Max e se apressou.

A última vez que falara com ele fora depois de sua fuga; ele devia ter voltado para o apartamento e descoberto que ela se fora. *Eu posso explicar*, implorara Max, e os dedos dela tremeram em torno do celular ao ouvir a voz dele. *Me apaixonei por você e as coisas saíram do controle. Sinto muito.* Ela estava justamente no cais, e o vento de dezembro açoitava seu rosto, forte e impiedoso, fazendo Rosa lacrimejar. *É melhor sentir mesmo*, replicara ela, então atirara o telefone no mar, um ponto prateado traçando um arco contra o céu noturno antes de afundar como uma pedra sob a superfície.

Às vezes pensava no celular sendo enterrado pouco a pouco na areia e no lodo. Talvez um dia fosse parar na praia. Talvez tivesse sido levado mais para dentro do mar e agora estivesse a meio caminho da França, rolando silenciosamente ao longo da areia lamacenta, à mercê da ressaca. Perguntava-se quantas vezes Max tentara ligar de novo, se deixara uma série de mensagens de desculpas, ou se simplesmente apagara seu número após ter sido desmascarado, percebendo que seria inútil insistir. Talvez já tivesse partido para sua próxima conquista, quem sabe?

Perdida em pensamentos, só quando chegou ao prédio percebeu que havia uma ambulância parada na calçada e que a porta de entrada estava escancarada. Mas o quê...? Com um sobressalto, subiu os degraus correndo, a tempo de ver sua vizinha Jo deixar o apartamento carregada por dois paramédicos, um homem e uma mulher.

– Jo! – gritou Rosa, assustada. O rosto da vizinha parecia mortalmente pálido contra o cabelo ruivo vibrante, e seus olhos estavam vidrados. – O que está acontecendo? Você está bem?

– Rosa... – disse Jo, a voz ofegante, revirando os olhos enquanto falava.

Rosa não a conhecia muito bem, já que as duas trabalhavam no sistema de turnos – Jo como enfermeira em tratamentos de câncer, se bem lembrava –, embora a tivesse visto algumas vezes no corredor, acompanhada de uma garota de aparência melancólica com um volumoso cabelo vermelho meio bagunçado, que devia ser sua filha.

– Rosa, eu preciso... – disse Jo, arfando.

– Pode falar! – exclamou Rosa com ar ansioso. Meu Deus, o que havia de *errado* com ela? – O que foi?

– Eu preciso... Bea. Você pode cuidar da Bea? – perguntou a ruiva, sem fôlego, desmoronando como uma boneca de pano contra o paramédico, como se dizer aquelas palavras tivesse exigido cada grama de força que restara nela. – Por favor?

Bea? Devia ser a adolescente emburrada.

– Hum... – disse Rosa, hesitante, pensando no que aquilo implicaria, e se estaria preparada. Mas Jo implorava com os olhos, o rosto desesperado. – Claro – murmurou, por fim. Como poderia responder de outra forma quando a pobre mulher à sua frente parecia à beira da morte? – Onde ela está? – perguntou, olhando em volta como se Bea pudesse estar à espreita, com lápis preto nos olhos e ar rebelde, em uma das entradas.

– Escola. – As pálpebras de Jo se fecharam como venezianas, as palavras saindo lenta e fracamente. – Volta às... três e meia.

– Venha, querida, precisamos ir – disse o paramédico, erguendo Jo de modo que suas finas pernas nuas balançaram sobre o braço dele. Um de seus chinelos cor-de-rosa escorregou do pé dela como se estivesse tentando escapar, e Rosa se apressou em colocá-lo de volta. – Vamos levá-la para o Royal Sussex – informou-lhe o paramédico, carregando a mulher inerte em direção à porta da frente.

– Certo – disse Rosa, correndo atrás dele.

A paramédica já abria as portas traseiras da ambulância, e Rosa sentiu uma pontada de pânico. Jo *iria* voltar, não iria?

– Qual foi o problema, afinal? O que houve? – Sua vizinha parecia tão doente, mal conseguia abrir os olhos. – Ela vai ficar bem?

– Teremos mais informações no hospital – respondeu a paramédica sem se virar, o que parecia preocupantemente vago e nem um pouco reconfortante.

Em pouco tempo, os dois paramédicos entraram com Jo pelo fundo da ambulância e bateram as portas. Rosa ficou ali, atônita, na calçada empoeirada, quando, segundos depois, ligaram a ambulância, que partiu logo em seguida fazendo *uon, uon, uon* enquanto acelerava pela rua. Até mesmo o casal que estava se agarrando parou no meio do beijo para vê-la se afastar.

Rosa voltou para dentro do prédio, o saguão escuro e fresco após o sol radiante lá fora, e piscou, a vista ofuscada, antes de seguir para seu apartamento. Aquilo tudo fora um pouco dramático, pensou, franzindo a testa enquanto colocava a chave na fechadura. O que havia acontecido com Jo? Quando ela voltaria? E... *droga*. Como Rosa lidaria com a filha caladona e soturna de Jo?

Capítulo Três

Georgie estava em Brighton havia uma semana e, naquele meio-tempo, atirara-se de cabeça em sua nova cidade, percorrendo as ruas como a mais empenhada das turistas. O tempo estava excepcionalmente quente – parecia mais verão do que primavera –, e ela adorava a maneira como o lugar fervilhava de energia, as ruas transbordando de vida. Todos os cafés e pubs que se prezavam tinham mesas na calçada, havia artistas de rua em cada esquina e música flutuava das janelas abertas. Georgie gostava de se perder no labirinto das vielas conhecidas como "Lanes", observando a vitrine de uma butique da moda após outra, dando uma olhada nas lindas roupas que não podia comprar e sentindo os aromas das padarias artesanais, do restaurante vietnamita, da sorveteria retrô e de todo o resto. Era uma cidade repleta de sabores e experiências, e ela estava fascinada e deslumbrada, seduzida por seus encantos.

Mas, inevitavelmente, precisava voltar ao apartamento – o apartamento pequeno e sombrio que ainda parecia deprimente e lúgubre, por mais que se empenhasse em torná-lo aconchegante – e sentia-se dominada pelo vazio de sua vida. Era solitário e silencioso – solitário e silencioso demais –, mesmo quando deixava o rádio ligado e cantava junto na tentativa de se animar. Quando Simon chegava em casa, estava desesperada por companhia, praticamente abanando o rabo como um cachorro quando o ouvia subir as escadas. Georgie não era tímida, mas jogar conversa fora com baristas simpáticos quando se aventurava a sair para tomar um café ou comer um sanduíche tinha sido o máximo de sua socialização ali na nova cidade. E não parecia o suficiente.

Sortuda!!!!, diziam suas amigas Amelia e Jade sempre que postava no Facebook fotos do pôr do sol na praia e atualizações sobre como estava gostando de sua vida de madame. (De jeito nenhum ia confessar nas redes sociais que se sentia entediada e solitária.) *QUE INVEJA!!!*, comentavam aos suspiros quando fotografava um par de sapatos bonito que encontrava ou uma loja peculiar de design de interiores.

As palavras das amigas a animavam por alguns segundos sempre que via suas mensagens bem-humoradas, mas depois acabava se sentindo mal pela farsa. Principalmente ao notar que tanto Amelia quanto Jade não paravam de postar fotos de locais para a recepção do casamento e vestidos de dama de honra, ou das noitadas no Shepherd's Crook. E Georgie precisava se esforçar ao máximo para não responder: *Sortuda!!!! QUE INVEJA!!!* Precisaria aproveitar o que tinha agora da melhor forma, dizia a si mesma sempre que sentia saudade de casa. Afinal, seis meses não iam demorar *tanto* assim a passar, não é mesmo?

Porém, o mais desconcertante era como aquilo mudara seu relacionamento com Simon. Sempre achara que eram como parceiros em uma equipe – independentes e livres, com amigos e rotinas separados, ainda que comprometidos um com o outro. Mas essa dinâmica mudara completamente. Simon tinha pessoas para encontrar, um trabalho para onde ir todos os dias, compromissos e reuniões e uma vida inteira fora do apartamento. Georgie, ao contrário, não tinha nada. Não dava para matar o tempo vagando indefinidamente pelas lojas, tirando fotos de joias e luminárias artísticas sem que os vendedores começassem a desconfiar que era uma ladra em potencial. Da mesma forma, não dava para enrolar o dia inteiro com um café sem que os garçons começassem a limpar incisivamente a mesa.

Ainda bem que no fim de semana puderam passar dois dias inteiros juntos e Georgie sentira, pela primeira vez, que eram um casal novamente. No sábado, começaram com um apropriado café da manhã numa lanchonete barata mais próxima antes de seguirem para um ponto turístico bonito da região, Devil's Dyke, onde viram pessoas saltando de parapente. Naquela noite, foram a um incrível restaurante indiano perto da orla e encerraram o dia em um bar, tomando mojitos até ficarem muito bêbados, rindo à toa. No domingo, alugaram bicicletas e pedalaram para curar a ressaca antes de pararem para almoçar em um pub e folhear vagarosamente uma pilha de jornais. Fora tudo perfeito. *Isto é que é vida*, pensara, feliz, sentindo o vento em seus cabelos enquanto pedalavam de volta para casa. Simon olhara por cima do ombro e sorrira para Georgie, o cabelo claro esvoaçando, o corpo musculoso sob a camisa, e ela fora tomada por uma onda de alegria quente e pura como o sol acima de suas cabeças.

Mas então a manhã de segunda chegara e Simon saíra do apartamento sem fazer barulho antes mesmo de Georgie abrir os olhos, e a semana se estendia morosamente à frente dela de novo, sem nada no horizonte. De volta à estaca zero e aos longos silêncios solitários.

Simon não fora muito solidário quando ela expressara seus sentimentos algumas noites depois, contando como de repente se sentia uma dona de casa. Ele não tinha dito especificamente as palavras "Bem, então por que veio? O que esperava?", mas Georgie desconfiava de que ele tinha uma resposta bem parecida na ponta da língua. Por fim, ela rira e fizera piada da situação – "Se continuar assim, daqui a pouco estarei aquecendo seus chinelos junto ao fogo e com a mesa posta para o jantar quando você chegar em casa" – para que ele não pensasse que estava reclamando. Porque não estava, óbvio. Bem, tá, talvez só um pouquinho.

E podia esquecer aquele papo da Amelia de que a décima primeira casa era a da amizade e tudo o mais; ainda não conhecera um único vizinho sequer, embora tivesse visto algumas cartas chegando para uma Srta. Charlotte Winters, do apartamento 4, e uma Jo Spires, do apartamento 2, e ouvira música grunge vindo de um dos apartamentos do térreo. E então, no dia seguinte, após ter se forçado a sair para correr um pouco na orla, vira de relance uma mulher muito mais velha desaparecer escada acima. A mulher usava um vestido preto elegante feito sob medida e uma jaqueta cor de cereja, o cabelo grisalho cortado na altura do queixo, e deixara um rastro de perfume de jasmim ao passar. Primeira impressão: glamourosa, principalmente em comparação à Georgie de cabelo loiro se soltando do rabo de cavalo, manchas de suor sob as axilas e o rosto vermelho, brilhando de suor. Ainda assim, não podia deixar passar a oportunidade de se apresentar após todos aqueles dias de silêncio.

– Oi! – dissera, correndo atrás da mulher e esperando não estar cheirando muito mal. – Acabei de me mudar para o apartamento... – Então percebera que a mulher estava no meio de uma ligação e nem notara a loira de rosto escarlate correndo atrás dela.

– Bem, não me importo, não *quero* ir a esse médico – declarava a mulher mais velha, decidida, um leve sotaque estrangeiro perceptível em sua voz, e Georgie parou depressa, não querendo interromper.

Talvez outra hora, dissera a si mesma, desanimada.

Um trabalho. Era disto que ela precisava: algo que a fizesse sair do apartamento, algo sobre o que conversar com Simon à noite além de como fora o dia *dele*; um lugar onde pudesse fazer um amigo ou dois, que lhe desse um *propósito*. Não era pedir muito, era?

– O que você está pensando em fazer? – perguntou Simon, enfiando o garfo de forma bastante hesitante em sua costeleta de porco enquanto ela lhe contava sua ideia durante o jantar naquela noite. (Georgie tentara algo novo, colocando molho de mostarda nas costeletas, mas não fora bem-sucedida.) – Procurar um emprego de bibliotecária?

– Talvez – respondeu ela, embora sem qualquer convicção.

Após deixar seu antigo trabalho, percebera que o que mais gostava nele – além dos dias tranquilos chupando bala e lendo romances policiais – era de compilar o boletim mensal que enviava a todos os associados da biblioteca. Ela mesma o criara, motivada pelo mais puro tédio em uma tarde particularmente monótona, mas passara a adorar escrevê-lo: descrevendo os livros novos que chegavam às prateleiras, falando sobre ocasionais eventos com os autores e reuniões de grupos de livros, com uma pequena introdução (uma espécie de bate-papo em que muitas vezes se desviava do assunto principal para comentar sobre o clima, o que quer que estivesse lendo naquela semana e, às vezes, se estivesse desesperada para preencher o espaço, fotos de Reggie, o cockapoo de seus pais, e suas últimas proezas).

– Talvez eu consiga algum trabalho escrevendo – sugeriu ela impulsivamente, em grande parte na esperança de impressioná-lo.

Infelizmente, o telefone de Simon vibrou naquele momento e ele parou para ler a mensagem – sim, à mesa; sim, embora ainda estivessem comendo –, mas Georgie continuou sem se abalar, incrementando as coisas à medida que falava.

– É, eu poderia arrumar um trabalho como freelancer – disse ela, tentando chamar sua atenção. – Repórter itinerante, esse tipo de coisa. Sempre gostei disso, para ser sincera. Ou talvez vire astronauta. *Simon.*

– Ótimo, querida – disse ele, por fim, largando o telefone. – Boa ideia.

Georgie revirou os olhos, frustrada. Bem, iria mostrar a ele. Com ou sem o seu incentivo, iria provar que não era o único capaz de arrumar um trabalho interessante. Ele ia ver só.

A ideia de escrever podia ter surgido em sua mente por um capricho, mas, quanto mais pensava sobre isso, mais gostava dela. Por que não? As pessoas sempre haviam dito que Georgie escrevia bem. Seu boletim informativo da biblioteca fora um sucesso, e ela sempre recebera vários e-mails interessados em resposta, o que era muito agradável. (Mesmo que metade fosse de apaixonados por cães pedindo mais fotos de Reggie.) Quando criança, escrevera pequenos jornais para seus pais: *The Stonefield Times* e *The Hemlington Road Gazette*, cheios de artigos incríveis sobre seus coelhos de estimação, a mais recente bronca que o irmão levara na escola ou qualquer fofoca que ouvira a mãe comentar com as vizinhas. Mais tarde, na adolescência, recebera uma proposta para trabalhar no jornal local durante o primeiro verão do ensino médio, e gostara tanto da experiência que pensara seriamente em fazer estágio lá antes de cursar a faculdade de jornalismo. Esse plano durara até Simon anunciar que tentaria entrar para a Universidade de Liverpool, quando Georgie logo decidira tentar também, mas optando por uma formação em língua inglesa.

Suspirou deitada na cama naquela noite, pensando nisso e no paralelo com sua situação atual: de que fora atrás do namorado para Liverpool e agora para Brighton. Será que só era boa nisso, em segui-lo? Em ser a coadjuvante da história? Aquilo era o bastante? *Ela* era o bastante?

– Simon... – sussurrou, precisando de repente que alguém restaurasse sua confiança, mas ele dormia profundamente ao seu lado.

Mas o que teria dito a ele?, pensou com tristeza, virando e tentando ficar mais confortável. *Ei, desculpe acordar você, só estava pensando... como você vê nossos papéis nesta relação? Porque estou um pouco insegura a respeito do meu agora.*

Ouvir a respiração profunda e regular dele não a acalmou. Na verdade, só a fez se sentir mais desperta do que nunca. Não era que não tivesse gostado de sua graduação em inglês, ponderou, um pouco na defensiva. Tinha adorado a faculdade: todos aqueles livros para devorar, dias inteiros de bruços na cama com uma peça ou um romance, além de um ensaio ou outro para escrever à meia-noite. Ainda assim, de vez em quando lia um artigo de jornal ou revista particularmente bom que despertava algo dentro dela, e se lembrava de novo daquele fugaz sonho adolescente de ser jornalista, escrever matérias curiosas e intrigantes em uma redação vibrante e movimentada, com viagens ocasionais para entrevistar estrelas de cinema ou políticos. O poder das palavras, os tijolos com os quais se poderia construir uma história.

Bem, disse a si mesma com firmeza, brigando com o travesseiro uma última vez. Ali estava sua resposta. Podia ter ido atrás de Simon para Brighton, mas talvez estivesse na hora de retomar aquela ambição abandonada, assumir o leme de sua vida e virá-lo em uma direção totalmente nova, para onde quisesse ir. Ah, agora, sim!

É importante salientar que Georgie não vivia *completamente* no mundo da lua. Sabia que trabalhos assim não cresciam em árvores – era preciso correr atrás deles e, mais do que isso, era preciso se provar em meio a diversos outros escritores talentosos, todos com muito mais experiência jornalística do que um modesto boletim de biblioteca. Por outro lado, uma vez ouvira Mary Portas contando em uma entrevista que estava tão determinada a trabalhar para a loja de departamentos Harrods que telefonara para o departamento de recursos humanos todos os dias até acabarem lhe oferecendo uma vaga. Tenacidade, esse era o nome do jogo. Recusar-se a aceitar um não como resposta. E se essa abordagem tinha funcionado para Mary Portas, não poderia dar certo para Georgie Taylor também?

Na manhã seguinte, ficou em casa pesquisando todas as publicações mais ou menos locais que pôde encontrar, assim como as melhores revistas, anotando os contatos. Quem não arrisca não petisca, lembrou a si mesma antes de pensar em uma lista de artigos potenciais que poderia adaptar para cada veículo. Agora só precisava convencer alguém a dar chance a uma novata, pensou, ligando para o primeiro número da lista.

Bem, sua rodada inicial de ligações especulativas não deu muito certo. A revista *Brighton Life* rejeitou categoricamente sua sugestão de uma coluna no estilo "Garota Nova na Cidade", baseada em suas experiências desde que se mudara para lá.

– Vim de Yorkshire Dales e estou conhecendo as maravilhas da cidade – dissera com entusiasmo. – O estilo de vida luxuoso, o submundo, as pessoas que encontro, as...

A editora educadamente interrompeu-a antes que pudesse se estender mais.

– Já fizemos isso – replicou, antes de acrescentar que tinha uma reunião e precisava desligar.

A revista *Sussex Now* recebeu de maneira igualmente morna a proposta diferente que Georgie fez de falar sobre trilhas de bicicleta pelo país, inspirada em seu passeio no domingo.

– Vamos cobrir algo semelhante na edição do mês que vem – disse-lhe o editor com voz entediada.

Ele também parecia com pressa de sair do telefone, e Georgie deixou escapar um suspiro ao se despedir e desligar. Obrigado, mas não, obrigado. Em outras palavras, suba nessa sua bicicleta, querida, e dê o fora.

Determinada, e usando o restinho do leite para preparar um café motivador, Georgie em seguida tentou ligar para uma revista independente menos famosa, chamada *Brighton Rocks*, que parecia espirituosa e vibrante e trazia diversos artigos sobre a cidade, assim como páginas com os principais eventos locais. Com sua voz mais confiante, Georgie falou sobre a mesma ideia da "Garota Nova na Cidade", mas teve que ouvir da terceira editora, Viv, que também já haviam feito algo semelhante. Hum... Talvez aquela ideia não fosse tão original quanto pensava. Ainda assim, a editora não desligou imediatamente, o que já era um progresso. Então, encarando isso como um incentivo, Georgie sugeriu logo outra coluna: "Garota em Ação", que basicamente falaria sobre ela experimentando uma nova atividade toda semana. ("Andar pelo cais de patins, de tandem, praticar *zorbing*... Farei de tudo!", declarara, cruzando os dedos para que Viv não lhe perguntasse o que "*zorbing*" realmente era. Ou decidisse mandá-la para a masmorra de sadomasoquismo que aparecera na edição da semana anterior.)

– Hum... – replicou Viv, com seu sotaque londrino bastante gutural, como se expirasse uma nuvem de fumaça ao falar. – Mais alguma coisa?

Georgie engoliu em seco. "Mais alguma coisa" era de longe a resposta mais positiva até o momento. Era praticamente uma porta aberta em comparação às duas ligações anteriores! Com o coração disparado, correu os olhos por sua lista de ideias e sugeriu "Brighton e Hove pelo Buraco da Fechadura", em que se propunha a explorar os bastidores de alguns dos mais emblemáticos locais da cidade.

– Estava pensando no Royal Pavilion, no Palace Pier, hum... a casa de Zoe Ball...

Viv bufou, e Georgie se arrependeu por mencionar a casa de Zoe Ball. Agora devia parecer um daqueles fãs fanáticos.

– Olha, querida, agradeço por ter ligado com todas essas ideias – começou a editora –, mas...

Ah, Deus. Não. Não o "mas". O "mas" quase certamente antecedia um "Boa sorte" e depois "Adeus". Antes que pudesse se conter, Georgie já estava apelando para a súplica.

– Eu escrevo qualquer coisa! – disparou, desesperada. – Tenho várias outras ideias. "Cães de Brighton": os animais de estimação das pessoas – disse ao acaso, lembrando como eram populares suas atualizações sobre Reggie no boletim informativo da biblioteca. – Hum... "Um Almoço com Georgie": uma coluna sobre restaurantes. "Compradora Disfarçada": em que confiro as novas butiques. Posso até usar uma câmera escondida. Sou muito discreta!

Viv fez uma pausa e, por um instante, Georgie achou que a mulher havia desligado o telefone. Estava morrendo de ódio de si mesma por falar sem pensar. Cães de Brighton. De onde tirara *isso*? Talvez estivesse desperdiçando seu tempo ali, assim como o de todos aqueles editores sofridos. Talvez devesse engolir seu orgulho e procurar um emprego em uma cafeteria ou algo assim para se manter ocupada enquanto estivesse na cidade. Como se houvesse alguém interessado em suas ideias idiotas!

Mas então, para sua surpresa, ouviu Viv dizer:

– Bem... Na verdade, tenho uma sugestão. Por que não vem até aqui para conversarmos melhor? Mas saiba que seria um trabalho freelance e que o pagamento não é dos melhores.

– Eu quero – disse Georgie, rápida como um raio. – Seja lá o que for, eu topo.

Meia hora depois, colocara um pouco de maquiagem, sua calça jeans mais elegante e sua camisa branca preferida com um grande colarinho pontudo, além de um colar com uma estrela prateada para dar sorte. *Vou ser uma escritora*, pensou, sentindo um frio na barriga. *Posso mesmo conseguir*. Então seguiu em direção ao escritório da *Brighton Rocks*, que funcionava em cima de uma loja de antiguidades especializada em artigos de vidro, nas Lanes. Viv dissera que eles eram "uma empresa com orçamento reduzido".

Quando encontrou o antigo edifício vitoriano, o pequeno escritório dois lances de escada acima não era exatamente a redação agitada de sua imaginação, mas uma sala apertada com duas mesas, uma claraboia inclinada e várias correspondências não abertas em uma cadeira. Também não era o que se poderia chamar de minimalista: havia pastas e livros empilhados em prateleiras, um display de papelão em tamanho real e meio torto do comediante Steve Coogan como Alan Partridge em um canto, um amontoado de plantas nos mais variados estágios de morte e uma geladeira em outro canto, com um bilhete que dizia: "Pare de roubar o leite de soja". Ainda assim, procurou lembrar, já era melhor do que o silêncio mumificante de seu apartamento.

Viv tinha cerca de trinta anos, calculou Georgie, usava maquiagem carregada nos olhos e uma camisa salmão amassada em que se lia "Vadias dizem sim". Seu esmalte vermelho-escuro estava lascado, e ela cheirava a cigarros e ao vinho da noite anterior. Na verdade, havia uma garrafa de vinho tinto pela metade em um dos armários. E aquilo ali no canto mais afastado do escritório era um saco de dormir dobrado de qualquer jeito?

– Então – disse Viv, tirando a pilha de cartas da cadeira e colocando na bandeja de entrada perigosamente cheia de sua caixa de correspondência, para que Georgie pudesse se sentar – você quer ser escritora. Junte-se ao clube, querida. Não dá para andar pela rua nesta cidade sem tropeçar em um deles. Quer um café?

– Hum... – Pelo canto do olho, Georgie pôde ver várias canecas não lavadas em uma pequena pia e decidiu não arriscar pegar uma doença. – Não, obrigada.

– Como pode ver, somos uma equipe pequena – disse Viv, empoleirando-se na beira de uma mesa. – Somos só eu e outro funcionário que trabalha meio expediente, Danny, para cuidar de tudo: texto, design, contabilidade, publicidade, tudo mesmo.

Limpeza?, pensou Georgie, embora achasse melhor não compartilhar a piada.

– Temos vivido na base da adrenalina e de noites sem dormir nos últimos seis meses, e é tudo um pouco precário... Então, como falei, não espere muito em termos de remuneração, porque mal temos onde cair mortos. Mas

Danny está prestes a juntar as escovas de dentes e insistindo em sair em lua de mel, o maldito egoísta, por isso estamos meio sem pessoal este mês. E é aí que você entra.

– Fantástico – comentou Georgie, ansiosa. – Eu topo qualquer coisa.

– Bom, porque estou procurando alguém para escrever uma coluna de conselhos. Mas não uma dessas comuns, com cartas lamuriosas e respostas melosas. *Meu namorado está me traindo, buá, estou muito insegura* – disse Viv com desdém, e Georgie se sentiu obrigada a dar uma discreta risada depreciativa, ainda que, pessoalmente, não visse nada de errado em alguém se preocupar com o namorado infiel.

Quem *não* se sentiria insegura?

– Queremos algo instigante, engraçado, moderno... e a cara de Brighton – continuou Viv, listando cada adjetivo com os dedos. – Não tenha medo de dar uma resposta dura se for justificada, ou de repreender alguém que mandou uma carta quando estava sentindo pena de si mesmo. Nossa conselheira deve ser atrevida e ter a língua afiada, no estilo de uma terapia de choque. E o mais importante: queremos que seja algo que dê o que falar. *Viu a resposta desta semana? Maravilhosa!* – Ela ergueu a sobrancelha. – Acha que dá conta?

Georgie sentia-se cada vez mais empolgada. Sua própria coluna de conselhos... Era perfeito! Fabuloso, até. Georgie adorava dar conselhos, quer as pessoas quisessem ou não. Ainda na biblioteca, os clientes viviam abrindo o coração para ela, e seus amigos faziam muito isso também.

– E como será o nome da coluna? "Cara Georgie"? "Pergunte à Georgie"? – Ela sentia a cabeça zonza. – "Doutora Georgie atenderá você agora"?

Viv franziu a testa, como se debatesse interiormente se sua mais nova freelancer era perfeitamente sã.

– Hã, não. Estávamos pensando em algo mais moderno... algo que nos distinguisse de todas as outras antigas e chatas colunas de conselhos. Talvez "E aí, Em".

Georgie pensou por um instante que tinha entendido mal. "E aí, M"?

– Sim, é um pouco mais casual. Tipo, *E aí, Em, estou com este problema. E aí, Em, não sei o que fazer. E aí, Em, preciso de ajuda.*

Então foi a vez de Georgie ficar educadamente em dúvida. Aquilo soava péssimo para ela, mas talvez fosse por ela ser de uma cidade pequena. *E aí, M, o nome da sua coluna é uma droga.*

– Certo. Então esse... M é de... Misteriosa, para não revelar o nome da colunista?

Viv lançou-lhe um olhar, como se dissesse: "Você é de verdade?"

– Não, E-M, apelido de Emily ou Emma – explicou ela, e Georgie corou, sentindo-se uma completa idiota. – Achamos que soa simpático, acessível. Vejo Em como uma garota de vinte e poucos anos na cidade. Determinada, atrevida; diz as coisas na lata, sem rodeios. – Viv pegou um maço de páginas impressas. – Aqui estão alguns desses problemas. Colocamos um anúncio nas últimas edições dando pistas sobre a nova coluna e pedindo que enviassem cartas. Dê uma olhada, escolha a que mais chama sua atenção e escreva a resposta. Dê vida à Em para nós. Quero quatrocentas palavras para amanhã, incluindo a carta original. Você acha que consegue fazer?

Ao folhear rapidamente os papéis, Georgie se deparou com as seguintes palavras: *sexo anal, sogra, piercing infectado, casamento, timidez, custódia do gato*. Tentou conter o nervosismo que a invadiu de repente. Caramba. Aquilo era bem diferente de ouvir os lamentos da Sra. Harris na biblioteca sobre os pequenos delitos do neto, ou o drama de sua amiga Mel quando uma colega de trabalho comprou o mesmo sapato que ela. Sentiu uma pontada de dúvida. Afinal, quem era ela para começar a distribuir conselhos para desconhecidos? O que *ela* sabia? Não era casada nem divorciada, não tinha filhos nem mesmo se sentia apta a comentar sobre o problema da custódia do gato, porque preferia cães.

Não que fosse admitir qualquer crise de confiança agora que estava prestes a conseguir que alguém a pagasse para escrever, é claro. De jeito nenhum.

– Claro – disse ela despreocupadamente, abrindo para Viv seu melhor e mais valente sorriso. – Muito obrigada. Deixa comigo.

E então, um aperto de mão depois, estava fora do prédio, o sol da primavera claro e quente em seu rosto, sentindo-se como se tivesse acabado de receber uma chave para uma porta completamente nova – um *mundo* completamente novo. Aquilo é que era golpe de sorte. As coisas estavam começando a melhorar! Se Viv gostasse de seu texto, a revista publicaria a coluna e ela ficaria em período de experiência por um mês – quatro cartas no total, para avaliar a reação do público –, embora, como Viv advertira, o pagamento que receberia por cada texto fosse ridículo. Mas era um começo, não era? Experiência. Algo para preencher as horas.

Agora tudo o que tinha que fazer era escolher uma carta e escrever a réplica explosiva perfeita. *E aí, Em, preciso causar uma boa impressão aqui*, pensou, rindo sozinha de maneira idiota enquanto caminhava para o apartamento, passando por um grupo de alunos de teatro com perucas em tom pastel, envolvidos em algum tipo de performance ao ar livre, depois pela barraquinha de kebab vegetariano com seu cheiro sempre tentador e um artista de rua empenhando-se em sua melhor interpretação de Bob Dylan numa esquina. *E aí, Em, quero muito que isso dê certo. Tenho que arrasar.*

Então sua mente foi invadida por uma visão da própria epônima Em: uma mulher de cabelo comprido, delineador em excesso, a boca volumosa pintada de batom e uma risada rouca. E então, quase imediatamente, pôde ouvir a réplica, alta e clara, saindo arrastada dos lábios vermelhos da mulher. *Vai com tudo, garota. Mostra ao mundo do que você é capaz!*

Capítulo Quatro

Charlotte Winters estava em uma reunião. Isso não era novidade; como integrante da equipe de transferência de propriedade na Dunwoody & Harbottle, sua semana era sempre repleta de reuniões que pareciam não terminar nunca. Mas aquela tratava de um assunto de interesse de toda a empresa, com todos os funcionários sentados, desconfortavelmente, na sala que cheirava um pouco a batata chips sabor queijo e cebola. Ou talvez fosse apenas o homem ao seu lado; estavam todos tão apertados que podia até ouvi-lo respirar.

A Dunwoody & Harbottle era uma firma de advocacia de médio porte para a qual Charlotte trabalhara em Reading, sua cidade natal, antes de ser transferida para o escritório de Brighton três meses antes. Imaginara que todos os escritórios de advocacia seguissem o mesmo estilo: a falta de surpresas, a pilha constante e movimentada de trabalho para enfrentar, um caso por vez. Mas não levou muito tempo para perceber que as coisas eram diferentes em Brighton: por exemplo, a equipe correu a meia maratona com os participantes vestidos de zumbis; houve uma excursão dos novos funcionários a Rye em fevereiro em que foram forçados a competir em corridas de saco e cantar karaokê para "se conhecerem melhor"; na Quinta-feira Santa, no mês anterior, um coelho da Páscoa de verdade – bem, provavelmente algum pobre estagiário suado com uma fantasia de coelho – apareceu com uma cesta de ovos, saltando de mesa em mesa para distribuí-los entre os funcionários. Para Charlotte, que chegara ao novo escritório com a intenção de ficar na dela e se concentrar no trabalho, toda aquela alegria forçada era meio desconcertante. A camaradagem às vezes era superestimada.

– ... E assim, como estamos entusiasmados para de fato nos *envolver* com nossa comunidade, desempenhar um papel *importante* para a cidade, não só com relação ao excelente trabalho que fazemos para seus moradores, mas também fazer algo *a mais*, algo mais *significativo*... – disse Anthony, o assistente de cabelo oleoso e terno brilhoso do diretor da companhia. *Daqui a pouco ele vai ficar sem fôlego*, pensou Charlotte. – Tenho o grande prazer de receber Janet Thompson, da Sunset Years, para falar a todos vocês sobre um novo projeto que conduziremos em parceria. Obrigado, Janet. É com você.

Após a rodada dos aplausos de praxe, uma mulher pequena e vibrante de tailleur rosa-claro levantou-se com um sorriso, apertando um controle que acionou uma apresentação de PowerPoint. O primeiro slide dizia "Sunset Years... e você", e Charlotte sentiu uma pontada de cansaço e apreensão, além de saudade do escritório de Reading onde ninguém esperava que você fizesse nada pela comunidade a não ser, talvez, contribuir com algumas libras para o hospital local uma vez por ano.

– Olá a todos, muito obrigada por me receberem – cumprimentou Janet.

Ela devia ter uns quarenta e poucos anos, calculou Charlotte, cabelos loiros sedosos na altura do queixo e olhos que pareciam os de um passarinho, correndo a sala à medida que falava.

– Estou aqui para falar sobre a solidão e o que pode ser feito a respeito. Antes de mais nada, gostaria de perguntar... Alguém aqui já se sentiu solitário?

Ah, Deus. Logo isso. Charlotte fez o melhor que pôde para manter o rosto impassível, mas já podia senti-lo esquentando. Se ela se sentia solitária? Morando ali naquela cidade em que não conhecia ninguém, em um apartamento minúsculo e caro de frente para a praia, onde nos fins de semana mal se podia andar pela rua sem esbarrar em grupos de amigos e reuniões familiares? Se ela se sentia solitária? Apenas todos os dias. Às vezes era como se toda a cidade fosse uma imensa festa ruidosa para a qual ninguém a convidara. Não que fosse levantar a mão diante dos colegas e admitir isso. De jeito nenhum.

Na verdade, ninguém levantara a mão em resposta à pergunta de Janet, e ela assentiu com um sorriso astuto.

– É claro que vocês não são solitários! – exclamou. – Estão todos ocupados com suas vidas sociais, trabalho, festas e jantares. Estão tão incrivelmente felizes, publicando atualizações hilárias nas mídias sociais toda noite... Olhe para mim, estou me divertindo, nem um pouco solitária... Sim, eu sei. – Ela fez uma pausa, estreitando os olhos. – E mesmo que lá no fundo *se sintam* solitários, é difícil admitir isso, não é? Há um estigma terrível ligado à solidão que faz até mesmo a pessoa mais confiante não ousar confessar. Certo?

Houve uma pausa mais longa dessa vez, as palavras dela pairando no ar, e Charlotte sentiu o rosto ficar ainda mais quente. Era como se Janet estivesse falando *dela*, como se a qualquer momento fosse apontar para Charlotte e dizer para todos na sala: "Temos um bom exemplo aqui. Aquela com o rosto rechonchudo e cabelo castanho esvoaçante. *Ela* é solitária." Até mesmo a senhoria do apartamento que alugara tinha tentado juntar Charlotte ao seu filho aparentemente lindo, de tão óbvia que sua solidão era para o resto do mundo.

Remexendo os pés, olhou desesperadamente para as janelas fechadas – era sua imaginação ou estava ficando cada vez mais quente e úmido ali dentro? Seu rosto já parecia um sinal de trânsito vermelho, e ela sentia o suor escorrendo pelas costas sob a blusa branca barata. Se alguém olhasse para ela agora, com certeza notaria seu visível constrangimento, a sensação de ter sido descoberta. *Pegamos você!* Quer dizer, isso se a reconhecessem. Charlotte fizera o máximo para ficar longe dos holofotes ali, inventando desculpas para todas as atividades fora do horário de expediente que a gerência parecia obcecada em organizar, alegando que tinha trabalho para terminar sempre que alguém sugeria irem a um barzinho no final do dia. Eles não a conheciam. Provavelmente também não teriam o menor interesse em conhecer a desmazelada e tímida Charlotte que nunca tinha muito a dizer. Zack, um colega de equipe, chegara a chamá-la de Catherine por três semanas antes que ela reunisse coragem para corrigi-lo.

– É engraçado, sabe? – continuou Janet, com uma risadinha ensaiada. – Sempre começo meus discursos assim e ninguém nunca levantou a mão. Nunca. Nem uma vez! Mas sei que *eu* já fui solitária. E como! Lembro-me de quando entrei para a faculdade, sentindo uma saudade enorme de casa e me perguntando se conseguiria fazer amigos. A mesma coisa quando minha primeira filha nasceu e me senti presa em casa com ela por um tempo, minha vida social se fechando como uma porta... Nessa época, me senti solitária também. – Então Janet olhou ao redor da sala, fazendo contato visual com qualquer um que ousasse retribuir seu olhar, mas Charlotte se apressou em encarar os pés. – Tenho certeza de que todos aqui também já se sentiram solitários. E todos nos lembramos desses dias, por mais que preferíssemos esquecê-los. São momentos difíceis e dolorosos, que nos fazem sentir infelizes e inseguros, sempre nos questionando se somos bons o bastante.

Havia outras pessoas de cabeça baixa na sala, e Charlotte sentiu um aperto no peito. *Ah, Deus do céu, Janet, dá um tempo*, pensou com tristeza. Aquele devia ser o pior discurso motivacional que já ouvira na vida.

– Quanto aos idosos, que podem ter dificuldade em sair de casa, podem ter perdido seus entes queridos, que às vezes não trabalham mais ou não têm um motivo para sair de casa... A solidão pode ser um problema sério. Costumam chamá-la de "assassina silenciosa", porque pode ser tão mortal quanto o câncer, consumindo uma pessoa, um dia vazio após outro, destruindo toda a sua confiança. – Janet fez uma pausa dramática, a atmosfera na sala agora verdadeiramente melancólica. – Mas é aí que entramos. E espero que seja assim que vocês entrem com sua ajuda também. – Ela sorriu, apertou um botão no controle e o novo slide que surgiu dizia "Fazendo amizade com os idosos", raios de sol dourados emergindo das letras.

O homem cheirando a queijo e cebola afundara ao lado de Charlotte. Ela sabia como ele se sentia.

– Ficamos muito felizes por sua empresa ter nos escolhido como parceira em um projeto comunitário – continuou Janet. – Trabalhamos com a população idosa aqui de Brighton para garantir que o maior número de pessoas possível receba a visita de um rosto amigável de vez em quando... seja para uma xícara de chá e uma conversa ou para realizar pequenas tarefas, ajudar com qualquer problema técnico ou de informática que possam ter ou até mesmo para acompanhá-los a uma consulta médica ou hospitalar. Alguns desses idosos não têm mais ninguém. – O sorriso dela desapareceu. – Nem tenho como dizer quanto uma visita de nossa equipe de amigos é capaz de levantar os ânimos. Podemos fazer uma diferença significativa na vida de nossos vizinhos idosos. Então bem-vindos a bordo! Espero que gostem do projeto. Sei que nossos clientes vão gostar.

– Obrigado, Janet – disse Anthony, assentindo de forma respeitosa antes de iniciar uma salva de palmas. Suas mãos eram rosadas e macias, e se juntaram educadamente em suaves aplausos, como se elas não se conhecessem muito bem. Depois virou-se para o resto da equipe. – Vocês devem estar se perguntando como isso vai funcionar – prosseguiu, e algumas pessoas reviraram discretamente os olhos ou arrastaram os pés no fundo da sala.

– Ao longo da próxima semana, vamos lhes atribuir um idoso, ou vocês podem encontrar sua própria vítima... quer dizer, participante, rá, rá. E então, a partir da sexta que vem, o expediente vai ser encerrado uma hora mais cedo pelos próximos três meses para que possam passar algum tempo com essa pessoa. Construir um relacionamento. – O sorriso dele não era nada sincero. – De minha parte, estou muito ansioso para contribuir com esta nova e maravilhosa iniciativa.

– Falso – disse baixinho o cara que cheirava a queijo e cebola.

– Vou colocar o arquivo de inscrição no drive compartilhado – continuou Anthony – com todos os detalhes desta parceria. Obrigado novamente por vir, Janet. Podem voltar ao trabalho agora. Obrigado.

– Ótimo – resmungou uma mulher à frente de Charlotte quando todos começaram a se encaminhar para suas mesas. – Perturbar aposentados... Por que não nos deixam fazer nosso maldito trabalho em paz?

– Eu nem *conheço* idoso nenhum – disse outra mulher, jogando o cabelo sem notar que quase acertou o rosto de Charlotte. – Queria saber se os gerentes seniores também vão fazer isso. Bando de idiotas.

Charlotte sentou-se de volta à sua mesa e tirou o computador do modo de descanso, tomando um gole do café que deixara lá e já estava gelado. Todos os outros pareciam estar reclamando da nova diretiva e resmungando que não podiam perder aquele tempo. Ela, por outro lado, estava quase ansiosa. Como seus colegas reagiriam, perguntava-se, se admitisse que um encontro semanal de uma hora com um idoso seria o único evento social de sua triste vida solitária?

Mas, ao imaginar os olhares horrorizados de pena, não disse nada, como sempre, e se enterrou no trabalho.

Tinha sido um dia ensolarado de primavera e ainda estava quente quando Charlotte voltou para o apartamento naquela noite, uma salada com halloumi balançando na sacola em uma das mãos, além de um cheesecake New York, da Waitrose, só para o caso de continuar com fome depois de jantar. (Para ser sincera, sempre sentia fome depois.) O mar à frente capturou seu olhar; um azul tranquilo naquele dia, com um brilho amarelo onde o sol se refletia na água. *Shhh*, diziam as ondas, como se estivessem guardando um segredo. *Shhh*.

Vejamos, era quinta, pensou ela, aproximando-se da Dukes Square. Quinta era dia de passar roupa e tirar a poeira, colocar o lixo reciclável para fora, ver a estreia de uma novela do canal 4. Tinha a noite cheia! Começara a passar todas as roupas desde que se mudara, pois achava relaxante e era uma boa maneira de preencher seu tempo. Quanto a tirar a poeira... era surpreendente quanto podia se acumular na sua única planta e na televisão em uma semana. Além disso, com certeza faria a revigorante caminhada pós-jantar pela orla que sempre ficara de acrescentar à sua rotina. Tinha comprado um par de tênis especialmente para isso, mas ainda estava na caixa, que ela empurrara para baixo da cama, fora de vista. Um dia já fora o tipo de pessoa que frequentava aulas de aeróbica, andava de bicicleta e não achava nada de mais nadar cinquenta voltas na piscina logo pela manhã, antes de ir para o trabalho. Hoje, uma fina camada de gordura envolvia seu corpo e suas maçãs do rosto haviam praticamente desaparecido. E passara a usar um número de calça maior. *E daí?*, pensava amargamente sempre que tinha que encolher a barriga para fechar um botão. *Quem se importa?*

Ao se aproximar do prédio, Charlotte viu uma mulher pequena e um tanto encurvada, de cabelos grisalhos e capa de chuva preta, na entrada, colocando a chave na fechadura. Apertando o passo para aproveitar a porta aberta, foi tomada de curiosidade. Apesar de morar no número 11 da Dukes Square há três meses, só vira uma única outra moradora, uma ruiva chamada Jo, de um dos apartamentos do térreo, que a chamara para tomar café nas duas ocasiões em que se viram. Infelizmente, em ambas Charlotte estava de saída – na primeira, a caminho do terrível "Dia da Diversão" em Rye, e já atrasada, e na segunda, correndo para pegar o trem de volta a Reading para o aniversário da mãe – e tivera de pedir desculpas e sair depressa. Embora Jo parecesse bastante agradável, Charlotte acabara não batendo em sua porta e aceitando a oferta do café porque... bem, ela não sabia o porquê. Nos últimos tempos ela havia perdido a coragem de fazer coisas do tipo bater na porta das pessoas para conversar. Conversas sempre podiam levar a perguntas constrangedoras e de alguma forma parecia mais fácil ficar sozinha.

Charlotte hesitou, a timidez começando a se manifestar, mas a mulher que abria a pesada porta de madeira com dificuldade devia tê-la notado, porque a segurou aberta, esperando Charlotte chegar.

– Olá – disse ela, com um pouco de sotaque... talvez francês? *Era tão pequena e esguia que parecia que poderia ser soprada para longe pela brisa do mar*, pensou Charlotte. – Você mora aqui ou está apenas esperando para tirar proveito de uma senhorinha?

Charlotte sorriu timidamente, esperando que fosse uma piada.

– Eu moro aqui. Charlotte Winters, do apartamento 4.

E ergueu as chaves, como se isso provasse alguma coisa.

– Ah, então é melhor entrar.

Quando as duas já estavam no hall e a porta se fechou com um som abafado, a mulher estendeu a mão magra cheia de belas pulseiras de ouro tilintando no pulso.

– Margot Favager, do apartamento 5. No último andar. Só de pensar em todas aquelas escadas, meu Deus!

Seu rosto era bastante enrugado, mas seu cabelo grisalho tinha um corte estiloso na altura do queixo e uma franja curta elegante, e a sombra lilás destacava o azul de seus olhos. Além da capa de chuva preta com cinto, ela usava uma echarpe Liberty enrolada no pescoço e pequenas botas pretas de cano curto, e carregava uma bolsa grande e lustrosa com um fecho vintage.

Charlotte apertou a mão da pequena Margot Favager, sentindo-se mais desajeitada e desalinhada do que nunca. Se até mesmo uma mulher da idade da sua avó parecia mais elegante do que ela, quais eram suas chances? Duvidava muito que madame Favager algum dia já tivesse comido um cheesecake inteiro da Waitrose sozinha, com ou sem lágrimas correndo silenciosamente pelas bochechas; devia viver à base de chá chinês e delicados *petits fours*, mais ou menos um por ano, beliscados de vez em quando.

– É um prazer conhecê-la – disse Charlotte educadamente enquanto as duas caminhavam pelo hall de entrada.

Se tivesse escolha, teria subido correndo as escadas para longe dali, de tão ruim que era em jogar conversa fora, mas é claro que isso teria sido rude, e a mãe de Charlotte a criara para ser bem-educada. Então subiram lado a lado, e Charlotte passou gentilmente para a direita de Margot para que a senhora pudesse segurar o corrimão, se necessário.

– Quer que eu... hum... leve alguma de suas compras? – perguntou, lembrando-se em seguida do projeto do trabalho de fazer amigos.

– É muito gentil da sua parte, mas estou bem, obrigada. Ainda não estou morta. Não hoje – replicou Margot, enquanto subiam lentamente as escadas. – Conte-me sobre você. Charlotte, não é? O que está achando de SeaView?

– É ótimo. Estou aqui há alguns meses. É... muito agradável – respondeu, tentando não pensar na casa que ela e Jim tinham em Reading, com o grande jardim verdejante e a cozinha com todas as conveniências modernas e o pequeno quarto de Kate no andar de cima, decorado com uma faixa do Ursinho Pooh, o moisés novinho em folha em que ela nunca dormira. *Não pense nisso agora!* – Muito agradável mesmo – repetiu com mais convicção.

– É bom ouvir isso – disse Margot. – Moro aqui há vinte anos, você acredita? E tenho visto muitas pessoas irem e virem. Alguns vêm com a maré, ao que parece. – Seus olhos observavam Charlotte com atenção. – Mas então reencontram suas vidas e vão embora para algum lugar melhor. Exceto eu, é claro, eu não vou a lugar nenhum agora... não até ser levada embora em minha... como se diz? Caixa.

– Hã... Caixão? – arriscou Charlotte, esperando não ter feito uma terrível confusão.

– *Caixão!* Exatamente. Sim. Em meu caixão. Rá! Será um trabalho duro descer essas escadas, não é? Vão reclamar muito de mim, *non*?

Charlotte abriu um sorriso vacilante, sem ter certeza do que ditava a etiqueta sobre o que responder quando uma mulher mais velha brincava sobre ser levada embora em um caixão.

– Bem... – Ela deu uma risada educada. – Tenho certeza de que tudo faz parte do trabalho. Para... hum... o pessoal da funerária, quer dizer... – Charlotte parou, desejando que tivesse ficado calada.

– Sim. Parte do trabalho. Mas não é um trabalho muito *bom*, eu acho.

– Acho que não.

Deus, como tinham acabado falando sobre isso?, pensou Charlotte, o rosto ficando quente pelo constrangimento. Felizmente estavam quase no patamar do primeiro andar e ela teria chance de fugir.

Mas os olhos afiados de Margot estavam fixos nela.

– E você fez muitos amigos na cidade? – perguntou. – Está feliz, aproveitando a vida à beira-mar?

– Ah! Bem... Você sabe, conheci algumas pessoas no trabalho, e...

Charlotte parou de falar e olhou para o carpete enquanto subia o último degrau. *Não, pensou, sem graça. Não, eu não diria que estou feliz. Mas, por outro lado, também não estava exatamente feliz em Reading, estava?*

– Entendo.

O rosto de Margot se suavizou, as duas ali paradas no patamar, com Charlotte procurando as chaves na bolsa, feliz por aquela provação estar quase no fim. Não insultaria a elegante e segura Margot perguntando se precisava de ajuda, pensando em incluí-la no projeto Sunset Years; a senhora provavelmente ficaria muito ofendida com a pergunta. E poderia até mesmo bater nela com aquela bolsa gigantesca.

– Enfim, foi um prazer... – começou a dizer Charlotte novamente, mas Margot a interrompeu:

– Você precisa vir tomar chá. Talvez no fim de semana, quando não estiver tão ocupada.

Charlotte sentiu o rosto corar. Era como se a vizinha soubesse que ela preenchia suas noites limpando, comendo e assistindo a terríveis programas de TV.

– Obrigada. Seria muito bom. – Ela abriu um sorriso educado. – Bem, melhor eu entrar. Tchau.

– Antes de ir – disse Margot, enfiando a mão na própria bolsa e tirando de lá uma pequena carteira de couro preta. – Aqui – disse ela, abrindo-a e pegando uma moeda. – Para você. Foi muito bom conhecê-la.

– Ah! – disse Charlotte, perplexa, olhando para a moeda na palma de sua mão. Era como ir visitar um parente idoso e ganhar uns trocados. Talvez Margot não estivesse tão lúcida quanto pensara inicialmente. – Tem certeza? Não, não posso... – começou a falar, mas Margot a cortou com um gesto da mão.

– Eu insisto – acrescentou ela, antes de começar a subir o próximo lance de escada. – Até mais.

– Ah... – disse Charlotte novamente, ainda desconcertada. – Bem, obrigada. Isto é muito gentil. – Hesitou antes de guardar a moeda no bolso. – Vou gastá-la com sabedoria!

Margot virou-se e sorriu. Devia ter sido linda quando jovem porque o sorriso iluminou todo o seu rosto.

– Sei que vai. Até a próxima.

E então foi embora, e Charlotte ficou ali tentando colocar a chave na fechadura antes de finalmente escapar para o santuário tranquilo do seu pequeno apartamento.

Pronto. Estava segura em sua privacidade. Recostou-se à porta, os olhos fechados, tentando não pensar no fato de que uma vizinha idosa acabara de sentir pena *dela* e tentara fazer amizade, e não o contrário. Então respirou fundo, pendurou o casaco, arrumou os sapatos em seu lugar junto à porta e foi preparar a refeição daquela noite. Precisava se ocupar. Só precisava se manter ocupada.

Ela estava bem, lembrou a si mesma com toda a convicção que pôde reunir. Estava tudo bem. Independentemente do que Margot Favager pudesse pensar, Charlotte Winters estava, definitivamente, cem por cento *bem*.

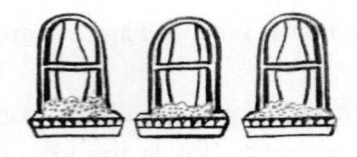

Capítulo Cinco

Rosa peneirou a farinha, vendo-a cair na tigela como finos flocos de neve na cremosa mistura amarela antes de misturar tudo delicadamente. Fazer um bolo era seu tipo preferido de magia: a alquimia dos ingredientes, o processo relaxante de medir e misturar, o cheiro de algo delicioso no forno. Ela acrescentou uma colher de sopa de leite e uma colher de chá de extrato de baunilha e, depois de misturar pela última vez, despejou o conteúdo da tigela em duas fôrmas untadas e colocou-as no forno. Ao ajustar o cronômetro em seu telefone, viu que Bea, a filha de Jo, estaria em casa em menos de uma hora. Rosa podia não entender nada sobre adolescentes e como cuidar delas, mas pelo menos sabia que uma fatia de bolo caseiro podia ser um grande conforto em períodos difíceis.

Cozinhar para melhorar; ela deveria imprimir isso em uma camiseta. Quando Jon, seu primeiro namorado da adolescência (cabelo bagunçado, poesia ruim), lhe deu um fora, Rosa cozinhara por duas semanas inteiras: brownies, pães, tortas, pão de ló, como se sua vida dependesse disso. Depois que sua avó morreu, passara uma semana na casa da mãe e fizera lasanhas e caçarolas, comida substancial e reconfortante para ajudá-los a superar a tristeza. Após o rompimento com o namorado número dois, Alastor, o traidor, ela se atirara de cabeça em preparações mais sofisticadas, massa caseira e massa folhada. Croissants, até. E agora olhe só para ela: trabalhando com comida em tempo integral após a desilusão mais devastadora de todas. Mas aquilo ajudou bastante. Cozinhar a fazia sentir-se melhor. E era impossível não se animar com pão de ló e creme de manteiga, não é mesmo?

Enquanto tomava banho, Rosa ouviu passos leves e ligeiros vindos do alto, o que significava que havia alguém no apartamento acima. Ainda não conhecera os novos vizinhos, mas já os ouvira: móveis sendo arrastados de um lado para outro, uma voz soprano bem aguda cantando com o rádio, uma discussão acalorada e sexo bem barulhento naquela mesma noite. Naquele dia, a voz feminina estridente cantava "I Feel Pretty" enquanto passava o aspirador de pó. Rosa abriu um sorriso breve e contido, lembrando que a vizinha de Max em Islington era uma soprano semiprofissional e que podiam ouvi-la praticando suas árias nas noites de verão quando as janelas estavam abertas. Será que ele ainda estava mantendo a farsa e morando lá?, perguntou-se pela centésima vez, imaginando seu corpo alto e esguio quando...

A tigela de cerâmica molhada escorregou de seus dedos de repente, batendo contra o escorredor. *Não*, disse a si mesma. *Esqueça-o de vez*.

Depois que os pães de ló assaram e foram colocados para esfriar em uma bandeja, Rosa ainda tinha vinte minutos até Bea chegar em casa, e viu-se atraída para o laptop, como se o computador tivesse um ímã poderoso ao qual não pudesse resistir. *Só uma olhada rápida*, pensou. Cinco minutos. Seu segredinho, sua culpa secreta.

A página do Facebook surgiu como seu site mais visitado, mais até do que seu e-mail e a Netflix. Não estava espionando ninguém, dizia sempre a si mesma. Não era culpa sua se Ann-Marie era tão sem noção a ponto de deixar seu perfil desprotegido, aberto para todos. Era como se ela *quisesse* que o mundo visse sua vida presunçosa e feliz, como se desse boas-vindas aos interessados em acompanhar a gloriosa honra de ser a sortuda Ann-Marie Chandler. *Vamos, venham todos, deem uma olhada e façam o possível para não sentir inveja! Difícil, não é? Que pena...*

A linda e saudável Ann-Marie tinha 37 anos, ou seja, na verdade era dois anos mais velha do que Rosa – embora parecesse irritantemente mais nova, mais feliz e muito mais fotogênica. Talvez ter uma vida maravilhosa fizesse isto por você: retocasse as rugas de expressão e olheiras, garantisse que suas mãos permanecessem macias e bonitas, como se nunca tivessem lavado um prato ou descascado uma batata em sua vida abençoada. Talvez seu corpo simplesmente envelhecesse de forma diferente se você vivesse em uma perfeita cidadezinha em Cotswold com um imenso jardim e seu próprio Land Rover Discovery, além de dois lindos filhos loiros, Josh e Mae (também conhecidos como "meu homenzinho" e "minha princesinha"). Sim, devia ser ótimo viver em um comercial de margarina; todas aquelas manhãs tomando café com os amigos, os filhos pitorescos, os campos verdejantes, os...

Meu Deus, pare com isso, Rosa, pensou, subitamente enojada por sua própria amargura. Espionar Ann-Marie às vezes parecia contraproducente, pois gerava mais angústia do que qualquer outra coisa. A cada clique na linha do tempo da mulher, era como se seu interior estivesse se corroendo, sua sanidade, diminuindo... e para quê? Dez minutos de satisfatório deboche? Uma nova dose de raiva para alimentar seu ódio? De alguma forma, Rosa se transformara no tipo de pessoa horrível e vingativa que torcia para que Ann-Marie se engasgasse com um de seus cookies caseiros (#*delícia!*) e morresse, ou que o precioso Josh e a encantadora Mae fossem encontrados boiando naquele riacho idílico que corria nos fundos do jardim dos Chandler. Não, ela não torcia por isso, repreendeu-se severamente. É claro que não. Não era uma completa psicopata. Ainda não, pelo menos.

Então como andavam as coisas no mundo de Ann-Marie naquela semana? Ah, que lindo, ela havia levado Mae para um piquenique de ursinhos de pelúcia. Incrível. E, é claro, havia fotos de Mae em um lindo vestido cor-de-rosa com um cardigã combinando (de marca, sem dúvida) e tênis brilhantes que quase certamente custavam tanto quanto o próprio Nike Air de Rosa. #*otária*, pensou Rosa, franzindo o nariz enquanto rolava a página.

E lá estava o precoce Josh, o "homenzinho" de sete anos de Ann-Marie, em um detestável uniforme de escola particular que incluía um boné, pelo amor de Deus. Mas apenas o melhor para a família de Ann-Marie, não é mesmo? *Ele vai governar o país em trinta anos, é só esperar, pensou*, continuando a ler.

Ah, não era o máximo? Uma viagem romântica de fim de semana planejada para Ann-Marie e seu marido, David! O lindo David de maxilar quadrado, ou "seu maridinho", como ela o chamava. Que adorável! Que sorte tinha Ann-Marie! Rosa esperava que ela e David não sofressem uma terrível intoxicação alimentar com o jantar do serviço de quarto. Uma pena que não estivessem vindo ao Zanzibar, não era mesmo? Não teria sido uma grande coincidência?

Rosa foi despertada de seus terríveis sonhos por batidas na porta e fechou o laptop rapidamente. Seu coração estava disparado, percebeu, levando a mão ao peito, sentindo-o martelar lá dentro. Calma, querido. É só uma página idiota do Facebook. Como seria irônico se, após todos os seus secretos pensamentos assassinos, fosse ela que acabasse sucumbindo a um ataque cardíaco, morta por seu próprio corpo vil.

– Já vou! – gritou.

Meu Deus, devia ser Bea, a filha da Jo, e ela precisava se recompor e lidar com esse novo drama.

– Oi – disse, receosa, ao abrir a porta. – Bea, não é? Sou a Rosa.

– Recebi seu bilhete – falou a garota, o queixo trêmulo, enquanto Rosa a deixava entrar. Seu cabelo ruivo parecia mais rebelde e bagunçado do que nunca, caindo sobre um olho, o esmalte malva começava a descascar, e havia uns vinte bótons presos às lapelas de seu blazer escolar. *Pessoas normais me assustam*, dizia um. *Equipe de defesa em caso de apocalipse zumbi*, dizia outro. – O que está acontecendo? Como assim, minha mãe está no hospital? O que houve, foi a asma ou...?

– Ela... Para ser sincera, eu ainda não sei – replicou Rosa, arrasada, percebendo tarde demais que já deveria ter ligado para o hospital a fim de obter mais informações para a menina; fatos concretos para responder às perguntas que Bea obviamente faria. Em vez de lidar com o problema real, andara ocupada demais zombando da vida de outra mulher. Ela era uma pessoa horrível. – Cheguei aqui quando os paramédicos já a estavam levando, foi tudo meio corrido. Ela pediu que eu cuidasse de você, então...

– O quê, e você nem se preocupou em descobrir por que ela passou mal? O que foi que aconteceu? Mas que droga! – gritou Bea, olhando com raiva para ela, a juba ruiva praticamente se encrespando de indignação.

– Sinto muito – disse Rosa com uma pontada de culpa.

Vivia em sua bolha solitária havia tanto tempo que se sentia meio fora de prática em certas situações sociais e não fazia absolutamente ideia de como lidar com aquela jovem beligerante, pensou, mordendo o lábio. Era como ter um animal selvagem à sua porta, irado e imprevisível.

– Olha, entra um instante – acrescentou ela. – Vou ligar para o hospital agora e perguntar. Vou ver se podemos visitá-la.

Bea se desarmou um pouco quando Rosa foi buscar o telefone.

– Tá bem – murmurou, roendo uma das unhas malva.

Três minutos depois, Rosa falara com uma enfermeira de uma ala do hospital e fora informada de que Jo agora estava aparentemente "confortável", mas definitivamente precisaria passar a noite internada. Elas podiam ficar à vontade para ir vê-la, e o horário de visitas ia até as oito da noite.

– Certo – disse Bea, virando-se como se fosse deixar o apartamento. – Estou indo então.

– Ah, mas... – retrucou Rosa, surpresa quando a menina içou a enorme mochila e começou a ir embora.

Algo com relação aos seus ombros – altos e curvados, irradiando tensão – de repente a fez parecer vulnerável, mais menina do que adolescente. *Eu não preciso de ninguém!* Só que era óbvio que precisava.

Rosa pensou nos dois discos de pão de ló amarelo-claros que já deviam estar frios, o saco de açúcar de confeiteiro pronto ao lado. Mas dissera à Jo que tomaria conta de sua filha, então o bolo teria de esperar.

– Eu lhe dou uma carona – falou, pegando a chave do carro e correndo atrás de Bea.

Jo estava em uma das alas, no final de um longo corredor ecoante. Apendicite, dissera-lhes uma enfermeira ao chegarem à recepção, e precisava ser submetida a uma cirurgia de emergência. *Aquilo não soava nada bem*, pensou Rosa, tentando se lembrar das aulas de biologia na escola. Não tinha nem muita certeza de onde o apêndice ficava, mas sabia que, caso se rompesse, poderia causar muita dor. Uma cirurgia também, pobre Jo. Quanto tempo ela precisaria ficar internada?, perguntou-se, lançando um olhar hesitante para a furiosa Bea. Cuidar do filho de outra pessoa por algumas horas era uma coisa, mas passar a noite com a criança que você mal conhece – e provavelmente mais tempo ainda – era algo bem diferente. Tinha a sensação de que seria preciso mais do que uma fatia de bolo de pão de ló para conquistar aquela hóspede em particular.

– Podemos vê-la? – disse Bea, aprumando-se, a voz hostil, como se preparada para argumentar, de todas as formas, que *precisava* ver a mãe.

– É claro – respondeu a enfermeira, sem reagir à postura agressiva da menina. Era mais nova do que Rosa, tinha cabelo castanho cacheado e várias sardas espalhadas pelo rosto. – Tivemos que lhe dar analgésicos bastante fortes, então ela pode estar meio grogue, mas estamos procurando mantê-la confortável até que possa ir para o centro cirúrgico. É só me seguir.

Jo estava dormindo quando abriram a cortina, a pele branco-esverdeada, o cabelo ruivo brilhante se destacando contra o travesseiro.

– Mãe... – disse Bea baixinho, aproximando-se da cama. – Mãe?

Jo se mexeu e soltou um gemido, mas seus olhos permaneceram fechados. Uma lágrima rolou pelo rosto de Bea e pingou no lençol branco engomado, deixando uma mancha úmida.

– Mãe, sou eu, acorde – insistiu a garota, a voz trêmula, mas ainda assim Jo não se mexeu.

– Você quer um lenço? Provavelmente tenho um na minha... – disse Rosa, procurando na bolsa, mas Bea só lhe lançou um olhar irritado, desabando em uma cadeira próxima.

Rosa andava de um lado para outro, sem saber o que fazer. E agora? Lembrou-se melancolicamente de seus planos para seu horário livre naquele dia: tomar café num daqueles restaurantes com mesas na calçada, observar as vitrines das lojas aproveitando o sol e o luxo de não ter nada para fazer. Ao se mudar para Brighton, optara por se isolar socialmente, e era assim mesmo que queria que as coisas fossem: preferia ficar sozinha, sem ter que pensar em ninguém além de si mesma. No entanto, lá estava ela naquela enfermaria, o cheiro de gel antisséptico fazendo as narinas arderem, o som de alguém chorando baixinho na cama ao lado – além disso, havia Bea, aquela garota por quem se tornara inesperadamente responsável. Fora de sua zona de conforto, Rosa não tinha ideia do que fazer. *Vamos lá*, procurou lembrar. *Você é a adulta aqui. Assuma o controle.*

– Quer ficar sozinha com a sua mãe? – perguntou Rosa depois de algum tempo.

– Pra quê? Para podermos ter uma conversa em particular? Hã... não acho que isso vá acontecer tão cedo – disse Bea sarcasticamente, mostrando a forma imóvel da mãe.

Rosa sentiu-se corar. *Olha, não tenho obrigação de estar aqui, garota*, sentiu vontade de responder. *Eu deveria estar de folga, e há várias outras coisas que eu preferiria estar fazendo a ficar aqui com você e seu sarcasmo.*

Mas então, como se só para contrariar, Jo abriu ligeiramente um olho e murmurou:

– Bea?

No segundo seguinte, a garota já estava de pé e inclinando-se sobre a mãe.

– Mãe?

Rosa encarou isso como um sinal para dar às duas um pouco de privacidade.

– Vou esperar lá fora – disse, abrindo a cortina.

Jo não tinha exatamente voltado a si, fora aquele breve momento de consciência, então, após cerca de vinte minutos, Bea admitiu a derrota e saiu arrastando os pés para encontrar Rosa.

– Devo ligar para seus avós ou para seu pai? – perguntou Rosa, enquanto as duas caminhavam pelo labirinto de corredores em direção ao estacionamento.

É verdade que Jo lhe pedira que cuidasse da filha, mas isso fora apenas por acaso: Rosa apareceu em cena no momento em que Jo estava sendo colocada na ambulância. Com certeza havia alguém melhor para lidar com Bea. Com certeza havia alguém com quem Bea preferisse ficar. E, não queria soar insensível, mas, para ser sincera, quanto antes Rosa pudesse voltar ao seu mundo solitário e livre de confusão, melhor.

Bea a encarou, preocupada.

– Por quê? Você acha que ela vai morrer ou algo assim?

– Não! Quis dizer para ajudar, para cuidar de você – replicou Rosa. – Para vir visitá-la também.

– Ah... – Bea deu de ombros. – Bem, meu pai é um idiota, os pais dele estão na Nova Zelândia e meus avós maternos nos detestam – continuou ela, sem rodeios. – Então não.

– Certo – disse Rosa, mortificada. Haviam chegado ao estacionamento, e ela olhou em volta, tentando lembrar onde deixara o carro. – E quanto a tias? Outros parentes? Amigos?

Bea enfiou as mãos nos bolsos.

– Só quero ir pra casa – murmurou. – Ficarei bem sozinha. Já tenho catorze anos.

– Bem... – começou Rosa com voz fraca, mas o rosto de Bea parecia tão irritado que hesitou. – Podemos conversar sobre isso mais tarde – procurou mudar de assunto, sentindo que aquilo fugia de sua alçada.

Era aquilo que acontecia quando se envolvia com outras pessoas, pensou, mal-humorada, finalmente achando o carro e caminhando até lá. Confronto, dificuldade, estresse... Ah, por que não fizera um caminho mais longo para casa naquela tarde de modo a evitar tudo isso? Por que o resto do mundo não podia deixá-la em paz?

A viagem de carro de volta para casa foi tensa, e ficaram boa parte do caminho em silêncio. Bea esfregava os olhos de vez em quando e olhava pela janela, tentando esconder as lágrimas, desconfiava Rosa. Uma chuva repentina fez as cores lá fora parecerem borradas, e Rosa ligou os limpadores, os faróis e o aquecedor, um após outro, sua mente evocando subitamente a lembrança de quanto Max amava a chuva, tempestades com trovões em particular – ele era o tipo de homem que jogava a cabeça para trás e ria quando eram pegos por um temporal em vez de correr para a cafeteria mais próxima (o que seria a primeira opção de Rosa). Obstinado... Max era assim. Imprudente e impulsivo, um homem de grandes gestos, paixão, presentes caros. Mas é claro que Rosa sabia agora que tudo não passava de um truque, uma ilusão habilidosa para esconder das pessoas sua superficialidade.

Pensei ter visto Max hoje na King's Road, dissera Catherine naquele dia, erguendo as sobrancelhas com seu jeito sincero. Ela sorria, como se isso fosse uma ótima notícia, como se estivesse feliz por Rosa. *Ele voltou mais cedo de Amsterdã?* E Rosa não notara nada. *Quem dera!*, respondera, fazendo uma careta. Tinham ido ao Pitcher and Piano, um restaurante próximo ao escritório, e estavam em um sofá de couro baixo demais, do tipo que tornava impossível ficar perfeitamente confortável, tomando gim-tônica e colocando o papo em dia. *Ele volta amanhã à noite*, dissera, mexendo o canudo em torno dos cubos de gelo para misturar a bebida. *Mal posso esperar!*

Mas que burra! Burra e ingênua. Rosa freou o carro no semáforo, os limpadores de para-brisa sibilando e deslizando em meio à chuva, bem quando Bea bateu o punho no banco e disse:

– Não quero ir para a casa do meu pai. De jeito nenhum. Você não vai me obrigar a ir, não é? Ele é um idiota.

Rosa, dando seta para virar à direita na praça, não disse nada por um instante. Não queria ter que começar a impor sua vontade a alguém que mal conhecia – principalmente quando podia ver que Bea estava fragilizada sob toda aquela aparência sisuda e destemida –, mas ao mesmo tempo, como a adulta na história, cabia a ela tomar as decisões.

– O que houve entre vocês e seus avós? – perguntou ela, evitando uma resposta direta por enquanto.

Eles nos detestam, dissera a garota a caminho do carro, mas Rosa supunha que aquilo fosse um mero melodrama adolescente, um exagero para causar efeito. Com certeza as palavras de Bea não deviam ser verdade, não é?

– Eles não se dão bem com a minha mãe – resmungou Bea, comprimindo os lábios. – Antes de tudo porque ela saiu do armário e deixou o meu pai por uma mulher, e eles são extremamente religiosos, do tipo que tenta converter todo mundo e faz você rezar com eles e tal. Eles se dizem cristãos, mas não gostam de gays... Quer dizer, como isso é possível? Eu achava que os cristãos pregassem o amor e o perdão, pelo menos foi o que nosso professor de ensino religioso disse.

– Meu Deus – disse Rosa sem pensar, então fez uma careta ao ouvir sua própria blasfêmia acidental. – Quer dizer...

– Ah, não me importo. Eles são horríveis. Deus não pode pensar que são boas pessoas quando são tão maus o tempo todo. – Ela fechava e abria os dedos no colo enquanto a chuva tamborilava no teto do carro. – A segunda razão pela qual odeiam minha mãe é porque fugimos para a Índia, mas então eu quase morri e tivemos que voltar, e eles culparam a minha mãe, dizendo que ela era uma péssima mãe e que não sabia cuidar de mim.

A voz entrecortada de Bea revelava sua vulnerabilidade, apesar do tom insolente.

– Isso parece um pouco duro – comentou Rosa com cautela.

– Sim, mas eles estão rezando por nós, então tá tudo bem. – Bea parecia furiosa. – E eles nos mandam presentes de vez em quando, como uma capa de almofada que minha avó fez com o bordado "Arrependa-se e será salvo".

– Meu Deus – disse Rosa, blasfemando sem querer novamente. Em seguida, estacionou de ré, puxou o freio de mão e continuou, com o rosto impassível: – Eles parecem ótimos. Tem *certeza* de que não quer ficar com eles?

– Não, eu... – começou a responder Bea, até perceber que Rosa estava brincando. – Ah, rá, rá – disse ela, revirando os olhos.

Rosa estava imaginando coisas ou ela parecia um pouco menos irritada?

– Bem, nesse caso, você vai ter que ficar comigo hoje – comentou Rosa,

tentando conter o suspiro. Pensar em ter outra pessoa no apartamento a deixava bastante desconfortável, mas não conseguia imaginar outra solução.
– Vamos entrar. – Ela desligou o motor, se esforçando para parecer animada. – Aliás, eu fiz bolo. Você gosta de bolo?

Bea deu de ombros como se não pudesse ligar menos para bolo e desceu do carro.

– Acho que sim – murmurou ela, mas depois cedeu. – Sim – admitiu, erguendo o olhar e assentindo de leve. – Gosto, sim.

Capítulo Seis

– Vamos sair para jantar! – disse Georgie, animada, quando Simon chegou do trabalho. – Tenho novidades!

Simon, que estava com olheiras profundas após precisar acordar às seis da manhã por vários dias, deixou escapar um ruído exasperado ao ouvir aquilo.

– Você vai pagar, não é? – perguntou, tirando o paletó e afrouxando a odiada gravata de uma maneira que dizia claramente que não pretendia ir a lugar algum. Com seus ombros largos e o pescoço grosso de jogador de rúgbi, era um desses homens que não suportavam o colarinho apertado de uma camisa. – Não podemos comer fora toda hora só porque você não quer cozinhar. Os preços daqui são absurdos, e este apartamento já está me custando uma pequena fortuna.

As palavras dele a deixaram muda. Ah, meu Deus. Quem diria, Simon se transformara num amargo chefe de família apenas algumas semanas após ela ter chegado ali. Ele sempre fora um pouco mão de vaca e agora toda conversa parecia voltar para o mesmo ponto: que poderiam comprar as coisas pela metade do preço em Yorkshire, poderiam morar em um palácio em Stonefield pelo aluguel que pagavam ali e já estava de saco cheio de ser "assaltado" em Brighton toda vez que abria a carteira. Para ser sincera, toda aquela reclamação estava enlouquecendo Georgie.

– Vou pagar, *sim* – respondeu ela acidamente só para calá-lo, embora não tivesse pensado ainda na questão do dinheiro.

Mas que droga, iria pagar mesmo, ainda que isso fosse deixá-la no vermelho. De forma alguma ela era uma aproveitadora. De forma alguma iria aturar comentários mordazes sobre quanto *ele* tinha que pagar pelo apartamento e a alusão indireta ao fato de ela não estar contribuindo.

– Porque acabei de conseguir um *emprego*, se quer saber – continuou.

– Mas posso sair para comemorar sozinha se você não quiser ir comigo. Por mim, tudo bem.

Seu pequeno discurso teve o efeito desejado, porque ele virou imediatamente, o rosto uma mistura de culpa e surpresa.

– Você conseguiu um *emprego*? Georgie, que maravilha! Desculpe, só pensei... Bem, do que se trata?

– Escrever para uma revista – respondeu ela com um ar de proposital indiferença.

Não preciso contar que é só uma coluna, pensou Georgie. Nem confessar quão insignificante é o pagamento. Simon não precisava saber detalhes chatos assim – e, de qualquer forma, aquele era apenas o começo de sua gloriosa nova carreira, não era?

– Fui conhecer a editora hoje... O nome dela é Viv – prosseguiu, fingindo examinar as unhas, mesmo sabendo que estavam perfeitas. (Sim, ela se *permitira* ir a uma manicure na volta do escritório para casa. E, sim, provavelmente torrara seu primeiro salário no processo.) – Ela é bem legal. Então, sim, o jantar é por minha conta. Pode considerar um agradinho da nova jornalista da cidade.

A boca de Simon ainda estava ligeiramente aberta na clássica expressão do perfeito idiota, mas então ele passou a mão pelo cabelo loiro e sorriu. Tinha um lindo sorriso – generoso e sincero – e por fim estava voltando a parecer seu namorado. Ele andava tão tenso ultimamente, tão estressado por ter que se provar no trabalho, sobretudo porque o projeto de remodelação já encontrara resistência dos moradores.

– Uau, Georgie, isso é muito legal. Como você conseguiu isso?

– Hã... – *Com certeza* não iria falar que tinha praticamente implorado. (Resumindo, estava deixando de contar muita coisa sobre aquela nova carreira para seu namorado, pensou, sentindo-se culpada.) – Bem, só liguei e sugeri algumas coisas, ela me chamou para conversar e então me passou o trabalho. – Então flexionou os bíceps, brincando. – Quando Georgie quer, ela consegue!

Ele olhava para ela de um jeito que só poderia ser descrito como respeito. Respeito e – sim, estava certa disso – admiração também. A combinação era poderosa, e Georgie estava se sentindo eufórica. Já fazia algum tempo que ele não olhava para ela daquele jeito, como quem reconhece seu valor.

– Legal – disse ele de novo. – Que revista é? Alguma de que eu tenha ouvido falar?

– É a *Brighton Rocks*, uma revista local – respondeu, esfuziante de orgulho com seu sucesso. – É ótima: engraçada, irreverente, contemporânea...

Mas, por algum motivo, ele perdera o interesse.

– Ah, certo – interrompeu Simon, o respeito e a admiração se desvanecendo. – O quê, uma dessas distribuídas gratuitamente? Pensei que estivesse falando...

Ela sentiu o rosto corar. Em outras palavras, Simon pensara que Georgie estivesse se referindo a uma revista "de verdade". Uma daquelas grossas e de papel lustroso, vendidas em estações de trem e livrarias.

– Bem, sim, é uma dessas distribuídas gratuitamente – admitiu –, mas ainda assim é bom. Ainda assim conta!

– Claro – disse Simon tentando apaziguá-la, embora fosse perceptível que seu interesse havia diminuído e ele não estava mais tão impressionado. Ah, caramba, ele estava até parecendo um pouco pesaroso, um pouco condescendente, como se ela fosse uma idiota por estar satisfeita. – Eles vão pagá-la, não vão?

– Sim!

Georgie fuzilou-o com o olhar. Por que ele estava sendo tão cretino? Era o que ela temia: Simon nada empolgado em lhe dar os parabéns, e até mesmo desdenhoso. *Ela* jamais ousaria perguntar se os empregadores *dele* estavam pagando devidamente.

– Olha, quer sair ou não? Porque, a qualquer segundo, vou retirar minha oferta e você vai ter que se virar sozinho.

– Desculpe – disse ele. – Adoraria sair para jantar. E *claro* que estou feliz por você. É uma ótima notícia.

Sim, pensou ela, seu bom humor azedando enquanto passava um pouco de maquiagem e perfume. Bem, aquela *era* uma ótima notícia na sua percepção... pelo menos até contar a ele. E agora sentia como se Simon pensasse menos dela, não a levasse a sério. Ficou furiosa ao borrar o batom e percebeu que estava franzindo a testa para o próprio reflexo. *Bem, ele vai ver só*, pensou, irritada. Iria ver só quando ela fosse indicada para algum prestigiado prêmio de escrita e "acidentalmente" esquecesse de lhe agradecer em seu discurso vitorioso. Rá!

E aí, Em,
estou passando por um terrível problema. Eu...

Na manhã seguinte, Georgie sentou-se de pernas cruzadas na cama e foi direto ao trabalho. Bem, pelo menos essa fora sua intenção, mas, apesar de ter lido as cartas de Viv três vezes, continuava sem inspiração. Eram todas tão intimidantes, tão excêntricas, que não sabia como deveria responder. Ainda assim, não era de desistir fácil, de jeito nenhum, então tomara a decisão de criar a própria carta, uma que achasse que poderia, de fato, responder. Com um pouco de sorte, Viv não notaria que não era verdadeira, principalmente se escrevesse algo incrível.

Agora tudo o que precisava fazer era criar o tal texto incrível. Infelizmente, essa parecia ser a parte difícil do plano. Droga. Leu as dez palavras que digitara até o momento – só faltavam 390! – e mordeu o lábio, os dedos pairando sobre o teclado enquanto esperava pela inspiração. Hum...

Tomou o restante do café, estremecendo com o gosto. Preparara um café bem forte, esperando que acabasse com o resto de sua ressaca, mas só estava servindo para deixá-la agitada. Sabe lá Deus como Simon estava conseguindo trabalhar, já que ficara ainda mais bêbado do que ela na noite anterior.

Georgie deu um suspiro e caiu de costas nos travesseiros, fazendo caretas para o teto. Aff! Era extremamente injusto estar com aquela sensação horrível de ressaca sem nem ter se divertido muito. Tinham ido ao Mexica, um restaurante chique à beira-mar – ou seja, nada barato –, e quase tivera um ataque cardíaco quando a conta chegou. Sim, tudo bem que ela falara "Dinheiro não é problema!" de maneira grandiosa quando se sentaram, mas ele podia ter ajudado, não podia? Podia não ter pedido bife, o prato mais caro do cardápio. Ou ter dado uma nota de dez de gorjeta, em vez de deixá-la ficar caçando as últimas moedas na bolsa, temendo ter ido à falência com aquele seu ato exibicionista. Com certeza, tinha aprendido a lição.

E o pior: Simon ficara o jantar inteiro de mau humor. Bocejara muito, checara os e-mails assim que se sentaram à mesa e resmungara o tempo todo sobre os problemas que estavam enfrentando no trabalho e que um grupo de manifestantes ameaçara fazer um protesto no hotel. ("Mas por quê?", perguntara Georgie, ao que ele grunhira: "Porque são um bando de hipócritas desgraçadas sem nada melhor para fazer.") Para ser sincera, ficou meio chato depois de algum tempo, principalmente considerando que aquele deveria ser um jantar comemorativo. Georgie quase deixou de lado sua comida caríssima de tão irritada que estava ficando. "Nem tudo tem a ver com você, sabia?", sentiu vontade de dizer. "Dá um tempo!"

Suspirou fundo novamente com a lembrança antes de se sentar e se concentrar na tela do laptop. Sua grande oportunidade estava se tornando um verdadeiro pé no saco. Justo quando precisava criar algo fabuloso para impressionar Viv! Então apagou a frase inicial e decidiu simplesmente começar a digitar, abrindo seu coração e vendo no que dava. No passado, quando escrevia os boletins da biblioteca, descobrira que sempre precisava aquecer primeiro; brincar um pouco, depois polir. *Hora de brincar*, pensou, os dedos de volta ao teclado, então digitou:

E aí, Em,
Sabe de uma coisa, meu namorado está sendo um completo idiota. Ele é um figurão no emprego novo e agora se acha um profissional superincrível. Nós nos mudamos lá de Yorkshire para que ele pudesse seguir a droga do seu sonho, aceitar seu "crush profissional", quer dizer, esse maravilhoso trabalho, e de repente me sinto meio insignificante. Tenho me esforçado ao máximo – até arrumei um novo emprego –, mas é como se tudo tivesse mudado em nosso relacionamento. Ele age como se fosse a força motriz de tudo e eu estivesse só de carona. Talvez eu esteja mesmo só de carona. Talvez eu devesse deixá-lo seguir viagem sozinho!

Então parou de digitar, horrorizada em ver aonde seus pensamentos a levaram. Deixar Simon? O que estava dizendo? Era a última coisa que queria. A ressaca a deixara meio louca, pensou, erguendo depressa as mãos do teclado como se tivesse acabado de tocar em algo sujo. Ir embora não era uma opção, não quando fizera tanta questão de se mudar, para começo de conversa, e principalmente quando ainda estava se gabando para todas as amigas nas redes sociais de como estava se divertindo ali!

Controle-se, garota, imaginou Em dizendo, ajeitando o penteado colmeia e retocando o delineador esfumado. *Tome um maldito calmante e respire fundo, certo?*

Em estava certa. E, na verdade, por falar em mídia social, estava aí um ótimo lugar para buscar inspiração, pensou Georgie, saindo de seu texto lastimoso e entrando no Facebook. Que problemas suas amigas estavam tendo no momento? Talvez pudesse se apropriar de um deles para a coluna. Elas nunca iriam saber. Então rolou sua linha do tempo para ver.

Amelia Noble: OMG, que PESADELO!!! Tentando terminar a lista de convidados – preciso dar um jeito de reduzir para 200 pessoas!!! –, mas a tia do Jason está brigada com a melhor amiga da mãe dele e não sabemos se devemos convidá-las e torcer para que tenham se entendido até lá ou simplesmente deixar as duas fora da lista. Socooooorro!

Georgie bufou. Adorava a amiga de todo o coração, mas aquela história de Noivazilla estava começando a dar nos nervos. Diferente de seu alter ego fictício, porém, não sabia ser dura nos conselhos. *Que pesadelo!*, digitou solidariamente logo embaixo. *Uma taça de vinho pode ajudar na decisão!*
E continuou rolando para ver o que as outras amigas estavam fazendo.

Jade Hamilton: Pensando na lua de mel... Maldivas ou Bahamas?! Posso escolher as duas?!!!!
Mel Batley: Alguém pegou meu casaco sábado à noite? Acho que o deixei no Greyhound.
Nora Taylor: Reggie curtindo um passeio ao sol!

Meu Deus, como eram chatas, pensou Georgie, irritada, enquanto rolava mais a tela e via fotos de bebês, de almoços, de vestidos novos e mais de vinte fotos quase idênticas de Reggie passeando tranquilamente por Dales, a língua pendurada pra fora. Entediantemente felizes, além de tudo, as egoístas. Aquilo não fornecia material nenhum para conselhos sobre problemas e angústias. Ela precisava de... bem, problemas e angústias.
Já ia fechar o laptop, mas foi incapaz de resistir à tentação de se gabar um pouco. *Adivinhem quem foi convidada para escrever uma coluna de conselhos numa revista??*, digitou como atualização de status e acrescentou uma fileira de carinhas felizes. Isso impressionaria todas elas. A bibliotecária Georgie e sua fascinante trajetória profissional. Sim! Ainda que estivesse exagerando um pouco, elas não precisavam saber, não é mesmo?

Largou o computador na cama e se levantou, o estômago roncando enquanto escovava o cabelo e passava um pouco de rímel. Levaria o laptop até um café e tentaria de novo depois de comer um pouco, pensou, e talvez – ideia! – pudesse ouvir o que as outras pessoas estavam falando, concentrar-se em alguém que estivesse se queixando de algum problema e usar isso como base para a coluna. Genial!

Então saiu, já se sentindo mais animada. Agora era torcer para encontrar pessoas infelizes que falassem alto. Missão Lamúria, lá vamos nós!

O café mais próximo da Dukes Square chamava-se Sea Blue Sky, e Georgie já o visitara algumas vezes, principalmente para escapar um pouco do apartamento quando começava a se sentir sufocada. Havia algumas mesinhas na calçada, onde fumantes e donos de cães costumavam ficar, e na parte de dentro, com móveis em madeira escura e paredes cinza, havia uma enorme máquina de café sibilante e um cardápio no estilo brunch escrito com giz em um quadro-negro atrás do balcão.

Georgie pediu ovos pochés com torrada, um *espresso* e uma Coca-Cola normal – isso deveria curar a ressaca –, e procurou em volta a mesa com o melhor potencial para ouvir conversas interessantes. Havia um grupo de estudantes em um canto – o público perfeito para a revista, ponderou, mas infelizmente estavam todos rindo e pareciam felizes demais para terem algum problema. Havia duas mulheres mais velhas em uma mesa perto do fundo com o maior jeito de que gostavam de uma boa fofoca, com o corpo inclinado uma em direção à outra enquanto conversavam de maneira conspiratória. Algumas jovens mães também, com rosto pálido e um bebê choramingento a tiracolo. É verdade que pareciam cansadas e estressadas, mas, quando Georgie passou lentamente por elas, viu que estavam conversando sobre a cor do cocô de seus bebês. Melhor não.

As mulheres mais velhas então, decidiu Georgie, sentando-se onde poderia ouvi-las. Abriu o laptop e o mesmo arquivo de antes, pronta para tentar de novo.

E aí, Em, digitou, então tomou um gole da Coca-Cola, ficou atenta e esperou.

* * *

Ouvir a conversa alheia era divertido! Muito melhor do que ouvir seus pensamentos chatos. Enquanto saboreava a comida, escutava avidamente a Senhora Número 1 (lã verde) soltar o verbo sobre seu genro imprestável (principalmente com relação à criação dos filhos, pelo que pôde presumir) e, depois, a Senhora Número 2 (cardigã lavanda) confidenciou, em meio a risadas, uma história sobre o cara do número 23, "você sabe, aquele cheio de tatuagens de quem lhe falei", que tinha sido levado para a emergência na noite anterior porque – "não estou mentindo, foi a Barbara quem me contou, e ela sabe de *tudo*" – estava com uma rolha de champanhe presa no traseiro.

Georgie teve que se esforçar ao máximo para não gargalhar junto com as mulheres. *Lã Verde e Cardigã Lavanda são demais*, pensou, desejando poder fazer parte de sua pequena gangue. Então se lembrou da razão de estar ali e olhou para o laptop, que já havia entrado em modo de espera. Hum... Por mais divertidas que Lã Verde e Cardigã Lavanda fossem, infelizmente não tinha certeza se uma carta para Em sobre um genro inútil – ou até mesmo um genro inútil com uma rolha de champanhe na retaguarda – era o problema que estava procurando. E o que Em, a conselheira de respostas afiadas, teria a dizer sobre tal situação?

Pelo amor de Deus, você nunca ouviu falar em lubrificante? Não desperdice nossos impostos em razão de sua incompetência sexual, querido! E faça-me o favor de ler uma história para sua filha de vez em quando, está bem? Ou, além de burro, você também é analfabeto?

Ela abafou uma risada – *melhor não* – bem na hora em que o cara que parecia cuidar do lugar se aproximou para retirar seus talheres e o prato vazio.

– Tudo certo? – perguntou ele.

Ele tinha um rosto tão aberto e gentil que Georgie não pôde deixar de retribuir o sorriso.

– Tudo ótimo, obrigada. Amei os ovos pochés.

– Que maravilha! Vou dizer para o nosso chef. – Então ergueu uma sobrancelha. – A propósito, notei um sotaque de Yorkshire.

– Isso mesmo – respondeu Georgie, encantada. – Você é atento. Também é de lá?

– Não, mas minha mãe é de Bradford. Foi por isso que notei. Não que eu esteja dizendo que você se parece com a minha mãe.

Minha nossa, ele estava corando.

– Hã, que bom! – disse Georgie, erguendo a sobrancelha. – Sem ofensas à sua mãe, obviamente.

Ele sorriu.

– Quer mais alguma coisa? – perguntou ele. – Outro café? Uma segunda rodada de ovos?

Ela olhou para o laptop e depois em volta. O café começava a esvaziar e suas vizinhas fofoqueiras já estavam se levantando. O tempo de escutar a conversa dos outros terminara.

– Não, obrigada, é melhor eu ir. Mas... – Ela hesitou, não querendo deixar a cafeteria sem pelo menos um problema interessante para sua coluna. – Hã, sei que pode parecer estranho, mas me dá uma ajudinha aqui? – disparou. – Se você fosse escrever uma carta para uma coluna de aconselhamentos, sobre o que seria? – Ele olhou para ela, confuso, e Georgie sentiu que precisa explicar melhor. – Escrevo para uma coluna de conselhos. Ou melhor, estou em período de experiência. Mas não tenho sobre o que escrever ainda.

– Ah, entendo. – Então contraiu a boca, pensativo. – Não sei bem se meus problemas seriam interessantes para outra pessoa, já que basicamente giram em torno de tentar pagar as contas e cuidar das minhas filhas – disse ele –, mas posso pedir para a Shamira, uma das nossas garçonetes, vir falar com você. Sei que ela está enfrentando um dilema.

– Sério? E você acha que ela não se importaria?

Georgie viu a mulher para a qual ele apontava, uma garçonete com cabelo castanho cacheado e sardas, e um minúsculo piercing de nariz azul-cobalto.

O homem revirou os olhos.

– Cá entre nós, ela não fala sobre outra coisa – comentou ele de maneira conspiratória. – Tem alugado nossos ouvidos há semanas. – Então chamou a garçonete. – Shamira? Pode vir aqui um segundo? – Em seguida, piscou para Georgie. – Boa sorte.

E aí, Em, digitou assim que chegou em casa,

Minha irmã namorou um cara – vamos chamá-lo de John – durante seis anos, e os dois pareciam realmente felizes juntos. Sempre achei John perfeito. Ele é bonito, sexy, engraçado... e parecia loucamente apaixonado por ela. Cheguei até a sentir inveja da minha irmã por um tempo... e brincava dizendo que queria encontrar alguém igualzinho para mim.

O problema é que eles acabaram de se separar e, dois dias atrás, John apareceu na minha porta dizendo que achava estar apaixonado por mim. Devo confessar que a princípio me senti lisonjeada – putz, ele era perfeito! –, mas também confusa. O que devo dizer para minha irmã? Ela ficaria arrasada se começássemos a namorar... afinal, até pouco tempo atrás ela achava que se casaria com John, teriam filhos e viveriam felizes para sempre.

Não sei o que fazer. Se eu ficar com John, minha irmã nunca vai me perdoar. Mas, se eu desistir dele, poderia estar abrindo mão do melhor cara que já conheci.

Socorro!

Sardas

Georgie praticamente correra para casa para digitar a história da garçonete. Mal pudera acreditar quando uma completa desconhecida lhe dera de bandeja aquele extraordinário dilema da vida real.

– Caramba – dissera ela ao ouvir tudo. – E o que você vai fazer?

– Não sei ainda – respondera a garçonete, fazendo careta. – Porque amo minha irmã, mas... você sabe. E se ele for... *o cara*?

– Meu Deus! – exclamara Georgie, sentindo sua agonia. Afinal, ela sempre acreditara nessa história de haver *o cara*. Todos tinham uma alma gêmea, não é mesmo? – Bem, boa sorte – falara, por fim, apertando a mão da garçonete. – É uma grande decisão. Espero que acabe tudo bem.

De volta ao apartamento, com a carta digitada, Georgie fechou os olhos e pôs de lado seu verdadeiro eu, aquele que apertava a mão de desconhecidos, acreditava em amor verdadeiro e não queria que ninguém ficasse chateado. Em vez disso, seguindo as instruções de Viv, fez o melhor que pôde para internalizar a fictícia Em: cabelo comprido, batom e opiniões fortes... perfeito. Em não teria papas na língua para tratar daquilo.

Querida Sardas, digitou.

Pode parar por aí. Está mesmo me dizendo, sinceramente, que não sabe o que deveria fazer? Você já sabe a resposta, querida. Disse com suas próprias palavras que sua irmã ficaria "arrasada", que ela nunca a "perdoaria". Acorda, Sardas! Por que ainda está pensando nisso? Estamos falando de alguém que é sangue do seu sangue... família. Você fala que esse tal de John é "perfeito" e "atencioso", mas... surpresa!... ele não está sendo nenhuma dessas duas coisas para sua pobre irmã ultimamente. Se quer saber, ele me parece um belo de um oportunista, isso sim. Quanto a ele "achar" que está apaixonado por você... Por acaso não parece alguém testando as pessoas?

Sinto muito, Sardas, mas você sabe o que deve fazer. Todos nós sabemos o que você deve fazer. Livre-se do John pelo bem do seu relacionamento com sua irmã. Existem muitos outros caras por aí... e tanto você quanto sua irmã merecem coisa bem melhor do que esse cretino.

Com amor, Em

Georgie se recostou e leu tudo em voz alta para si mesma, trocando algumas palavras aqui e ali. Muito simplista? Pouco solidário? Não tinha nem certeza se gostava daquele personagem, pensou, preocupada. Ainda assim, dura e prática fora o que Viv pedira, procurou lembrar. Talvez as coisas fossem assim mesmo na cidade – as pessoas fossem um pouco mais insolentes, menos propensas a se importar com o que diziam.

Mas talvez estivesse faltando alguma coisa, pensou, lendo de novo. Afinal, queria que ficasse perfeito, e definitivamente não gostaria que sua nova chefe se arrependesse de tê-la contratado. E nunca é demais mostrar inciativa e deixar uma boa primeira impressão, não é mesmo?

Então se lembrou da conversa no escritório da revista no dia anterior e de Viv dizendo que queria que todos falassem da coluna, que envolvesse os leitores. Bem, e que melhor maneira de envolvê-los do que pedindo diretamente seu retorno?

Com essa ideia em mente, ela voltou a digitar.

Em acertou? O que você acha que Sardas deveria fazer nessa situação? Participe da nossa votação on-line e dê a sua opinião!
Sardas deveria:
DAR O FORA NELE O cara não presta! Fique longe dele!
DAR PARA ELE Droga, ele parece gostoso. Transe assim mesmo!

Ela sorriu para si mesma, lendo tudo de novo. Uma enquete on-line era moleza de programar e poderiam divulgar o resultado na semana seguinte, levando as pessoas a lerem a próxima edição da revista. Poderia até se tornar uma característica permanente da coluna. Sim!

Georgie salvou o arquivo – Problema1, o primeiro de muitos, assim esperava – e já ia mandar para Viv quando percebeu, com um gritinho, que seu texto sobre Simon ainda estava no alto da página. Ufa, fora por pouco! Aquilo não seria nada profissional. Apagou rapidamente, salvou o documento de novo – ProblemaUm – e escreveu um e-mail para Viv. Blá-blá-blá, espero que goste, blá-blá-blá, ficarei feliz em fazer qualquer alteração se for necessário, ou... Espera aí. Seus dedos congelaram quando lhe ocorreu que estava perdendo uma grande chance ali. Era uma oportunidade de ouro para conseguir mais algum trabalho, agora que tinha a atenção da editora. Por que enviar uma única coisa quando podia aproveitar aquele gancho para pedir outra?

Ela abandonou o e-mail, abriu um documento novo e pegou sua lista original de ideias. Iria desenvolver as três melhores, decidiu, e condensar cada uma em duas frases tentadoras e fantásticas a que Viv não poderia resistir. Não seria nada parecido com tagarelar desesperadamente sobre os "Cães de Brighton" ou outras ideias idiotas ao telefone; seriam propostas cuidadosamente pensadas e produzidas. Com um pouco de sorte, teria uma segunda oferta até o final do dia e até mesmo *Simon* ficaria impressionado com seu espírito empreendedor.

Murmurando em voz alta à medida que as ideias tomavam forma em sua cabeça, seus dedos começaram a voar sobre o teclado novamente. *Posso fazer isso*, disse a si mesma. *Eu consigo!*

Capítulo Sete

A chuva tinha dado uma trégua, mas as calçadas em torno da Dukes Square ainda brilhavam com a umidade quando os postes começaram a se acender, fazendo as gotas grossas nas capotas dos carros e nos para-brisas cintilarem como lantejoulas. O céu escurecia, o mar era uma faixa azul-marinho no horizonte; lâmpadas se acendiam nas casas e cortinas eram fechadas. No apartamento de Rosa, ela e Bea tinham comido o jantar mais reconfortante que pôde preparar – macarrão com queijo, dourado e borbulhante, e bolo de sobremesa – e, embora Bea não tivesse contribuído muito, escondendo-se por trás do cheio cabelo ruivo e ignorando as tentativas de puxar conversa de Rosa, pelo menos parecia menos na defensiva do que antes. Era o poder do macarrão com queijo. Na verdade, pensou Rosa, lambendo um pouco de cobertura do dedo, tinha sido surpreendentemente bom voltar a cozinhar para outra pessoa. Esquecera como era agradável ver alguém feliz com sua comida.

– Então – disse ela, empilhando os pratos vazios –, você tem algum dever de casa ou coisas que precisa fazer para a escola amanhã?

Bea pensou por um instante e depois deixou escapar um gemido teatral.

– Droga, eu tinha que fazer um *trabalho*. Sobre a peça mais chata *de todos os tempos*. E preciso entregar amanhã. – Suspirou com um ar de tédio mortal. – É melhor eu pegar alguns livros lá em casa.

– Claro.

Rosa hesitou, pensando antecipadamente em como iriam dormir. Já que Bea não lhe indicara nenhuma outra pessoa que pudesse ficar com ela à noite, a responsabilidade era definitivamente sua, gostasse ou não.

– Aliás, o que quer fazer esta noite? – perguntou Rosa. – Quer ficar aqui no meu apartamento ou...?

Bea desviou o olhar e deu de ombros.

– Você pode ficar no nosso? – perguntou com voz rouca depois de um tempo, puxando as mangas do casaco até cobrir as mãos. – Pode dormir na cama da minha mãe.

Parecia a solução mais prática, então, depois que terminou de lavar a louça, Rosa atravessou o corredor com a vizinha adolescente em direção ao apartamento de Jo.

– Uau! – disse, piscando, enquanto olhava em volta.

Em comparação com a decoração simples de sua casa, o apartamento de Jo era um verdadeiro choque, com paredes cor-de-rosa na cozinha, uma sala de estar turquesa com móveis de pau-rosa em estilo indiano, almofadas de cores vibrantes em tecido brilhoso no sofá com um sári dourado drapeado e um suave aroma de incenso no ar. Havia várias orquídeas em flor no peitoril de uma janela, prateleiras com livros empilhados de maneira bagunçada, guias de viagem, romances e livros de poesia amontoados aleatoriamente, e uma obra incrível de Andy Warhol em uma das paredes.

– Está meio bagunçado – admitiu Bea, parecendo na defensiva enquanto Rosa olhava em volta.

– É lindo. Tão acolhedor...

Seus olhos não conseguiam registrar tudo rápido o bastante: fotos emolduradas de Bea e Jo na parede, as duas bronzeadas e rindo, usando sombreiros; Bea ainda pequena de galocha e capa de chuva vermelhas; Jo de cabelo loiro, cabelo preto e cabelo rosa, dependendo de qual foto se olhasse. Havia uma pilha de livros escolares na mesinha de centro, um par de pantufas de lã azul-marinho, um vaso com lindos narcisos sobre a lareira, um uniforme de enfermeira na tábua de passar. Os cômodos transbordavam cor e personalidade, como todo lar deveria ser. Exatamente como o seu apartamento *não era*, ressaltou uma voz em sua cabeça.

– Nossa, aqui são vocês duas em um elefante? – perguntou Rosa, vendo uma foto emoldurada na estante.

– Sim – respondeu Bea. – E ali é minha mãe saltando de bungee-jump de um penhasco. Viva o hoje! É o que ela sempre diz – acrescentou, revirando os olhos. – A não ser quando está semiconsciente num leito de hospital, parecendo prestes a bater as botas.

O queixo de Bea tremeu, traindo suas palavras, e ela virou o rosto abruptamente.

Para não ferir a dignidade da garota, Rosa fingiu não ter notado e continuou vendo as fotos. Passeios de elefante, bungee-jump e a infância de Bea... tudo parecia muito vívido e colorido. Rosa sentiu como se sua própria vida tivesse encolhido para uma esfera muito menor em comparação, consistindo apenas da cozinha do hotel e de seu pequeno apartamento sem graça. Será que algum dia voltaria a sentir vontade de embarcar em excitantes novas aventuras?

– O quarto da minha mãe é por aqui – disse Bea, levando-a até um pequeno cômodo pintado de verde-mar com roupa de cama branca.

As tábuas do assoalho eram cobertas por um verniz castanho e havia um tapete creme no meio do piso, além de um grande espelho acima de uma cômoda, com lenços e cordões de lampadazinhas. Era um espaço pessoal e feminino, com os frascos de perfume antigos de Jo e uma grande esponja de pó compacto em exibição, seu quimono azul-celeste de seda pendurado atrás da porta. Rosa teve um flashback que a levou ao seu antigo quarto no apartamento de Bloomsbury, o robe rosa transpassado que Max comprara para ela em uma de suas viagens ao exterior. *Tire toda a roupa imediatamente*, dissera ele, fingindo seriedade e colocando o robe nos braços dela. *E vista isto para mim.* Ela ainda se lembrava da sensação da seda em seus ombros nus, de como Max deslizara as mãos para dentro do robe e então o tirara como se estivesse desembrulhando um presente.

Rosa se forçou a voltar ao presente.

– Tem certeza de que está tudo bem? – perguntou em dúvida, sentindo-se como uma intrusa ao ver uma calcinha roxa saindo do alto de uma das gavetas de Jo. – Não me importo em dormir no sofá se for mais fácil.

Bea não respondeu. Parecia muito abatida, como se estar ali sem a mãe trouxesse de volta a realidade da sua ausência. Fechou as cortinas, escondendo o céu que escurecia lá fora, e pegou um pequeno elefante de madeira na mesa de cabeceira. Sua voz soou baixa quando, por fim, falou, virando o objeto entre os dedos.

– Você acha que ela vai ficar bem?

– Sua mãe? Com certeza – respondeu Rosa com toda a firmeza possível.

– Compramos isto na Índia – disse Bea, ainda segurando o elefante. As presas e os olhos eram pintados de um tom vivo de dourado. – Fomos lá há dois anos. É o lugar preferido da minha mãe.

Sua voz vacilou por um instante e seus ombros se curvaram como se fosse chorar.

– Vai ficar tudo bem – afirmou Rosa e, antes que pudesse se perguntar se era a coisa certa a fazer, estava ao lado da menina, passando um braço em volta dela. Bea parecia tão rígida quanto uma tábua, mas pelo menos não se afastou. – Tente não se preocupar. Tenho certeza de que ela vai ficar bem.

– Ela parecia tão... *doente*. – A voz de Bea era quase um sussurro. – Não é? Muito doente, como se fosse morrer. – Então girou várias vezes um anel em volta do dedo, o olhar assustado. – Não sei o que eu faria se ela morresse.

– Ela não vai morrer – disse Rosa com firmeza, embora começasse a se sentir insegura àquela altura.

O dia começara de uma forma tão comum... e ali estava ela, presa em um drama familiar com duas relativas desconhecidas. *Não sou a melhor pessoa para lidar com isso*, disse ao universo em sua cabeça, esperando que, se pensasse bem alto, alguma solução mágica surgiria em sua mente. *Está me ouvindo? Não posso fazer isso, não sei como. SOCORRO!*

A princípio, Rosa não tinha certeza se seria capaz de dormir na cama de Jo. Podia sentir o perfume de mimosa da outra mulher nos travesseiros e, além disso, uma brecha no alto das cortinas deixava entrar um feixe de luz alaranjada da rua. Para piorar, os acontecimentos daquela tarde e da noite não paravam de passar como um filme em sua cabeça, de novo e de novo, e ela não conseguia parar de pensar em Jo e Bea. Antes de ir para cama, ligara para o hospital a fim de ter notícias, mas não havia muitas novidades além de que Jo estava em cirurgia. Apesar de todo o empenho de Rosa em se mostrar positiva, Bea fora para seu quarto dizendo que ia fazer o dever de casa, mas Rosa desconfiava de que, na verdade, ia ouvir *thrashy music* e chorar em segredo. Quando finalmente conseguiu pegar no sono, Rosa teve um sonho ansioso com Max, um que tinha de tempos em tempos. Ela estava em um voo para Amsterdã e ele acabara de se sentar ao seu lado no avião, esticando as longas pernas e colocando uma das mãos em sua coxa. "Oi, querida", dizia em voz baixa, feliz, e ela acordou suada, os lençóis emaranhados em torno do corpo, os números verdes do relógio de cabeceira de Jo lhe dizendo que eram 3h08: a hora dos insones.

Rosa olhou para o teto, onde podia identificar a forma da luminária prateada em meio à penumbra. *Mas que droga, pare de pensar nele, pelo amor de Deus*, ordenou ao seu subconsciente, desejando pela milésima vez que houvesse uma função de apagar em seu cérebro, uma espécie de triturador mental para descartar lembranças e pessoas indesejadas. Mas, após viver os oito meses mais felizes de sua vida com alguém – quando compartilhara sua cama e seus pensamentos mais íntimos, viram um ao outro bêbados, nus, de ressaca, felizes, tristes, doentes –, havia muito que desenredar; não havia como recortar um amante da sua cabeça, como uma fotografia. Ficava lembrando como ele cheirava bem, mesmo depois de se exercitar. Seus longos cílios, as maçãs do rosto que ela gostava de traçar com o dedo, os olhos de um tom nórdico de azul... *Você definitivamente foi um príncipe dinamarquês em outra vida*, ela lhe dissera uma vez, sua imaginação dando-lhe uma coroa e um manto, um navio viking, um cavalo branco... ah, tantas fantasias...

Recorte, recorte, recorte, procurou lembrar, recorte-o de sua mente. Bem, ela estava fazendo o melhor que podia para tirá-lo de lá, mas ele não facilitava. Principalmente depois do que fizera.

Pensei ter visto Max hoje na King's Road! Ele voltou mais cedo de Amsterdã?

Na verdade, não. Acabou que ele era um grande mentiroso. Eu sei! Homens, não é?

Ela conheceu Max em um pub hipster em Shoreditch. Suas três melhores amigas a haviam forçado a sair para tomar coquetéis enjoativos, porque, como diziam, "andava por aí desanimada, com cara de bunda", desde que levara um fora de Graham, o sensato farmacêutico por quem tentava, sem sucesso, se convencer de que estava apaixonada. (No fundo, aquilo fora um alívio. Graham, embora um partidão em teoria, tinha o estranho hábito de fazer barulhos nojentos como se estivesse engolindo sempre que começavam as preliminares, e ela não conseguia parar de pensar na saliva em sua boca, galões de saliva correndo por lá. Sim, ela *era* superficial. Não, ela provavelmente não merecia nenhum tipo de *felizes para sempre* em razão dessa sua pobreza de espírito.)

Rosa nem mesmo gostava de bares hipsters, sobretudo aqueles com objetos vintage aleatórios aparafusados às paredes sem qualquer critério (uma bicicleta com a roda dianteira bem maior que a traseira, um relógio de pêndulo, algo que parecia uma roda de fiar, pelo amor de Deus). Naquela noite em especial, também não era uma grande fã de homens, muito embora suas amigas não parassem de dizer que ela deveria voltar a se aventurar por aí. A qualquer minuto iriam sacar um alicate e tirar a maldita bicicleta da parede para ela, literalmente, sair pedalando pela cidade, pensou, revirando os olhos. Sua amiga Catherine, que, após alguns coquetéis, não parava de gritar e apontar, já estava à procura de substitutos adequados para o farmacêutico.

– Que tal aquele?! – gritara ela, mostrando um cara barbudo com uma camisa Fred Perry vermelha e calça jeans que era o centro das atenções na mesa ao lado. – Ele parece divertido.

– Detesto homens com barba – replicara Rosa, irritada. – E pessoas divertidas.

– Aquele, então – sugerira outra amiga, Alexa, apontando para um homem com cabelo bem curto descolorido e piercings. – Parece sexy. Aposto que também tem tatuagens. Duvida que eu vá lá perguntar a ele?

– Detesto piercing no nariz – fora a resposta crítica de Rosa, ainda que não fosse estritamente verdade. – De jeito nenhum.

Incansáveis, elas continuaram procurando.

– Bem, e aquele no bar? Ele é lindo – comentou Catherine, alto o bastante para o homem elegante e de maxilar forte virar o seu... ok, ela tinha que admitir... lindo rosto na direção delas, achando graça. – Sim, *você*! – confirmou Catherine, cheia de coragem após o quinto coquetel da noite. Ela nunca sabia quando parar. – Estava dizendo à minha amiga que ela deveria ir conversar com você.

– *Catherine!* – bradara Rosa, cobrindo o rosto de vergonha, mas o homem só riu e ergueu uma sobrancelha.

– Posso dizer que eu concordo – sugerira ele, um sorriso brincando em seus lábios. – Deveria mesmo.

Catherine comemorara, as outras riram, e Rosa ficara completamente vermelha.

– Rá, rá, que engraçado – dissera ela, seca.

– Estou falando sério. – Ele pegou sua taça de vinho tinto e caminhou até a mesa das quatro. Então piscou. – Vá em frente, me mostre seu jogo. Me seduza. Estou dentro.

Ah, claro. Na verdade, tinha sido, sim, um jogo, para *ele*. E agora ali estava ela, sem sono no meio da noite porque estava sentindo toda aquela raiva de novo, e ainda mais irritada com sua ingenuidade por ter caído naquele papinho. Socou o travesseiro e tentou encontrar uma posição confortável na cama de Jo, mas parecia impossível agora que sua cabeça estava cheia de lembranças de Max, do maldito Max e de suas terríveis mentiras. Se ao menos pudesse voltar no tempo e resistir mais quando Catherine e as outras a importunaram para sair com elas naquela noite fatídica! *Desculpe, preciso lavar o cabelo; desculpe, estou arrumando minha gaveta de calcinhas; desculpe, estou tentando descobrir sozinha como obter a paz mundial.* Homens como Max deviam vir com uma placa de perigo, um alarme que fosse acionado na cabeça de uma mulher no momento em que ele se aproximasse com os olhos brilhando. *Dá o fora*, ela teria dito, se soubesse. *Some daqui.*

Eu não quis falar nada na época, mas achei mesmo que ele parecia bom demais para ser verdade, disse a voz de sua mãe em seu ouvido pela milionésima vez, e Rosa gemeu.

– E você trate de me deixar em paz! – rosnou ela, puxando as cobertas sobre a cabeça.

Ela devia ter adormecido logo depois, porque a próxima coisa que percebeu foi a música grunge alta vindo do quarto ao lado, e levou um instante para se orientar. Cheiro de mimosa. O elefante de madeira com olhos dourados. O quarto de Jo, pensou, piscando e sentando-se na cama. Os acontecimentos do dia anterior pareciam um sonho estranho agora, mas ela esfregou os olhos e foi arrastando os pés até a cozinha para fazer café e ligar para o hospital novamente a fim de ter notícias.

Quando Bea apareceu usando um roupão rosa encardido, o cabelo parecendo um ninho de pássaro, o rosto pálido e inchado, Rosa respirou fundo e serviu-lhe um café antes de lhe contar as novidades com toda a gentileza. Infelizmente, Jo continuava sob observação, de acordo com a enfermeira com que Rosa falou. Embora a operação de emergência tivesse sido bem-sucedida, ainda precisariam monitorá-la por pelo menos outras 24 horas, talvez mais, em caso de infecção ou quaisquer outros problemas no pós-operatório.

Bea afundou em uma cadeira na pequena mesa de pinho e apoiou a cabeça nas mãos.

– Infecção... Aposto que estão falando de infecção generalizada – disse ela. – As pessoas morrem disso, não é?

– Não é necessariamente isso – tentou explicar Rosa, mas Bea não ouvia.

– Pesquisei "apendicite" na noite passada e existe um negócio chamado peritonite, em que basicamente seu sangue é envenenado e você morre. E se ela tiver isso?

– Ela não vai...

– Mas *pode*! Não tem como ter certeza. Mas que merda! Não posso acreditar! – E enxugou os olhos com a manga do roupão. – Eu posso faltar a escola hoje? – perguntou em tom de súplica, desabando na mesa. – Por favor? Você pode escrever um bilhete dizendo que estou estressada e, tipo, preocupada demais para prestar atenção na aula?

– Tenho que ir trabalhar – disse Rosa, impotente. Estava esperando que pudessem voltar para suas vidas naquela manhã, mas era impossível ignorar a carência de Bea. Ela suspirou. – Mas saio cedo hoje, então vou estar aqui quando você voltar da escola – acrescentou, relutante – e podemos visitar sua mãe de novo. E decidir o que é melhor. – Bea ainda estava imóvel, a cabeça na mesa, uma mecha de seu cabelo cor de ferrugem suavemente pousada no açucareiro. Era tudo muito assustador para uma adolescente, Rosa não pôde deixar de pensar. – Venha, tome seu café. Você gosta de mingau? Posso fazer um pouco para nós, se quiser.

– Sim, por favor – murmurou Bea, sem se mexer.

– Está bem. Por que você não lava o rosto e se veste enquanto eu preparo tudo? – perguntou Rosa, ciente da hora e de que também precisava se arrumar para o trabalho.

Mingau e mais uma visita hospitalar, podia dar conta disso, pensou, procurando a panela certa nos armários de Jo. Naquela noite, já estaria tudo acabado, e poderia se recolher à sua solidão mais uma vez, missão cumprida.

– Por que não a traz escondida para o hotel? Ela pode ficar lá – disse Natalya quando Rosa lhe contou a história.

As duas descansavam um pouco nos fundos do Zanzibar, Natalya com um de seus cigarros russos malcheirosos, Rosa com café em uma caneca lascada.

– Que foi? – perguntou, dando de ombros quando Rosa adotou uma expressão de descrença. – Eu faz isso antes, com minha amiga Svetlana. Ninguém nota. Eu só levar escondido pelos fundos.

– Ela só tem catorze anos – retrucou Rosa, franzindo os lábios ao tomar um gole de café. Preparara a bebida bem forte, sentindo que precisava de cafeína, mas a cada gole sentia sua cabeça martelar. – E ela é toda irritada e aborrecida, de jeito nenhum ia conseguir enrolar alguém se a interrogassem. – Virou a cabeça para evitar a fumaça do cigarro de Natalya. – Vou ter que ligar para o pai dela.

– O pai mau? Mas ela o odeia! – protestou Natalya, franzindo a testa.

– Eu sei, mas... – Rosa deu de ombros. – Vou trabalhar o fim de semana todo. O que mais posso fazer?

– Nada – concordou Natalya, chateada, tragando uma última vez antes de jogar o cigarro no chão e pisar nele. – Mas por que será que ela o odeia tanto assim? – ponderou quando viraram para voltar para a cozinha. – Ele é criminoso? Assassino de aluguel? – Natalya arqueou a sobrancelha grossa. – Da máfia?

– É uma boa pergunta – disse Rosa. – Andei pensando o mesmo.

– Gareth? Oi, meu nome é Rosa. Moro ao lado de Jo e Bea. Só estou...

– Quem?

Havia música ao fundo e o som de vozes. *Será que ele estava em um pub?*, pensou Rosa.

– Jo e Bea? – repetiu, enquanto Bea fingia atirar em sua própria cabeça com os dedos.

Era o início da noite daquele mesmo dia e, após buscar Bea na escola e levá-la para visitar a mãe no hospital, onde as enfermeiras as informaram de que Jo ficaria internada por pelo menos mais 48 horas, Rosa falava ao telefone com Gareth, o pai de Bea, embora, a julgar por sua resposta confusa, estivesse começando a achar que discara o número errado. A menos que o cara fosse tão idiota a ponto de esquecer o nome da filha e da ex-esposa, pensou, lembrando-se de sua conversa com Natalya. Mas com certeza ninguém poderia ser assim tão cretino, não é mesmo?

– Ah, sinto muito, querida, não tinha ouvido o que você disse. Jo e Bea, entendi. O que houve? – Ele tinha uma voz baixa e rouca, e falava como se estivesse rindo, um sotaque sulista.

Rosa podia ouvir o som de uma comemoração ao fundo e um grito de torcida de futebol. *Definitivamente um pub*, pensou Rosa.

– Bem, Jo não está bem, ela está no hospital – explicou. – Ela vai ficar internada por mais alguns dias... e eu estou cuidando de Bea até agora, mas tenho que trabalhar amanhã, então... – Rosa falava rápido demais, as palavras saindo em uma torrente. – Então Jo queria saber se Bea pode ficar na sua casa por enquanto.

Rosa olhou para Bea, que agora fingia se enforcar, e sentiu-se péssima com toda aquela situação. Pobrezinha. Jo ainda estava pálida e fraca quando foram vê-la mais cedo, mas pelo menos dessa vez estava consciente e conseguira falar, insistindo para Bea ficar com o pai. "Ah, vamos, querida", pedira ela. "Já faz tanto tempo. Essa poderia ser sua chance de deixar tudo para trás, de um recomeço." Ao que Bea resmungara: "Aham, até parece", mas a mãe não dera atenção aos seus protestos. Jo estava decidida.

– Claro – disse Gareth mais alto que o ruído alto de gargalhadas masculinas. – Sem problema. Moro em Kemp Town, na Essex Street. Bea sabe onde fica.

– Ok, então é só eu... deixá-la com você amanhã de manhã? Por volta das nove?

Tudo aquilo acabara sendo mais fácil do que esperava, mesmo que Bea estivesse balançando a cabeça sombriamente e fingindo que ia vomitar.

– Hã... sim – respondeu ele, após uma breve hesitação. – Às nove. Diga a ela que estou ansioso.

– Ele está ansioso – repetiu Rosa depois de desligar, mas Bea apenas deixou escapar um som de deboche e olhou fixamente para o teto. – Sinto muito, não havia outra maneira... – E não havia mesmo! Ela não podia cuidar da garota o tempo todo, podia? Aquilo não tinha nada a ver com ela, não era problema seu. Então por que raios de repente estava se sentindo tão culpada pela infelicidade de Bea? – Olha – disparou antes que pudesse se conter –, meu turno no domingo acaba depois do almoço, então que tal se você voltar para cá e eu fizer um assado para jantarmos?

Com os lábios comprimidos, Bea pelo menos assentiu de má vontade.

– Pode ser – grunhiu ela.

Rosa, sua ingênua ridícula, pensou no instante seguinte, irritada com a própria fraqueza. *Desde quando você se transformou nessa idiota completa?*

– Certo – disse com um suspiro. – Estão está combinado.

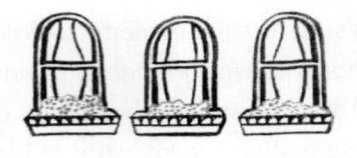

Capítulo Oito

Ao voltar do trabalho na sexta-feira, Charlotte encontrou um pequeno envelope branco enfiado por baixo de sua porta. Seu nome estava escrito em letra cursiva preta na parte da frente, e ela soube imediatamente quem o deixara ali.

Após um suave suspiro, largou-o fechado na mesa da cozinha e foi pendurar o casaco, colocar os sapatos no lugar de sempre e preparar seu jantar. Bem, na verdade iria abrir o pote plástico de salada de macarrão mediterrânea da Marks and Spencer e colocá-la em um prato, e depois servir-se de uma taça de Cabernet Sauvignon chileno. Colocou dois éclairs de chocolate na geladeira, para o caso de sentir vontade de comer um mais tarde. Os dois, até. *Se não pudesse se dar um agrado numa noite de sexta, quando o faria?*

As sextas-feiras eram sempre um pouco mais difíceis, para ser sincera. Kate nascera numa sexta-feira. E morrera numa sexta também, após duas curtas semanas de vida. Ninguém pensaria que uma mulher adulta poderia viver seus melhores e piores momentos em um período tão curto de tempo, mas Charlotte, infelizmente, descobrira que isso era possível. Duas pequenas palavras: cardiopatia congênita. Era o que bastava para destruir seu mundo inteiro, como pôde constatar.

Então, sim, as sextas tendiam a ser particularmente difíceis. E todos sempre pareciam superdescontraídos, naquele bom humor de começo de fim de semana, o que só piorava tudo. A única ocasião em que sentiu vontade de se reaproximar de seu ex-marido, Jim, foi numa sexta, embora estivesse tentando não ligar mais para ele.

– Nós temos que parar com isso – dissera ele gentilmente da última vez que ela telefonara, bêbada e incoerente, as lágrimas escorrendo pelo rosto.

A gentileza na voz de Jim a fizera hesitar: pena com uma leve irritação. *Na próxima vez a mandaria para o inferno*, percebera, espantada.

Desde que se mudara para Brighton, preferia trabalhar até tarde às sextas, adiando o inevitável momento em que ficaria sozinha no apartamento, esquivando-se ao máximo da caixa de sapato cheia de lembranças do fundo do armário. Às vezes, era preciso dosar a tristeza. Se conseguisse se distrair, manter-se ocupada, ativa, o tempo acabaria passando até chegar a hora de apagar as luzes e dormir. Por isso, as noites de sexta frequentemente eram as mais movimentadas da sua semana; era quando cuidava de toda a papelada: pagava as contas, fazia compras on-line e realizava o balanço dos seus gastos. Limpava a geladeira e a gaveta de salada, areava a chaleira, lavava o chão da cozinha, desinfetava a lixeira e jogava uma tampinha de alvejante no ralo da pia. Separava as roupas para levar para a lavagem a seco na manhã seguinte, deixando-as já penduradas perto da entrada, e então tirava todos os recibos e tudo o que não quisesse mais da sua bolsa. Mal sobrava tempo para ficar triste. Pelo menos, esse era o plano. A menos que acabasse bêbada e sentimental de novo. Nunca dava para prever o que aconteceria.

Depois que jantou – no colo, no sofá (mal havia espaço para um fogão na cozinha, que dirá o luxo de uma mesa de jantar) –, lembrou-se novamente do pequeno envelope branco com a caligrafia elegante que fora passado por baixo de sua porta. Ao abri-lo, encontrou uma folha de papel dobrada com as seguintes palavras:

Cara Charlotte,
 Foi muito bom conhecê-la. Você estaria livre para tomar chá comigo no sábado, às quatro horas?
 Um abraço,
 Margot Favager

Era como ser convidada pela rainha. Deveria responder?, perguntou-se, bebendo o último gole do vinho. Escrever a resposta em um papel perfumado e passá-lo sob a porta do apartamento 5 ou só aparecer e bater na porta com um buquê de tulipas e um sorriso acanhado?

Serviu outra taça de vinho. Isso é, se ela decidisse ir, é claro. Teria que pensar melhor no assunto.

* * *

O dia seguinte era sábado, o que significava que tinha que pôr a roupa de cama para lavar, passar o aspirador de pó, levar a roupa suja para a lavanderia e... Ah! Lembrou-se dos tênis novinhos ainda debaixo da cama, provocando-a. *Aqui estamos nós, recém-saídos da caixa! Não temos uma mancha; é como se nunca tivéssemos deixado a loja!*

Sim, certo, provavelmente tinha tempo para uma saudável caminhada pela orla. E então, é claro, o chá da tarde no apartamento de Margot. Silêncios constrangedores sobre o jogo de chá de porcelana fina, ela enchendo a roupa de migalhas, sem dúvida. Ainda pensava na possibilidade de ir sorrateiramente até lá no domingo com um bilhete de desculpas: *Sinto muito, estava muito ocupada me divertindo com meus muitos amigos, sabe, e recebi seu bilhete tarde demais, infelizmente.* Mas sempre que pensava que os olhos astutos de Margot veriam sua mentira de longe, sentia-se constrangida com a própria farsa. É, talvez não fosse uma boa ideia.

Ocupou-se com suas tarefas e saiu para a lavanderia a poucas ruas dali, onde deixou as roupas de trabalho, como de costume. Depois, já ia voltar para casa quando hesitou na esquina, os pés imóveis, o mundo ao seu redor entrando repentinamente em foco. Era outra linda manhã de primavera, percebeu; o sol brilhando, o clima ameno. O mar azul estava sereno e luminoso, e as ruas estavam cheias de pessoas, aproveitando ao máximo o tempo bom: na praia, andando de bicicleta e de patins, reunindo-se no Palace Pier. Havia até algumas almas corajosas no mar, embora devesse estar congelante.

Você é feliz?, perguntara Margot outro dia enquanto subiam as escadas, e Charlotte ficara vermelha e gaguejara. Mas algo naquele dia – a brisa em seu cabelo, o cheiro de algodão-doce, cachorro-quente e cebola frita, o som das gaivotas no céu azul lá no alto – a animou, ainda que ligeiramente. E então, antes mesmo que percebesse o que estava fazendo, ela se viu dando meia-volta e seguindo em direção ao píer.

Fui ao píer, imaginou-se contando aos pais no dia seguinte, quando ligasse para seu bate-papo semanal. Charlotte sempre conseguia notar a ansiedade na voz da mãe ao perguntar como ela estava, sua preocupação ao ouvir silenciosamente Charlotte murmurar que estava tudo bem, o trabalho ia bem, que não tinha nada novo para contar, antes de mudar de assunto para falar deles. Dava para ouvir também nas entrelinhas da conversa todas as perguntas não feitas: *Você está bem mesmo? Jura para mim que não está pensando em roubar mais nenhum bebê? Vai me falar se precisar que eu marque outra consulta com o Dr. Giles, não é?*

Eles se preocupavam, ela sabia disso, e ainda assim não conseguia dizer nada para amenizar suas preocupações. Mas *Fui ao píer* poderia ser um começo. E imaginou os pais trocando um olhar de satisfação em casa. *Ela foi ao píer! Ouviu isso? Acho que é um progresso!*

Então revirou os olhos para seu próprio eu patético enquanto seguia na direção da orla. Ah, Deus, acalme-se, Charlotte, você não é nenhuma grande exploradora, pensou. Dez minutos de caminhada até uma atração turística... não era nada de mais na vida de ninguém. E não se lembrara de calçar os tênis novos, então nem contava direito como exercício físico. Não importava. Andaria até o final do píer e voltaria, veria de que as pessoas falavam tanto, teria algo de positivo para contar aos pais e depois iria para casa tomar uma boa xícara de chá. Missão cumprida.

Na entrada do píer, viu-se no meio de um mar lento de pessoas, todas aparentemente com a mesma ideia que ela. Charlotte vivia havia algum tempo numa espécie de estado de torpor – um ano, três meses e dezesseis dias, para ser exata –, mas até mesmo ela podia sentir a agitação palpável enquanto pisava nas velhas tábuas de madeira, passando por máquinas caça-níqueis, jogos de fliperama e velhinhas de cabelo arroxeado tomando chá na área coberta. De vez em quando, uma brisa mais forte vinha do mar e todos agarravam seus bonés e lenços; balões presos a carrinhos de bebê balançavam e dançavam, crianças corriam com os braços abertos como se fossem voar como pássaros ao vento.

Estou viva, pensou Charlotte, sentindo uma estranha emoção ao se apoiar contra a grade azul-esverdeada do píer. Seu casaco se agitava e seu cabelo voava em torno do rosto, e ela podia perceber o cheiro do mar lá embaixo, pungente e salgado, algas flutuando em formas escuras pela água. *Estou viva.* Charlotte ergueu o rosto para o céu e fechou os olhos por um instante, maravilhada com tudo aquilo. Então sentiu algo se chocar suavemente contra suas pernas e alguém puxá-la pela manga.

– Sra. Johnson? Pode me ajudar a achar o papai?

Charlotte olhou para baixo, surpresa, e viu uma menininha com capa de chuva rosa, cabelos loiros presos em marias-chiquinhas e sem um dos dentes da frente.

– Hã...

– Ah! – exclamou a garota, desanimada. Deveria ter uns cinco ou seis anos, e seu nariz estava escorrendo em razão do vento. Seus dedinhos rosados soltaram o casaco de Charlotte, e ela deu um passo incerto para trás. – Pensei que você era a Sra. Johnson.

– Não, não sou a Sra. Johnson – disse Charlotte, o coração martelando enquanto olhava em volta, pensando onde estaria a mãe daquela criança. Alguns pais eram tão negligentes, tão descuidados! – Onde está sua mamãe?

– Perdi o papai – explicou a menina, limpando o nariz na manga. As lágrimas brotavam de seus olhos azuis ao olhar para Charlotte, aflita. – Perdi ele.

Charlotte não sabia o que fazer. Lembrou-se de repente da mulher do parque em Reading, o rosto vermelho, gritando, furiosa: *Fique longe da minha bebê! O que pensa que está fazendo? Tire as mãos dela agora mesmo!*, e sentiu um nó na garganta.

– Eu... Onde você o viu pela última vez? – perguntou, olhando em volta mais uma vez.

A qualquer instante um pai furioso correria em sua direção, acusando-a de coisas terríveis, pensou, cheia de pânico. Já passara pela experiência, já tivera um colapso nervoso, muito obrigada.

– Como ele é?

– Ele é como o *papai* – disse a garotinha, sem ajudar muito. Tinha sardas clarinhas no nariz e seus lábios estavam rachados em um dos cantos. – A gente estava na barraca de cachorro-quente porque Amber estava com fome e eu queria ir no carrossel, mas ele disse não, e então Amber queria fazer xixi, e ele disse espera aí, e eu *esperei*, mas então vi uma gaivota e achei que ela estava dodói, aí segui ela e depois não achava mais ele. – O rosto dela voltou a se entristecer e novas lágrimas jorravam de seus olhos. – Eu quero o papai!

As pessoas começavam a olhar para as duas sem entender, e Charlotte sentia-se cada vez mais aflita. Então, tomando cuidado para não tocar na criança ou chegar perto demais – já cometera esse erro antes –, curvou-se e disse:

– Não se preocupe, vou ajudá-la a encontrar seu pai. Qual é o seu nome?

– Lily – respondeu a garotinha, fungando, e então se aproximou e deu a mão a Charlotte. – *Brigada* – acrescentou com confiança.

Ah, Deus. Ah, Deus. A mão de Lily era tão quente, tão sólida, que Charlotte precisou se controlar para não começar a chorar também. Às vezes sonhava que Kate estava viva, crescendo, já não mais uma bebê e sim uma garotinha agora, de meia-calça listrada e sapatos minúsculos, a mão na sua, daquele jeito. Por um segundo, perguntou-se se estava alucinando, sonhando acordada, e pensou que olharia para baixo e a menina não estaria mais lá, e então saberia com certeza que ficara completamente louca. Mas não, ali estava Lily de verdade, nariz escorrendo e tudo, segurando firme na mão de Charlotte, e animando-se quase que imediatamente ao saírem para procurar seu pai, pulando de um pé para o outro enquanto contava a Charlotte que tinham perdido o ursinho de Amber, que molhara seus sapatos e suas meias quando o mar avançara rápido demais, e que papai ficara zangado e dissera: "Ah, Lily, de novo, não."

Ela era *uma graça*, pensou Charlotte sentindo um aperto no peito, a cautela anterior se dissipando como a névoa matinal. Era tão doce com aquele seu rostinho redondo e as lágrimas presas aos cílios, sua tagarelice, a capa de chuva um pouco grande demais embolada nos braços. E então pôde sentir a tentação puxando-a com tanta força quanto a própria maré, sussurrando para ela levar a garota para casa, segurando aquela mãozinha úmida; poderia fazer isso. *Cuidarei de você, Lily. Pode ser minha filhinha agora. Não seria ótimo?*

Mas não, não devia. Não faria. Faria?

Naquele instante, um homem se aproximou das duas, empurrando um carrinho com outra garotinha lá dentro; um homem com o cabelo despenteado, óculos, o rosto em pânico enquanto gritava:

– Lily! Pelo amor de Deus! Onde você se meteu?

E, antes que Charlotte pudesse puxar a mão de volta – eu *não* estava roubando sua filha, *não* estava! –, Lily já se soltara, e o feitiço se quebrou, a garotinha correndo pelas tábuas do píer e gritando *Papai* até alcançar o homem, que atirou os braços ao redor dela, abraçou-a com força e beijou seus cabelos loiros, os braços compridos em torno do corpo de boneca da filha.

As mãos de Charlotte ficaram mais vazias do que nunca e sua adrenalina se esvaiu como um balão furado enquanto assistia silenciosamente à emocionante cena. *Idiota. Não achou mesmo que podia levá-la para casa, achou?*

– Obrigado – disse o homem, levantando-se e ainda segurando Lily, finalmente notando Charlotte, ali parada como uma peça sobressalente. – Muito obrigado – repetiu com voz embargada, o alívio evidente em cada sílaba. – Só fui levar minha filha mais nova ao banheiro... devo ter demorado dois *minutos*... quando...

Os lábios de Charlotte se curvaram para baixo. Ela não queria ouvir suas desculpas. Nada a deixava mais irritada – nada! – do que pais que não sabiam cuidar de seus filhos. Pais que não faziam ideia da sorte que tinham.

– Você deveria cuidar melhor dela – disse, fria, tentando conter a raiva que se avolumava dentro de si como o começo de um furacão.

– Pensei que ela era a Sra. Johnson – explicou Lily, puxando a mão do pai, que não pareceu notar. – Papai? Pensei que ela era a Sra. Johnson.

Mas o homem olhava, boquiaberto, para Charlotte, parecendo surpreso. Magoado, até.

– Cuidar melhor...? – ecoou ele, o rosto ficando vermelho. – Eu *cuido* muito bem delas. Não que isso seja da *sua* conta.

– É da minha conta quando encontro sua filha andando por aí, chorando, perdida, porque você não consegue ficar de olho nela – declarou Charlotte, fervilhando de raiva.

Ela sabia que estava sendo injusta, mas simplesmente não conseguia evitar. Pais de fim de semana como aquele cara eram os piores – a maioria deles não tinha a menor noção, mais interessados em olhar o celular do que em qualquer interação com os pobres filhos.

– Papai! Pensei que ela era a Sra. Johnson! – repetiu Lily, batendo as mãos entrelaçadas dos dois contra a perna do homem para chamar sua atenção.

A testa do homem estava franzida, como se fosse gritar algo rude de volta para Charlotte, mas, ao ouvir a filha, ele virou, o corpo como um escudo para as duas crianças. *Vou proteger vocês dessa louca. Papai está aqui.*

– Sim, eu ouvi, querida – disse ele para Lily, agachando-se e passando o braço em volta dela. Em seguida, encostou a cabeça na dela de forma terna e cansada. – Venha, vamos para casa agora – continuou com voz mais gentil e, no instante seguinte, a raiva havia deixado Charlotte, que se sentiu tomada de constrangimento.

– Sinto muito. Eu não queria... Sinto muito – balbuciou ela, e então deu meia-volta, incapaz de controlar suas emoções por mais nem um minuto, e voltou pelo píer, lágrimas deslizando pelo rosto.

Tola. Idiota. Louca. Vá para casa e se acalme, Charlotte.

A manhã de primavera parecia zombar dela agora. As pessoas reclamavam conforme Charlotte forçava passagem por elas cegamente, mas mal as ouvia dizer "Ei!" e "Olha por onde anda!". O que havia de errado com ela? O que havia se tornado?

Sim, fui ao píer, mãe, pensou, ainda sofrendo com o que acontecera, e passou os braços em torno do corpo, acelerando o passo. *Foi ótimo. Fiz um lindo passeio. Não, não houve nenhum problema.*

Ela não ia de fato *roubar* a bebê daquela mulher no parque em Reading. Só se aproximara porque a menina estava chorando no carrinho e ninguém parecia estar tomando conta dela.

– Olá, querida – dissera Charlotte baixinho, olhando para o rostinho redondo, para o único dente visível na gengiva rosada, os cachos escuros amassados contra o travesseiro.

Ofegante, Charlotte apoiara a mão enluvada no cobertor de tricô... só para acalmá-la! Não para levá-la!... e sentiu o calor do corpo da bebê através da lã, tão vivo, tão real. Seu coração doera de anseio e, antes que percebesse o que estava fazendo, estendeu a outra mão automaticamente. Só para sentir aquele contato, o contato quente do corpo de um bebê. Só porque era impossível não tocá-la.

Mas então viera a comoção, passos apressados, terríveis gritos acusadores, o rosto vermelho da mulher berrando. *Mas que diabos pensa que está fazendo? Tire as mãos da minha filha!* Foi como se um feitiço tivesse sido quebrado, e Charlotte tivera que fugir, o rosto ardendo de vergonha, com todas as outras mães olhando, horrorizadas, para ela. Esquisita. *Ladra de bebê. Pedófila.* "Também já fui mãe um dia, sabia?", queria gritar em sua defesa, mas em vez disso se calara e saíra correndo, o portão do parquinho batendo atrás dela. *Saia daqui e desapareça.* Fora nesse instante que Charlotte decidira que precisava sair da cidade, apenas ir embora, para qualquer lugar, um recomeço.

Também já fui mãe um dia, sabia? Aquela era uma das coisas mais difíceis: o fato de não haver um termo adequado para descrever a devastadora situação de Charlotte. Era uma mulher que um dia já sentira a curva arredondada da bochecha de sua filha recém-nascida e se maravilhara com suas delicadas orelhas cor-de-rosa, pressionara o nariz no cabelo macio dela, mas que agora tinha as mãos vazias. Uma ex-mãe. Deus, aquelas certamente eram as piores palavras do mundo. Do tipo que a privam de raciocinar em parques, que a fazem gritar com estranhos no píer de Brighton. Mandou bem, Charlotte. Há uma razão para você não interagir muito com as pessoas, lembra? Àquela altura, já devia saber que o melhor era cerrar os dentes e ir embora, mas aquela pequenina mão na sua despertara toda a loucura de novo.

Tem certeza de que não quer que eu ligue para o Dr. Giles?, perguntou a voz hesitante de sua mãe em sua cabeça, e Charlotte sentiu um soluço doloroso subir pela garganta. Não, ela não queria voltar a ver o Dr. Giles e tomar mais daqueles comprimidos que a faziam se sentir tão desconectada do mundo. Ah, sua mãe achava que tinha todas as respostas: comprimidos, terapia, meditação, bolos. *Plante uma árvore em nome de Kate*, sugerira. *Monte um álbum de recordações.* Todas as sugestões que lera em seus panfletos de Sofrimento e Perda e que Charlotte rejeitara, irritada, uma após outra.

Você não entende, dizia à mãe. Ninguém entendia. Como plantar uma maldita árvore poderia ajudar quando sua filha havia morrido?

De volta ao prédio, subiu correndo as escadas, desesperada para chegar ao seu apartamento onde tudo era tranquilo e seguro. No entanto, quando se aproximava do patamar da escada, a porta do apartamento ao lado dela se abriu e saíram mais vizinhos que ainda não conhecia: um casal de vinte e poucos anos – ele, alto e de cabelos claros, camisa da moda, calça jeans e gel no cabelo, um daqueles caras que sabem que são bonitos e nunca olhavam para Charlotte. A mulher tinha o cabelo loiro preso em um elegante rabo de cavalo e um grande sorriso, usava uma saia curta evasê vermelho-cereja, um All Star cinza e uma jaqueta de seda azul-marinho. Charlotte já os ouvira através da parede algumas vezes – risos, música e o chuveiro ligado às seis e meia todas as manhãs –, mas era a primeira vez que os via. Justamente no momento em que estava nervosa e aflita. Esfregou o rosto furtivamente, tentando enxugar as lágrimas, e se forçou a abrir um sorriso quando a mulher olhou para ela.

– Olá! Você mora aqui? Meu nome é Georgie, e este é o Simon. Somos do apartamento 3 – disse a mulher ao se encontrarem na escada. – Estamos morando aqui há quase duas semanas e ainda não conheci ninguém. Estava começando a pensar que os vizinhos são todos uns eremitas, rá, rá.

– Meu nome é Charlotte. Moro no apartamento 4 – falou com voz fraca, sentindo-se velha e desalinhada; uma perdedora, comparada àquele jovem casal radiante.

– Ah, então moramos no mesmo andar! Excelente. Andei pensando em aparecer para uma visita rápida. Adorei conhecê-la, estamos de saída, mas podemos conversar um dia desses. Tomar uma bebida. – Ela simulou beber, e o namorado revirou os olhos carinhosamente para ser gentil com Charlotte.

– Claro – guinchou Charlotte. – Preciso ir. Foi um prazer conhecê-los.

– Você também! Maravilhoso. E adorei seus sapatos. São lindos – concluiu Georgie, fazendo Charlotte olhar para os Oxford de solado reforçado que tinha já há uns dez anos enquanto subia os últimos degraus até o patamar.

Ela abriu a porta e deslizou para o chão do pequeno hall, tentando recuperar o fôlego. *Você está bem. Você está bem*, disse a si mesma. E, na verdade, quando seu coração desacelerou e a respiração voltou ao normal, ela percebeu que a breve conversa com a vizinha de alguma forma tinha amenizado o estresse do que houvera no píer e a fizera se sentir mais normal de novo. Podia esquecer aquele homem e suas filhas, esquecer seu rompante de emoções confusas. Estava em casa agora e ali era seguro.

Na época da faculdade, quando tinha 21 anos e era muito mais ousada do que atualmente, Charlotte participara de um evento de caridade em que tivera que fazer um salto duplo de paraquedas. Não conseguia lembrar para que estavam arrecadando dinheiro, mas se lembrava de estar naquele pequeno avião, com uma imensidão amarela e verde em miniatura lá embaixo; sentada no chão, os joelhos dobrados, presa ao instrutor atrás dela; o ruído ensurdecedor do ar quando a porta se abriu e toda aquela emoção assustadora de mergulhar no céu azul, um instante depois. Queda livre, o ar sendo arrancado de seus pulmões, o chão se aproximando rapidamente a cada microssegundo, a adrenalina no máximo. *Abra o paraquedas*, pensara freneticamente. *Por que ele não está abrindo o paraquedas?...* até sentir um puxão repentino para cima e ver o paraquedas se inflando de ar.

Desde que Kate morrera, os pensamentos de Charlotte voltavam frequentemente ao terror vertiginoso daqueles vinte segundos de queda livre, e a ansiedade tomava conta dela de forma que seus pulmões não pareciam se inflar o suficiente para respirar. A vida parecia ter se tornado uma queda livre constante: a falta de controle, a impotência, a terrível incerteza sobre quando aquilo tudo acabaria. *Abra o paraquedas*, gritava em seus sonhos à medida que o chão se aproximava depressa de novo e de novo. *Por que você não abre o paraquedas?*

– Essa sensação vai passar – dissera o psicólogo quando Charlotte lhe contara sobre aquele padrão recorrente de pensamento. – Tente aceitar seu pesar e o fato de que está enfrentando um período de luto. Lembre-se de que tem controle sobre muitos outros aspectos da sua vida. Cabe a você escolher como vai reagir.

Aquelas palavras tinham sido um pequeno paraquedas, ajudando Charlotte em momentos difíceis. Ela voltou a pensar nisso faltando precisamente um minuto para quatro naquela tarde, enquanto respirava fundo, nervosa, e dava uma última olhada no espelho. *Eu tenho escolhas*, lembrou. *Tenho controle.*

Após muita indecisão com relação a aceitar ou não o convite de Margot, Charlotte tomara a decisão quando vira a data – 23 de abril – e lembrara que teria sido aniversário de sua avó, caso ainda estivesse viva. Sua avó gentil, de olhos brilhantes, que também teria convidado uma jovem infeliz para tomar chá da tarde nas mesmas circunstâncias... e que teria ficado magoada e decepcionada se ela simplesmente não tivesse aparecido.

– Estou fazendo isso por você, vó – murmurou baixinho ao endireitar o chemise jeans, vestir um cardigã rosa-claro de amarrar na frente e pegar o buquê de tulipas brancas que comprara mais cedo.

Chá da tarde e conversa. Charlotte era uma pessoa educada, que sempre adorara passar um tempo com seus avós; podia fazer isso. Talvez até fosse divertido. Com esses pensamentos corajosos em mente, subiu os doze degraus acarpetados até o apartamento de Margot Favager, um sorriso simpático estampado no rosto. Já ia bater quando ouviu uma voz alterada vindo lá de dentro: a própria Margot, tendo algum tipo de discussão em francês. Charlotte tinha estudado a língua no ensino médio, mas o diálogo rápido que ouvia era praticamente impossível de compreender. A única palavra que reconheceu, repetida várias vezes em diversos níveis de volume, foi *"non"*.

Abaixou a mão e se remexeu, desconfortável, sentindo como se estivesse ouvindo a conversa, o que obviamente era ridículo, já que mal conseguia entender uma palavra.

– *Non!* – gritou Margot outra vez, com veemência renovada, e ouviu-se um baque.

Charlotte não pôde deixar de imaginar o telefone sendo atirado contra a parede e involuntariamente deu um passo para trás. Talvez devesse ir embora e voltar uns dez minutos depois. Umedeceu os lábios, tentando decidir o que fazer. Afinal, nem mesmo conhecia Margot direito. Em que poderia estar se metendo? Sua avó tinha a voz suave e um abraço aconchegante, sempre pronta a encher de beijos o rosto de alguém. Sua mãe também era uma mulher que demonstrava sua bondade com gestos, uma xícara de chá quando não se havia pedido, roupa de cama limpa e comida reconfortante quando se estava tendo um colapso nervoso e, então, um batom novo quando se começasse a se recuperar.

Enquanto isso, um silêncio preocupante tomara conta do apartamento 5. Com os dedos que seguravam o buquê de tulipas agora um pouco úmidos, Charlotte levantou a outra mão e bateu.

– É a Charlotte – avisou, para o caso de sua vizinha mais velha não estar com humor para receber visitas.

Margot atendeu a porta parecendo nervosa, os olhos vermelhos e arregalados. Estava usando um vestido cinza de jérsei e um medalhão dourado no pescoço, além de anéis de ouro nos dedos, e na mesma hora Charlotte sentiu-se desalinhada com seu vestido jeans, que de alguma forma parecia mais amassado do que quando checara no espelho de casa.

– Charlotte! – exclamou Margot, sorrindo, mas depois seu rosto se entristeceu quase que imediatamente. – Você deve ter ouvido a discussão, não é? – disse, aparentemente notando a expressão apreensiva da outra. – Era meu filho Michel. Ele acha que sabe tudo, mas... – Revirou os olhos melodramaticamente. – Não sabe nada.

– Você está bem? – perguntou Charlotte, timidamente.

Margot deu de ombros de um jeito bastante francês, em seguida abriu mais a porta para que Charlotte pudesse entrar no apartamento.

– Venha. Bem, a história é a seguinte. Estou bem? *Non*. Estou morrendo.

Charlotte engoliu em seco.

– Ah, meu Deus. Sinto muito. Eu...

Margot a interrompeu com um gesto. Estavam no corredor estreito que havia em todos os apartamentos, mas, enquanto o de Charlotte era tão insípido e banal quanto o de um hotel barato, o de Margot era forrado por um papel de parede listrado de fúcsia e dourado. Havia um enorme espelho de moldura dourada logo atrás delas e um elegante castiçal antigo de ferro com uma grossa vela branca em seu suporte.

– Todos vamos morrer um dia – prosseguiu ela. – Além disso, já sou velha. Mas Michel quer que eu volte para a França, disse que eu deveria morrer em casa. – Ela torceu o nariz com ar presunçoso. – Eu digo que vou morrer onde bem quiser. E minha casa é *aqui*. Então pronto. Mas venha, vou preparar o chá. Tenho *macarons* e folhados, vai ser ótimo. E vou parar de falar em morte, está bem? Venha por aqui.

Ainda bastante espantada, Charlotte seguiu sua anfitriã até uma sala magnífica, as paredes forradas por um lindo tom de azul-escuro, pé-direito alto, sanca branca com motivos de folhas, flores e frutas, e um lustre reluzente no centro.

– Ah, minha nossa, isto é lindo – afirmou Charlotte com um suspiro, olhando em volta para as pinturas a óleo que cobriam as paredes, o tapete cinza macio e espesso, a lareira de ferro fundido original e as janelas enormes, pelas quais entrava o sol da primavera.

– Você gostou? Fico feliz – disse Margot gentilmente, indicando uma das poltronas marrons, bem na hora em que um telefone começou a tocar. O som parecia vir da direção do rodapé, e Margot estreitou os olhos. – Vamos ignorar – decretou, antes de se curvar com dificuldade para pegar o telefone do chão e apertar altivamente o teclado. – Pronto. Já foi. – Ela fez um floreio. – E agora vou fazer o chá. Sente-se. Sente-se!

Charlotte sentou-se, mas logo se levantou de novo, estendendo as tulipas de que acabara se esquecendo com toda a confusão.

– São para você – falou, esperando que não fossem sem graça demais para o gosto da vizinha. Agora que estava em meio àquele ambiente requintado, desejou ter escolhido algo mais exótico: uma orquídea ou ave-do-paraíso de folhas pontudas.

– Que gentil! Flores brancas são tão elegantes! Obrigada – agradeceu Margot com gratificante e autêntica alegria. – Volto em um minuto.

A senhora saiu depressa da sala e Charlotte ficou sozinha com seus pensamentos. Até o momento, a conversa não tinha sido exatamente como imaginara. Não fora, por exemplo, como o bate-papo descontraído e acolhedor que costumava ter com a avó.

– Quer ajuda? – perguntou, lembrando-se das boas maneiras. – Posso fazer alguma coisa, Margot?

Mas Margot já voltara com um prato de deliciosos folhados e coloridos *macarons*.

– Não, obrigada – respondeu ela, pousando os doces em uma mesinha de centro de nogueira entre as duas poltronas. – Por favor, fique à vontade. Pegue um – ofereceu, colocando dois pequenos pratos na mesa. – São da Julien Plumart, na Queens Road, você conhece? É a melhor pâtisserie desta cidade.

– Obrigada – disse Charlotte, sentindo-se toda desajeitada ao pegar um pequeno *macaron* de limão e dar uma mordida. Era bom mesmo.

Definitivamente calçaria aqueles tênis e sairia para uma caminhada mais tarde, prometeu a si mesma. Embora talvez não na direção do píer, por motivos óbvios.

– Hum... delicioso. – Lambeu uma migalha do dedo. – Diga, quando veio para Brighton? – perguntou enquanto Margot servia chá de um bule de prata antigo.

– Há vinte anos. Meu marido morreu, arrumei um namorado e viemos para cá. – Ela ergueu uma sobrancelha de maneira travessa e conspiratória. – Um namorado *inglês*. Melhor do que eu esperava, devo lhe dizer. Melhor do que meu marido, para ser sincera...

Charlotte engasgou com o *macaron*, esperando que seus olhos não estivessem arregalados.

– Hum, é...

– Meus filhos não aprovaram – continuou Margot. – Tivemos uma grande discussão. Muitas discussões. Não nos falamos por muito tempo... Sou teimosa, sabe? Eles também. Mas então Andrew, meu namorado, morreu, três anos atrás. E meus filhos finalmente me perdoaram. Voltamos a ser uma família. Apesar de que... – Ela apontou para o telefone. – Agora eles ficam ligando para mim. *Maman, você precisa voltar para casa. Maman, você não pode ficar aí sozinha. Maman, você precisa procurar o médico.* – Colocou o bule de volta na mesa, oferecendo a xícara e o pires para Charlotte. – Mas sempre digo que não. Não gosto do médico. Não quero viajar. Vou morrer aqui na minha poltrona, com uma taça de um bom conhaque e um sorriso. E é isso.

Charlotte não sabia com reagir a toda aquela conversa sobre morte, brigas e paixão. Colocou um pouco de leite de um pequeno jarro de prata em seu chá e mexeu.

– Parece bom – disse ela, mas então quis morder a língua.

Margot morrer naquela poltrona parecia *bom*? No que ela estava pensando? Felizmente, Margot parecia imperturbável.

– Sim – concordou. – Mas esse é um assunto chato, tenho certeza de que você não quer conversar sobre isso. Veio aqui para se divertir e estou sendo uma velha rabugenta. Chega! Vamos comemorar nossa nova amizade. – Então ergueu a xícara de chá. – Como dizemos na França... *Santé*. À sua saúde. E a nós!

Charlotte ergueu sua xícara de chá.

– *Santé* – repetiu ela com voz fraca.

Capítulo Nove

Quadro de avisos de SeaView

LEMBRETE
Para todos os moradores

Permitam-me lembrá-los de que as luzes da área comum deverão ser DESLIGADAS quando não estiverem em uso.
Pensem no planeta!
Pensem na minha conta de luz!!

Angela Morrison-Hulme
Administradora

Todas as cortinas da casa da Essex Street estavam fechadas e as batidas de Rosa na porta foram completamente ignoradas.

– Este é o número certo, não é? – perguntou, após esperarem por longos segundos diante da porta da frente.

Uma brisa forte vinda do mar varria a rua e uma lata de Coca-Cola tilintava ao longo da sarjeta. Ao longe, um cachorro latia cada vez mais alto.

Bea assentiu, mal-humorada.

– Com certeza é o número certo.

A garota pressionou o rosto contra o painel de vidro rugoso da porta, em seguida fechou o punho, batendo três vezes contra a moldura pintada de branco.

Um gato preto magro, empoleirado no peitoril da janela da casa ao lado, observava-as atentamente com seus olhos dourados de pupilas verticais, como se fosse um membro diligente de um grupo de vigilância do bairro, à procura de possíveis intrusos.

Rosa olhou para o relógio e mordeu o lábio. Seu turno começava em 25 minutos e Brendan era muito exigente com a questão da pontualidade. Certa vez atirara uma concha de aço inoxidável na cabeça de Natalya quando ela chegara dez minutos atrasada pedindo desculpas por seu ônibus ter quebrado.

– Você acha que me importo com seu ônibus? – grunhira o chefe delas, a concha batendo no chão (felizmente Natalya tinha os reflexos de uma ninja). – Não daria a mínima nem se a droga da sua *espaçonave* quebrasse, está claro? Só quero minha equipe aqui na hora, e fazendo seu trabalho, entenderam?

Sim, tinha ficado bastante claro. Sim, todos eles tinham entendido o que ele dissera. Até mesmo as pessoas na praia ouvindo música com fones de ouvido tinham entendido o que ele dissera. E não, Rosa não queria descobrir se seus reflexos eram tão bons quanto os da colega, então era bom o pai ausente de Bea se apressar.

Rosa se remexeu, inquieta, perguntando-se se ainda era cedo para bater de novo.

– Talvez devêssemos ligar? – sugeriu, bem na hora em que ouviram o som fraco de passos vindo de dentro da casa. *Aleluia*. – Deve ser ele – disse, vendo uma figura indistinta se aproximar, distorcida pelo vidro.

O homem com barba por fazer e cara de sono levou alguns segundos para registrar quem elas eram e por que estavam batendo em sua porta às nove da manhã. Enquanto ele acabava de vestir um surrado roupão de lã azul-marinho, Rosa viu de relance sua cueca boxer preta e suas coxas pálidas e musculosas, e desviou o olhar, desconcertada, antes de voltar os olhos para seu rosto. Bonito, é claro, mesmo tendo acabado de acordar, o cabelo escuro despenteado, começando a ficar grisalho, e olhos cor de caramelo. Os bonitos eram os piores, como ela bem sabia. Nem um pouco confiáveis.

No segundo seguinte, seus olhos entraram em foco e ele sorriu, dando um passo em direção à filha.

– Bea, querida! É bom ver você, filha. A menina dos meus olhos, como dizem por aí. Como você está?

– Gareth, não é? Oi, meu nome é Rosa – disse ela, meio despropositadamente, enquanto Gareth estendia os braços para a filha, que, com visível relutância, aceitou o abraço.

– Meu Deus, pai, você está fedendo – reclamou a garota, franzindo o nariz.
Outra voz, feminina e sonolenta, surgiu do interior da casa:
– Quem é, Gar?
– Só um minuto! – gritou ele de volta, fechando mais o roupão. Então deu uns tapinhas nas costas de Bea. – Então, como vai a escola? E olha só para você! Mais alta cada vez que a vejo.
Bea revirou os olhos.
– Sim. É um fenômeno chamado "crescimento", já ouviu falar? Acontece com a maioria dos adolescentes, acredite se quiser.
Ele levantou as mãos, fingindo protestar.
– Ei, ei! Dá uma chance, menina. Ainda não chegou nem na porta e já está me atacando. Vai com calma, está bem?
Então riu, buscando solidariedade em Rosa com um olhar que dizia: *Crianças!*
Bea não estava achando graça.
– Sabia que era uma péssima ideia – grunhiu ela, cruzando os braços.
Rosa olhou de um para o outro, pensando nos olhos pequenos e brilhantes de seu chefe atentos ao relógio e em todos os utensílios que podia estar enfileirando para usar como projéteis, caso ela se atrasasse. Hora de ir embora e voltar para a vida real.
– Hum... Bem, estou indo, então – disse ela. – Preciso ir para o trabalho, mas estarei em casa amanhã à tarde, por volta das quatro, se...
– Posso ir para lá então? Para comer o assado? – interrompeu Bea.
– Claro. Pode ir, sim. Tchau, Gareth.

– Seja mais receptiva à alegria – dissera uma cartomante a Rosa.
Era uma cartomante bem barateira em Margate, há muitos anos, quando ela e um grupo de amigas, na época com vinte e poucos anos, foram até lá para um fim de semana só das garotas. "Mas que coisa ridícula", resmungara Rosa quando as amigas a arrastaram até a pequena sala – no segundo andar de um salão de cabeleireiro, muito místico – onde Madame Zara, ou seja lá como ela se chamava, fazia suas previsões.
Como era de se esperar, todas as meninas – Catherine, Alexa, Meg – receberam previsões maravilhosas. Viagens empolgantes, parceiros fabulosos

("Não sei bem como dizer isso, querida, mas os espíritos estão me falando que um cara em particular no seu futuro... bem, é grande e sólido, se é que você me entende), carreiras estelares... aparentemente tudo estava previsto nas cartas de tarô de Madame Zara, e a velha charlatã revelava tudo de forma teatral, arqueando as sobrancelhas escuras e movimentando sem parar as mãos com as unhas pintadas de vermelho.

Então chegara a vez de Rosa, e Zara contraíra por tempo demais a boca pintada com um batom escuro enquanto distribuía as cartas.

– Hum... – dissera ela, de maneira sinistra, então Alexa começara a rir e Rosa lhe lançara um olhar significativo e balbuciara "Quanta besteira".

Não havia viagens empolgantes ou homens bem-dotados para Rosa, de acordo com a velha Zara. Ah, não. Em vez disso, ela disse que Rosa iria ganhar muito dinheiro (esfregando o polegar e o indicador de uma forma desagradavelmente lasciva) e dava vários palpites sobre parentes mortos.

– Alguém com um nome que começa com J, eu acho? Ou talvez... K?

– Não – respondera Rosa sem rodeios, feliz em provar às outras que aquela mulher com lenço na cabeça não passava de uma farsa.

– Meu conselho é... seja mais receptiva à alegria – sugerira a cartomante encerrando as previsões. – Nem sempre será fácil ver isso. Mas procure se abrir.

Certo. Brilhante. Era só isso?

– Nossa, quanta baboseira – dissera Rosa em voz alta, assim que saíram pela porta.

– Não para mim – comentara Meg, rindo. – Aparentemente, vou conhecer um cara com um pênis enorme. Com certeza vou ser receptiva a isso.

Por algum motivo – bastante irritante, por sinal –, a frase final de Zara ficara gravada na mente de todas. Sempre que Rosa estava reclamando de algum vizinho, ou colega, ou dos atrasos do ônibus 43, suas amigas inclinavam a cabeça e diziam inocentemente (antes de se esquivarem, quando Rosa tentava acertá-las com o objeto mais próximo):

– Mas você está se abrindo para a alegria, Rosa? Talvez, se você se abrisse para isso...

(Pelo menos nenhuma delas se atrevera a brincar assim quando souberam sobre Max.)

Lembrou-se outra vez dessas palavras enquanto voltava para casa pela orla após o trabalho, na tarde de domingo. Estava doida para pendurar o avental e ir embora, os pés doloridos e cansados depois de dois exaustivos turnos de fim de semana, que incluíram ralar no casamento mais tumultuado e bagunçado que o hotel já testemunhara, de acordo com Brendan. ("E, como um irlandês no auge da vida, posso lhes dizer que já presenciei alguns.") Por mais cansada que Rosa estivesse, até mesmo ela era capaz de apreciar os raios dourados e quentes do sol em seu rosto, o arco ascendente de uma gaivota em pleno voo, o cheiro delicioso de cebolas fritas vindo de uma barraquinha de cachorro-quente ali perto.

Sou receptiva à alegria, disse a si mesma, surpresa em ver como a frase antes usada como brincadeira agora se encaixava. Porque, na verdade, estar ciente das coisas bonitas ao seu redor, por menores que fossem, a fazia se sentir melhor. Mais feliz. Não exatamente dando pulinhos de felicidade, mas irradiando alegria suficiente para que ela reconhecesse que se sentia bem naquele momento.

Ouça só ela, toda perceptiva! Imaginou, então, Madame Zara em Margate, assentindo para si mesma, satisfeita ao receber telepaticamente a atualização psíquica de que Rosa finalmente seguira seu conselho ("Já não era sem tempo!"), e os lábios se contraindo em um sorriso. Ah, tudo bem, Madame Z. Você me pegou. Rosa estava, definitivamente, cem por cento receptiva à alegria de chegar em casa e não ter nada para fazer, e talvez até levasse uma caneca de café forte e um livro até o gramado no meio da praça, para absorver preguiçosamente um pouco de sol e vitamina D. Sim, pode mandar vir toda a alegria porque ela estava preparada para ela agora.

Com tudo planejado, tinha acabado de pisar no corredor de SeaView, piscando até seus olhos se adaptarem à agradável penumbra, quando ouviu a porta da frente de Jo se abrir com um rangido e Bea sair lá de dentro, parecendo melancólica e rebelde. Ah.

– Oi – disse Rosa. Nada mais de paz e solidão, então. Nada de alegria. Algo no rosto furioso de Bea fez Rosa se sentir imediatamente receptiva a um grande copo de vodca com tônica. – Não esperava que você voltasse tão cedo. Está tudo bem?

Bea bufou.

– Meu pai é um idiota colossal – declarou ela, melodramática. – Tipo, sinto vergonha até de dividir meu material genético com ele. É tão chato e... *velho* e... Argh!

Isso tudo segurando a cabeça e fazendo caretas, como se lhe faltassem palavras.

Aqueles momentos de pai e filha devem ter sido incríveis, pelo visto.

– Hã, pode ir tirando essa parte aí do "velho", muito obrigada. Ele não pode ser muito mais velho do que eu – disse Rosa, revirando os olhos. – Venha, entre. Alguma novidade sobre sua mãe? Você acha que ela vem para casa amanhã?

– Estou vindo de lá – replicou Bea, esfregando o pé no rodapé enquanto entrava atrás de Rosa. – Minha mãe não está muito bem. – Então abaixou a cabeça e ficou descascando o esmalte preto em suas unhas, os pedacinhos se espalhando pelo tapete claro. – Ela pegou uma infecção... não consigo lembrar o nome... mas disseram que ela não está respondendo muito bem aos antibióticos, então... – Deu de ombros, desolada. – Eu não sei. Não sei quando ela vai voltar para casa.

– Que notícia triste! – comentou Rosa, imaginando o que isso representaria com relação à sua responsabilidade de cuidar de Bea enquanto tirava os sapatos e esticava e girava os pés cansados.

Suas pernas a estavam matando após ter ficado de pé o dia todo e voltar andando para casa. Na primeira semana em que trabalhara lá, seus tornozelos haviam inchado como balões d'água.

– Você comeu alguma coisa? Aliás, seu pai sabe que você voltou?

Bea bufou ao ouvir a menção a Gareth.

– Por acaso pareço me importar?

– Sinceramente, não, mas... – Rosa fez uma jarra de refresco de flor de sabugueiro com uma bandeja inteira de cubos de gelo e sentiu muita vontade de acrescentar uma boa dose de gim. Não tinha certeza se conseguiria lidar com Bea naquele estado de espírito. – Mas essa não é a questão, não é mesmo? Ele vai querer saber que você está bem.

– Rá, rá. Se você diz.

Rosa suspirou, sentindo que não estava fazendo progresso.

– Olha, não há necessidade de falar nesse tom comigo, ok? – disparou, sentindo sua paciência se esgotar. – O que ele tem de tão ruim, afinal?

Bea projetou o queixo para a frente e, por um instante, Rosa pensou que a garota iria embora da casa dela também. Mas então baixou os olhos e murmurou que sentia muito.

– Não estou irritada com você, é só... – Tomou um gole da bebida antes de se lembrar de agradecer. – Ele simplesmente não me quer por perto. Tentei conversar, mas ele não está interessado. Só quer sair para o pub com seus amigos idiotas ou ficar com a *Candy*, que é a vadia mais chata do *mundo*. – A namorada, pelo jeito, pensou Rosa, lembrando-se da voz rouca que veio de trás de Gareth quando estavam à porta. *Quem é, Gar?* – Quer dizer, você viu a figura ontem – continuou Bea, mal-humorada. – Acho até que tinha esquecido que eu ia para lá. Para você ter uma ideia de como ele estava *preocupado*. Bem, também não estou. – Ela cruzou os braços. – Sabia que ir lá era uma péssima ideia. Eu *falei*.

Rosa, então, ouviu as reclamações de Bea enquanto lavava alguns morangos na pia. Pelo que podia ler nas entrelinhas, parecia que haviam criado um círculo vicioso, em que Bea se sentia magoada e dizia que não queria ver Gareth, e seu pai dizia "Ok" e cumpria o desejo da filha à risca, o que só levava Bea a se sentir ainda mais rejeitada.

– Bem, você está aqui agora – falou Rosa, por fim, sem querer tomar partido e começar a criticar Gareth, apesar de Bea parecer convencida de que ele era basicamente o pior ser humano da face da Terra.

Podia se lembrar de suas próprias brigas com os pais quando era adolescente, de como toda a mágoa parecia mais intensa, e procurou tratar a garota com mais carinho e paciência.

– Vou avisar a seu pai que você vai passar a noite aqui, embora tenhamos que pensar no que fazer amanhã. Talvez você possa ir para a casa de uma amiga, se sua mãe concordar.

Bea franziu a testa.

– Claro. Porque sou *tão* popular... – murmurou.

Rosa olhou para ela, perguntando-se o que queria dizer.

– Você pode conversar *comigo* sobre o que quiser – acrescentou, fazendo uma pausa, mas Bea não falou nada. Talvez não estivesse pronta. Rosa colocou os morangos em uma tigela e secou as mãos. – Acho que cabe a você e seu pai continuarem tentando se entender, se é o que quer.

– Não mesmo. – Bea pegou um dos morangos na tigela e deu uma mordida. – Prefiro mandar um sanduíche de merda anonimamente para ele. – E ergueu o canto da boca em um sorriso enquanto mastigava. – Sabia que dá para contratar um serviço de vingança pela internet em que você pode pagar para mandar para alguém um sanduíche de merda de *verdade*, tipo duas fatias de pão e um genuíno cocô humano no meio? Sem brincadeira!

– Sério? – disse Rosa, escolhendo um morango escarlate bem grande. – As maravilhas do século XXI, não é?

– Então, se algum dia você quiser se vingar de alguém...

– Vou me lembrar disso. – De fato, ela podia pensar em uma pessoa, mas decidiu mudar de assunto: – Então, não falamos sobre preparar um assado para o jantar? Melhor fazer a lista de compras.

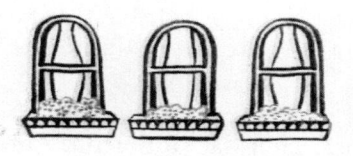

Capítulo Dez

Aconchegada na cama no sábado à noite, Georgie olhou ternamente – na verdade, um pouco bêbada – para seu lindo, ainda que estressado, namorado deitado de costas, olhando para o teto. Um raio de luar chegava à sua testa através de uma brecha entre as cortinas, iluminando-a como um holofote. Isso o fazia parecer um pouco ridículo, o que, por sua vez, fez Georgie dar risadinhas. Simon não era alguém que normalmente se permitiria parecer ridículo.

Invadida por uma súbita onda de afeição, ela rolou em sua direção e bateu de leve na testa dele.

– Toc, toc – disse.

Ele virou um pouco, o brilho do luar pousando brevemente em seu olho como o tapa-olho de um pirata.

– Quem é?

Ela pressionou o corpo contra o dele.

– Testa – disse ela, ou todo o vinho que bebera mais cedo.

– Testa quem?

Ah. Este era o problema de se iniciar uma piada sem saber o desfecho. Georgie pensou rapidamente.

– Testa roncar esta noite para ver o que vai acontecer. – Então sorriu por sua rapidez de pensamento. – Testa. Testar. Entendeu?

Ele rolou e passou a coxa pesada sobre a dela.

– Essa foi péssima, Georgie. Muito ruim – disse Simon, mas ela podia ouvir que estava rindo. – Se tem que explicar uma piada, isso geralmente significa que não deu certo.

Ofendida, deu uma cotovelada leve nas costas dele.

– Faça melhor, então.

– Toc, toc – disse ele depois de um tempo, batendo de leve no queixo dela.

– Quem é?

– Queixo.

– Queixo quem?

– Que *ixo* a *exa* hora, querida, vá dormir. Entendeu? QUEIXO a *exa* hora...

– Si, se você tem que explicar uma piada, isso geralmente significa...

– Ah, quieta. Boa noite, Georgie.

– Boa noite, Simon.

Eles estavam chegando lá, pensou Georgie, otimista, os dois ali deitados no escuro enquanto ela ouvia a respiração dele ficar mais profunda. Procurando se reorientar naquele novo lugar, recalibrando seu relacionamento com todas as mudanças. Tinham dado boas risadas juntos naquele dia, passeando à toa pelo parque de diversões no final do píer, gritando na montanha-russa (ela), ganhando um gorila de pelúcia na pescaria (ele) e observando as pessoas. Então voltaram para o apartamento depois de passarem no pub para tomar uma cerveja e fizeram um sexo gostoso no chão da sala de estar com as janelas abertas. Sim! Morar acima do nível da rua tinha que ter uma vantagem. Se tivessem tentado isso em Stonefield, a Sra. Huggins da casa ao lado logo estaria batendo ansiosamente na porta, perguntando se estavam bem porque achava que tinha ouvido um pássaro preso na chaminé ou algo assim.

Nós vamos ficar bem, pensou ela, lembrando-se dos dois lá deitados depois, sem fôlego, sentindo-se satisfeitos, completamente nus no chão da sala de estar. De qualquer forma, mais cinco meses e meio e voltariam para casa, em Stonefield. Iam conseguir superar aquilo.

Na segunda-feira, Georgie adiara sua tentativa de escrever qualquer coisa para publicar fotos no Facebook: ela e Simon com o rosto em um daqueles divertidos displays vazados no cais (ele, como uma daquelas salva-vidas peitudas no estilo Baywatch, ela, como um nadador meio afogado usando uma boia de borracha). "HILÁRIO!!!", digitou na legenda, tentando recapturar a graça do momento.

Assim que postara a atualização, seu telefone soou avisando-lhe que tinha um e-mail. Ela alternou para a caixa de entrada e viu que – finalmente

– recebera uma resposta de Viv, a editora da revista. Não só isso, mas a linha de assunto dizia "Nova edição publicada!"

Ah, meu Deus. Aquele era o dia! A revista saíra – e, provavelmente, também sua primeira coluna *E aí, Em*. Quem disse que as segundas eram uma droga? Imagine só o rosto de suas amigas quando ela postasse o link em sua página no Facebook. Ou talvez devesse ir à cidade assim que lesse a versão on-line, pegar um monte de cópias impressas e enviá-las para os pais e as amigas, fazendo uma surpresa. Eles ficariam tão impressionados!

Sem se preocupar em ler o que Viv havia de fato escrito no e-mail, Georgie clicou no link, toda atrapalhada com a pressa, ainda sem conseguir acreditar que estava prestes a ver seu nome em sua própria coluna de aconselhamento. Aquilo não era o máximo? A primeira de muitas também, esperava. Dali a alguns meses provavelmente já estaria acostumada a ver seu trabalho publicado, mas naquele dia era algo monumental.

A revista abriu em uma nova janela e Georgie rolou a tela apressadamente para encontrar sua contribuição – capa, sumário, uma matéria sobre um ator local, blá-blá-blá, ela poderia ler tudo aquilo depois. Então encontrou o título *E aí, Em* em destaque e seu coração disparou de orgulho. Ali estava!

Viv escrevera uma pequena introdução no alto da página. *Problemas? Você está no lugar certo. Conheça Em, nossa nova conselheira sentimental. Ela é incrível, espirituosa... e não tem papas na língua!*

Amém, senhor, pensou Georgie de brincadeira. Incrível e espirituosa, essa era ela. Melhor ainda, estava bem ali em preto e branco, alguém realmente dissera que ela era incrível e espirituosa. Mal podia esperar para as amigas verem aquilo. Sensacional! Embora... ah. Nenhuma menção ao nome dela, infelizmente. Nenhuma menção a Georgie Taylor, o talento por trás da incrível e espirituosa Em. O que era um pouco frustrante, para ser sincera.

E aí, Em, leu então, sentindo a satisfação voltar enquanto descia a página. Ali estava o problema real da garçonete do café que ela escrevera e depois respondera. Prendeu a respiração enquanto passava os parágrafos, mas Viv não mexera em quase nada. Parecia que Georgie ia explodir de orgulho. Olhe só aquilo. *Suas* palavras haviam sido impressas, frases que ela escrevera, para a cidade inteira ver. Ela, Georgie Taylor, dera vida a Em!

Mas então percebeu que havia mais texto após a resposta de Em e rolou a tela para ler.

Em disse o que pensa... agora é a sua vez. Gostaríamos que nossos leitores dessem sua opinião sobre este outro problema. Contem para nós o que acham!

Georgie franziu a testa. Outro problema? Aquilo era estranho. Ela só enviara um. Será que Viv escrevera uma segunda carta para preencher espaço na página ou algo assim?

E aí, Em,
      Sabe de uma coisa, meu namorado está sendo um completo idiota. Ele é um figurão no emprego novo e agora...

Meu Deus. Georgie sentiu o sangue gelar em suas veias e quase parou de respirar. Espera aí, que droga era aquela?

... e agora se acha um profissional superincrível. Nós nos mudamos lá de Yorkshire para que ele pudesse seguir a droga do seu sonho, aceitar seu "crush profissional", quero dizer, aceitar esse maravilhoso trabalho...

Ah, minha nossa. Não, por favor, não. Georgie achou que ia vomitar. Como aquilo tinha...? *Não.* Ela devia ter enviado o documento errado para Viv. O documento errado com as queixas sobre Simon. Olhou para a tela, o pavor invadindo seu corpo.

... e de repente me sinto meio insignificante. Tenho me esforçado ao máximo – até arrumei um novo emprego –, mas é como se tudo tivesse mudado em nosso relacionamento.

Merda. Com certeza fizera isso. Levou a mão silenciosamente à boca dominada pelo súbito desejo de gritar. Tinha sido mesmo idiota àquele ponto, agido com tamanha falta de profissionalismo, com tamanha burrice. Merda! Mas que droga. Como podia ser tão incompetente assim?

Ele age como se fosse a força motriz de tudo e eu estivesse só de carona, continuou lendo, arrasada, suas próprias palavras a atormentando. *Talvez eu esteja mesmo só de carona.*

Viv acrescentara: *"Me ajude, Em, o que devo fazer?"* e assinara a carta como "Jovem de Yorkshire". Georgie sentiu um aperto ainda maior no coração, olhando, horrorizada, para a tela. Bem, agora não podia de jeito nenhum mostrar sua coluna para Simon. De jeito nenhum. Também não podia mostrar para as amigas, nem em um milhão anos. Seria motivo de piada em Stonefield! Jamais poderia viver assim! *Mas você disse que estava se divertindo!*, diriam suas amigas, franzindo a testa, confusas. Todas aquelas fotos do pôr do sol que você publicou! Aquela foto engraçada de salva-vidas... você escreveu "HILÁRIO!!!" ainda hoje de manhã!

Pensar na reação delas – na pena! – era tão terrível que Georgie levou as mãos ao rosto e estremeceu. Bem, disse a si mesma, tentando se animar, elas nunca ficariam sabendo, isso era fato. Seu terrível segredo ia ficar guardado a sete chaves.

Espera... Havia mais. Abaixo da carta... *Ah, não. Quero morrer*, pensou com tristeza. Abaixo da carta vinha a enquete on-line que ela mesma propusera, teoricamente para Sardas, figura central do problema que relatara.

Então agora é com você. O que você acha que a Jovem de Yorkshire deveria fazer nessa situação? Participe da nossa votação on-line e dê a sua opinião!

A Jovem de Yorkshire deveria:
DAR O FORA NELE O cara não presta! Fique longe dele!
DAR MAIS UM TEMPO Aguentá-lo mais um pouco na esperança de que as coisas melhorem.
DAR PARA ELE Droga, ele parece gostoso. Transe assim mesmo!
Clique para votar... e veja o que os outros acham.

Os olhos de Georgie estavam arregalados. Era cada vez pior. Mas ela ia acordar a qualquer minuto. Por favor, que seja um sonho!

Ela se beliscou para o caso de estar tendo algum terrível pesadelo, mas infelizmente já estava acordada e aquilo tudo estava mesmo acontecendo. Então não só a revista tinha publicado suas queixas sobre Simon – suas queixas pessoais que mais ninguém deveria ler! –, mas agora todos em Brighton tinham sido convidados a especular sobre seu relacionamento!

Ai, socorro. Aquilo era péssimo. Estava muito distante de ter um lado bom. Na verdade, a única coisa que lhe dava algum alívio era o fato de seu nome *não* aparecer em nenhum lugar da página.

Clique para votar... e veja o que os outros acham, sugeria o texto.

– Mas que merda – grunhiu ela.

Era como fazer parte de um reality show brega. *O que vai acontecer com Georgie e Simon? VOCÊ decide!*

Mas, por outro lado, o que os outros achavam?, não podia deixar de se perguntar. O que as pessoas de Brighton pensavam que deveria fazer naquela situação?

Então, odiando-se por isso, clicou lealmente na opção "Dar mais um tempo". (*Viv devia ter acrescentado aquela*, pensou.) De qualquer forma, não estava "dando mais um tempo" a Simon, argumentou defensivamente. Ela o amava! Ele era seu único e verdadeiro amor! Seu único e verdadeiro amor que andava um pouco obcecado pelo trabalho e estressado, claro, mas todo mundo não fica assim de vez em quando?

Uma nova janela apareceu na tela.

Obrigado! Votos até agora:
DAR O FORA NELE: 76%
DAR MAIS UM TEMPO: 4%
DAR PARA ELE: 20%

Georgie ficou boquiaberta de indignação. Apenas quatro por cento das pessoas que votaram achavam que deveria dar mais tempo a ele? Aquilo era ridículo. As pessoas eram tão superficiais assim? Depois se perguntou quantos leitores haviam de fato votado e se aqueles quatro por cento, na verdade, representavam só o seu clique.

Fechou a página, sentindo-se trêmula. Mas que desastre! Como Viv *podia* ter feito isso com ela? Devia ter percebido que Georgie enviara a versão errada. Na verdade, devia ter imaginado que Georgie era o tema da carta sobre Simon. Será que Viv estava deliberadamente tentando fazê-la parecer idiota?

Um pouco tarde, sua mente ainda confusa com toda aquela terrível situação, Georgie lembrou que Viv tinha mandado um e-mail quando enviara o link da perdição. Ah, maravilha. Aquilo com certeza seria ainda mais embaraçoso.

Oi, Georgie

Obrigada pelas cartas – excelente material! O tom que você deu a Em foi perfeito, embora eu tenha achado que a pesquisa se encaixava melhor com a pergunta não respondida... era essa a sua intenção? Não ficou muito claro em seu e-mail. Mas foi fantástica a ideia de pedir a opinião do leitor.

Envie outras ideias. Gostei da sugestão do "Você Manda", em que os leitores sugerem atividades para você experimentar pela cidade. Manda ver! Vou dar o pontapé inicial, mandando-a até o Roller Disco, em Saltdean – tenho dois ingressos disponíveis para terça ou quarta à noite, então você pode levar um amigo (diga que é da revista). Se conseguir escrever o artigo até sexta-feira, podemos colocar uma nota na nossa página do Facebook pedindo sugestões para o próximo.

É isso! E, claro, espero mais um ou dois problemas para a coluna "E aí, Em" para sexta. Vamos tentar um de cada de novo, um com e outro sem resposta para que os leitores possam participar; quanto mais escandaloso, melhor! Por fim, me passe seus dados bancários para que eu possa fazer seu pagamento.

Abraços,
Viv

Georgie desabou contra os travesseiros, tentando absorver tudo aquilo. Bem, pelo menos havia algo de bom: seu pagamento, embora parecesse mais um dinheiro sujo agora que, sem querer, lavara a roupa suja dela e de Simon em público. E Viv gostara da ideia de Georgie experimentar atividades incomuns pela cidade, o que era bom também, embora tivesse quase certeza de que Simon jamais a acompanharia ao Roller Disco. ("Você está de sacanagem, não é?", disse ele sarcasticamente em sua cabeça.)

Ainda assim, era um progresso. Outro trabalho. Com o artigo e as novas cartas-problema para escrever, podia até mesmo conseguir pagar aquele jantar caro para dois que jogara no cartão de crédito na semana anterior. *E aí, Em*, pensou, revirando os olhos, *estou me empenhando ao máximo aqui em Brighton, mas não está sendo fácil...*

Capítulo Onze

MEMORANDO

Para: Toda a equipe
De: Anthony Gillespie
RE: Projeto Fazendo Amizade, da Sunset Years

Por favor, certifiquem-se de que todos os formulários tenham sido preenchidos e entregues a MIM até o fim da semana. Lembrem-se de incluir as informações completas do seu "futuro amigo" para nossos registros. Se não tiver um candidato apropriado, deixe isso claro em seu formulário e iremos lhe atribuir um.
Vamos lá, pessoal! Pela comunidade! Será incrível!

Incrível mesmo. Senhor, dai-me forças, pensou Charlotte, fazendo careta ao ler o e-mail. Mas ainda não preenchera seu formulário, pois ficara sem graça de abordar o assunto com Margot durante o chá no sábado à tarde. Ainda não estava convencida de que sua vizinha idosa precisava de um amigo, uma vez que a vida social dela parecia mais agitada do que a da própria Charlotte. Além disso, Margot não era nem um pouco fraca e desamparada. Quando parara de falar sobre a morte, praticamente interrogara Charlotte fazendo todo tipo de perguntas sobre seu trabalho e sua família, demonstrando um interesse inquietante.

– Você não é casada? Nenhum namorado bonitão para aquecê-la à noite, *non*? – perguntara Margot, erguendo as sobrancelhas perfeitas.

– Hum... *non*, quer dizer, não – murmurara Charlotte. – Não mais, pelo menos. – Fora então que esvaziara rapidamente sua xícara de chá, engolira as últimas migalhas do *macaron* lilás e se levantara para ir embora antes que

Margot pudesse perguntar mais. – Bem, adorei conhecer sua casa – dissera, sentindo as bochechas ficarem rosadas.

Margot devia achá-la terrivelmente sem graça, pensara, irritada, já que os tópicos favoritos da francesa pareciam ser amor, morte e paixão. Charlotte, por sua vez, não tinha nada para dizer, a não ser divagar sobre as entediantes complexidades da vida em um departamento de transferência de propriedade, nem que fosse apenas para evitar voltarem aos assuntos mais pessoais.

Mas sua anfitriã era muito educada. Beijou-a nos dois lados do rosto quando estava de saída e, em seguida, mais uma vez fez aquela coisa estranha e embaraçosa de procurar uma moeda em sua bolsa para dar a Charlotte, como uma generosa benfeitora.

– Não há necessidade – disse Charlotte com voz fraca.

– Por favor, eu insisto – pediu Margot. – Foi maravilhoso conversar com você. O que foi mesmo que você me disse da última vez? Que ia gastá-la com sabedoria?

Charlotte corou.

– Era o que minha avó sempre me dizia quando me dava dinheiro no Natal.

Os olhos de Margot brilharam.

– Entendo. Muito sensata – elogiou ela. – Bem, estou feliz em ter uma nova sábia amiga. Você é sempre bem-vinda.

Sempre bem-vinda, pensou Charlotte, girando um clipe de papel entre o dedo indicador e o polegar enquanto lia o e-mail novamente. Margot *dissera* isso. E talvez a vizinha estivesse só sendo educada, mas, já que Charlotte tinha mesmo que fazer amizade com uma pessoa idosa para o projeto comunitário da empresa... não diziam que a caridade começa em casa? Que lugar melhor do que seu próprio prédio?

Com isso em mente, Charlotte passou na Julien Plumart, a confeitaria preferida de Margot, após o trabalho. Depois de ponderar por um tempo sobre os merengues listrados que tinha visto na vitrine, decidiu comprar saborosas tortinhas de limão e framboesa cuidadosamente embaladas em uma caixa de papelão branca, e bateu na porta de Margot ao voltar a Dukes Square.

Margot atendeu usando um vestido de lã cinza com uma echarpe vermelha amarrada ao pescoço e óculos de leitura empoleirados no nariz.

– Mas que surpresa! – exclamou, vendo Charlotte com a caixa da confeitaria. – Entre. Acabei de me servir um martíni e ia fumar à janela. Por favor, não conte à Angela, aquela terrível senhoria. Há algo melhor que um cigarro com martíni em uma noite de segunda?

Charlotte hesitou.

– Hum... Não?

Margot riu.

– Está tudo bem. Você não precisa fingir. Sou uma velha má, você é uma boa menina. Não me deixe corrigir você.

– Me corromper? Vou tentar – disse Charlotte. – Olá, de qualquer forma – continuou, timidamente. – São para você, em agradecimento por sábado. Foi ótimo conversar.

– Adoro! – exclamou Margot, aceitando a caixa. – Isso é tão gentil. Tem certeza de que não quer que eu lhe prepare um martíni? Tenho também um absinto muito bom...

– Obrigada, mas não, eu... Ainda preciso fazer umas coisas – respondeu Charlotte. Sim, esquentar macarrão à bolonhesa no micro-ondas e todos os itens de sua lista maluca de afazeres domésticos. Sigo uma rotina fixa na minha casa, sabe? – Mas... Bem... estive pensando... – *Pare de enrolar*, ordenou a si mesma. – A empresa para a qual trabalho está dando início a um projeto comunitário. Fazendo amizade... – Então parou bem a tempo de não dizer "com os idosos". Margot Favager podia se referir a si mesma como uma velha, mas isso não significava necessariamente que mais alguém pudesse fazer o mesmo. – ... no bairro – disse após uma pequena pausa –, e a ideia é visitar as pessoas, ajudar com tarefas...

Margot franziu delicadamente o nariz.

– Tarefas?

– Tarefas... ajudar no que estiver precisando. Fazer compras para você ou ajudar com a limpeza. Bem... isto é, se você quiser ser... essa minha pessoa. Minha amiga.

Charlotte corou, esperando não tê-la insultado. Na verdade, fizera soar tudo muito formal, muito *pouco* amigável. Além disso, vira no outro dia que o apartamento de Margot estava impecável; ela claramente não tinha problemas para manter o lugar limpo.

– Ou poderíamos simplesmente tomar chá e conversar, é claro – acrescentou depressa.

– Ah – disse Margot, entendendo –, seria um ato de caridade para pessoas solitárias? Ajudar velhinhas infelizes? – Ela franziu os lábios. – Mas não sou solitária. Nem infeliz.

– Não. É claro que não. – Dentre as duas, Margot definitivamente não era a solitária. – E nem por um segundo tive intenção de sugerir que...

– Você está com pena de uma velhinha à beira da morte que bebe demais, é isso? Me dar a mão para atravessar a rua... Acha que preciso desse tipo de ajuda? – A voz de Margot se elevava a cada pergunta, e o rosto de Charlotte estava completamente vermelho.

– Não! De jeito nenhum! – exclamou, arrasada, desejando nunca ter perguntado.

Por que chegara sequer a *cogitar* que seria uma boa ideia? Ela era tão sem jeito, só fazia bobagem! E agora Margot, a única pessoa em Brighton que fora gentil com ela, que a recebera em sua casa, ficara aborrecida, magoada.

– Ouça, não tem importância, foi só uma ideia – balbuciou, abatida. – Lamento por ter...

Mas de repente Margot estava dando tapinhas em seu braço e soltando uma gargalhada.

– Ah, Charlotte, estou só provocando. Brincando! – *Ah, graças a Deus, graças a Deus, graças a Deus.* – Isso seria maravilhoso. Sua tarefa toda semana será comprar mais doces e um pouco de gim. E então vamos conversar e nos divertir. Que tal?

– Sim. – Charlotte mordeu o lábio, sentindo como se tivesse levado uma bronca. Bem, isso a colocara em seu lugar. Com certeza. – Obrigada, será ótimo – disse baixinho. – Sexta à tarde está bom? Você poderia vir ao meu apartamento, se preferir, ou...

– Adoraria que você fosse minha convidada. Sexta à tarde. Será como um clube. E nós podemos fazer melhor um mundo...

– Sim – disse Charlotte novamente, sem se incomodar em corrigir Margot. – Podemos fazer melhor um mundo...

Segunda à noite era dia de limpar as janelas, aspirar o pó e separar a roupa para lavar. Uma maneira agitada de começar a semana. Depois do macarrão à bolonhesa (muito bom, obrigada, Waitrose), começou a passar o aspirador. Infelizmente, o apartamento era tão pequeno que nunca levava muito tempo. (Se estivesse tendo um dia muito ruim, acabava passando o aspirador duas vezes, só para ocupar um pouco mais sua noite vazia.) Enquanto aspirava a casa, às vezes se via desejando ter infinitos cômodos, vários lances de escada e um corredor de mais de dois metros. Era o mesmo com a roupa – nunca levava muito tempo para separar as míseras peças. Então pensava nas amigas com filhos que reclamavam impensadamente de todas as tarefas domésticas. *Lavar roupa!*, diziam aos suspiros, batendo comicamente a mão na cabeça como se aquilo fosse demais para suportar. *Arrumar a bagunça!* Como se soubessem o que era sofrer. Como se tivessem a mínima ideia! Charlotte teria de bom grado escalado montanhas de roupa suja e fedida todas as noites pelo resto da vida sem reclamar uma única vez se com isso pudesse ter ficado com Kate. Se pudesse estar pendurando macacõezinhos molhados no aquecedor, sacudindo minúsculos pares de meias-calças listradas e pijamas de bebê.

Não pense nisso. Mantenha-se ocupada. Não pare.

Só tinha mantido um macacãozinho de dormir branco macio com uma estampa fofa de porco-espinho. Ficara grande demais em Kate, suas pernas só chegando até a metade da parte de baixo, as mangas precisando ser enroladas para deixar as pequeninas mãos rosadas de estrela-do-mar saírem. *Não pense nela, Charlotte. Não comece.*

Então, aspirando freneticamente o corredor pela última vez, desligou o aparelho e suspirou em silêncio. Eram só sete e meia, e a noite ainda se estenderia por muitas horas; teria que prolongar ao máximo a limpeza da janela, decidiu. Esfregá-las com sabão e depois polir com vinagre para dar um brilho extra. Jornal amassado não era bom para limpar janelas? Talvez devesse tentar, mataria mais um tempo. *Ah, mas quem se importa?*, pensou, subitamente invadida pela angústia, os punhos firmemente cerrados. *Quem se importa?* Não estava nem aí para as malditas janelas.

Então correu para o quarto, incapaz de aguentar mais, abriu as portas do guarda-roupa e tirou todos os casacos e moletons limpos que guardava lá, encontrando escondidos embaixo seus preciosos tesouros, as únicas lembranças que tinha de Kate. O macacãozinho de dormir, as fotos, a pulseirinha plástica branca que usara em torno de seu pulso minúsculo no hospital... Tentava olhar com moderação para aquelas coisas, como se vê-las em excesso pudesse de alguma forma diminuir seu valor, o quanto eram especiais. Mas às vezes, como naquele momento, só queria rever as fotos, esfregar o macio macacãozinho de porco-espinho no rosto e...

Suas mãos já levantavam a tampa da caixa – *eu não aguento, não aguento* –, quando ouviu batidas na porta.

– Charlotte? – veio uma voz, seguida por outras batidas.

Charlotte levou um susto. Não recebera uma única visita desde que começara a morar ali, a não ser o carteiro de vez em quando ou alguém tocando a campainha à procura de Jo, do andar de baixo. Olhou uma última vez para a caixa, depois a devolveu ao armário e respirou fundo algumas vezes para se acalmar antes de se aproximar da porta da frente.

– Hum... oi?

A voz não parecia a de Margot, então não podia ser ela. Por outro lado, Charlotte não conhecia mais ninguém em Brighton além dos colegas de trabalho, e eles não tinham seu endereço. Bem, o departamento de RH tinha, imaginou, sua mente pensando freneticamente quem poderia ser. Será que estava encrencada por algum motivo? Talvez tivessem percebido que ela nunca se inscrevia para as noites de karaokê da equipe ou para o boliche que algum funcionário empolgado da contabilidade organizara. E se fosse sua chefe, Stella, querendo ter uma conversinha em particular para lhe dizer que deveria mostrar um pouco mais de animação e empenho?

– Aqui é Georgie. Sua vizinha. Você tem um minuto?

Georgie. Vizinha. A garota de vinte e poucos anos, saia vermelha e sotaque do norte da Inglaterra que elogiara seu sapato.

– Ah – disse ela em voz baixa, então se recompôs e soltou a corrente de segurança. – Oi – cumprimentou ela, atendendo a porta e esperando não parecer muito enlouquecida. *Ah, não liga pra mim, é que eu ia começar a chorar por causa de uma caixa de sapatos. Sabe como é!*

– Olá de novo. – Georgie estava de calça jeans, com uma blusa rosa amarrada no pescoço e grandes brincos dourados, o cabelo loiro preso em um rabo de cavalo bagunçado. – Desculpe incomodá-la. É que... Bem, é que ganhei ingressos para uma festa na pista de patinação, em Saltdean. Tenho que escrever sobre o evento para uma revista local.

Charlotte piscou, surpresa. Aquele papo para puxar conversa era novo para ela.

– Que... bom! – arriscou, sem saber mais o que dizer.

– E esperava que Simon fosse comigo... meu namorado. – Charlotte notou um vislumbre de exasperação no rosto de Georgie. – Mas ele não está a fim. Ou melhor, ele disse: "Nem morto eu coloco um par de patins com desenho de chamas." – Georgie forçou o sotaque do norte para deixar bem claro o que tinha achado dessa resposta.

Charlotte não falou nada, mas teve a terrível sensação de que sabia aonde aquela conversa ia chegar.

– Então estava pensando – continuou Georgie, esperançosa – se você gostaria de ir comigo. Que tal a noite das vizinhas? Pode ser divertido.

– Ah – disse Charlotte novamente.

Andar de patins? Não colocava um no pé desde que era adolescente. Então se lembrou de quando deslizava pela antiga pista de patinação em Newbury, de mãos dadas com sua melhor amiga, Shelley, o cabelo das duas esvoaçando para trás. Depois pensou em seu corpo de 38 anos fora de forma e nos tênis novos ainda na caixa, e como ultimamente ficava ofegante só de se levantar da cadeira.

– Não sei, não...

Georgie mordeu o lábio.

– Certo, vou ser sincera com você, cartas na mesa agora. A questão é a seguinte: eu não conheço mais *ninguém* em Brighton – confessou. – Acabamos de nos mudar e todas as minhas amigas estão a quilômetros de distância. Só pensei... Quer dizer, seria bom se pudéssemos nos conhecer, não é? E...

Georgie tinha olhos azuis tão grandes e tão cheios de esperança que Charlotte teve que desviar o olhar. Não queria andar de patins, lembrou a si mesma. Ela era uma mulher adulta e era perfeitamente aceitável dizer não. Além disso, ainda tinha que limpar as janelas, não tinha?

– Estou um pouco ocupada agora – disse, por fim, com voz fraca.

– Ah, não quis dizer *agora* – apressou-se em explicar Georgie. – Tenho ingressos gratuitos para amanhã ou quarta, o que for melhor para você. Podemos ir no meu carro. E se for ruim, poderemos fugir e ir até um pub. O que você acha?

Charlotte podia sentir sua resistência desmoronando. Era péssima em dizer não para as pessoas, esse era o problema, principalmente quando estavam diante dela implorando de forma tão gentil e encarando-a com aquele olhar de cachorro que caiu da mudança. Provavelmente era por isso que as pessoas que arrecadavam fundos para caridade sempre iam direto até ela na rua... Elas podiam ver que Charlotte era uma manteiga derretida por dentro.

– Eu... – Mais uma vez veio à sua mente a lembrança de como era andar zunindo por aí, livre e rápida, sobre oito rodas, quando era adolescente. E então a voz de Margot ecoou em sua cabeça: *Uma nova amiga, que maravilha!* – Acho que posso ir amanhã – ouviu-se dizendo sem muita convicção.

Terça-feira era sempre um dia mais tranquilo com relação aos afazeres domésticos, e muitas vezes ela acabava assistindo a documentários de história natural ou fazendo sudoku no jornal para resistir à tentação de abrir a caixa de sapatos com as fotos de Kate. Ela fraquejara naquela noite, e teria perdido a cabeça completamente se Georgie não tivesse batido na porta. Mas se ficasse longe do apartamento...

– Amanhã está ótimo! – exclamou Georgie, aceitando rapidamente sua rendição. – Ah, obrigada, Charlotte, vai ser demais, muito obrigada mesmo. Passo aqui por volta das sete?

– Combinado – disse Charlotte, pensando com que raios tinha acabado de concordar.

Patinar com sua vizinha que devia ser dez anos mais nova que ela... *Onde* estava com a cabeça? Ela devia ter surtado, pensou enquanto se despediam e fechava a porta. Então se recostou contra a parede por alguns segundos, sentindo como se tivesse perdido de vez o bom senso. Talvez fosse melhor inventar uma terrível intoxicação alimentar no dia seguinte. Talvez pudesse só trancar a porta e ficar em silêncio, fingindo estar morta.

Ainda assim, vendo pelo lado positivo, seu recente momento de completo desespero tinha se desvanecido, como um pequeno seixo afundando nas profundezas do oceano. Charlotte voltou ao seu guarda-roupa, colocou os casacos e moletons de volta em cima da caixa de sapatos e fechou as portas, a força de vontade mais uma vez restaurada. Pronto, pensou, as mãos apoiadas por um instante nos painéis de madeira. Tudo em paz.

Agora, as janelas.

E foi assim que, menos de 24 horas depois, Charlotte estava ajustando os fechos de um par de patins alugado, num dos cantos de um centro de lazer com cheiro de cal enquanto "Boogie Wonderland" saía a todo volume dos alto-falantes e luzes piscavam nas cores vermelha, verde e azul ao redor dela. Ainda não podia acreditar que estava realmente lá.

O trabalho tinha sido meio estressante: estava tendo problemas com um advogado excessivamente zeloso que queria que seus clientes fizessem um seguro de responsabilidade civil pelo uso de um beco compartilhado atrás da casa de cem anos deles (que ridículo!) e depois passara quarenta minutos ao telefone com uma cliente bastante carente que insistira com Charlotte para que ela a ajudasse a preencher seu formulário de informações da propriedade, linha por linha. Cada vez mais impaciente, Charlotte se pegou desenhando patins no canto de seu bloco de notas. Então – a parte mais estranha do dia – ela atualizou seus e-mails ao final da ligação e viu que sua amiga Shelley, a mesma que costumava patinar com ela na adolescência e de quem não tinha notícias há anos, do nada lhe enviara um pedido de amizade em uma rede social. Era como se o destino estivesse lhe dando um empurrãozinho e dizendo-lhe o que fazer.

Enfim, graças ao destino, e ao rosto suplicante de sua vizinha, ali estava ela, toda salpicada pelas luzes coloridas do globo de discoteca giratório preso no teto, e a vários apavorantes quilômetros de sua zona de conforto. Esperava que aquela noite não viesse a ser um grande erro do qual acabaria se arrependendo. E esperava realmente poder viver por tempo suficiente para se arrepender de qualquer coisa. Graças à TV, sabia que um terrível acidente poderia acontecer em qualquer lugar, principalmente se seus pés estivessem presos a rodas.

– Uhul! – gritou um DJ, socando o ar no ritmo da música, enquanto os patinadores giravam lá embaixo e Charlotte e Georgie terminavam de prender os patins. – Quero ouvir vocês cantando junto!

– Ah, meu Deus – disse Georgie, rindo, e colocou o casaco e a bolsa em uma cadeira de plástico, ficando de pé. – Isso é loucura. Algumas pessoas levam mesmo isso a sério. Olhe aquele cara de calça jeans branca e chapéu de feltro! Com certeza vou falar dele no meu artigo.

Charlotte levantou-se cautelosamente, agarrando-se ao encosto de outra cadeira enquanto tentava encontrar seu centro de gravidade, em seguida deu uma olhada nos patinadores. Ah, *ele*: calça jeans branca, chapéu de feltro vinho e um colete prateado... com os ombros e o peito musculosos orgulhosamente expostos. Sua pele já brilhava de suor, ou talvez tivesse passado algum óleo especialmente para a ocasião. Alguns patinadores exibiam modelitos dos anos oitenta com faixa neon, camiseta arrastão preta e polainas. Outros usavam shorts minúsculos, principalmente os homens. Ah, meu Deus. Por que se deixara convencer a ir até lá?

– Não consigo deixar de me sentir um pouco malvestida – murmurou ela, olhando para sua calça jeans e a camisa de manga comprida azul da Gap.

Ninguém estava de capacete, embora alguns patinadores tivessem colocado munhequeiras e joelheiras. Aquelas pessoas não temiam machucar a cabeça? Nunca assistiram a uma daquelas séries de TV que se passam em hospitais?

– Caramba, olhe só aquele cara ali, deslizando de um lado para outro com todo aquele cabelo.

As duas observaram um homem bonito e alto passar por elas, o cabelo parecendo uma exuberante juba de leão em torno do rosto, o short de ciclismo de lycra e a camiseta de marca realçando o corpo sarado. Então falaram "Eca!" ao mesmo tempo ao verem-no patinar atrás de três mulheres em sequência, beliscando o traseiro de uma, agarrando outra pela cintura e rebolando terrivelmente em torno da terceira.

– Que horror! Melhor ficarmos longe desse esquisitão – disse Georgie.

Assim como Charlotte, ela também estava de calça jeans, mas usava uma camisa turquesa com apliques prateados de estrelas e tinha prendido os cabelos loiros em marias-chiquinhas, parecendo um pouco mais integrada.

– Vamos nos juntar à galera? – perguntou Georgie. – Talvez eu precise ir de mãos dadas na primeira volta, se estiver tudo bem para você. A última vez que andei num destes, tinha catorze anos e estava muito mais em forma.

– Eu também.

Então, apoiando-se uma na outra, seguiram lentamente até o piso polido, soltando gritinhos de apreensão de tempos em tempos.

– Não posso acreditar que estou fazendo isto – confessou Charlotte, ofegante, acima das batidas pulsantes de "Lady Marmalade".

De repente, o bipe de seu micro-ondas e o som reconfortante de um documentário narrado por David Attenborough pareciam terrivelmente distantes, praticamente em outro planeta.

– Nem eu. – Georgie deu uma risadinha, o braço livre se agitando no ar ao saírem. – Uou! Mas que droga. Isto é *difícil*.

Georgie estava certa, *era* difícil, mas aos poucos Charlotte começava a se lembrar da técnica. Houvera uma época em que ela e Shelley patinavam toda semana – blush em excesso e o cabelo cheio de laquê grudento, mascando despreocupadamente um chiclete de morango enquanto zuniam pela pista, de olho nos garotos. Cerrando os dentes e se concentrando ao máximo, seu corpo pareceu se lembrar do que fazer: deslizar os pés para a frente e ligeiramente para fora, como um pato, joelhos dobrados, os quadris ditando o ritmo enquanto se movia lentamente com o pé esquerdo, depois com o direito. Em poucos minutos, começou a ser invadida por uma sensação de euforia; a convicção vertiginosa, enquanto rodopiavam por um canto juntas, ainda firmemente de mãos dadas, de que não morreria ali.

– Conte sobre a revista – pediu, sem fôlego, ao completarem o primeiro circuito e comemorarem, triunfantes. Então decidiram dar outra volta, um pouco mais rápido dessa vez. – Você é jornalista?

– Jornalista novata – respondeu Georgie, derrapando de leve quando um patinador mais experiente passou por elas, o quadril balançando ao som da música. – Epa! – exclamou, tentando recuperar o equilíbrio antes de cair sentada no chão, esfregando o cotovelo e rindo, até Charlotte ajudá-la a se levantar. – Novata tanto como escritora quanto como patinadora. Obrigada.

Saíram deslizando de novo, a princípio com cuidado e então alongando aos poucos os passos com confiança crescente.

– Isso é legal – disse Charlotte quando ganharam velocidade.

Podia sentir a alegria crescendo em seu peito. *Ei, Shelley, você nunca vai adivinhar o que estou fazendo. Oi, mãe, eu saí na noite passada. Fui andar de patins!*

– Até que não somos ruins, não é? – perguntou enquanto patinavam por um dos cantos com desenvoltura. Alguns diriam até que com estilo.

– Nós arrasamos! – concordou Georgie, bem na hora em que desviava de um homem usando um chapéu Stetson adornado com pedrinhas brilhantes e prontamente caiu sentada de novo. – Opa. O orgulho faz a gente se dar mal.

– Está tudo bem, querida? – perguntou o homem, estendendo a mão para levantá-la. Ele usava um colete rosa neon, óculos escuros espelhados e um short tão curto que era praticamente indecente.

– Obrigada – disse Georgie. – Somos novas aqui. Como você provavelmente pôde perceber depois de todas as vezes que caí de bunda.

Ele deu um tapinha nas costas dela.

– Bem-vindas à gangue. Ah, minha música preferida! – gritou ele, acelerando e remexendo o quadril quando a música mudou para "Yes Sir, I Can Boogie".

Georgie sorriu para Charlotte.

– Quer saber, estou gostando de Brighton – disse ela. – Quer dizer... Olhe só aquele cara. Olhe este lugar. Não consigo imaginar nada parecido acontecendo lá em Stonefield, onde cresci. De jeito nenhum. É demais! – Então segurou a mão de Charlotte com um pouco mais de força enquanto deslizavam pela curva. – Não tenho dúvida de que tudo isto vai parecer um sonho louco quando voltar à minha antiga vida na época do Natal.

Charlotte riu. Havia *mesmo* algo de onírico ali: os patinadores passando depressa com suas roupas neon, a batida disco, o girar das rodas sob os pés, a velocidade cada vez maior, os cabelos voando atrás delas.

– Muito louco – concordou. – E sabe o que é mais louco? Estou me divertindo à beça.

Às nove e meia, as pernas delas tinham virado geleia. As duas foram mancando para fora da pista e tiraram os patins. Antes disso, Charlotte poderia contar nos dedos de uma única mão o número de vezes que fizera qualquer tipo de exercício desde que Kate nascera – esqueça, poderia contar com um punho fechado. Nenhuma. Nunca. Nenhum exercício. Até aquela noite, em que usara músculos de que havia completamente se esquecido. E... *uau*! Podia sentir as endorfinas em sua corrente sanguínea como um desfile de líderes de torcida agitando seus pompons. Era bom. Muito bom. Na verdade, chegaria mesmo a dizer que era épico.

Além de queimar várias calorias – com certeza fizera por merecer sua próxima caixa de éclairs de chocolate, percebeu com alegria –, ela e Georgie riram e conversaram a noite toda e isso tinha sido ótimo. Divertido, até. E não havia nenhum risco de a conversa se tornar pesada ou sombria enquanto rodopiavam pela pista de patinação: Georgie contara a Charlotte que moraria ali por seis meses com o namorado e estava escrevendo para uma revista, e Charlotte... Bem, para ser justa, Charlotte praticamente só ouvira, não falara muito sobre si mesma, mas arriscara contar algumas poucas coisas em troca: que conhecera Margot do apartamento 5 e que sua velha colega de patinação entrara em contato com ela do nada naquele mesmo dia. Nada de importante. Só conversa fiada. Mas mesmo aquilo tinha sido uma novidade, percebeu. Georgie era como a irmãzinha travessa que nunca tivera.

Já de volta aos seus sapatos comuns – caramba, era tão estranho andar depois de patinar tanto –, Georgie sugeriu voltarem de carro para a cidade e encerrarem a noite em um bar. Charlotte estava se sentindo tão estranhamente otimista – sim, chegaria mesmo ao ponto de usar a palavra "incrível" –, que concordou na hora. E assim, vinte minutos depois, estavam acomodadas em uma das mesas do Leão e Lebre, um bar meio pé-sujo onde não se importavam com o quanto seus clientes podiam estar suados. As duas pediram um gim-tônica e, depois de um único gole, Charlotte já sentiu que ficara agradavelmente zonza.

– Obrigada – disse timidamente para Georgie. – Obrigada por me convidar para sair hoje. Há anos que não faço nada disso. Gostei muito.

– Ah, Charlotte, eu é que agradeço por você *topar*! – exclamou Georgie. – Ficaria apavorada se tivesse que ir lá sozinha. Você me fez um grande favor. E sei que no início você não queria e estava só sendo gentil, então quero lhe agradecer em dobro. Você é demais.

Charlotte corou.

– Bem...

– E não discuta! – ordenou Georgie, erguendo um dedo, depois tomou um grande gole de sua bebida. – Deus, eu precisava disto. Estou quebrada! Mas foi divertido, não foi, de um jeito meio louco?

– Foi ótimo – respondeu Charlotte, surpreendendo-se. E, dessa vez, não estava apenas sendo educada. Enquanto zunia pela pista de patinação, ela se sentira jovem de novo, livre, feliz. Com que frequência isso acontecia? – Você tem que me avisar quando o seu artigo sair para eu poder ler. Vai falar da conga no final?

– Pode ter certeza. E da parte do limbo. Ah, e não foi incrível quando aquelas mulheres fizeram um duelo de dança? Adorei as duas! Você também não gostaria de se tornar amiga delas e sair com as duas para sempre?

– Elas eram fabulosas – concordou Charlotte.

– Já estou com medo que não tenha espaço suficiente para falar de tudo – disse Georgie, feliz –, que é o melhor tipo de problema. – Então ergueu o copo. – Vamos fazer um brinde. Às pistas de patinação e a todos os que brilham por lá. A nós!

– Saúde! – Elas brindaram. – Aonde você acha que vai semana que vem? – perguntou Charlotte. – As pessoas fazem sugestões, não é isso? E depois? É uma votação ou sua editora simplesmente escolhe um lugar?

– Imagino que ela vá escolher – disse Georgie, e então chupou a rodela de limão que pegou do copo. – E, conhecendo-a bem, sei que vai escolher a sugestão mais maluca de todas, então... – Cruzou os dedos e fez uma careta. – Posso ser mandada a qualquer lugar. Para experimentar qualquer dessas coisas loucas aqui de Brighton... E, depois desta noite, tenho a sensação de que existem umas bem doidas. No que eu fui me meter?

Charlotte riu. Georgie tinha um jeito extremamente cativante – era bem direta, agradável e sincera. E também destemida, expondo-se de tal maneira para o entretenimento do público. Charlotte nunca teria essa coragem.

– Talvez eu devesse mandar uns e-mails com sugestões de coisas que você iria realmente querer fazer – sugeriu. – Como degustações de vinho, spas e jantares em novos restaurantes fabulosos...

– *Sim!* – exclamou Georgie, com uma risada. – Charlotte, você é um gênio! Essa é uma ótima ideia. – Ela sorriu. – E digo mais: como minha parceira no crime, você vai ser a primeira a escolher em qual dos eventos quer me acompanhar. Combinado?

– Combinado – Charlotte pegou-se dizendo.

Capítulo Doze

Quadro de avisos de SeaView

LEMBRETE
Para todos os moradores

POR FAVOR, permita-me lembrá-los de que esta é uma casa para NÃO FUMANTES. Fumar é estritamente proibido tanto nos apartamentos quanto nas áreas comuns.

Angela Morrison-Hulme
Administradora

– Você não sabia mesmo? – perguntaram seus amigos, os olhos arregalados e incrédulos, quando Rosa lhes contou que ela e Max tinham se separado e o motivo. – Não fazia a menor ideia?

Não, tivera que responder com desânimo, a cabeça baixa. Realmente não fazia a menor ideia. Porque ela o amava! Confiava nele! Pensava que tinha tirado a sorte grande e que agora era só seguir direto para o Reino Presunçoso dos Casais, onde passaria o resto de sua vida!

Às vezes, no meio da noite, ficava acordada se perguntando, deprimida, se de alguma forma fora culpa sua as coisas terem chegado àquele ponto. Será que estava tão desesperada para se apaixonar que fora ingênua a ponto de ficar cega? Que deliberadamente ignorara os sinais de alerta que todo mundo parecia notar, menos ela?

Pensando bem, o apartamento dele já era uma pista; seu estilo elegante e minimalista lembrava mais uma suíte de hotel do que um lar acolhedor.

– Onde estão todas as suas coisas? – perguntara, rindo, uma vez, ao abrir uma gaveta da cozinha e ver que estava vazia.

Ele parecera desconcertado por um instante, e ela se lembrava de ter ficado com medo de ter ferido seus sentimentos... Que ironia!

– Não sou de carregar muita coisa – dissera Max após hesitar por um segundo antes de mudar de assunto.

Então, claro, lembrara-se de que seus pais eram das Forças Armadas, e ele se mudara bastante quando criança. E assim, usando sua própria psicologia de botequim, presumira que essa era a explicação para sua aparente falta de raízes. Ela fora morar com ele pouco depois, alugando sua pequena casa geminada em Walthamstow, o coração ansioso para criar um lar para os dois; o lar que ele nunca tivera. Mais ironia! Chegava a ser engraçado. Não sabia se ria ou chorava.

Depois viera a pergunta inocente de Catherine sobre ter visto Max na King's Road. Na época, Rosa descartara a possibilidade sem pensar duas vezes – claro que não era Max! A sede do seu trabalho ficava em Amsterdã, então ele dividia a semana, metade com ela em Londres, metade em um pequeno apartamento peculiar perto de Prinsengracht, no centro da cidade. (Ela já passara alguns dias lá com ele e ficara encantada com tudo, desde a ampla escadaria de madeira até as janelas de frontão, com vista para os barcos no canal e ciclistas bêbados. Na verdade, ciclistas bêbados caindo no canal e saindo de lá pingando – isso era ainda mais divertido.) Era por isso que Catherine só podia estar enganada sobre ter visto Max em Londres, porque era uma quarta, e Rosa sabia muito bem que ele devia estar em seu escritório perto da Dam Square, sem dúvida repreendendo Henrik, o estagiário azarado, sobre o qual já ouvira várias histórias. Ele não tinha como estar na King's Road.

Outra pista que deixou passar foi quando sugeriu que viajassem de férias juntos para algum lugar exuberante. Rosa acabara de receber seu bônus de fim de ano e estava animada.

– Um presente meu – dissera ela, pensando em palmeiras, areia branca e um mar cintilante e cristalino. Marca de bronzeado, pés na areia e sexo lânguido em uma cama enorme. – Tudo cinco estrelas. Me dê seu passaporte e vou reservar um lugar incrível para nós.

Para sua surpresa, no entanto, ele inventara desculpa atrás de desculpa.

Uma conferência à qual teria que ir, não sabia bem quando. Dificuldade para conseguir tirar uma folga. Sua repentina sugestão de viajarem para a Cornualha em vez de irem para longe... ou até para Lake District. Depois, ele é que queria reservar tudo, queria presenteá-la.

– Meu Deus, sua foto do passaporte é *tão* constrangedora assim que você não pode me deixar fazer isso? – brincara ela.

E então o lampejo de alguma emoção nos olhos dele – pânico? – a deixara confusa.

– Só quero presentear você – explicara ele, e então Rosa sentira que estava fazendo tempestade em copo d'água, principalmente porque ele organizara as melhores férias da sua vida, nas Maldivas; uma semana da mais completa felicidade.

Não importava tanto quem pagava e organizava as coisas, não é mesmo? Suas amigas acharam que estava louca só de ficar pensando nisso. (Está vendo?, lembrou a si mesma depois. *Elas* também não desconfiaram, não é?)

Aos poucos, começou a perceber que, após oito meses juntos, não conhecia quase nenhum de seus amigos e ninguém da sua família. Ele já conhecia todos em sua vida, claro; ela o exibira diante de todos com alegria quase indecente, logo depois do segundo encontro. *Olhe só pra ele! Não é lindo? É meu namorado! Meu!*

– Nunca fiquei em lugar nenhum por tempo suficiente para fazer amigos quando era criança – dissera ele, dando de ombros. – E agora todos os meus colegas são holandeses, então não tenho muito como sair com eles nos fins de semana, não é mesmo?

Não, concordara ela. Não tinha. Mas ainda assim era estranho frequentarem quase exclusivamente os círculos sociais dela, indo a jantares, ao pub e a casamentos com os amigos dela. Era quase como se ele sentisse vergonha de Rosa. Ou até como se tivesse algo a esconder. Mas não!, dizia a si mesma. Max a amava! Não estava sempre lhe dizendo isso?

Até mesmo a correspondência que chegava esporadicamente para um tal de David Chandler tinha uma explicação. Era o antigo dono da propriedade, dissera Max, juntando as cartas para encaminhar para ele. Não, Rosa não suspeitara de nada.

Por fim, na primeira semana de dezembro, quando Londres inteira parecia enfeitada de luzinhas para o Natal e as ruas escuras estavam cheias de bêbados usando chifres de rena, veio a maior delas: a pista que não era só uma pista, mas um tapa na cara, impossível de ignorar. Ela e Max estavam tomando drinques em um bar perto da Liverpool Street, dobrando a esquina de onde ficava o escritório da Rosa – uma saída rápida, porque ele tinha que voltar para Amsterdã naquela noite, assim dissera. O bar estava lotado, os alto-falantes tocando uma música natalina, as integrantes do Girls Aloud em vestidos minúsculos, cantando para o Papai Noel na TV, e Rosa e Max estavam espremidos em um canto, cada um bebendo uma taça de vinho tinto. Seria o primeiro Natal deles juntos, e Rosa já estava animada, determinada a fazer da data o dia mais mágico de todos.

– Vamos colocar presentes nas meias um do outro? – perguntou ela, quase explodindo de felicidade só de pensar em acordar ao lado de Max na manhã de Natal.

– Claro que sim – respondera ele. – Uma laranja e uma noz, que tal?

Rosa dera um soco nele, rindo.

– Experimente só para ver.

– Beleza, vou colocar um pedaço de carvão também; não é o que se deve colocar na meia de alguém?

– Um pedaço de carvão? Isso é no Ano-Novo, seu idiota. – Ele era um grande brincalhão, pensara com carinho, pressionando a perna contra a dele por baixo da mesa.

Ele se inclinou para a frente.

– Ah, bem, você pode ganhar um de Natal *também*, por ser assim tão especial. Não diga que não a mimo! Talvez até dois pedaços de carvão, se for *realmente* boazinha...

Os dois estavam rindo quando uma voz os interrompeu:

– David! Ei, David! Há quanto tempo, cara! Como vai?

Rosa imaginara que a voz masculina empolada se dirigia a outra pessoa, alguém chamado David, claramente, e não seu namorado, mas então aquele olhar de pânico surgiu no rosto de Max de novo, pouco antes de voltar a relaxar.

– Ah, caramba. Esse idiota. Explico tudo em um minuto – disse ele, levantando-se tranquilamente e dando alguns passos rápidos em direção ao homem que tinha falado.

Era um cara de meia-idade, com cabelo loiro que caía no rosto e um terno azul-claro desalinhado que estava muito apertado nos ombros.

– Jeremy! – gritou Max, batendo nas costas dele com tanto entusiasmo que Rosa receara pelas costuras já esticadas. – É bom ver você. Posso lhe pagar uma bebida?

E então levara Jeremy para longe, um braço em torno dele, mas não antes de Rosa ouvir o homem dizer:

– Como estão Ann-Marie e as crianças? Você tem dois filhos agora, não é?

Era como estar em um sonho estranho. Um sonho em que nada fazia sentido. Ela pensara por um instante que seus ouvidos estavam lhe pregando uma peça. Ann-Marie e as *crianças*? David? Seu coração acelerara, sua mente estava a mil por hora, incapaz de compreender o que acabara de ouvir. Jeremy devia ter se confundido, dissera a si mesma. Devia ser uma daquelas pessoas péssimas com nomes, que andava por aí confundindo os outros, atribuindo-lhes erroneamente esposas e filhos, era isso. Talvez tivesse Alzheimer precoce e Max estivesse apenas sendo gentil, embarcando em sua história. *Explico tudo em um minuto,* Max lhe assegurara, e lá estava ele agora, virando a cabeça rapidamente para checar como ela estava e lhe lançando um olhar que dizia: *Não se preocupe. Há uma explicação perfeitamente racional para tudo isto.*

Sim, pensara Rosa, a respiração presa na garganta, olhando de seu namorado lindo e maravilhoso para o espaço onde ele estivera sentado menos de trinta segundos antes, rindo com ela ao falarem de meias de Natal e pedaços de carvão. Olhara de novo para Max, que parecia estar pagando uma bebida para Jeremy, o braço ainda apoiado nas suas costas – e até isso era estranho, pensara, nervosa. Por que não a apresentara? Por que não dissera "Jeremy, meu amigo, esta aqui é a Rosa, minha namorada. Junte-se a nós, já está na hora de ela conhecer alguns dos meus velhos camaradas"? Isso teria sido natural, não? Era o que um namorado normal faria.

Ela se lembrara das correspondências que às vezes chegavam em nome de "David", a questão com o passaporte. E então percebera que a seus pés estavam a mala que Max levaria para Amsterdã e a pequena mala de mão que ele arrumara, onde devia estar seu passaporte, pronto para ser verificado. Poderia abri-la em um segundo e dar uma olhada lá dentro, só para se acalmar, só para tirar de sua mente as perguntas e dúvidas que começavam a circular como abutres.

Decidida, ela se abaixara, os dedos puxando o zíper… bem na hora em que ouviu a voz de Max – "Meu Deus, sinto muito por isso" – se aproximar, e teve que se endireitar rapidamente e fingir que tinha deixado um guardanapo cair no chão. Mariah Carey cantava ao fundo agora, e duas mulheres acompanhavam desafinadas na mesa ao lado.

Rosa não conseguiu olhar para Max quando ele se sentou. Na verdade, de repente esquecera como se sentar naturalmente na companhia do próprio namorado e sua perna começara a balançar enquanto ele se acomodava na cadeira ao lado dela.

– Um velho amigo da escola – explicara ele com uma risadinha. *Uma risada falsa?*, pensara Rosa, desconfiada, seus sentidos em alerta total. – Uma piada idiota, ele gostava de chamar todo mundo na equipe de rúgbi de David. Não consigo lembrar por quê, uma daquelas coisas bobas de escola.

Com o coração ainda acelerado, via a boca de Max se movendo enquanto ele falava, seus olhos sorrindo para ela, mas era como se algo tivesse mudado, como se um abismo tivesse se aberto entre onde os dois estavam agora e sua antiga vida feliz e despreocupada juntos. *Quem é você?*, pensara, dominada pelo pânico. *Quem é você de verdade? E essa Ann-Marie e as crianças de que Jeremy acabou de falar? Por que não está me falando sobre Ann-Marie e essas malditas crianças?*

– Depressa, Cabeça de Abóbora, não tenho tempo para preguiçosos nesta cozinha – disparou Brendan.

Ele estava particularmente carrancudo naquela manhã de quarta-feira, o rosto pálido e com a barba por fazer. *Alguém precisa de um abraço?*, pensou Rosa cheia de sarcasmo, descascando e cortando uma pilha de abóboras para uma sopa.

– Ei, está me ouvindo?

– Sim, chef – respondeu ela entre os dentes cerrados, retirando as tiras da grossa casca da abóbora.

Então hoje ela era *Cabeça de Abóbora*? Após quase três meses ralando para aquele imbecil? Era tão difícil assim aprender os nomes das pessoas com quem trabalhava, dia após dia? Ao seu lado, Natalya estava cortando beterraba, as mãos já roxas, enquanto Liam, o assistente do confeiteiro, parecia concentrado, o rosto cheio de espinhas curvado sobre as delicadas esculturas de caramelo que estava fazendo para adornar as sobremesas daquele dia. Nenhum deles era preguiçoso. Todos mereciam um pouco de respeito. Ah, Deus, pensou, cansada, talvez não estivesse mais com saco para aquele emprego. Talvez sua mãe estivesse certa em dizer que só se aventurara no mundo da culinária porque estava passando por uma louca crise de meia-idade e que deveria desistir logo, procurar uma agência de trabalhos temporários e voltar a trabalhar num escritório.

Mas, por outro lado, bastava pensar nos muffins de caramelo com flor de sal que fizera no dia anterior (tão deliciosos que estava tendo que se controlar com extremo rigor) e no frango assado que fizera Bea deixar de lado o mau humor na outra noite e, sim, em todos aqueles milhões de jantares e cafés da manhã que preparara para os amigos, que lhe diziam, salivando, que ela era definitivamente sua amiga preferida, uma deusa absoluta, e que deveria mesmo participar do *MasterChef* ou do *Bake Off*, porque ganharia tranquilamente! Eram esses momentos, em que ficava vermelha de orgulho e sentia seu coração inchar de satisfação, que a faziam lembrar que cozinhar era do que realmente gostava. Cozinhar, principalmente para os outros, era o que *amava* fazer. Só trabalhar com o idiota do Brendan é que não era muito agradável.

– Sem ofensa, mas seu trabalho parece uma merda – dissera Bea sem rodeios no domingo à noite enquanto atacavam com avidez o suculento frango assado.

Felizmente, não estavam mais conversando sobre os defeitos de Gareth e sanduíches de cocô, e Rosa contava à vizinha sobre seu trabalho no hotel.

– Quer dizer... É isso mesmo que você quer fazer *para sempre*? Descascar coisas e levar esporro? Não vou mentir, eu não aceitaria isso *de jeito nenhum*. Sem chance. Não se atreva a atirar nenhuma concha em *mim*.

– Bem, é um trabalho novo para mim, estou só começando. Eu trabalhava em uma empresa de publicidade em Londres, mas...

Bea quase largou o garfo.

– O quê, tipo *Mad Men*? Ah, meu Deus, e você *largou tudo* para vir para cá descascar cenouras na droga do *Zanzibar*? – Seus olhos mostravam incompreensão, mas então seu rosto passou a expressar dúvida. – Ah, espere... a menos que você tenha sido demitida ou algo assim... Merda. Isso é constrangedor.

– Não fui demitida. Foi uma... mudança de vida – explicou Rosa, preferindo não contar toda a história de Max. – Queria fazer algo diferente, algo de que eu gostasse. Então foi uma decisão minha.

– Ceeerto – disse Bea, claramente nem um pouco convencida. E, embora Rosa tivesse aproveitado a chance para mudar de assunto, a garota devia ter ficado com aquilo na cabeça, porque, mais tarde, enquanto devorava a torta de maçã com canela, acabara voltando a ele. – Mas, quer dizer... Você não poderia ser chef de algum lugar em vez de, tipo, uma escrava? Porque você é muito boa nisso. – Então apontou para a torta fumegante e cremosa à sua frente, como se estivesse exibindo uma prova em um tribunal. – Muito boa *mesmo*...

Rosa ficara bastante tocada com o elogio. Àquela altura, já conhecia Bea bem o suficiente para saber que a adolescente não era de medir as palavras para dizer nada.

– Obrigada, mas não é tão fácil. Não posso simplesmente virar chef sem ter experiência. As coisas são difíceis, há restaurantes fechando as portas o tempo todo e pessoas muito mais qualificadas do que eu por aí.

– Sim, mas... Você não poderia abrir seu próprio restaurante?

– Hum, talvez, se eu tivesse meio milhão de libras sobrando. – Rosa ainda tinha algum dinheiro guardado e o aluguel que recebia de sua casa em Walthamstow, mas esse era seu fundo de emergência; uma reserva, caso as coisas dessem errado ali. – Está tudo bem, sério. Eu aprendo bastante, tenho a oportunidade de ver chefs incríveis trabalhando...

Bea não parecia convencida.

– Mas aposto que você preferiria estar preparando uma boa comida, em vez de ficar só descascando e cortando.

Rosa não respondeu de imediato. A verdade é que já fantasiara algumas vezes abrir o próprio restaurante; era um sonho particularmente agradável que gostava de alimentar de vez em quando. Um restaurante pequeno, um bistrô, na verdade, com cerca de dez mesas e um cardápio enxuto e cuidadosamente selecionado; um ambiente gostoso em que conheceria seus clientes pelo nome e sairia para dividir um conhaque com eles no fim da noite, deleitando-se com o carinho dos elogios à sua comida, claro.

– Bem, é óbvio, mas...

– *Cabeça de Abóbora!* – gritou Brendan, interrompendo seu pequeno devaneio e fazendo a mão dela que segurava o cutelo tremer. – Santo Deus, mulher! Você está aqui ou no mundo da lua? Ande logo com essa maldita abóbora antes que eu vá até aí e a enfie em algum lugar desagradável! – berrou, a saliva voando de sua boca.

Chega de sonhar. Sentindo-se culpada, Rosa procurou se concentrar novamente, a cozinha entrando em foco enquanto murmurava "Sim, chef" e voltava sua atenção para a montanha de abóbora. Picar, picar, cortar, cortar. Se não adiantasse de mais nada, pelo menos estava fazendo maravilhas para seu bíceps.

Tendo começado a trabalhar às seis da manhã naquela quarta, às três da tarde Rosa terminou seu turno e foi para casa, apressando-se ao ser pega sem guarda-chuva por uma repentina chuva de abril. *Max*, pensou com tristeza, como sempre quando chovia. Será que também chovia naquele momento onde ele estava?, perguntou-se, puxando o casaco para proteger o pescoço e se escondendo sob o toldo de uma loja. Ou ele estaria na cama com outra mulher ingênua, completamente alheio ao tempo lá fora?

Fora muito simples, no final, desvendar suas mentiras. Após o incidente com Jeremy no pub, eles se despediram em frente à estação da Liverpool Street, porque ele iria pegar o trem para o aeroporto de Stansted, como sempre fazia, enquanto ela pegaria um ônibus para casa. Só que ela não seguira o plano. Nem ele, como acabara descobrindo.

Depois de lhe assegurar que não precisava esperar com ela no ponto de ônibus – ia levar uma eternidade! Ele perderia o voo! –, Rosa o vira sair antes de também deixar a fila e começar a segui-lo pela estação de modo exageradamente furtivo. Teria sido bastante emocionante toda aquela coisa de se esconder nas lojas e entradas de cafés se não tivesse sido tão devastadora ao mesmo tempo. O expresso de Stansted deixara a plataforma 4, de acordo com os quadros de avisos, mas Max passara direto pelo trem sem hesitar e seguira depressa para o metrô, onde pegara a linha Hammersmith & City Line, na direção oeste. *Mentiroso*, pensara ela, as lágrimas brotando de seus olhos ao entrar no vagão ao lado, escondendo-se atrás de um grupo de fãs de rúgbi e dando uma espiada nele toda vez que o trem parava.

King's Cross. Euston Square. Baker Street. Era como uma facada no estômago, um golpe físico, vê-los se afastarem cada vez mais de Stansted. Ele nem sequer estava indo para Amsterdã, não é mesmo? Será que trabalhava mesmo lá? Mas ele a levara ao pequeno apartamento de Prinsengracht, não levara? Então devia trabalhar lá! Alguma coisa tinha que ser verdade, certo?

Continuaram avançando, passaram por Edgware Road e depois Paddington, onde ele descera do trem e se dirigira rapidamente para a estação principal. *Mentiroso. Mentiroso!* Rosa o vira embarcar em um trem com destino a Oxford – ao encontro da misteriosa Ann-Marie e das tais crianças? –, e então sua energia se esgotara, como o ar saindo de um pneu furado, e precisara se apoiar sem forças contra uma barraquinha de café enquanto o trem deixava lentamente a estação. Adeus, Max, ou David, ou seja lá qual for o seu maldito nome. Vá embora para Oxford e qualquer outra vida que claramente está à sua espera por lá.

Eu vou voltar para o nosso apartamento – o seu apartamento – e vou chegar ao fundo disso, de uma vez por todas.

Ainda chovia quando chegou à Dukes Square e, em sua pressa louca de entrar e sair daquele aguaceiro, quase tropeçou na mulher sentada nos degraus da frente, que a olhava cheia de esperança.

– Olá! – disse a mulher, sem fôlego e com um sotaque do norte. Seu cabelo loiro estava preso em coques nas laterais da cabeça, no estilo princesa Leia, e ela usava enormes brincos dourados no formato de peixe. – Você mora aqui? Fiquei trancada do lado de fora, feito uma tonta. – Ah – continuou, ficando de pé e estendendo a mão: – A propósito, meu nome é Georgie. Moro no apartamento 3. Oi.

Era a mesma voz que Rosa já ouvira vindo das escadas de vez em quando, percebeu; a mesma voz que ouvira cantando todas aquelas baladas de rock tão desafinadamente. A mulher com a risada alta, que parecia gostar bastante de sexo barulhento.

– Rosa – disse ela, apertando a mão de Georgie. – Deus, essa foi uma apresentação bastante britânica. Oi. Estou com a chave.

– Muito obrigada. Estou sentada aqui há meia hora e minha bunda já estava ficando dormente. Só conseguia pensar na minha mãe me dizendo que eu ia ficar com hemorroidas se me sentasse em muros frios. Espero que não aconteça o mesmo com degraus frios.

Então entraram, Georgie sacudindo a água de seu guarda-chuva de bolinhas. Ela usava uma jaqueta jeans escura sobre um vestido listrado de azul-marinho e branco; pernas de fora, sapatilhas prateadas, e de repente

Rosa se sentiu suja e desmazelada após ralar numa cozinha quente a manhã inteira. Esperava não estar fedendo a cebola.

– Sabe lá Deus o que fiz com minhas chaves! Pensei que estavam aqui – continuou Georgie, batendo na pequena bolsa vermelha em seu ombro. Então fez uma cara engraçada, os olhos azuis travessos. – Deus me ajude se tiver mesmo perdido e precisar dar a Angela, a Terrível, a má notícia. Se você ouvir o som de alguém sendo assassinado com um sapato de salto fino com estampa de zebra mais tarde, já sabe que eu fui a vítima.

Os lábios de Rosa se contorceram ao ouvir o apelido da senhoria.

– Ela é mesmo assustadora, não é? Embora, aparentemente, o filho seja um pedaço de mau caminho, ou pelo menos é o que ela diz. *Se está procurando um homem, Rosa, vou mandá-lo vir aqui, ele é lindo, embora eu seja suspeita.*

Georgie começou a rir.

– Não! Ela disse o mesmo para mim! *E para Charlotte...* Rimos muito disso na outra noite. O nome dele é Paul, eu acho. Tão lindo que precisa que a mãe cuide de sua vida amorosa... Hum, parece um partidão.

– Quase vale a pena fingir ter uma pia entupida ou algo assim só para ele precisar vir até aqui para a gente conferir... – disse Rosa, bem na hora em que o telefone de Georgie começou a tocar.

– Com certeza... devíamos mesmo fazer isso – concordou, enfiando a mão na bolsa. – Desculpe, preciso atender, é Simon, meu namorado, licença. – Deslizou o dedo pela tela. – *Oi!* – disse, sentando-se num dos degraus da escada, cotovelos nos joelhos. – Mandei um monte de mensagens! Você estava...? Ah, certo.

Rosa parou perto da porta de seu apartamento, sem saber bem o que fazer. Não queria parecer bisbilhoteira, mas, se Georgie estivesse trancada do lado de fora, seria rude deixá-la ali na escada até o namorado voltar. Levou disfarçadamente a mão ao nariz enquanto hesitava e cheirou. Cebola. Que maravilha.

– Então você recebeu minhas mensagens? – disse Georgie. – Sim. Eu sei, sou uma idiota. Não, estou no prédio agora, mas não posso entrar no apartamento. Não teria como você dar um pulo aqui e abrir para mim?

Rosa colocou a chave na porta e já estava abrindo quando Georgie falou de novo, desanimada.

– Ah, você está brincando! Posso ir ao escritório pegar? – Rosa virou e a viu bater a mão na cabeça, fazendo uma careta. – Droga. Bem, e o que devo fazer então?... Sim, eu sei, mas... – Ela suspirou. – Deixa pra lá. Não se preocupe. Só... fica aí. Vou pensar em alguma coisa. – Então levou o dedo com força à tela para encerrar a chamada e deixou escapar um suspiro. – Que inferno...

Rosa segurou a porta aberta.

– Quer entrar enquanto espera? Tenho muffins de caramelo com flor de sal e me faria um grande favor se me ajudasse a não comer todos sozinha.

Georgie sorriu e ficou de pé.

– Esse é o meu tipo de favor preferido. Sim, por favor.

Capítulo Treze

Quando saíram da autoestrada e o tráfego diminuiu, Georgie se contorceu, contente, no banco do carona. Era o fim de semana do feriado bancário e, como várias outras pessoas, ela e Simon poderiam viajar por alguns dias, então resolveram ir a Stonefield para rever os amigos e a família. Ela só estava no Sul havia três semanas, mas seu coração acelerou, tomado pela mais sincera alegria, ao passarem pela placa de BEM-VINDOS A YORKSHIRE. Ah, *sim*. Brighton era incrível, e acabara de ter sua melhor semana lá até o momento, pois conhecera não só uma, mas duas mulheres fabulosas em SeaView, uma que patinava bem à beça e outra que cozinhava como um anjo. Aqueles muffins! Mas, no fim das contas, não havia lugar melhor do que o próprio lar. Seu lar era o *máximo*: as lindas colinas ondulantes; as ovelhas, fazendas e paredes de pedra; todo aquele imenso vazio verde. E o dia estava até bastante ensolarado, para tornar a cena ainda mais idílica. Bem, claro que ninguém estaria desfilando de biquíni por lá ainda, mas pelo menos não estava chovendo. O que já era uma vitória.

– Isso é que é vida – disse ela alegremente, abrindo a janela e colocando os pés descalços no painel. – Respire fundo, Si, sinta o ar de Yorkshire. Ah... delicioso!

– Congelante – resmungou ele, mas estava sorrindo. – E cheira a bosta.

– Não consigo imaginar *por que* o Departamento de Turismo não o procurou para pedir algumas sugestões de marketing – replicou ela antes de imitar toscamente a voz dele. – Yorkshire: congelante e cheira a bosta.

Ele bufou.

– Você é a escritora, não eu – lembrou a ela. – Por outro lado, você seria perfeita para trabalhar no Departamento de Turismo, caso essa carreira em jornalismo não dê certo.

– Se o jornalismo não der certo? – repetiu ela, indignada. – Fique sabendo que minha editora *adorou* meu artigo sobre a pista de patinação. E me encaminhou mais toneladas de problemas para a coluna de conselhos.

– Legal – disse ele, estendendo a mão e apertando o joelho dela. – Então quando vou ler essa revista?

– Hum... – Bem, com certeza não ia deixá-lo ler a edição atual. – A próxima sai na segunda – explicou ela. – Você vai ler e constatar que namorada talentosa, incrível e extraordinária você tem. Pode até tirar uma casquinha da minha glória, se quiser. Sou bastante generosa.

– Ah, você é boa demais para mim – disse ele, saindo de repente da estrada e seguindo por uma rua sinuosa.

– Hã... O que você está fazendo? – perguntou Georgie quando Simon parou em uma área deserta.

– Estou apreciando minha namorada talentosa, incrível e extraordinária – declarou ele, colocando o banco para trás e puxando-a para seu colo com um movimento ágil. – Oi, gostosa. Posso tirar aquela casquinha?

– Oi – disse ela, com um risinho. – Simon! – gritou, surpresa, quando ele começou a beijar seu pescoço. Mas, em poucos minutos, não pôde mais resistir. – Yorkshire: Congelante, cheira a bosta e deixa todos com tesão – murmurou ela, tirando a camisa e inclinando-se para beijá-lo.

– Pode crer – concordou ele, desabotoando a calça jeans.

– Isso é o que eu chamo de atentado ao pudor – disse Georgie, mais tarde, quando já estavam praticamente vestidos de novo e ela voltava para seu lugar. Esperava que o motorista do trator que passara por eles minutos antes e acenara alegremente fosse míope e não tivesse visto seu traseiro nu. Aquilo devia ser comum por ali.

– Excelente atentado ao pudor – concordou Simon, fazendo um retorno e voltando para a estrada principal. – Já me sinto em casa.

– É bom estar de volta – afirmou Georgie, olhando, feliz, para a vastidão do céu.

Mesmo sem as peripécias improvisadas à beira da estrada, iam se divertir muito. Naquela noite iriam ao Shepherd's Crook com todo mundo, no dia seguinte ela viajaria até Leeds com Amelia e Jade, depois sairia para jantar com Simon em algum lugar romântico e então fariam uma grande caminhada no domingo antes – obviamente – de explodirem de tanto comer o assado gigante de sua mãe. Ah, que alegria! Já estava com jeito de que seria o melhor fim de semana de todos, e estava só começado.

Meia hora depois, Simon diminuía para cerca de trinta quilômetros por hora ao passarem pela antiga placa do povoado com suas folhas de carvalho esculpidas ainda visíveis na pedra desgastada pelo tempo. Os ombros dele pareceram murchar no momento em que entraram no solo sagrado de Stonefield. (Asfalto. Tanto faz.) Lá estava o pub. A loja. A escola primária. A casa dos pais de Amelia, onde Georgie dormira milhões de vezes quando era adolescente. O portão de onde caíra na segunda vez que beijara Simon. (O beijo tinha sido bom assim.) O ponto onde costumavam esperar juntos pelo ônibus da escola, de mãos dadas, e às vezes dando um ousado beijo de língua. (O motorista do ônibus buzinara uma vez ao pegá-los no meio de um amasso mais empolgado. "Não quero ver nada disso no meu ônibus, vocês ouviram?") Estava tudo lá, tão familiar, tão normal, tão certo... Exatamente como ela deixara.

– Está tudo igual – disse ela com um suspiro de satisfação, e Simon encarou-a, achando graça.

– Georgie... você estava aqui algumas semanas atrás. É claro que está tudo igual. Stonefield é sempre a mesma.

– Você fala isso como se fosse uma coisa ruim – comentou ela, surpresa.

– Não, mas... Enfim. Aqui estamos nós. – Ele parou na entrada da casa dos pais e desligou o carro. – Lar, doce lar.

Ah, sim. A casa dos pais dele. Georgie estava tão empolgada com a viagem que de alguma forma ignorara aquele importante fato: eles ficariam com Christine e Harry, e não em sua adorável casinha. Sua adorável casinha estava temporariamente alugada para outro casal, é claro, ambos professores, os inquilinos perfeitos, de acordo com o corretor de imóveis e, portanto, fora de questão. Mas era estranho pensar em outras pessoas morando lá. Perguntou-se se conseguiria passar por lá sem encostar o rosto à janela para espiar.

Em Stoney!!!, escreveu para Amelia e Jade rapidamente ao ver as cortinas se mexerem na janela da sala dos sogros. Com certeza era Christine, a mãe de Simon, uma mulher que acompanhava tão atentamente toda a atividade da rua que provavelmente poderia lhe dizer, com a maior precisão, quem fora o último a peidar, assim como o que a pessoa havia comido no almoço. *A que horas vocês estarão no pub? Mal posso esperar para vê-las!!! Bjos*, digitou depressa antes de apertar Enviar.

– Você vem ou não? – Simon já estava junto ao porta-malas, pegando a bagagem, além dos girassóis e do vinho que Georgie insistira que comprassem no último posto de gasolina.

Já estava meio arrependida com os gastos, sabendo que Christine faria algum comentário sobre as flores importadas e Harry, o pai de Simon, contrairia os lábios ao ler o rótulo do vinho, antes de "brincar" que viria a calhar na próxima vez que ficassem sem vinagre.

– Estou indo – disse ela, tentando não ser tão má.

Christine e Harry eram muito legais, lembrou a si mesma, e estavam sendo gentis em receber Simon e ela no fim de semana.

Ouviu, então, o som de mensagem no celular: Amelia. *Eee! Que tal 8? Todos vão... inc Chloe e Daz! Bjos*

Georgie franziu a testa. Chloe e Daz? Quem diabos eram Chloe e Daz?

– Depressa! – chamou Simon quando a porta da frente se abriu e Christine apareceu, os braços cruzados sob os seios enormes.

– Aí estão vocês! – exclamou ela, com o habitual ar de mártir. Parecia que o mundo estava sempre perseguindo a pobre Christine; todos conspirando para tornar sua vida um pouco mais sofrida. – Esperávamos vocês *horas* atrás! O jantar está arruinado, mas deixa pra lá. Entrem!

– Oi, mãe – cumprimentou Simon, os braços cheios ao se aproximar. – É bom ver você. Desculpe pelo atraso. Aqui. – Ele lhe entregou as flores. – São para você.

– Ah, querido! São lindas! Não precisava – arrulhou ela, abraçando-o.

– Georgie que escolheu – disse ele enquanto Georgie fechava o porta-malas.

– Ah. – O rosto de Christine perdeu imediatamente o entusiasmo, e Georgie a viu estreitar os olhos para ler o adesivo no celofane. – Do Quênia. Hum. Sabe, numa próxima ocasião, um bom e velho lírio inglês me agradaria da mesma forma.

Georgie se esforçou para sorrir.

– Oi, Christine – disse ela, a voz meio estrangulada enquanto tentava não pensar em estrangular a mãe ingrata de Simon. – Obrigada por nos receber.

– Ah, não há de quê. É sempre bom ter meu filho de volta. Deus, como senti sua falta!

Christine estava apenas sendo maternal e não deliberadamente deixando-a de fora, Georgie procurava lembrar, cerrando os dentes, mas ainda assim não precisava falar sobre ter seu filho de "volta" daquele jeito, como se tivesse que libertá-lo das garras da terrível Georgie. Respirou fundo ao entrarem e fez o máximo para manter o sorriso estampado no rosto.

– Oi, pai – ouviu Simon dizer ao chegar à cozinha. – Aqui... trouxemos vinho para o jantar.

– Vinho, é? Vamos ver. Santo Deus! Onde você arrumou isto? Caiu de algum caminhão polonês ou algo assim? Rá, rá. Mas pode deixar... Se algum dia ficarmos sem vinagre... – Ele batia, rindo, na própria coxa quando Georgie os encontrou em meio àquela tocante cena de reencontro. – Estou só brincando, Simon. Agora me deixe dar uma boa olhada em você. É sempre uma alegria. – Então Harry bateu em seu ombro, o mais próximo que já chegara de abraçar outro homem. – Bem-vindo de volta, filho.

Georgie nunca ficara tão feliz em entrar em um pub quanto naquela noite. Nada mais de Christine. Nem de Harry. Ali ela estava com sua calça jeans *bootcut* mais bonita, que levantava o bumbum e realmente o fazia parecer razoavelmente empinado, e uma linda blusa de seda cinza com o desenho de um raminho de flores rosa e um laço em cima, que encontrara em um brechó nas Lanes. Seu cabelo solto caía na altura dos ombros, e dessa vez ela conseguira caprichar no esfumaçado do olho, além de passar um batom vermelho vivo que sempre a fazia se sentir bem. Ninguém, ninguém mesmo poderia dizer que ela "relaxara" desde que deixara Stonefield, isso com certeza.

O Shepherd's Crook era um dos edifícios mais antigos do povoado. Construído em pedra, tinha um ar aconchegante de cabana, com teto baixo e janelas pequenas, adornos de cavalos presos às paredes ásperas de gesso, além de fotos em sépia de Stonefield no passado, na época em que a maior parte da região era de terras agrícolas. Como sempre, o lugar cheirava a batata frita e cerveja, e Georgie ficou feliz em ver que Big Bill, o proprietário, estava atrás do bar, os cachos engordurados brilhando enquanto servia um copo de Tetley's ao velho Barney Wheelwright. Tudo como deveria ser.

    Georgie segurou a mão de Simon ao entrarem, numa demonstração de cumplicidade. Quantas noites de sexta-feira tinham passado naquele lugar com o velho grupinho? Centenas. Vezes demais para contar. Bebidas na mesa. Bolo de carne e Bonnie Tyler na jukebox (Big Bill empacara nos anos oitenta e tinha orgulho disso). Bate-papo, risadas e fofocas reservadas nos banheiros com as garotas enquanto retocavam a maquiagem. *Ele não fez isso! Fez, sim.*

    – Lá estão eles – disse ela, acenando ao ver Amelia e Jason em uma das mesas grandes no fundo, junto a Jade e Sam, Lois e sua irmã Mel, além de alguns dos rapazes, Steve, Rob e Ed.

    Seu coração parecia que ia explodir de alegria ao vê-los. Amelia tinha feito lindos cachos no cabelo, que combinavam perfeitamente com seu rosto, e Jade usava uma blusa azul-marinho sem mangas que Georgie não reconheceu, mas as duas estavam com a cabeça jogada para trás em uma gargalhada simultânea que ela, *com certeza*, já vira antes.

    – Ei, pessoal! – chamou, sorrindo.

    Mal registrou quando Simon lhe disse algo sobre comprar bebidas enquanto ela corria na direção das amigas, animada demais para respondê-lo.

    – Georgie!

    – Ela voltou!

    – Ah, vem aqui!

    E então se seguiu uma enxurrada de abraços, exclamações e elogios entre as cinco mulheres reunidas, enquanto os homens mal ergueram os olhos de sua conversa sobre trilhas na montanha, apenas para acenar e sorrir brevemente para Georgie.

    – Adorei essa blusa. É nova? – perguntou Amelia. – Você está fabulosa.

    – Obrigada! É de uma pequena butique em Brighton – disse Georgie, sentindo-se muito cosmopolita. Não ia falar que era de segunda mão. – Adorei seu cabelo! Ficou ótimo.

    – Ah, que bom, foi a Chloe que fez, na verdade – explicou Amelia, tocando-o com a ponta dos dedos. – Ela vai chegar em um minuto. Você deveria pedir umas dicas, ela é brilhante com o modelador de cachos.

– Ela vai fazer penteado no casamento – disse Jade, orgulhosa, enroscando uma mecha castanha em torno do indicador. – Tenho que lhe mostrar as fotos, Georgie. Fizemos uma pequena sessão de teste. Onde ela está, aliás? Pensei que iria chegar cedo.

– Quem é... – começou Georgie, confusa com a menção àquela Chloe novamente, mas Amelia já estava a pleno vapor.

– Ela estava dando uma torta para a Sra. Huggins. Aposto que ficou presa ouvindo alguma ladainha sobre aquele velho gato sarnento de novo. – Amelia revirou os olhos. – Vai acabar arrancando sua orelha fora. A Sra. Huggins, quero dizer, não o gato!

Georgie se sentiu um pouco perdida enquanto todos caíam na gargalhada. A Sra. Huggins era sua antiga vizinha na Orchard Road, uma fofoqueira cheia de artrite.

– Hum... De quem vocês estão falando?

Elas a encararam.

– *Chloe!* Chloe Phillips. Ela mora na sua casa, sua doida! – explicou Amelia, os cachos balançando em volta do rosto quando deu outra gargalhada.

– Ah – disse Georgie, surpresa.

Amelia sempre rira daquela maneira barulhenta, jogando a cabeça para trás de euforia? Cabelo novo, risada nova, *amiga* nova... O que Simon dissera mais cedo, que Stonefield nunca mudava? Ela já começava a pensar que havia *muitas* mudanças por ali; mudanças demais para o gosto dela.

– Bem, o corretor fez tudo, não cheguei a conhecer...

– Ali está ela. Chloe! Aqui!

E então Amelia, Jade, Lois e Mel se viraram para cumprimentar a recém-chegada, e Georgie foi momentaneamente esquecida.

– Oi!

– Já não era sem tempo!

– Por que demorou tanto?

Por que demorou tanto?, pensou Georgie, olhando para o relógio com detalhes em bronze na parede. Eram só oito e cinco. Qual era o problema? E por que suas amigas da vida inteira aparentemente estavam tão dependentes daquela mulher quando – oi? – Georgie, sua verdadeira amiga, estava de volta depois de três semanas? Era o maior período de tempo que ficara fora em anos! Colocou as mãos no colo, sentindo-se desconfortável de repente.

Anda, Simon. Quanto tempo um homem leva para comprar algumas bebidas, pelo amor de Deus?

Chloe era pequena, tinha seios grandes e usava um vestido preto justo e decotado e saltos finos, do tipo que Georgie prenderia num buraco da calçada dois minutos depois de espremer o pé lá dentro. Seus cabelos acobreados estavam presos em um coque, com alguns fios estrategicamente soltos na frente, tinha olhos verdes, pele clara e sardas. Georgie se sentiu malvestida na mesma hora. E quis perguntar desde quando alguém ia àquele pub de vestido preto curto sem ser na véspera de Ano-Novo.

– Meninas! – exclamou Chloe. Ela tinha até um gingado convencido, notou Georgie, com amargura. E só estava morando ali havia uns cinco minutos. Quem ela achava que era? – Oi. Desculpem o atraso. A Sra. H estava me contando sobre o filho... Ele estava no Afeganistão, sabe, e ela está muito orgulhosa. A grande novidade é que ele vai ser pai, e ela está muito feliz. – Então deu um tapinha no relógio e fez uma careta. – Vinte minutos inteiros em que eu não consegui dizer nem uma palavra, mas o que se pode fazer?

– Ah! – disse Jade, a cabeça inclinada para o lado, com ar sentimental. – Minha nossa. Ela adora você, Chlo. Que bom que ela tem alguém para conversar.

Georgie ficou rígida. A maneira como Jade falara fazia parecer que Georgie sempre evitara a vizinha idosa, quando isso *não* era verdade. Dificilmente podia colocar o pé no jardim dos fundos sem que a Sra. Huggins aparecesse depressa para puxar conversa. E quantas vezes se sentara na sala de estar cheirando a mofo da vizinha, as pernas coçando na cadeira de veludo, ouvindo-a falar sobre o gato, o filho, o falecido marido...? Milhares de vezes, muito obrigada. Com certeza muitas mais do que aquela intrometida da Chloe.

– Venha sentar aqui, guardei lugar para você – avisou Amelia, afastando-se para o lado e batendo, ansiosa, no banco.

E então *todos* estavam abrindo espaço para deixar Chloe no meio da mesa, enquanto Georgie acabou indo parar numa das pontas ao lado da tímida Mel, que só saía com Lois porque não tinha amigos. Tinha sido jogada para escanteio, pensou, tentando não parecer magoada. Jogada para escanteio por suas próprias amigas, no pub que sempre frequentara. Aquela não era exatamente a recepção de boas-vindas que esperara.

– Boa noite, linda – disse Chloe, rebolando para conseguir se sentar no lugar vago.

Linda! Se havia uma coisa que Amelia odiava era ser chamada por apelidos. Linda. Amor. Querida. Crimes contra o vocabulário, dizia ela. Palavras bregas para pessoas bregas. Georgie disfarçou um risinho esperando a costumeira resposta afiada da amiga, mas Amelia não disse nada, só ajeitou os cachos estúpidos e sorriu como uma tonta para a assassina de vocabulário.

– Olá. – Chloe por fim a notara. – Quem é? A mais nova integrante da gangue?

Georgie estava cada vez mais irritada.

– Nova? Acho que não, querida – zombou ela com uma risadinha. Pretendera parecer que estava brincando, mas acabara soando bastante agressiva. – Eu é que deveria perguntar quem é você.

– É a Chloe, sua bobinha, acabamos de contar – disse Amélia, deslealmente, fingindo dar um tapa na cabeça como se Georgie fosse a pessoa mais burra ali. – E, Chloe, esta é Georgie, nossa amiga que está morando em Brighton. É sua senhoria, então cuidado com o que fala!

Era imaginação de Georgie ou os olhos verdes de Chloe brilharam com malícia ao descobrir isso?

– Ah, Deus, então ninguém conta para ela sobre a festa ontem à noite! – falou, levando a mão à boca. – Não se preocupe. Estou brincando. Não quebramos muita coisa ainda, embora tenhamos pintado a sala da frente de roxo, espero que não se importe.

– Roxo? – repetiu Georgie, sem saber se acreditava.

– Estou brincando! Claro que não. Nós temos nos comportado muito bem, é sério. Se você não se importar com o fato de termos transado pela casa toda, rá, rá! – Piscou, cheia de insinuação. – Aliás, a cama é ótima. Ah, estreamos aquela cama de jeito.

– Aqui está. Desculpe, demorou um século.

Simon estava de volta, colocando bebidas na mesa... Graças a Deus, pensou Georgie, porque precisava mais do que nunca de uma distração para ver se esquecia aquela figura repugnante. Transando pela casa toda. Na sua casa! Em seu colchão superconfortável de espuma viscoelástica! Iria pegar emprestado a máquina de limpeza a vapor da mãe antes de mudar de volta. E faria uma fogueira com o colchão. De forma alguma iria querê-lo de volta;

estava arruinado para sempre agora que aquela garota horrível aprontara todas em cima dele.

– Obrigada – disse ela, agradecida, tomando um grande gole de sua bebida.

Não estava se divertindo como imaginara. Na verdade, se Chloe pudesse dar o fora e deixar o grupo de amigos de Georgie para sempre, seria ótimo. Então acompanhou com tristeza Simon seguir até a ponta oposta da mesa onde os outros caras estavam reunidos e cumprimentá-los com entusiasmados abraços masculinos. *Não me deixe sozinha*, pensou, querendo chamá-lo de volta, mas era ridículo. Tirando Chloe, aquelas eram suas melhores e mais antigas amigas, as mulheres que mais amava no mundo. Normalmente, mal poderia esperar para Simon deixá-la sozinha com elas, para poderem fofocar sossegadas.

Então, procurando desviar sua atenção de Simon e os outros homens, fingiu ouvir educadamente Chloe tagarelar sem parar sobre algum incidente no trabalho naquele dia. Sim, era verdade, ela era professora, Georgie lembrava agora, assim como seu companheiro alto e rude, que estava sendo atendido por Big Bill no bar. Por algum motivo, ela os imaginara como pessoas sensatas com roupas de tweed, que seriam respeitosos com seus móveis delicados e se sentariam tranquilamente em casa todas as noites corrigindo dever de casa, e não aquela baixinha tagarela que parecia ter se apoderado de suas amigas na sua ausência. Isso com certeza lhe ensinaria a não sair por aí presumindo coisas.

A conversa acabou chegando – inevitavelmente – aos planos de casamento de Amelia e Jade e, para a irritação de Georgie, Chloe insistia em ouvir cada mínimo detalhe de tudo. Até mesmo quando Amelia e Jade começaram a se sentir constrangidas e dizer coisas como "Ah, caramba, está ficando chato, não é?" e "Desculpe, estou falando sem parar", para as quais as respostas eram *É claro que sim* e MAS QUE DROGA, SIM, Chloe acenava como se não fosse nada e dizia: "De jeito nenhum! Se é importante para você, é importante para nós. Certo, meninas?"

– Certo – respondiam as outras em coro, exceto Georgie, que fingia ter acabado de ver algo realmente urgente no celular.

– Como estão indo as coisas em Bournemouth? – perguntou a tímida Mel.

– Brighton – replicou Georgie, feliz por estarem finalmente mudando de assunto. – Está tudo ótimo. É diferente daqui, claro. Um pouco mais... ousado. E frenético. Muitos tipos boêmios.

Lois fez beicinho.

– Está dizendo que não somos mais ousadas o suficiente para você? – brincou.

– Claro que não! – Georgie riu. – Não se esqueça, Lois, de que eu estava lá no seu aniversário de 21 anos quando houve o incidente com o stripper e o pepino. Essa é toda a ousadia de que vou precisar na vida, obrigada.

Amelia imediatamente começou a cantarolar a melodia do stripper, piscando de maneira coquete e deixando os ombros de fora de modo sugestivo, e todas caíram na gargalhada. Então riram mais ainda quando Lois acidentalmente deixou sair um jato de vodca com tônica pelo nariz.

Chloe pareceu um pouco incomodada por ficar de fora da piada e voltou seus olhos para Georgie como se fossem raios laser.

– E o que você faz lá à beira-mar? – perguntou. – Soube que foi atrás do seu namorado.

Georgie se irritou com a crítica implícita.

– Na verdade, estou escrevendo para uma revista – disse ela, arrogante. *Engole essa, Chloe.* – É muito legal. Sou a conselheira sentimental deles, e tenho uma coluna em que...

– Ah, e como se chama? – perguntou Chloe, pegando um tablet e abrindo o navegador.

– Eu... – De repente, Georgie não queria mais lhe contar. Tinha certeza de que Chloe tentaria menosprezar o trabalho dela de alguma forma, fazer piada. – Você não deve ter ouvido falar, é uma revista local – explicou ela, balançando a mão. – Mas, sim, é bem divertido morar perto do mar. A gente encontra muitos artistas amadores, atores famosos e as lojas são incrí...

Sua voz foi sumindo. As outras não estavam ouvindo. Estavam todas de olho no tablet de Chloe enquanto ela digitava em um site de busca.

– Brighton... revista... local – repetiu ela. – Vamos ver. *Regency... Brighton Rocks...*

Georgie se retesou, entregando-se, e, infelizmente para ela, Jade notou.

– Tenta *Brighton Rocks* – sugeriu ela.

Traidora.

– Não, meus textos ainda não saíram – disse Georgie, sentindo uma pontada de pânico. Merda. A primeira coisa que veriam se encontrassem a página da sua coluna seria aquela terrível carta cheia de queixas a Simon. Ele ainda vivia tranquilo, sem saber de nada, e era assim que Georgie queria que continuasse. – Alguém quer mais bebida?

Chloe olhou para ela.

– Georgie! Relaxa! Assim alguém pode pensar que está envergonhada de sua nova carreira jornalística. Ou até mesmo que inventou a coisa toda! – Ela cutucou Amelia. – Estou morrendo de curiosidade de ler essa coluna de conselhos agora. Ansiosa até! – Em seguida, clicou em um link e começou a rolar a página. – A-há... isso aqui parece promissor. *E aí, Em?* É você, não é? – Deu uma risadinha. – Não acharam seu nome legal o suficiente?

– Não, eu...

Georgie pensou por um instante em arrancar o tablet das mãos de Chloe. Ela era como o pior tipo de valentão da escola, caindo em cima assim que notava qualquer fraqueza. Então ouviu Amelia perder o fôlego de repente e soube que seu destino estava selado. Tarde demais.

– Espera aí – disse Amelia, que sempre lera muito rápido e estava à frente das outras. – Essa carta é sobre...?

E então, que Deus abençoe sua lealdade, ela tentou fechar a página antes que alguém pudesse ver, lançando a Georgie um olhar espantado. *Minha nossa*, dizia o olhar. *Isso é sério?*

Sim, disse o rosto infeliz de Georgie em resposta. É sério. Infelizmente, Chloe já tirara o tablet de alcance e lia a segunda carta com uma voz cantarolada.

– "E aí, Em, sabe de uma coisa, meu namorado está sendo um completo idiota. Ele é um figurão no emprego novo e agora se acha um profissional superincrível." – Ela ergueu a sobrancelha e continuou: – "Nós nos mudamos lá de Yorkshire para que ele pudesse seguir a droga do seu sonho, aceitar seu 'crush profissional', quer dizer, esse maravilhoso trabalho..." – Seus olhos se voltaram para Georgie quando também percebeu a situação difícil da escritora novata. – Ah, querida... – disse ela, saboreando aquilo como se dissesse *Peguei você.* – Não é de admirar seu receio em deixar que a gente lesse. Problemas no paraíso, é?

– Caramba, Georgie, Simon sabe que você escreveu isso? – perguntou

Jade, esticando o pescoço para ler até o final. – Ah, meu Deus, tem até uma votação embaixo. Você pode escolher entre... – Ela abafou uma risadinha – dar mais um tempo, dar o fora ou dar pra ele!

– Olha, isso foi só uma brincadeira, não é nem... – balbuciou Georgie, mas em seguida foi surpreendida pela pior pergunta que já ouvira na vida.

– Simon sabe o quê? – Como se esperasse uma deixa, lá estava o homem em pessoa.

Ele sempre tivera uma ótima audição, para seu azar. Simon olhou nos olhos de Georgie e piscou, brincalhão, mas ela não conseguiu fazer nada além de desviar o olhar, infeliz. *Ah, merda. Ah, Simon, eu sinto muito. Fiz uma grande besteira.*

– Nada – murmurou ela.

Mas Chloe, notando o drama, falou mais alto:

– Nossa, que situação! – Então ergueu o tablet. – Você vai contar a ele, Georgie, ou conto eu?

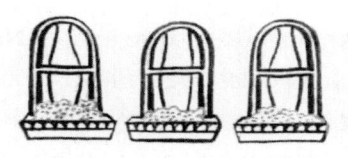

Capítulo Catorze

Como a equipe de gerência sênior decretara anteriormente, o escritório da Dunwoody & Harbottle fechou às três e meia em ponto na tarde de sexta-feira, garantindo, assim, que a equipe pudesse sair pela cidade espalhando um pouco de conforto e alegria pela comunidade idosa. Isso na teoria, claro, porque Charlotte ouvira vários de seus colegas reclamando e resmungando que o projeto era uma grande perda de tempo e que tinham coisas muito melhores para fazer. Era o fim de semana do feriado bancário, e alguns deles claramente planejavam fazer sua visita o mais rapidamente possível – só o tempo de tomarem uma xícara de café, ao que parecia –, para depois pegar a autoestrada e aproveitar seus planos para o fim de semana em outro lugar.

Charlotte se esquecera do feriado. Foi só quando seu chefe falou "Vejo todos na terça-feira", antes de sair depressa, todo perfumado, que ela entendeu por que todos estavam falando sobre o que fariam no fim de semana de uma maneira que normalmente não faziam. Acampar (*Otimistas*, pensou, tendo em vista a previsão de tempo chuvoso), um fim de semana num spa, um jantar gourmet em um restaurante chique, visitas a sogros e irmãos... Todo mundo, ao que parecia, tinha planos para se manter ocupado nos próximos dias. Menos Charlotte, é claro.

Ela pensou nisso enquanto ia para casa, levando um buquê de rosas brancas aveludadas (para Margot) e um prato de curry para esquentar no micro-ondas (para ela), além de uma garrafa de sauvignon blanc da Nova Zelândia que estava em oferta especial (com certeza para ela). Os fins de semana já eram solitários o suficiente quando se morava sozinha e não se tinha amigos por perto, mas quando o fim de semana era prolongado, resultando em três dias inteiros vazios... sinceramente, não havia limpeza suficiente no mundo para preencher esse tempo. Não quando se tinha um apartamento pequeno como o dela, pelo menos. E veja o que acontecera no fim de semana anterior, quando criara coragem de ir até o píer e acabara numa situação bastante embaraçosa com aquele homem e sua filha perdida!

Naquela tarde, de volta a SeaView, colocou o curry e o vinho na geladeira, pensando distraidamente que seu ex-marido, Jim, com certeza criticaria aquela combinação.

– Curry combina com *cerveja*, não vinho! – teria dito ele, balançando a cabeça diante de sua falta de discernimento.

Agora que parava para pensar, Jim era um pouco esnobe com essa coisa de bebida, enquanto Charlotte adorava tomar vinho praticamente com qualquer coisa. Na verdade, tomaria vinho com um prato de feijão e batata frita, se quisesse. Ou até com um bom sanduíche e um pacote de batatas chips. E, sim, quando Kate morrera e seus seios incharam até ficarem do tamanho de bolas de praia, tenros, imensos e ainda esperançosamente cheios de leite que não era mais necessário, Charlotte servira-se de uma taça de vinho no café da manhã um dia e já tinha quase acabado com a garrafa quando o carteiro chegou trazendo mais cartões de condolências.

Foram dias terríveis. Os piores. Dias nos quais não deveria estar pensando naquele momento, logo antes da visita a Margot Favager. Vamos, Charlotte. Recomponha-se. O segredo é seguir em frente.

Passou um pouco de perfume e, ao dar uma olhada no espelho para reforçar o batom – Margot era o tipo de pessoa que fazia os outros sentirem que deveriam se preocupar com essas coisas –, acabou encarando o próprio reflexo. Jim sempre dissera que havia se apaixonado por seus olhos. Grandes, castanhos e sinceros. "E não me venha com esses olhinhos de cachorro que caiu da mudança", alertava sua mãe sempre que Charlotte implorava por algo quando criança. Já fazia algum tempo que ela mesma não olhava dentro deles, percebeu, a respiração embaçando suavemente o espelho. Evitara olhar para seu reflexo triste após a morte de Kate porque parecia haver apenas o vazio. Treinou, então, um sorriso, e percebeu que estava com batom nos dentes. Está vendo? Talvez sorrir fosse bom para alguma coisa, afinal, pensou, limpando com um pedacinho de papel higiênico.

Respire fundo, disse a si mesma enquanto subia até o último andar alguns minutos depois. Vai ficar tudo bem. Se continuasse repetindo isso, acabaria acreditando, de acordo com os artigos de autoajuda que sua mãe ainda lhe mandava por e-mail.

— Ah, Charlotte, que maravilha ver você de novo. Um colírio para estes olhos tão cansados. Entre, entre — disse Margot quando atendeu a porta.

Naquele dia ela estava usando um suéter de caxemira cinza-claro com decote canoa e uma calça cinza larga, além de um magnífico colar de grandes contas redondas, como bolinhas de gude, em um tom de vermelho-escuro.

— E que flores lindas! É muito gentil. Obrigada. Agora, na verdade... — Seus olhos brilharam, mas Charlotte não conseguiu entender o que diziam. — Vou preparar um chá para nós, mas estava me perguntando se você poderia me ajudar. Como você disse que faria? Uma *tarefa*... É essa a palavra? — Margot pronunciou "tarifa", então Charlotte levou um segundo para entender e assentir. — Uma tarifa bem pequena. Você se importa? Lamento incomodar, mas... — Então deu de ombros do seu jeito elegante. — Você sabe, sou uma mulher à beira da morte. E...

— Não me importo nem um pouco — garantiu Charlotte, e em seguida perguntou, preocupada: — Está se sentindo mal?

Era desconcertante a naturalidade com que Margot falava sobre a morte. Charlotte lembrava como suas avós tinham sido estoicas e britânicas ao morrerem, não deixando transparecer que estavam doentes praticamente até o último suspiro. Margot, por outro lado... Talvez fosse errado dizer que a mulher estava *explorando* aquilo, mas, ainda assim, não podia deixar de notar certa dose de prazer com o drama da situação.

— Devo ligar para alguém? Um médico ou...?

Ao ouvir falar em médico, uma expressão arrogante tomou o rosto de Margot.

— Não vou morrer *agora*. E os médicos não sabem nada. Não adiantam de nada para mim.

— Está bem. — A frequência cardíaca de Charlotte foi voltando ao normal. — Então... o que quer que eu faça?

Alguns minutos depois, Charlotte voltava para a cidade com uma lista muito estranha — as seguintes instruções na letra inclinada e desenhada de Margot:

1. Grey and Green – vela perfumada de figo (procure Johann)
2. Madame Chocolatier – 12 rose crèmes (procure Marc)
3. Loja de queijo da Western Road – Ami du Chambertin (procure Emile)
4. Wine and Dine – garrafa de Cornas Prémices (procure David)...

E assim por diante. Vinho, chocolate e queijo, artigos luxuosos de higiene e papelaria – e, a cada loja, uma pessoa a quem deveria procurar. *Engraçado como todos eram homens*, pensou Charlotte consigo mesma, franzindo um pouco a testa ao pensar na lista e se perguntando se algum de seus colegas de trabalho tinha tarefas tão glamourosas como aquelas.

A primeira parada era numa elegante loja de artigos e utilidades para o lar, tudo de bom gosto e contemporâneo, música ambiente, atendentes de aparência hipster a uma distância respeitosa enquanto os clientes examinavam os produtos. Era como fazer o desafio das compras em *O aprendiz*, pensou Charlotte enquanto procurava Johann, que descobriu ser um jovem incrivelmente bonito de cerca de vinte anos, com cílios enormes e calças extremamente justas. Típico de Margot ter guardado o nome *dele*. Com sua ajuda, encontrou a vela solicitada, nada menos que uma Diptyque, com um perfume absolutamente divino, e Johann lhe assegurou com sua voz grave e sexy que colocaria a compra na conta de madame Favager. Santo Deus. A coisa toda parecia muito suntuosa para Charlotte, que nunca sonharia em gastar tanto dinheiro em uma vela. *Queimar dinheiro?*, brincou seu pai sarcasticamente em sua cabeça, e uma parte dela não podia deixar de concordar.

Depois de agradecer a Johann e tentar não olhar com muita indiscrição para suas calças extremamente justas, Charlotte guardou com cuidado em sua bolsa a compra embalada em papel e seguiu para a próxima loja.

Então ser Margot era assim, pensou Charlotte achando graça ao cruzar a cidade, comprando um produto chique após outro e sendo sempre atendida por jovens lindos e charmosos. Um dos itens da lista não era nem sequer uma compra. Só tinha que ir a uma floricultura nas Lanes, mandar os cumprimentos de Margot a alguém chamado Eric, que, é claro, era outro cara gostoso com pinta de modelo. Ao ouvir o nome de Margot, o rapaz sorriu e lhe entregou um pequeno buquê de violetas, um presente dele para Margot. Então era assim que a outra metade das pessoas vivia!

O último item da lista era um cappuccino grande do Sea Blue Sky, a cafeteria mais próxima da Dukes Square. "E peça algo para você também, querida", acrescentara Margot. "Estamos vivendo perigosamente hoje, não é? Estamos sendo *bastante* extravagantes." Ela piscara. "Mas para você preparo um drinque, se preferir, é claro."

Charlotte passou as bolsas todas para um dos braços enquanto abria a porta do café. Só havia passado pela calçada antes, mas era muito bonito por dentro, com sua decoração elegante e o agradável cheiro de café. Havia um homem de cabelo rosa com um terno listrado muito elegante sentado à primeira mesa e, em outra, uma jovem com o cabelo descolorido preso em um penteado colmeia volumoso, usando um vestidinho curto verde-limão. Sim, Charlotte podia ver por que Margot gostava de ir ali.

– Olá, o que posso lhe servir? – perguntou o homem atrás do balcão quando Charlotte se aproximou.

– Estou procurando o Ned, vim a pedido de Margot Favager... – começou, mas então sua voz vacilou ao perceber que o reconhecia de algum lugar.

Cabelo bagunçado, óculos, olhos castanhos... Sim, ela já vira aquele rosto antes. Mas onde? Então a ficha caiu. Era o homem do píer. Merda! O mesmo homem do píer, aquele com quem gritara como uma louca, o pobre pai que ela basicamente acusara de ter negligenciado as filhas. ("Pensei que você era a Sra. Johnson", disse a menina em sua cabeça, a lembrança ainda vívida da minúscula mão apertando a de Charlotte.) Cada célula do corpo de Charlotte a impelia a fugir da cafeteria, da maneira como saíra correndo pelo píer, atropelando as pessoas na pressa de escapar. Mas seus pés pareciam presos ao chão, imóveis, enquanto um forte rubor tomava conta de seu rosto.

Ele olhava com ar de dúvida para Charlotte, e então ela viu um brilho de reconhecimento nos olhos dele. *Ei, você não é aquela doida?*

– Ah – disse ele. – Olá de novo.

– Hã... – gaguejou ela, o rosto ardendo. – Hum... Na verdade, tenho que ir – disse Charlotte, desesperada para escapar antes que outra palavra pudesse ser dita. – Tchau.

Então deu meia-volta e saiu de lá depressa, o coração acelerado, a adrenalina percorrendo seu corpo, e só voltou a respirar depois que dobrou a esquina, ficando longe de vista.

***

– Charlotte! Meu Deus, você parece exausta... Acho que foram tarifas de mais! – exclamou Margot quando Charlotte voltou para o apartamento pouco tempo depois, ainda afobada, o rosto corado. – Sinto muito. Sou egoísta. Preguiçosa. E agora você está sofrendo!

Mas Charlotte já havia se acostumado ao melodrama de Margot e apenas abriu um sorriso.

– Estou bem, não estou sofrendo nem um pouco. Desculpe por ter demorado tanto – continuou ela, erguendo as sacolas de compras. – Comprei os cafés em um lugar diferente daquele que você indicou. Espero que não se importe.

Ficou mais vermelha do que nunca ao seguir Margot até a sala de estar. *Não me pergunte sobre isso. Não me pergunte.*

– Onde quer que eu guarde essas coisas?

Margot a encarou.

– Você não gostou da cafeteria que sugeri?

– Ah! Tenho certeza de que é ótima, mas... – Charlotte arriou as sacolas, deixando o cabelo esconder seu rosto. – Bem... É uma longa história – disse, por fim, quando viu que Margot não mostrava sinais de desistir. Colocou a bandeja de papelão com os cappuccinos na mesa. – É complicado.

– Ah, um mistério! – Charlotte podia sentir o olhar cada vez mais aguçado de Margot, o interesse renovado. – Mas posso ver que não é da minha conta. Está bem. Mas você gostou... das outras visões que lhe proporcionei?

Charlotte riu, incerta. Margot queria dizer o que achava que queria dizer?

– O quê... hum... os vendedores das lojas?

– Sim – respondeu Margot. – Meu Deus, eles são lindos, não é? Sexy. Mas não, não... – disse enquanto Charlotte começava a tirar as compras das sacolas. – Na verdade, essas coisas são para você. Presentes meus. E agora você também sabe onde escondo todos os meus namorados. Rá! Estou brincando, infelizmente. Agora me deixe colocar nossas bebidas em bons copos, e então poderemos conversar.

– Você... – Charlotte não conseguia deixar de pensar no que Margot dissera antes. – Essas coisas... Sério? São para mim? – Só a vela custara quase quarenta libras, e a garrafa de vinho, pouco menos de vinte. No total, havia quase cem libras ali. – N-não – gaguejou. – Eu não posso...

– Mas é claro que pode. E deve! São presentes. Espero que goste.

Charlotte estava de boca aberta.

– Mas... Sério? São maravilhosos. É incrivelmente generoso de sua parte. Mas...

Margot brandiu um dedo.

– Você sempre diz que vai gastar o dinheiro com sabedoria, não é? Mas às vezes é bom ser insensato com o dinheiro. Ser imprudente. E extravagante. – Bateu de leve no braço de Charlotte. – E não se esqueça dos homens. São os meus favoritos e agora os compartilhei com você. Isso significa que somos amigas! Venha.

– Obrigada – disse Charlotte, ainda achando difícil encontrar as palavras certas enquanto seguia Margot até a sala de estar. Mas por quê?, queria acrescentar, mas não se atreveu. Por que eu? Por que tudo isso? – *Obrigada* – foi tudo o que conseguiu dizer, no entanto.

Margot acenou a mão como que para dizer que os agradecimentos de Charlotte não eram necessários.

– De nada – disse ela, e fez um gesto para Charlotte se sentar. – Pronto. Fique à vontade.

Ao contrário da previsão pessimista do início da semana, o sábado amanheceu claro e ensolarado, o dia perfeito para um feriado prolongado, e os locutores das rádios locais não paravam de falar animadamente sobre isso quando Charlotte se sentou para tomar o café da manhã. Pela sua janela podia ver a luz do sol reluzindo das janelas dos carros estacionados lá embaixo e como fazia o mar cintilar em vários reflexos dourados, como se fossem confetes. A água parecia mais azul do que nunca; os brinquedos no píer já funcionavam a todo vapor, os cafés estavam abertos e já havia diversas pessoas lutando para abrir suas cadeiras na praia, preparando-se para um dia relaxante.

Na noite anterior, depois de visitar Margot, Charlotte saboreara o delicioso queijo após o jantar, acendera a linda vela perfumada, provara o chocolate caro e se sentira... mais animada. Um pouco melhor. Pela primeira vez em séculos, pegara um romance de época para ler e se perdera em suas páginas, deixando a história transportá-la para uma era onde os homens galopavam a cavalo e resgatavam donzelas em apuros. (Era o tipo de livro do qual Jim, que gostava de ler jornais e livros de não ficção, teria zombado, mas de alguma forma isso só deixara a leitura ainda mais agradável.) Depois fora para a cama e dormira profundamente a noite inteira, e seu primeiro pensamento ao acordar, dessa vez, não fora marcado pela desesperança. E, mais do que isso, ali estava ela, olhando pela janela para o mundo ensolarado e sentindo que talvez, apenas talvez, pudesse ser bom estar viva num dia como aquele.

Um queijo delicioso, um herói romântico e um céu sem nuvens, uma vizinha gentil lhe dando atenção, estendendo a mão para resgatá-la de sua tristeza... Era mesmo só isso que bastava para fazer uma mulher voltar a se sentir como um ser humano? O luto dominara a vida de Charlotte por muito tempo; causara o infeliz rompimento de seu casamento, resistira teimosamente ao tratamento e aos comprimidos, até o ponto em que ela começara a aceitá-lo como normal, como se sua vida fosse ser assim dali em diante. Mas naquela manhã sentiu como se pudesse encarar o mundo de frente. Naquela manhã pensara que talvez tudo fosse suportável, que poderia enfrentar aquele período de sua vida se continuasse olhando para a frente.

Terminou o café e pegou o telefone. Não, *não* passaria o fim de semana sozinha limpando o apartamento, decidiu, digitando uma mensagem. Sim, aproveitaria ao máximo aquela mudança inesperada de humor.

Oi, mãe, desculpe por falar assim tão em cima da hora. Imagino que vocês não estejam em casa hoje, não é? Bjos

– Deixe-me olhar para você. Ah! Você está *tão bem*, querida. Não está, Tony? E que surpresa maravilhosa você ligar para a gente assim. Deu sorte, porque tínhamos ido a Fenley Hill mais cedo, e lá o celular não pega, mas fizemos uma parada rápida no povoado por causa daquela lojinha de doces que vende geleia caseira, lembra? E eu falei para o seu pai que entraria rapidinho, porque estamos sem groselha, então ele disse: "Foi seu telefone?" E é claro que *era*, era você, e fiquei tão feliz em receber sua mensagem. Sente aí, descanse um pouco. Tony... Por que você não pega uma bebida para Charlotte? O que você quer? Olhe só pra mim, tomando sidra... Já disse ao seu pai que ele vai dirigir na volta... Está tão quente que não pude resistir. Ah, como é bom te ver, querida. Como está? Trouxe um pouco de geleia para você, aliás. Geleia de amora. Espero que ainda seja a sua preferida.

Não sendo do tipo que ficava em casa quando o sol está brilhando, os pais de Charlotte já tinham saído com suas botas de caminhada quando ela ligara mais cedo, mas, graças às maravilhas da tecnologia moderna – e à loja que vendia geleia no vilarejo de Fenley, onde o telefone pegava bem –, ali estavam eles, após combinarem de almoçar em um pub, sentados a uma mesa de madeira gasta pelo tempo na área externa. Talvez sua mãe até fizesse uma pausa para respirar, se tivesse sorte.

– Estou bem – respondeu Charlotte depressa, aproveitando a chance. – Só uma Coca Diet, por favor, pai. Obrigada.

Sua mãe a abraçou novamente quando as duas ficaram sozinhas, e Charlotte sentiu os familiares aromas reconfortantes do shampoo e do sabonete – a fragrância característica de sua mãe. De repente voltara a ter seis anos e as duas retornavam da escola de mãos dadas enquanto os irmãos mais velhos de Charlotte corriam à frente. *Só as meninas juntinhas*, dizia sua mãe em segredo, o que sempre fazia Charlotte se sentir especial.

– É bom ver você também – disse ela quando as duas se separaram.

Elas sempre tinham sido próximas, e Charlotte sabia que a mãe ficara desconcertada com a repentina decisão da filha de ir embora de Reading, de desfazer toda a sua vida por lá e recomeçar em um lugar novo. Em momentos como aquele, quando estava novamente com os pais e se sentia tão segura, tão amada – os sorrisos em seus rostos quando a viram entrar no pub! A euforia com que a receberam! –, não podia deixar de se sentir meio desconcertada com sua decisão também.

– Que alegria poder encontrá-la assim! – replicara sua mãe, levando a mão ao peito. – Toda vez que passo pela sua antiga casa me pego desacelerando e procurando por você. Era de se esperar que eu já não fizesse mais isso, mas não. Toda vez é a mesma coisa!

Charlotte sentiu seu sorriso se desvanecer. *A casa com a decoração do Ursinho Pooh no quartinho de bebê*, pensou. A casa que ela e Jim compraram quando se casaram, onde ela engravidara e se emocionara com o crescimento da barriga. O lugar em que ficara deitada na cama durante dias depois que o pior acontecera, imóvel, afogando-se em sua tristeza. Nunca mais queria ver aquela casa, para ser sincera.

– É claro que os garotos estão por perto, e é legal estar com eles, mas não é tão bom quanto estar com uma filha. Nem de longe é como... – Ela se interrompeu, percebendo seu erro. *Não fale nada sobre filhas.* – Bem, é ótimo ver você – disse mais uma vez, apertando a mão de Charlotte por via das dúvidas.

– Coca Diet, gelo e uma rodela de limão – anunciou Tony, o pai de Charlotte, voltando à mesa e colocando com cuidado o copo alto em um descanso à sua frente. (Ele tinha uma obsessão por descansos de copos e jogos americanos. Cada mesa em sua casa, grande ou pequena, tinha vários deles. Até as mesas de plástico, às quais uma xícara de chá não causaria nenhum dano, por mais que tentasse. Até mesmo ali na *área externa*, numa mesa de piquenique tão velha que a madeira ficara cinza, ele não suportava a ideia de uma mancha de umidade.) – E três cardápios…

– Obrigada, pai.

Tomara a decisão certa, pensou Charlotte, bebendo um gole enquanto uma brisa morna bagunçava seu cabelo. Aquilo era *agradável*. A área externa do pub era espaçosa, a grama, de um tom de verde exuberante; um pássaro cantava por perto e a atmosfera era sonolenta, como se nada de ruim pudesse acontecer ali. Eles iriam almoçar, bater um bom papo e, em seguida, dirigir em comboio até a aconchegante casa geminada de seus pais, onde os gatos rolariam de costas e ronronariam ao verem o retorno da filha pródiga.

Tony pigarreou e olhou para a esposa como se quisesse dizer alguma coisa.

– Então você… hã…?

– Não – retrucou ela rapidamente, lançando-lhe um olhar que Charlotte já vira muitas vezes; um olhar que dizia claramente *Cale a boca, Não faça besteira* e *Pelo amor de Deus, pense antes de abrir a boca.*

– Ah – disse ele, baixando o olhar. Então pegou o cardápio e começou a folheá-lo com atenção, assim como a mãe de Charlotte.

Ela olhou para os dois e suspirou, sua alegria evaporando como uma poça ao sol.

– Desembuchem. O que houve?

Tinha o palpite de que uma de suas cunhadas estava grávida. Já vinha temendo isso; a lembrança de Kate como primeira neta de seus pais ser usurpada por um bebê mais saudável. Assim como ter que ficar *feliz* por eles, bancar a tia coruja, ir ao batismo, à primeira festa de aniversário, ao primeiro Natal… Podia sentir um nó se formar na sua garganta só de pensar. Todas aquelas ocasiões especiais que nunca pudera aproveitar com Kate. Era tão injusto! Como conseguiria suportar?

– Não é nada – disse sua mãe com firmeza. – O que você vai querer? A torta de frango e presunto parece ótima, não é? Acho que vou querer batata frita para acompanhar, não o purê de batata-doce. Não sei quanto a você, mas acho um pouco presunçosa a maneira como todo pub parece...

– Mãe. Não. O que vocês estão evitando me contar? – perguntou Charlotte, tentando ver os olhos da mãe atrás das lentes escuras dos óculos de sol. – Por favor. Não sou idiota nem criança. Posso aguentar, seja lá o que for.

– Bem...

Sua mãe vacilou. Hesitação, dificuldade em encontrar as palavras: isso não acontecia com muita frequência. A pausa foi suficiente para fazer alarmes soarem na cabeça de Charlotte.

– É o Jim – disse o pai, respondendo à pergunta da filha.

– Jim? – Charlotte virou a cabeça. – Ele está bem?

Já não falava com o ex-marido havia algum tempo, percebeu de repente. Depois que ela se forçara a parar de ligar quando se via bêbada e sentimental, ele também não entrara mais em contato. Será que estava tendo problemas para lidar com tudo aquilo, assim como ela? O trauma atingia as pessoas em momentos diferentes, sabia disso. Ele se mantivera forte quando tudo acontecera; apoiara Charlotte quando ela estava desmoronando, firme como uma rocha no funeral. Talvez a perda só o tivesse alcançado agora...

– Ele conheceu outra pessoa – disparou a mãe, depressa. – Esbarrei com Sheila no mercado e ela me contou. – Então mordeu o lábio e estendeu a mão para segurar firme a de Charlotte. – Sinto muito, querida. Não é o que alguém esperaria ouvir no corredor de enlatados. Eu não sabia se devia dizer alguma coisa ou não.

As palavras atingiram Charlotte como uma onda contra um quebra-mar. Jim conhecera outra pessoa. Seu marido – ex-marido – estava agora com outra mulher. Então não estava tendo problemas para lidar com o luto – na verdade, muito pelo contrário; ele seguira em frente e já a esquecera... já *as* esquecera.

Charlotte umedeceu os lábios, tentando processar a informação, tentando avaliar seus sentimentos. Sentia-se entorpecida. Atordoada. Conseguiu dar de ombros.

– Tudo bem – disse, embora não tivesse certeza de que era verdade.

Seus pais trocaram um olhar. Um olhar que dizia a Charlotte que aquilo não era tudo. *Você vai contar ou eu conto?* Ah, não. O que mais? Ele não tinha começado a namorar uma das amigas de Charlotte, não é? Ele sempre tivera uma quedinha não tão secreta por Ruth; Charlotte o provocara sobre isso no passado, quando tudo ainda estava bem entre eles, quando eram um casal comum e ainda riam de coisas bobas. Pensando bem, Ruth não publicara algo no Facebook sobre um cara novo?

– É alguém que eu conheço? – perguntou antes que pudesse se conter.

Sheila, a mãe de Jim, ficaria nas nuvens se *fosse* Ruth, pensou. Todos adoravam Ruth, sempre tão linda e inteligente. Já podia ver as fotos do casamento – a segunda vez sempre dá mais sorte! –, e Charlotte sendo discretamente deixada de fora da lista de convidados. *Desculpe, mas... você sabe. Não queremos deixá-la desconfortável.*

– Não é... Não é a Ruth, é? – deixou escapar.

– Ruth Collins? Não! – exclamou a mãe. – Ela está namorando um figurão de Londres, segundo Janice. Eu a encontrei no supermercado outro dia.

– Os supermercados são um antro de fofocas – brincou o pai de Charlotte. Então largou o cardápio e pigarreou. – Eu vou pedir a torta de carne com batatas. Charlie, já decidiu o que vai querer, amor?

Seus pais eram péssimos em fingir que estava tudo bem. Agora seu pai falava algo sobre o torneio de golfe de que participara recentemente, e sua mãe tirara os óculos de sol e os limpava com a manga. Charlotte sabia que tinha duas opções – ou entrar na deles e permanecer na feliz ignorância quanto aos terríveis detalhes da vida amorosa de seu ex, ou arriscar sofrer mais, insistindo em abrir logo aquela caixa de Pandora. Suspirou de novo, concluindo que não saber só a levaria à paranoia de passar a noite imaginando os piores cenários possíveis.

– Vão em frente – murmurou. – Sei que tem mais. Vamos acabar logo com isso, está bem? Por favor.

O lábio de sua mãe tremeu. Ela parecia muito infeliz enquanto remexia, sem jeito, o cardápio em suas mãos. E então, antes que alguém pudesse dizer outra palavra, Charlotte soube o que era, simplesmente soube, e seu coração disparou, o sangue gelando. *Não.* Isso não. Ainda não. E percebeu que não suportaria ouvir as palavras ditas em voz alta; mudara de ideia e não queria saber mais nada.

– Na verdade... – começou, mas sua mãe já estava falando.

– Eles vão ter um bebê. – Cinco palavras que mais pareciam cinco socos. Um nocaute. – Foi tudo um pouco corrido, claro… uma surpresa para todos, segundo Sheila, mas eles vão levar a gravidez adiante. Deve nascer no outono. Então… – Tentava olhar nos olhos de Charlotte, mas a filha estava tendo que se concentrar muito para não começar a berrar e já não conseguia mais enxergar direito. – Agora você sabe.

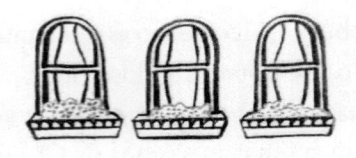

Capítulo Quinze

Rosa não conseguia pensar em mais nada além de quanto os pés doíam ao voltar para casa no sábado à noite. Seus pobres pés, cansados e sofridos. Acabara de sair de um turno de catorze horas, que incluíra um café da manhã de casamento de sete pratos e um buffet à noite para 250 pessoas. Mal tivera tempo de sentar o dia todo. Era em noites como aquela que sentia falta de ter uma banheira, para poder mergulhar em água quente e perfumada e deixar os músculos cansados relaxarem. Não sabia nem se conseguiria ficar em pé por tempo suficiente para tomar um banho.

A lua estava escondida em meio às nuvens, o céu, escuro enquanto caminhava ao longo da orla, e a brisa vinda do mar era salgada, fresca e refrescante. E então, mais alto que o barulho das ondas, Rosa ouviu o som inconfundível de vozes masculinas assobiando e provocando. Segurou mais firmemente a bolsa e procurou a chave no bolso, pronta para usá-la como arma, se necessário. Nunca era demais ter cuidado.

Ao se aproximar da Dukes Square, pôde ver que um grupo de pessoas saíra do pub na esquina, inclusive uma mulher que estava debruçada na traseira de um Land Rover estacionado. Um dos homens atrás dela simulava movimentos sexuais obscenos, enquanto seus colegas emitiam sons entusiasmados de aprovação. Ah, não. A mulher estava bem? Deveria chamar a polícia?

– Ei! – gritou Rosa, chegando mais perto e vendo que a mulher parecia alheia às pessoas atrás dela. Sua cabeça estava apoiada no estepe como se fosse um travesseiro, os longos cabelos castanhos caindo em torno dos ombros. – O que está acontecendo?

Os homens se viraram para ela, os rostos parcialmente iluminados pelas luzes do poste e do bar atrás deles. Havia algo de ameaçador em ver todos eles ali de pé, cercando aquela mulher tão vulnerável.

— A moça exagerou um pouco — respondeu um deles, seguido por um coro de risinhos.

Como se só naquele momento tivesse percebido que não estava sozinha, a mulher ergueu uma das mãos.

— Só *dexcansando* um pouco — disse ela com voz arrastada. — Só um pouquinho.

Então, ignorando os homens, Rosa foi até ela.

— Você está bem? Quer que eu a ajude a chegar em casa?

A mulher olhou para Rosa sem parecer vê-la. Havia rímel escorrendo pelas suas bochechas e, mesmo sob a luz fraca, dava para notar que andara chorando.

— Meu marido — disse ela, hesitante, o hálito azedo como se tivesse vomitado, a voz fraca.

Rosa fez sinal para os homens se calarem.

— Seu marido? — repetiu de maneira encorajadora. — Quer que eu ligue para ele?

Os lábios da mulher estremeceram um pouco, e Rosa deu um passo para trás instintivamente, para o caso de ela vomitar de novo.

— Ele... — disse ela, as lágrimas transbordando de seus grandes olhos castanhos. — Ele *conhexeu* outra pessoa. E... — Uma lágrima caiu no estepe, cintilando à luz do poste, então seu olhar encontrou o de Rosa, ferido e angustiado. — E *eleshh* vão ter um *bebê*.

Ah, Deus, o desespero no rosto da mulher, o sofrimento.

— Eles vão ter um be-bêêê — debochou um dos homens atrás delas, e Rosa se virou, furiosa, os punhos cerrados.

— O que ainda estão fazendo aqui? Deviam ter vergonha! — disse, avançando para cima deles. — Andem, deem o fora. Deixem a mulher em paz.

Para seu alívio, eles se misturaram aos outros dentro do pub, e ela voltou para a mulher aos soluços.

— Venha. — Rosa passou um braço ao redor da mulher para tirá-la do Land Rover. — Vou levá-la para casa. Onde você mora?

Então, cambaleando um pouco enquanto procurava recuperar o equilíbrio, a mulher apontou para o alto da colina.

— Por ali. — Suas mãos estavam esfoladas, como se tivesse caído e as arranhado em algum momento da noite. — Número 11.

Rosa ficou espantada.

– Onze? Na Dukes Square? Eu também moro lá – informou, e foi ajudando a mulher em sua caminhada lenta e trôpega. – Meu nome é Rosa, do apartamento 1.

– Ah, merda. – A mulher gemeu, parando de repente. – Sinto muito.

– Tudo bem – disse Rosa, interpretando mal. – Olha, todos já passamos por isso. Eu poderia lhe contar algumas histórias sobre meu desprezível...

– Não – interrompeu a mulher com urgência, esforçando-se para se soltar de Rosa. – Quer dizer, eu preciso...

E então vomitou por toda a calçada.

Mais tarde, quando finalmente conseguiram subir a ladeira até SeaView e concordaram que os homens às vezes eram uns completos cretinos, e depois que levou Charlotte (descobrira ser seu nome) em segurança até seu apartamento, deixando um copo d'água e um balde ao lado da cama por precaução, Rosa pôde finalmente se aconchegar sob seu edredom. Um coração partido podia ser brutal, pensou. Fizera a pobre Charlotte ficar chorando e vomitando na rua, e fizera Rosa sair às pressas de Londres com todos os seus pertences no carro.

– Eu nem o amo mais – dissera Charlotte aos prantos enquanto subiam a rua. – Mas estou tão *triste*...

Sim. Rosa entendia bem isso. Sentir que superara seu ex – assim como ela – não a impedia de ainda se emocionar com coisas ligadas a ele. Veja só o caso dela: não conseguia deixar de acompanhar os passos de Ann-Marie, por exemplo. O que isso dizia a seu respeito?

Rolou na cama e fechou os olhos, lembrando-se da firme decisão que tomara ao ver o trem com destino a Oxford deixar a estação de Paddington, levando Max – David – até sua esposa e seus filhos. Assim que voltara ao apartamento, começara logo a investigar, determinada a descobrir exatamente que raios estava acontecendo. Tirou todas as roupas de Max do guarda-roupa e da cômoda, checando os bolsos. Pegou a mochila, a pasta do laptop, a mala extra – esvaziou todas e as verificou, uma por uma, para o caso de também servirem como esconderijos. Tirou a papelada do quartinho que servia de escritório e espalhou pelo chão para examinar tudo em busca de evidências. David, David... Onde você está, David?

Esvaziou uma caixa de fotos, procurando não prestar atenção nas fotos dos passeios românticos em que os dois pareciam tão felizes juntos; olhou embaixo do lado dele da cama e tirou tudo de dentro de sua mesinha de cabeceira. Devia haver alguma coisa. Será que estava ficando louca? Tinha que haver *alguma* coisa!

Havia uma única gaveta da escrivaninha dele que ainda não olhara – aquela que ele mantinha trancada. Ela nunca vira a chave, nunca dera muita atenção àquilo, na verdade. Até então. E naquele momento queria muito, muito mesmo ver o que havia dentro daquela gaveta trancada da linda e antiga escrivaninha de carvalho que ele herdara do avô (outra mentira, provavelmente). Após esgotar todos os outros esconderijos possíveis e sem ter a menor ideia de onde a chave poderia estar, ficou sem escolha. Pegou um martelo e arrebentou a tranca. A madeira fez um som satisfatório ao rachar, e então ela arrancou a gaveta. Uma pilha de papéis voou para o tapete, sobretudo cartas, endereçadas a David Chandler. *Peguei você.*

Depois disso, fora fácil. Procurara por David e Ann-Marie Chandler na internet e logo encontrara a doce página do Facebook da Ann-Marie – desbloqueada, desprotegida, recheada de fotos dos quatro em sua idílica vida rural. As crianças ajudando com a decoração de Natal (adorável), o cachorro não ajudando nada com a decoração de Natal (também adorável), papo meloso sobre o concerto de Natal de Josh e o primeiro dente mole da pequena Mae, e David, o lindo e sorridente David, torcendo para Josh em uma partida da liga infantil de futebol, colocando sua menininha nos ombros, o braço grande e forte em torno da bonita e apaixonada Ann-Marie. E, ah... era simplesmente insuportável, impossível ver mais, porque as lágrimas corriam pelo seu rosto e sua garganta doía de tanto chorar.

O maldito David Chandler e toda a sua vida dupla. Como ela o odiava!

– Como está se sentindo? Aqui, trouxe alguns biscoitos e umas revistas... É para esta aqui que a Georgie escreve, olhe. Você já a conheceu? Ela mora em um dos apartamentos do andar de cima.

Era a segunda-feira do feriado bancário, e Rosa fora visitar Jo, que ainda repousava no hospital. Bea mandara uma mensagem naquela manhã dizendo que Gareth iria levá-la para ver alguns primos e ficaria fora O DIA TODO, e perguntando se ela poderia – por favor, por favorzinho – aparecer no hospital e dar um oi à sua mãe por ela? Era a primeira vez que Rosa via a vizinha desde que dormira no apartamento dela, e era difícil associar a mulher pálida na cama com a exuberante hedonista que aparecia nos porta-retratos.

– Ah, e aqui está sua correspondência.

– Obrigada – disse Jo, procurando se sentar mais ereta na cama.

Ainda parecia pálida e cansada, mas suas bochechas tinham um pouco mais de cor, pelo menos. Já fazia mais de dez dias que fora levada às pressas para o hospital e, de acordo com a enfermeira, a infecção que contraíra tinha sido bastante agressiva. Ainda assim, seu organismo finalmente estava respondendo aos antibióticos, ao que parecia, e Jo esperava voltar para casa logo.

– Ah, são biscoitos caseiros? – perguntou, animando-se ao abrir o embrulho de papel-alumínio que Rosa colocara em seu colo e vendo os cookies com gotas de chocolate lá dentro. – Bea não se cansa de falar sobre como você cozinha bem. Ela acha que você vai abrir seu próprio restaurante em breve.

Rosa riu.

– Hum... Não exatamente. Estou aprendendo o ofício no Zanzibar primeiro. Lição número um: se o chef atirar uma espátula em você, abaixe-se.

– Caramba, é sério isso? Parece meio... abusivo – comentou Jo, pegando um biscoito. – Bem, estes aqui parecem ótimos, muito obrigada. Sirva-se. E como está Bea? Sabe se ela está se entendendo melhor com o pai?

Rosa hesitou antes de responder. Durante a semana, Gareth e Bea estavam indo de um lado para outro entre a casa dele e o apartamento de Jo, para facilitar as coisas para a garota, e Rosa ouvira algumas discussões através da parede e algumas portas sendo batidas. Além disso, ele também fora até seu apartamento algumas vezes para perguntar (bastante timidamente) se Rosa poderia dar algumas sugestões para o dever de casa de tecnologia de alimentos de Bea, e, em outra ocasião, para ensiná-lo a fazer mingau, porque Bea não parava de dizer que ele era um péssimo cozinheiro.

– Ele parece legal, mas não tenho certeza se estão se entendendo – concluiu, por fim.

– Hum... – disse Jo, mastigando um biscoito. – Eles têm tido alguns anos difíceis. Esperava que isso pudesse reaproximá-los, mas talvez não seja possível.

Rosa queria muito perguntar o que tinha acontecido, mas suas boas maneiras não permitiram.

– Bea parece uma ótima menina – comentou ela em vez disso, surpresa com as próprias palavras.

Mas era verdade: naqueles dias, descobrira que Bea era interessante e divertida, uma pessoa completamente diferente da adolescente hostil e irritada que conhecera no início. Mas, por outro lado, Rosa percebeu que ela também mudara. Já não era mais a mesma reclusa do início do ano, determinada a manter as pessoas afastadas.

– Adoro ver o ardor com que ela fala sobre as injustiças do mundo – continuou Rosa –, como vê tudo em preto e branco. – *Por que você não vira logo uma chef?*, perguntara Bea, como se aquela solução fosse incrivelmente óbvia.

Jo abriu um sorriso discreto.

– Acho que isso é parte do problema com Gareth – admitiu ela. – Nós brigamos feio depois que levei Bea para a Índia contra a vontade dele e... bem, as coisas deram um pouco errado. Ele estava com raiva, eu estava na defensiva... e Bea basicamente ficou do meu lado, entrou para o Time Mãe.

– E, como ela era do Time Mãe, isso significa que não poderia ser do Time Pai ao mesmo tempo?

– Exatamente. Muito embora, na verdade, Gareth tivesse todo o direito de ficar com raiva, porque, pensando bem, posso ver que o que fiz foi egoísta e impulsivo e... – Ela fez uma careta, parando de falar, os olhos tristes. – Enfim. Todos nós cometemos erros.

– Com certeza – disse Rosa, sincera. Ela certamente já cometera vários.

– Eu estava muito confusa na época, foi isso, e não percebi... Enfim... – Jo soltou outro suspiro. – O irônico é que Gareth e eu nos damos bem agora, já não há mais atritos. Nós nos separamos porque percebi... bem, sendo completamente sincera, percebi que eu preferia mulheres. Imagino que isso deva ferir o orgulho de qualquer cara, mas ele conseguiu superar e somos parceiros, seguimos em frente. A Bea é que... Bem, é como se ela tivesse feito sua cabeça há três anos e não quisesse mais mudar. Bea acha que ele não se importa com ela, então o rejeita, e então se sente ainda pior quando ele não vem correndo atrás dela. Sei lá. É difícil, não é? A vida, quero dizer. Famílias. Amar as pessoas.

– Sim – concordou Rosa, lembrando-se da pobre Charlotte no sábado à noite, no fundo do poço, com as mãos esfoladas e o rosto banhado em lágrimas. Lembrando-se de si mesma também, saindo de Londres com o coração partido, fazendo o máximo para não olhar para o que estava deixando para trás. E Jo, Bea e Gareth... – É difícil mesmo.

Havia uma festa de bodas de ouro no hotel naquela noite: música brega, infinitos canapés, um bolo enorme e várias pessoas comemorando juntas, usando suas melhores roupas.

– Graças a Deus, risadas! Estava começando a pensar que todo mundo lá dentro era infeliz – comentou Rosa com Natalya durante o intervalo das duas, no jardim.

Podiam ouvir o barulho da festa pela janela aberta e, de repente, uma eufórica comemoração. Talvez o bolo estivesse sendo cortado, ou talvez o casal que fazia as bodas finalmente estivesse indo para a pista de dança. (Mais cedo, só havia um cara de cabelo comprido se exibindo por lá, um homem vaidoso que já estava bêbado ou acreditava que "He's the Greatest Dancer" era o tema musical da sua vida.)

– Pelo menos ainda existem algumas pessoas felizes no mundo – acrescentou ela, dando de ombros.

– Ah – disse Natalya com desdém. Havia algo de melancólico na disposição geral da colega. Sua pele pálida, seu cabelo castanho cheio preso de qualquer jeito, as linhas de expressão que pareciam permanentemente gravadas em sua testa. – Eles estão felizes *agora*, sim, porque têm nossa comida, estão bêbados e estão todos juntos. Mas por dentro estão infelizes. Ouça o que eu digo.

Era típico de Natalya saber como trazer uma pessoa de volta à Terra. Mas suas palavras fizeram Rosa pensar. De certa forma, era verdade que se podia conseguir alguma alegria e cordialidade, ainda que fugazes, com comida, vinho e companhia. Então pensou em como sempre gostara de dar jantares no passado, de reunir as pessoas em torno de uma mesa. O mundo definitivamente parecia melhor quando se estava em grupo, as barrigas tão cheias quanto as taças de vinho.

– No que está pensando? – perguntou Natalya, examinando-a. – Você está franzindo a testa.

– Ah, nada de mais – respondeu Rosa, tomando o resto do café e estremecendo. Tinha mesmo que parar de fazê-lo assim tão forte. – Estava só pensando em talvez...

– Ei! As duas mexeriqueiras algum dia vão parar de tagarelar? – E lá estava Brendan, como se esperasse sua deixa, gritando com elas da porta. – Andem logo, tem muito trabalho por aqui.

– Trabalho... – resmungou Natalya, apagando o cigarro contra a parede. – Esse homem só sabe falar no maldito trabalho. – Então ergueu a voz. – Estamos indo!

Estava só pensando em talvez dar um jantar, Rosa terminou sua frase na cabeça enquanto ela e a colega voltavam para dentro. Um jantar para seus vizinhos. *Ouça só você!*, debochou uma voz em sua cabeça. *Bancando a sociável de repente, convidando todo mundo para participar de sua vida!* Mas por que não? Podia ser exatamente aquilo de que todos precisavam, inclusive ela. E, embora já estivesse sendo receptiva à alegria, como a cartomante aconselhara, às vezes podia ser bom compartilhar isso com os outros também.

OLÁ! Meu nome é Rosa e moro no apartamento 1. Já estou aqui há alguns meses, mas tenho trabalhado em horas tão impraticáveis que mal conheço meus vizinhos. Mas isso está prestes a mudar! Gostariam de vir jantar comigo? Estou treinando para ser chef e adoraria a chance de praticar... Estariam me fazendo um grande favor, na verdade. Se estiverem livres nesta sexta, às oito da noite, por favor, venham. Seria ótimo conseguir conhecer o maior número possível de pessoas.

Me avisem, por favor, batendo direto à minha porta para dar um oi ou deixando um bilhete. E indiquem também se têm alguma restrição alimentar para me ajudar a decidir o cardápio.

Espero vocês na sexta!

Abraços, Rosa

Capítulo Dezesseis

— Está ocupada hoje, querida? — perguntou Viv pelo telefone.

Era a manhã seguinte à malfadada viagem a Stonefield, e Georgie ainda estava na cama, pois continuara dormindo quando Simon saíra para o trabalho. O que provavelmente tinha sido uma boa ideia, já que o humor dele andava péssimo desde que aquela peste da Chloe a entregara na frente de todos.

— Hum... — respondeu ela, perguntando-se o que Viv tinha em mente.

Quem sabe alguma proeza telepática tivesse feito sua editora mandá-la experimentar uma sessão de terapia de casais? Sinceramente, Georgie precisava de toda ajuda possível no momento, se algum dia esperava reverter a frieza com que seu namorado a tratava ultimamente. *Como pôde fazer isso comigo?*, dissera ele ao ler na revista a coluna com seu desabafo. Isso a fazia se encolher toda até agora.

— É que eu devia fazer uma entrevista, mas machuquei minhas costas — dizia Viv em seu ouvido. — Mal consigo me mexer. Enfim, o trabalho é seu se quiser ganhar algum dinheiro extra. Interessada?

Poucos minutos antes, Georgie consultara seu saldo bancário na internet, tentando não vomitar de medo (não devia ter comprado todas aquelas roupas com as amigas no sábado), então aquela oferta não poderia ser mais bem-vinda.

— É claro — respondeu na lata, então se sentiu mal por parecer tão ansiosa. — Quer dizer... Você está bem? Tem alguém cuidando de você?

Viv soltou uma risada.

— Não. Mas espero sobreviver. Vamos lá, tem uma caneta? É a Casa das Mulheres Desonradas... Já ouviu falar?

— Não — admitiu Georgie, franzindo a testa. — Mulheres Desonradas? Soa meio arcaico.

— É, sim. É uma grande casa vitoriana junto à costa que realmente serviu de lar para as chamadas "mulheres desonradas", cem anos atrás. Mães solteiras, prostitutas... enfim, qualquer mulher necessitada, passando por dificuldades – explicou Viv. – Ai, meu Deus.

– Você está bem?

– Só a droga do... ai... sofá! – disse Viv, irritada.

Ela devia ser uma daquelas pessoas que ficavam muito mal-humoradas quando se sentiam mal, concluiu Georgie. Simon era igualzinho. Quando pegara uma gripe no inverno anterior, ela chegara em casa e o encontrara assistindo a um episódio antigo de *Tom e Jerry* e chamando Jerry de merdinha irritante. "O que foi? Odeio roedores", dissera, na defensiva, quando ela começara a rir. "Tom deveria arrancar aquela cabeça sorridente idiota e acabar logo com isso."

– A casa foi abandonada há algum tempo – continuou Viv –, quando já não se esperava mais que as mulheres sentissem vergonha por circunstâncias fora de seu controle e havia melhores recursos disponíveis. Nos últimos anos, porém, o imóvel foi ocupado por um grupo de mulheres que a usaram como refúgio e centro de acolhimento... Você nunca ouviu falar mesmo? Temos um bom cenário ativista por lá. Elas agora chamam o lugar de Casa das Mulheres; não usam mais o termo "desonradas".

– Legal – disse Georgie, embora o mais próximo que já tivesse chegado de se envolver com qualquer tipo de ativismo tivesse sido quando dera início a uma petição contra o fechamento de uma biblioteca, a duas cidades de distância de onde trabalhava.

As coisas eram tão tranquilas na feliz e segura Stonefield que sua consciência social acabara ficando enferrujada por conta da falta de uso.

– Sim. Bem, pelo menos era. Só que agora o local foi comprado por alguma rica incorporadora e elas estão sendo despejadas – explicou Viv, irritada. – Mas não vão sair sem lutar, é claro. Estão determinadas a ficar e preservar uma parte da história da cidade, em especial das mulheres. E é aí que você entra.

– Você quer que eu as entreviste?

Os olhos de Georgie se iluminaram. Aquela parecia *mesmo* ser uma boa história, muito mais interessante do que notícias locais comuns. Jornalismo de verdade! Ela poderia prestar solidariedade àquelas mulheres, dar a elas uma voz na revista, talvez até ajudá-las a fazer cartazes...

– É isso aí, garota! Elas querem divulgar sua campanha para o público, para os historiadores locais e grupos de mulheres, enfim, qualquer pessoa que possa ajudá-las. Então quero que vá até lá conhecer Tasha e Cleo, que fazem parte do grupo, e descobrir um pouco mais. Vou mandar um fotógrafo também. Poderia ser hoje, às onze da manhã? Você vai encontrar a Casa seguindo em direção a Ovingdean.

Georgie engoliu em seco. Já eram nove e meia, e ela ainda estava de pijama, sentada na cama com o laptop no colo. Precisava tomar banho, secar o cabelo e tentar encontrar alguma roupa que a fizesse parecer uma entrevistadora séria, além da própria casa, onde quer que ficasse.

– Claro, pode contar comigo – disse Georgie com toda a confiança que pôde reunir.

Faria aquilo pelas mulheres, prometeu a si mesma, largando o telefone e pulando da cama.

Só quando, pouco tempo mais tarde, saía da estrada principal e seguia em direção ao que parecia ser um canteiro de obras, foi que Georgie começou a sentir que havia algo errado, seu sexto sentido lhe dizendo que a vida podia estar lhe pregando uma peça. Em seguida, ao desacelerar para ler alguns dos outdoors anunciando a nova construção prevista para a primavera, a terrível premonição ficou ainda mais forte. *Macaulay Empreendimentos*, dizia o nome da empresa acima da imagem gerada por computador. *Em breve um luxuoso hotel 5 estrelas com uma vista deslumbrante!*

Já vira aquela imagem no laptop de Simon, em impressões espalhadas na mesa da cozinha; conhecia aquele nome das cartas e dos contratos que chegavam à sua caixa de correio em Stonefield. Porque, por culpa do azar e da porcaria do destino, aquela restauração era a mesma em que Simon estava trabalhando; o hotel que tão meticulosamente projetara e do qual era responsável por supervisionar o progresso. Aquele lugar era, nada menos, que a razão de os dois estarem em Brighton.

Ah, merda, pensou, freando o carro e lembrando-se dos comentários que ele fizera na outra semana sobre as manifestantes, que se opunham à construção. Ao mandá-la ali para entrevistar aquelas mesmas mulheres, sem querer Viv dera a Georgie um novo tijolo para lançar contra seu relacionamento cada vez mais frágil.

– Chega de segredos – dissera Simon, espumando de raiva depois da excruciante revelação da carta de sua coluna.

– Prometo! – respondera ela. – Juro pela minha vida!

Mas no que estava se metendo agora?

Ao virar à direita e passar pelos portões abertos para entrar no local, viu a extensão da obra em andamento. Embora a velha casa vitoriana tivesse sido inteligentemente incorporada ao design, a parte principal do hotel estava sendo erguida a uma curta distância; vigas de aço gigantescas eram manobradas por uma equipe usando capacetes e uma retroescavadeira amarela, enquanto uma escavadeira aplainava ruidosamente a terra ao redor. *Estão construindo um enorme estacionamento*, pensou ela, vendo a grama sendo arrancada, salpicando terra pelo ar. Havia dois contêineres mais afastados, e Georgie se encolheu no carro ao passar se perguntando se Simon estaria dentro de um deles naquele momento. Podia imaginar o olhar dele se saísse de lá e a visse em seu território; ele provavelmente presumiria que Georgie fora até lá para tentar apaziguar as coisas, levando algo de bom para o almoço. E como seu queixo cairia quando percebesse que, na verdade, ela estava indo lá para se encontrar com aquele grupo de mulheres. *Georgie, sua traidora. Mas que diabos...?*

Ao se aproximar da casa vitoriana, pôde ler os banners cobrindo seu exterior. SALVEM A CASA, SALVEM AS MULHERES, dizia um deles. NÃO DESTRUAM NOSSA HISTÓRIA, suplicava outro. A porta e as janelas tinham sido pintadas de roxo, branco e verde – as cores das sufragistas –, e alguém havia colado rostos de mulheres e crianças em cada janela, algumas usando chapéus antigos, como se representassem as antigas moradoras olhando para fora. Entalhadas na pedra acima da porta da frente havia as seguintes palavras: NESTA CASA VOCÊ ENCONTRARÁ COMPAIXÃO, e Georgie se sentiu inesperadamente emocionada ao estacionar o carro.

Do lado de fora ainda dava para ouvir o barulho do tráfego na estrada principal e as ondas do mar quebrando ao longe, mas também havia o canto dos pássaros, as flores silvestres na cerca viva e um grande e exuberante gramado diante da construção. Georgie não pôde deixar de pensar em todas as mulheres que procuraram aquele lugar – mulheres solitárias e desesperadas, talvez com uma criança a tiracolo, uma das mãos no ventre que crescia, o coração aflito. A casa devia ter sido um farol de esperança para suas moradoras sofridas e desafortunadas durante todos aqueles anos. As histórias que aquelas paredes poderiam contar; as mulheres e crianças que se abrigaram lá dentro, a gentileza e o conforto pelos quais ansiavam e, com sorte, encontraram. Então imaginou as escavadeiras chegando e derrubando tudo, o ar denso com a poeira dos tijolos, um pedaço da história reduzido a entulho. "Um bando de hipócritas desgraçadas sem nada melhor para fazer", dissera Simon, furioso, sobre as manifestantes. Mas era hipocrisia querer proteger uma construção que tinha sido importante para tantas pessoas?, perguntou-se, tocando a campainha antiga. Era tão errado assim se importar?

Duas mulheres apareceram segundos depois: uma esbelta e etérea, usando um vestido branco comprido, de corte reto, com os pés descalços, a outra mais robusta, com uma calça jeans preta e uma camiseta preta com o logo de uma banda da qual Georgie nunca ouvira falar, o cabelo acobreado preso em marias-chiquinhas e um piercing no nariz.

– Georgie? Oi, meu nome é Tasha, e esta é a Cleo – disse a ruiva, o piercing cintilando sob a luz do sol. – Obrigada por vir. Vamos conversar na biblioteca. É por aqui. Venha!

Georgie não sabia bem o que esperar do centro de mulheres quando Viv lhe passara o briefing naquela manhã – imaginara que poderia ter um caráter meio estudantil, talvez, com cartazes e frases pintados por toda parte, cheiro de mofo, militância inflamada –, mas logo percebeu que estava enganada. Em vez disso, viu-se andando por um corredor elegante, pintado de um tom suave de cinza, com uma escadaria central um pouco mais à frente. A luz se derramava pelas grandes janelas, e ela podia ouvir ao longe o som de conversas, o barulho de um rádio e uma ou outra risada. Parecia mais um hotel numa casa de campo do que uma organização amadora com pouca verba, pensou, olhando para o pé-direito alto, as tapeçarias coloridas nas paredes – em uma delas se lia "Bem-vindo" em dez ou mais idiomas – e as fotografias artísticas em preto e branco de mulheres e crianças.

– É tão tranquilo aqui – comentou.

Chegou a pensar em dizer que seria ótimo morar ali até perceber como soaria de mau gosto. Como se alguma mulher *quisesse* de fato ir para um refúgio.

– É um santuário – concordou Cleo, que tinha longos cabelos pretos e uma voz doce e suave.

– As salas de terapia ficam por aqui – explicou Tasha, indicando-as com um gesto ao passarem por um corredor cheio de portas. – Temos alguns psicólogos que auxiliam nas questões emocionais e um advogado que vem uma tarde por semana para cuidar dos problemas mais práticos. As salas podem ser usadas para meditação ou aconselhamento em grupo também, o que for necessário.

– As pessoas ainda podem ficar aqui como moradores temporários? – perguntou Georgie, fazendo algumas anotações no caminho até a biblioteca. – Ou vocês apenas prestam assistência para a comunidade agora?

– As mulheres podem ficar – disse Cleo. – Qualquer mulher, sejam quais forem as circunstâncias; se tivermos espaço, ela é bem-vinda. Os quartos ficam no andar de cima.

Pararam, então, em frente a uma porta com uma placa que indicava "Biblioteca", mas Tasha apontava mais para o fim do corredor.

– Nossa cozinha fica lá... e também a horta, ou o que restou dela... Temos também uma sala de recreação infantil e uma sala de artes. Podemos lhe mostrar tudo mais tarde. A biblioteca é um lugar tranquilo onde as pessoas podem trabalhar ou ficar sentadas lendo qualquer livro do nosso acervo. É também onde mantemos nosso arquivo... Venha, vamos lhe mostrar.

Cerca de uma hora depois, Georgie se despediu e voltou para o carro, sua mente fervilhando com tudo o que vira, com as histórias das várias mulheres que conhecera e com quem conversara. Algumas tinham sido vítimas de violência doméstica e não queriam tirar fotos; outras eram voluntárias engajadas em alguma atividade enquanto seus filhos estavam na escola; e havia uma linda senhora, de rosto muito gentil, com os longos cabelos brancos presos em uma trança, que havia sido trancada fora de casa dois dias antes pelo marido abusivo e não tinha para onde ir. Talvez elas sentissem que haviam sido "desonradas" um dia – isso não acontecia com todo mundo? –, mas aquelas mulheres tinham ajudado umas às outras a se reerguerem, a recuperarem sua dignidade.

O arquivo também era fascinante: documentos de mais de 120 anos, listando as mulheres que haviam procurado abrigo na casa, com seus nomes, idades e ocupações. Elsie Marks, empregada doméstica; Martha Cartwright, governanta; Florence Henry, costureira; nome após nome, mulher após mulher, registradas à mão em tinta preta e caligrafia elegante. Havia algumas cartas de agradecimento guardadas no arquivo, algumas de benfeitoras, que originalmente tinham recebido ajuda da casa mas que acabaram melhorando bastante de vida depois que partiram.

– Gostaria de saber de onde vem sua verba – disse Georgie, folheando algumas páginas. – Vocês são uma instituição de caridade registrada, ou contam com doadores ricos, ou...?

– Pedimos às mulheres que contribuam, se puderem – respondeu Cleo.

– Nem todo mundo que sofre abuso doméstico é pobre – disse Tasha, arqueando uma das sobrancelhas. – Pode acontecer com qualquer uma, até mesmo com uma mulher muito rica.

Aquilo a fizera refletir bastante... perceber que ainda havia necessidade de existirem portos seguros como aquele para as mulheres, que abuso e crueldade ainda eram uma realidade. Mas a visita como um todo fora muito inspiradora. *Aquelas mulheres eram fantásticas!*, não parava de pensar, admirada. Eram fortes, incansáveis e solidárias. Na verdade, começava a se sentir mal por fazer tão pouco pelos outros, por ter ficado de pijama a manhã toda sem fazer nada, até Viv telefonar.

Neutra e profissional, Georgie procurou se lembrar a caminho da porta da frente, no fim da visita. Seu trabalho era apresentar os fatos, e não tomar partido... mas como isso seria possível, já que amara o trabalho que aquelas mulheres estavam fazendo ali e as apoiava sinceramente? Vira com os próprios olhos o que os empreiteiros tinham feito com a bela horta.

– Por pura maldade – dissera Cleo, a voz trêmula –, já que nem planejam construir nada nesta área.

E também ouvira os assovios e comentários depreciativos dos operários quando uma das moradoras saiu para pendurar roupa no varal.

– E aqui já foi o único lugar em que as mulheres podiam se sentir protegidas de idiotas assim – reclamou Tasha, explodindo de raiva enquanto mostrava desafiadoramente o dedo do meio para os operários, gesto recebido com deboche. – O único refúgio que podiam procurar para se curarem de suas feridas. Agora temos que aturar esses babacas tentando nos intimidar e nos forçar a sair daqui, sem parecerem se importar nem um pouco.

– Vou contar sua história, farei o que puder – prometeu Georgie enquanto se despediam.

Então teve que passar pelo carro de Simon no estacionamento e na mesma hora se sentiu a namorada mais falsa do mundo. Mas se importava com aquele lugar, esse era o problema; achava que aquelas mulheres tinham mais direito de ficar ali do que o hotel de Simon. Além disso, estava louca para escrever um artigo como aquele, uma história séria, repleta de fatos e injustiça, e não uma coluna de conselhos.

Chega de segredos, alertou Simon em sua mente enquanto ela destrancava o carro e soltava um suspiro. Chega de segredos, ela prometera. Mas, se lhe contasse o que queria fazer, poderia ser o fim de tudo. Alguma história valia isso?

– Isso é o que eu chamo de ficar entre a cruz e a espada – reclamou ela para a bolinha verde peluda ao se sentar no banco do motorista. – Não acha?

Como sempre, a bolinha não se dignou responder, só continuou exibindo seu misterioso sorriso em retribuição. Aquele maldito sorriso inútil e imprestável.

– Você é de grande ajuda, sabia? – murmurou Georgie, cheia de ironia, soltando o freio de mão e dando partida no carro. – Pode deixar que eu mesma cuido disso, ok?

Capítulo Dezessete

Quando conheceu Jim, Charlotte havia se mudado recentemente para um apartamento úmido no porão de um prédio na parte oeste de Reading, que tinha um pequeno quintal. Charlotte era muito mais otimista naquela época, romântica até, conseguindo projetar em sua mente como até mesmo os cômodos mais frios e desgastados e os canteiros decorados com cocô de gato poderiam ficar bonitos no futuro – por isso trabalhava incansavelmente, pintando as paredes, pendurando cortinas e comprando várias almofadas e cobertores baratos para dar mais vida à sala de estar e ao quarto. Era uma verdadeira transformação, pelo menos na opinião de Charlotte.

Agora o jardim, pensara, dirigindo até o centro de jardinagem mais próximo, imaginando os pequenos e estreitos canteiros fervilhando de cor no verão: girassóis tão altos quanto ela, rosas perfumadas, malvas e cravos, atraindo abelhas e borboletas a quilômetros de distância. Não importava que nunca tivesse plantado sequer uma semente de feijão em sua vida; quando terminasse, o pequeno espaço ao ar livre seria um refúgio natural, era só esperar, pensara ao estacionar o carro. E não só um refúgio para todos os gatos à procura de um banheiro no bairro.

Toda aquela renovação da casa e do jardim realmente a fazia se sentir adulta. Um adulto de verdade, que trabalhava e pagava hipoteca, que tinha o controle de sua própria vida, que fazia as coisas acontecerem, pagava as contas, arrancava o papel de parede e tinha as próprias furadeiras e ferramentas de jardinagem. Bem... pelo menos era o que ela pensava, mas então levara o carrinho de compras de volta para o carro e percebera que não conseguia colocar os pesados sacos de adubo que comprara no porta-malas. Droga. E agora? Um vendedor forte os colocara no carrinho para ela, mas não pensara que depois teria que a) colocá-los em seu carro e b) tirá-los de lá quando chegasse em casa, isso sem falar em carregá-los pela viela entre os prédios até seu jardim. Ah, céus. Então se sentira burra e fraca e, se havia uma coisa que a otimista Charlotte detestava, era se sentir burra e fraca.

– Precisa de ajuda?

Um homem alto com um rosto redondo e sorridente, que estava colocando o que parecia ser uma pequena árvore em seu próprio porta-malas, a dois carros de distância, felizmente se compadeceu dela.

– Hum... Sim, por favor. – Charlotte corou, envergonhada por ser tão fraca.

Iria direto para casa fazer vinte flexões em sua recém-decorada sala de estar para que aquilo não voltasse a acontecer, prometera a si mesma.

– Muito obrigada – disse Charlotte enquanto o homem tirava tudo do carrinho, até os vasos de planta e os pacotes de sementes (*aqueles* ela conseguia levantar!, quis dizer), e arrumava tudo perfeitamente no porta-malas.
– É muita gentileza.

– Tranquilo – retrucou ele, limpando as mãos na calça jeans e sorrindo para ela. – E você tem alguém em casa para tirar os sacos de lá, imagino?

– Hum... – Charlotte hesitou por um segundo.

É claro não havia ninguém, a menos que pedisse ao cara mal-humorado do andar de cima para ajudar. Era ele ou a mulher do apartamento ao lado, que estava sempre voltando de uma corrida quando Charlotte saía para trabalhar de manhã – *ela* provavelmente conseguiria levantar um saco em cada ombro, de tão atlética que parecia.

– Na verdade, não. Mas posso chamar meu pai para ir até lá ajudar, então não é problema.

– Ou eu posso seguir você e ajudá-la a descarregar também – ofereceu ele.

Tinha cabelo castanho e um ar jovial, notara ela; um daqueles homens que só de ver dá para imaginar como deviam ser aos oito anos, com sardas no nariz e orelhas levemente de abano. Na verdade, era bem bonitinho, agora que parava para pensar.

– Juro que não sou nenhum doido. Mas, é claro, se você mora em Glasgow ou algum outro lugar distante, não seria muito prático...

– Moro logo ali, dobrando a esquina – respondeu ela, de repente ofegante. Ele tinha um ar tão habilidoso e... bem, *masculino*, que seu coração disparara, como se tivesse sido lançada para dentro de seu próprio romance (mesmo que estivessem no cenário nada sexy do estacionamento do centro de jardinagem). – Você se importa? Posso fazer um café para agradecer...

– Café? Agora sim – comentou ele, estendendo a mão grande e viril. – Meu nome é Jim.

Ela corou descontroladamente.

– Charlotte.

– Vamos lá! – disse ele, com um sorriso.

As notícias sobre Jim, sua nova namorada e seu ainda mais novo *bebê* deixaram Charlotte transtornada. Esforçara-se ao máximo para manter as aparências na frente dos pais depois daquela bomba, mas, assim que entrara no carro para voltar a Brighton, chorara sem parar, as lágrimas quentes e angustiadas correndo pelo rosto. Não era justo. Não era *justo*. Não parava de pensar em Jim, a mão orgulhosamente na barriga de outra mulher, os dois indo juntos a cursos para pais e fazendo planos. Lembrava quando ela e Jim tinham transformado o quarto vago do apartamento no quarto do bebê em um fim de semana chuvoso, como estavam otimistas com seus rolos de pintura e o jornal espalhado pelo chão, animados e alegres.

Por um momento de insanidade, chegara a pensar em voltar para Reading e espiar o casal feliz, parar em frente à casa deles para ver Jim com a nova namorada, enquanto cravava as unhas na palma da mão e chorava. Então imaginou a compaixão no olhar deles se a vissem lá – *Ah, querido. Aquela é a sua ex, a que surtou? Ela não está lidando bem com as coisas, não é? Pobre Charlotte. Se ao menos pudesse encontrar alguém e ser feliz, como nós!* – e seu coração endureceu. Não. Não iria exibir sua dor por aí. Pelo menos, não na frente deles.

Embora, pensando bem, provavelmente também não devesse ter ficado bêbada, vomitando na rua. Nem precisar da ajuda da vizinha do apartamento de baixo para chegar em casa, aliás.

Pobre Charlotte. Está mesmo difícil para ela, não é?

Com certeza, além do papel de boba que tinha feito. Um passo para a frente, dois para trás. Várias vezes pensara em descer para conversar e tentar consertar um pouco as coisas com a vizinha extremamente gentil do apartamento 1 – Rosa –, mas ela nunca parecia estar em casa, então deixara um buquê de flores como pedido de desculpas em frente à sua porta na esperança de que aquilo resolvesse por ora. Talvez estivesse evitando-a, olhando pelo olho mágico e não atendendo de propósito. Era o que Charlotte poderia ter pensado, caso não tivesse recebido um convite para jantar passado por baixo de sua porta alguns dias depois. Não sabia se ria ou chorava. Então agora teria que encarar aquela mulher em uma mesa de jantar e puxar assunto! Será que o destino alguma hora lhe daria uma trégua?

Antes de se arrumar para o jantar na sexta à noite, tinha seu compromisso semanal à tarde com Margot, no andar de cima. Com uma caixa do chá perfumado favorito da vizinha na bolsa, Charlotte, enquanto subia as escadas, se perguntava se a senhora teria alguma tarefa para ela. Outro tour visitando os caras mais lindos da cidade, talvez? Ou chá e bolos, com o jeito inimitável de conversar de Margot, que passava rapidamente da possibilidade de sua morte para a vida pessoal de Charlotte. *Só tem uma maneira de descobrir*, pensou, batendo na porta.

Margot atendeu com um roupão de seda preto, esfregando os olhos e parecendo um pouco pálida.

– Ah, meu Deus, você não está se sentindo bem? Posso fazer algo para ajudar? – perguntou Charlotte, preocupada.

– É só uma enxaqueca – respondeu Margot, estremecendo. – Uma droga de enxaqueca. Vem assim de repente e *puf*... Eu preciso dormir. Sinto muito. Nada de chá e bate-papo hoje. Nenhuma tarifa. Mas espera... – Seguiu pelo corredor, seus pequenos pés descalços fazendo-a parecer surpreendentemente vulnerável. – Na verdade, tenho uma tarifa. Uma tarifa bem pequena. – Em seguida voltou com sua bolsa em estilo antigo e abriu-a, os dedos encontrando um pouco de dificuldade no fecho duro. – Aqui – disse, tirando uma nota de cinco libras. – A tarifa de hoje... você deve ir ao café, lembra-se daquele café elegante que adoro? Vá lá e tome um café. Procure pelo Ned.

Charlotte sentiu os ombros afundarem.

– Ah, mas... – começou, sem pegar a nota. – Quer dizer... É muito gentil da sua parte, mas não tenho certeza...

– Porque ele tem *perguntado* sobre você. Ele me diz: quem é aquela garota que você mandou aqui? Qual é o nome dela? Acho que ele gosta de você. Você gosta dele?

Uau. Mesmo quando estava sofrendo de uma enxaqueca paralisante, Margot ainda conseguia pegar Charlotte desprevenida com sua sucessão rápida de perguntas.

– Bem... – disse ela, suspirando. Estava na hora de encerrar definitivamente aquele assunto, e não do jeito que Margot queria. – Tenho certeza de que ele é muito legal, mas, na verdade, não sei se ele gosta de mim. Fiz papel de boba na frente dele. *Duas* vezes. Foi constrangedor.

Margot deu de ombros, descartando a opinião de Charlotte.

– Ele *gosta* de você – insistiu. – Estava com aquele olhar. E conheço esse olhar dos homens.

Charlotte não duvidava nem um pouco daquilo, mas estava determinada a esclarecer a situação para a vizinha.

– Com ou sem olhar, acho que ele já é comprometido. Tem duas filhas pequenas. Provavelmente só estava sendo educado.

Margot balançou a cabeça de leve, estremecendo com o movimento.

– Não. Não tem ninguém. Ele me conta, muito triste, que sua esposa morreu há três anos. Eles cuidavam da cafeteria juntos, sabe? Agora é só ele. Então... – E assentiu, colocando a nota de cinco libras na mão de Charlotte e fechando os dedos dela em volta antes que pudesse protestar. – Você vai. É a sua tarifa. Ele está esperando por você. Divirta-se.

Charlotte ficou boquiaberta. Sua vizinha de oitenta e poucos anos estava marcando um encontro para ela com um homem que queria evitar. Onde o mundo iria parar?

– Certo – disse ela, desanimada, imaginando se adiantaria alguma coisa tentar resistir. Começava até a se perguntar se a "enxaqueca" de Margot era mesmo real ou se fazia parte de algum plano casamenteiro.

– Agora preciso dormir. Minha pobre cabeça – completou Margot, como se lesse os pensamentos desconfiados de Charlotte. – Sinto muito não poder ir ao jantar esta noite. E sinto muito não poder conversar, querida. Adoro nossas conversas.

– Eu também.

Apesar do receio de estar caindo de cabeça em uma situação potencialmente humilhante, viu-se inclinando o corpo para a frente e dando um abraço em Margot. Era como abraçar um passarinho, que poderia se quebrar se você apertasse demais. Charlotte lhe entregou o pacote de chá.

– Aliás, isto aqui é para você. Espero que melhore logo. E, se precisar de alguma coisa, é só bater.

Aquilo tudo era muito constrangedor, pensou, arrastando-se pelas escadas e se perguntando o que deveria fazer. Poderia simplesmente não ir ao café, claro, e inventar alguma desculpa para Margot na próxima vez que a visse – uma súbita intoxicação alimentar, talvez, ou sua própria dor de cabeça lancinante, que a deixara incapaz de sair do prédio. Mas Margot não era tola. E Charlotte tinha certeza de que não era do tipo que desiste assim tão fácil.

Maldição, teria que ir até lá e lidar com Ned, o dono da cafeteria e pai de duas filhas, não teria? E depois deixaria claro para Margot que aquela "tarifa" não se repetiria, e, mais do que isso, que as tarefas que Charlotte se propôs a fazer não incluíam encontros às cegas com homens que ela escolhesse, muito obrigada. (Embora já soubesse, no exato momento em que tomava aquela decisão, que Margot não a levaria a sério.)

Charlotte deu um pulo no apartamento para passar um pouco de perfume e aproveitou para praticar seu sorriso no espelho. Pelo menos poderia se desculpar por sua cena no píer, pensou. Melhorar o clima. Talvez os dois até rissem daquela estranha situação, de terem um encontro arranjado pela elegante e atrevida Margot, e de como ela era engenhosa. Então Charlotte tomaria um café, pediria desculpas por tomar o tempo do cara e iria embora, para nunca mais colocar os pés ali de novo. Independentemente do que sua vizinha estivesse esperando.

– Certo – disse para seu reflexo, que parecia ansioso. – Vamos acabar logo com isso.

Ele estava atrás do balcão quando ela entrou, um lápis preso na orelha, os óculos ligeiramente tortos no nariz. Como antes, usava camiseta branca e calça jeans sob o avental azul-marinho, e, por mais que Charlotte tivesse se preparado para a humilhação de vê-lo novamente, não previra como seu rosto ficaria quente quando Ned ergueu os olhos da senhorinha de cabelos brancos e sorriu para ela. *Ele gosta de você*, insistira Margot. *Conheço aquele olhar.*

Sim, bem, a própria Charlotte avaliaria isso. Apesar do que a Cupido do andar de cima pensava, ele poderia tê-la atraído até ali com uma falsa desculpa para reclamar de seu comportamento terrível. A qualquer minuto, poderia lhe entregar um mandado de restrição ou ligar para a polícia.

– Oi – disse ela com ar apreensivo, quando a cliente à sua frente pagou e começou a sair lenta e cuidadosamente com sua xícara cheia de café.

– Oi – cumprimentou Ned, endireitando os óculos com o indicador. *Ele tinha olhos bonitos*, pensou Charlotte, distraída. *Cor de chocolate e muito brilhantes.* – É bom ver você de novo.

Era mesmo? Ela não conseguia saber se ele estava sendo sarcástico.

– Ouça – disse ela, querendo antecipar-se –, preciso pedir desculpas. Por aquele dia. Pelo que eu disse. Acabei exagerando, eu não estava bem. Sinto muito. Juro que não sou sempre louca assim.

Ele acenou a mão como se dissesse *Ah, aquilo*.

– Nossa, não se preocupe. Já tinha me esquecido de tudo até você aparecer na outra semana. E, bem, fiquei tão grato por você ter encontrado Lily, para começo de conversa, que poderia ter me dito qualquer coisa, que não me importaria – disse Ned, o que era ao mesmo tempo muito galante e quase certamente mentira.

Lembrava-se claramente de como ele se encolhera quando ela começara a repreendê-lo, chamando-o de negligente ou qualquer outra coisa terrível que tenha dito na hora.

Charlotte baixou o olhar.

– É muito gentil da sua parte.

E fez-se um silêncio excruciante que os dois se apressaram em preencher.

– Também sinto muito se Margot... – começou ela, atropelando as palavras, ao mesmo tempo que ele dizia:

– Espero que não se importe...

Os dois pararam e se entreolharam, depois riram.

– Vá em frente, você primeiro – disse ele.

– Só queria dizer que sinto muito se Margot o levou a fazer isso – repetiu ela, mordendo o lábio. A sinceridade era a melhor política, concluiu. – Ela parece ter posto na cabeça que precisa revigorar minha vida amorosa, e por isso me apresentou a todos os homens da cidade que considera adequados, e mais alguns. O que, embora seja um gesto bem-intencionado, tenho certeza, pode tornar as coisas um pouco embaraçosas às vezes. Principalmente se os homens em questão não estão interessados.

Pronto... a chance perfeita para ele escapar, se quisesse. Bem ali, de bandeja para ele admitir que, sim, tudo bem, Margot *realmente* o forçara, convencendo-o com aquele seu jeito charmoso – de passar por cima dos outros como uma escavadeira – a seguir em frente com aquele capricho ridículo por pena da pobre Charlotte solteirona.

Mas, em vez disso, ele balançou a cabeça, o cabelo ficando ainda mais bagunçado.

– Caramba, não, não tem por que se desculpar. Na verdade, ia dizer que espero que não se importe de *eu* ter perguntando sobre *você*. Não queria parecer insistente ou estranho, é só que... bem... quando a vi de novo e você comentou que conhecia Margot, fiquei interessado. Curioso. Não pude resistir a perguntar a ela sobre você. – Então hesitou, como se temesse ter revelado muito de si mesmo. – Mas ela não "me levou" a nada, sinceramente. Foi o contrário.

– Ah.

Charlotte sentiu as bochechas queimarem. Ele tinha ficado *curioso*, repetiu para si mesma, surpresa... e lisonjeada também. Nunca se vira como alguém que despertava o interesse de outras pessoas, principalmente dos homens. Sempre se misturava à paisagem, aquela era ela. Discreta, simples e comum, uma mulher que só tentava levar a vida da melhor forma possível. Sem contar o incidente da louca gritando no píer, é claro. (Esperava que não tivesse sido tal coisa o que ele achara tão "interessante" a respeito dela. Aquilo tudo não era um plano elaborado para confiná-la no hospital psiquiátrico mais próximo, ou era?)

– Então, enfim... Você tem tempo para um café? Aqui está calmo, então posso escapar um pouco – disse ele, alheio ao seu repentino ataque de pânico. – Poderíamos ir até a praia, talvez, conversar um pouco?

Nossa. Aquilo era muito inesperado. *Ele gosta de você*, disse Margot em sua cabeça novamente, e então, quando se deu conta, sentiu um arrepio que era uma mistura de animação e nervosismo.

– Parece bom. Sim, vamos.

O sol brilhara o dia todo, quente e amarelo no pálido céu azul, e as pedrinhas haviam absorvido o calor, transmitindo uma sensação agradavelmente quente através da saia de linho de Charlotte quando ela e Ned se sentaram em um trecho da praia alguns minutos mais tarde. Ela tirara as sapatilhas para caminhar melhor e remexia os dedos dos pés na meia-calça cor de pele, desejando ter coragem de também tirá-la, deixando as pernas nuas.

– Sabia que nunca me sentei aqui na praia? – confessou ela, procurando uma posição mais confortável quando Ned colocou a bandeja de papelão com as bebidas entre eles. – Moro aqui há quatro meses, logo depois da esquina do seu café, e levei esse tempo todo para vir aqui e de fato... – Então indicou a extensão ondulante de seixos ao redor eles. – Você sabe. Sair para bater perna.

Argh, pensou ela, no momento seguinte. "Sair para bater perna" soava antigo e nem um pouco original. E por que dissera aquilo sobre não vir à praia, quando só a fazia parecer uma eremita esquisitona?

– Quer dizer – continuou ela enquanto ele pegava um copo com cappuccino e lhe entregava –, não é que eu não *goste* da praia, é que acho que seria meio sem graça ficar sentada aqui sozinha. Todo mundo em Brighton parece fazer parte de um imenso grupo, sabe, uma verdadeira gangue de pessoas bonitas e descoladas.

Só estava piorando. Por que estava dizendo aquelas coisas? Soava cada vez mais como uma idiota. Para seu alívio, no entanto, ele assentiu.

– Sei o que quer dizer – disse ele. – Mas esta é uma das coisas que mais amo neste lugar... As pessoas não o julgam se quiser se sentar sozinho na praia, ou... sei lá, nadar pelado, ou se acorrentar a uma grade por uma causa ou outra. Ninguém iria nem piscar, estou sendo sincero. Acontecem coisas muito mais graves por aí para qualquer um se importar.

– Bem, tem isso – admitiu Charlotte.

– Sério, não precisa se preocupar. Venho aqui sozinho no meu intervalo do almoço quase todos os dias e ninguém liga. – Então pareceu pensativo por um instante, erguendo comicamente uma das sobrancelhas. – A menos, é claro, que eu tenha interpretado errado e toda a cidade tenha pena de mim esse tempo todo mas sou distraído demais para notar.

Ela sorriu timidamente.

– Bem, eu não queria contar... – brincou ela – mas há toda uma campanha de arrecadação de fundos para você.

Ele fingiu espanto.

– Não!

– Sim, e uma... petição. Solidariedade ao Rapaz que Almoça Sozinho.

Saiu no noticiário e tudo; imagens tristes de você aqui sozinho com seu sanduíche, uma música melancólica tocando ao fundo.

– Sério?

– Você não sabia? – Ela começava a se animar. Estava realmente *fazendo uma piada*. – Há um grupo de apoio tentando arrumar alguns amigos para almoçar com você... Fizeram cartazes, camisetas com seu rosto...

Ned jogou a cabeça para trás numa gargalhada, e o som era tão contagiante que Charlotte riu junto. E, claro, o que ele dissera anteriormente era verdade: naquele lugar não havia mesmo espaço para atitudes e julgamentos de cidade pequena, onde as pessoas fofocavam sobre tudo o que se fazia. Era um lugar onde se poderia andar de patins usando shorts minúsculos, que ninguém ligava. Por que alguém se incomodaria com uma mulher apreciando a vista do mar sozinha?

– Enfim, você está certo, eu deveria ser um pouco mais corajosa para essas coisas – disse ela. – Deixar de me preocupar tanto. Pode esperar, estarei aqui o tempo todo agora, sem dar a mínima. Vou me tornar parte do cenário de Brighton.

– Você vai aparecer em todos os cartões-postais – confirmou ele. – As pessoas vão evitar sentar aqui porque saberão que é o seu lugar. – Enquanto falava, abriu o saco de papel com os folhados que trouxera e colocou-os entre os dois. – Aqui, sirva-se à vontade. Mas é melhor tomar cuidado com as gaivotas.

Ela pegou um de chocolate e ele escolheu o croissant de amêndoas.

– Então, me fale sobre suas filhas – disse ela, mordendo a ponta.

Vamos arrancar logo o curativo, pensou ela corajosamente. Era como cutucar uma ferida. Conte-me sobre suas lindas filhas enquanto tento não engasgar com estes doces deliciosos.

– Lily e Amber? Elas... dão trabalho – respondeu ele, seu rosto se suavizando como se estivesse pensando em algo que não chegou a dizer. – Lily tem seis anos, e Amber, três, as duas são ótimas. Meninas encantadoras. E elétricas. Tenho que ficar alerta sempre.

– Elas são lindas – elogiou Charlotte com sinceridade, a imagem das duas bonequinhas loiras com seus casacos fofos e luvas voltando à sua mente na mesma hora. – As duas são parecidas ou...?

– São completamente diferentes. Lily é muito confiante e sociável, tem muitos amigos, adora cantar, dançar, quando entra em algum lugar, as pessoas logo notam que chegou. – Ele franziu o nariz. – Amber é mais sonhadora. Vive com a cabecinha nas nuvens, tem vários amigos imaginários, um milhão de ursos de pelúcia... São como água e vinho. Sempre que acho que sei tudo sobre uma delas, a outra faz algo novo para me surpreender.

Enganara-se a respeito de Ned, percebeu Charlotte, tomando seu capuccino enquanto ele falava. Longe de ser o pai negligente de fim de semana que ela presumira ser em seu primeiro encontro, dava para ver nos olhos dele que adorava as filhas.

– Margot falou... – começou ela, hesitante, tentando encontrar as palavras certas. – Margot falou que são só vocês três agora – conseguiu dizer, por fim.

Ele assentiu, os olhos perdendo o brilho por um instante.

– Sim, é verdade. Minha esposa, Tara, morreu logo depois que Amber nasceu. Então não tem sido muito fácil, para ser sincero, mas vamos levando. Minha irmã mora na nossa rua, e é uma verdadeira bênção em termos de ajuda, e com certeza está ficando mais fácil à medida que vão crescendo. – Ele arriscou um pequeno sorriso. – Só passamos por um ou outro incidente como aquele do Palace Pier, eu juro. Não sou tão incompetente o tempo todo.

– Ah, meu Deus, não, tenho certeza de que não é!

Charlotte virou uma pedrinha quente na mão e por um instante olhou para o mar, barulhento e agitado, as ondas quebrando na praia. Droga, teria que se explicar agora, precisava abrir o jogo para Ned entender.

– Sinto muito pela sua esposa. Deve ter sido muito difícil. E sei bem como é tentar juntar os cacos quando o pior acontece, porque... – Estava despedaçando a ponta de seu folhado, percebeu, procurando conter a mão e completar a frase: – Bem, aconteceu comigo também. Só que foi com minha filha. Então tenho me comportado de forma um pouco estranha com as outras pessoas e seus filhos desde então. Por isso agi como uma louca quando nos conhecemos. – Charlotte se atreveu a olhar para o rosto dele e viu que parecia abalado. – Sinto *muito* – disse, a voz rouca.

– Ah, Charlotte, que coisa terrível. Quer conversar sobre isso?

Os olhos dele pareciam tão gentis por trás dos óculos que um nó se formou na garganta dela. A compaixão das outras pessoas, ainda que bem--intencionada, sempre a afetava.

– Tudo bem – replicou ela, olhando para os pés. – Também tento ir levando, superar tudo isso. – Charlotte se imaginou ao leme de um grande transatlântico, abrindo caminho pelas águas geladas. – Já faz um ano e meio, então com certeza o pior já passou, mas levei esse tempo todo para começar a sentir que estava voltando ao normal. Se tivesse me visto no ano passado... – Ela balançou a cabeça, lembrando-se daquele momento no parque, em Reading, e tentou não estremecer.

– Demora um pouco – concordou ele. – Porque é algo terrível para superar. O pior. Até mesmo agora, na escola de Lily, os outros pais parecem me ver como uma figura trágica. Sou aquele que perdeu a esposa, posso ver nos olhos de todos. As mães estão sempre me dizendo que estou fazendo um bom trabalho, que pai incrível acham que sou... – Ele abriu os braços, revirando os olhos. – Isso é sério? Só porque minha esposa morreu, isso faz de mim um herói? Se existe mesmo um herói, com certeza é a minha irmã Debbie, que me ajudou nos piores momentos e me manteve são. Sou igual a todo mundo, tentando dar conta de tudo e torcendo para irmos para cama sãos e salvos todas as noites.

– Também me cansei dos olhares de pena – confessou Charlotte. – Todos os meus amigos com bebês saudáveis lá em Reading, onde eu morava, não conseguiam mais olhar para mim. E, quando olhavam, era como... – Ela virou a cabeça de lado, curvou o lábio inferior e ergueu as sobrancelhas na pior expressão do tipo "pobrezinha". – Minha mãe não parava de sugerir que eu plantasse uma árvore em memória da minha filha, que criasse um livro de lembranças, que fizesse terapia... Mas, por fim, acabei decidindo que o melhor a fazer era sair logo dali, recomeçar em uma nova cidade onde ninguém conhecesse meu "trágico segredo" – contou, fazendo aspas com os dedos, e deu outra mordida no folhado. – Aliás, isto aqui está ótimo.

– Que bom – disse Ned, e ergueu o copo de café. – Aos novos começos e ao fim dos terríveis olhares piedosos. – Então imitou exageradamente a expressão que ela acabara de fazer, fazendo-a sorrir. – E está dando certo? Ter vindo para cá?

Charlotte, então, lembrou-se de chorar e vomitar na rua no sábado à noite e voltar para casa com a ajuda de Rosa. Talvez não. Mas então se lembrou de rodopiar pela pista de patinação com Georgie na semana anterior, do chá com *macarons* no apartamento de Margot, do fato de que sairia para jantar naquela noite...

– Estou chegando lá – disse ela depois de um tempo. – Obrigada – acrescentou com um sorriso tímido. – Você é a primeira pessoa daqui para quem contei sobre Kate. Minha filha. – Ela passou a mão pelas pedrinhas. – Só dizer o nome dela em voz alta já parece um grande passo. Como se eu... sei lá, tivesse deixado um gênio sair da lâmpada. Quebrado um feitiço. Se é que faz sentido.

– Faz todo o sentido.

Então os dois ficaram em silêncio, observando o mar indo e voltando, para a frente e para trás. Havia algo de reconfortante na atemporalidade do movimento repetido das ondas, saber que fazia parte de um ciclo infinito, destinado a sempre espumar na praia e depois recuar, hora após hora, dia após dia, enquanto a Terra girasse. Quando certos acontecimentos nos tiravam o chão, era preciso saber que se poderia contar que outras coisas continuariam exatamente iguais.

Ele terminou de tomar o café e enfiou a tampa plástica dentro do copo vazio.

– Acho que a vida atira essas merdas no nosso caminho de vez em quando, e tudo o que se pode fazer é tentar com todas as forças não se tornar um merda por causa delas – disse ele, por fim. – Fazer o máximo para evitar continuar irritado, ou ressentido, ou amargo por muito tempo.

Ela também esvaziou o copo e olhou para ele.

– Bem, eu não acho você um merda – declarou ela, sem graça, antes de começar a rir. – Nossa, foi o pior elogio de todos...

Os olhos dele se enrugaram nos cantos quando sorriu.

– Você também não é nada mal – respondeu ele magnanimamente, e os dois riram. – Ouça, tenho que voltar ao trabalho antes de ir buscar as meninas, mas adorei conversar com você. Parece que devo um *espresso* à Margot pelo favor.

– Parece que nós dois devemos – concordou ela, e se levantou, as pedras se deslocando sob seus pés. *E agora?*, perguntou-se, sem saber bem onde aquilo daria. – Obrigada, Ned. Pelo café... e pela conversa.

– O prazer foi todo meu – disse ele, levantando-se e limpando a calça jeans. – Então... hã... talvez pudéssemos... fazer isso de novo? Ou sair para beber uma noite dessas. O que você acha?

O sol estava quente em seu rosto, e ela teve que proteger os olhos com as mãos para olhar para ele. Ned sorria, mas parecia um pouco nervoso, como se não soubesse bem o que ela iria responder.

Ela sorriu.

– Claro – replicou, o coração acelerado. – Sim, é uma ótima ideia. Eu adoraria.

Capítulo Dezoito

Alguém tinha deixado lindas gérberas cor-de-rosa em frente à porta de Rosa na terça-feira, quando ela voltou do trabalho, acompanhadas de um cartão. *OBRIGADA por me acompanhar até em casa*, dizia, em uma linda caligrafia. *Estou muito envergonhada pelo meu comportamento. Bati várias vezes em sua porta para me desculpar, mas nunca a encontro. Aquilo não vai se repetir! Obrigada também pelo convite para jantar. Vou adorar. Beijos, Charlotte.*

Emocionada, pois qualquer um teria feito o mesmo sob aquelas circunstâncias, Rosa colocou as flores na água. Não era de surpreender que Charlotte não a tivesse encontrado, já que pegara três turnos insanos seguidos, e tinha as bolhas e mãos rachadas como prova. Às vezes se perguntava se realmente tinha o que era preciso para trabalhar em tempo integral na cozinha de um grande restaurante. Embora adorasse cozinhar e a satisfação de um trabalho bem-feito, a resistência necessária já era outra história. Ainda assim, vendo pelo lado positivo, pelo menos um pequeno jantar só para os vizinhos seria moleza. Pelo menos, assim esperava.

No entanto, mesmo um pequeno jantar para os vizinhos não estava livre de problemas, como descobriria nos próximos dias. Primeiro, havia o fato de a pobre Jo ter tido uma recaída.

– Uma notícia maravilhosa: agora tenho um abscesso cheio de pus na minha cavidade abdominal – disse a Rosa ao telefone, parecendo de saco cheio. – Aparentemente, é bastante comum após uma apendicectomia, o que me faz sentir um pouco menos especial. Então esse treco precisa ser cirurgicamente drenado antes que eu possa ir para casa. (Rosa recebera uma mensagem ainda mais mal-humorada de Bea, reclamando que ela e Gareth não se entendiam e perguntando se Rosa poderia, POR FAVOR, dormir lá em breve, principalmente se estivesse planejando fazer mais algum bolo #ficaadica)

Além disso, Georgie e o namorado tiveram uma série de brigas feias que Rosa não pudera deixar de ouvir pelo teto. Pelo que tinha entendido, ela o humilhara. Georgie sentia muito, mas quer saber de uma coisa?, ele estava exagerando. Quantas vezes teria que se desculpar para ele deixar aquilo pra lá?... e assim por diante. Rosa pensou tê-los ouvido em meio a um sexo barulhento de reconciliação mais recentemente (era difícil dizer com um travesseiro sobre a cabeça e os dedos nas orelhas), mas achava que um deles ou os dois iam desistir do jantar.

Por fim, na sexta-feira, a senhora do apartamento 5, que aceitara anteriormente o convite com um bilhete perfumado de agradecimento, bateu na porta.

– Sinto muito, sei que é bastante rude cancelar assim em cima da hora – dissera ela, colocando duas grandes garrafas de champanhe nas mãos de Rosa. – Mas conheço bem minhas enxaquecas e, quando elas vêm, não posso fazer nada. – Ela parecia mesmo pálida ao dar de ombros, com tristeza. – Trouxe champanhe para seu jantar. Espero que goste.

– Sra. Favager, é muita gentileza – agradecera Rosa. – Espero que melhore logo. Quem sabe outra hora.

– Por favor, me chame de Margot. Sra. Favager parece coisa de velha. E *não* sou tão velha. – Apesar da dor de cabeça, seus olhos brilhavam. – E agora... – Margot tocou delicadamente a têmpora com as pontas dos dedos – vou para cama. Espero que sua festa seja um grande sucesso. Divirta-se. Não se comporte!

Estavam todos dando pra trás, seis reduzidos a quatro, e possivelmente três, se as coisas continuassem difíceis entre Georgie e Simon, mas o show tinha que continuar, disse Rosa a si mesma, arrumando a mesa na sala de estar. Pegara emprestados uma toalha de linho branco, pratos de porcelana, talheres finos e taças de vinho do hotel, e colocara algumas velas no centro. Então fez uma grande lista e saiu para comprar os ingredientes.

Charlotte foi a primeira a chegar naquela noite, parecendo ansiosa e trazendo uma garrafa gelada de um excelente sauvignon blanc Marlborough e um buquê de rosas amarelo-claras que cheiravam divinamente.

– Olá de novo – disse ela, mordendo o lábio e sujando os dentes de batom. – Sou eu, a bêbada de sábado à noite.

Charlotte conseguiu abrir um sorriso trêmulo, mas seu olhar permanecia cauteloso, inseguro, e Rosa não pôde deixar de relembrar a dor em seu rosto quando se conheceram, a infelicidade exposta para o mundo inteiro ver. Quando não estava chorando e completamente bêbada, era muito bonita, com seu cabelo castanho ondulado e olhos cor de chocolate.

– Tem certeza de que sou bem-vinda depois do que aconteceu?

– É claro que é bem-vinda, entre! – disse Rosa calorosamente. – Meu Deus, minhas amigas já tiveram que me salvar de estados muito piores do que aquele ao longo dos anos, confie em mim. Você está bem agora?

Charlotte assentiu.

– Sim. Foi um incidente. Um incidente superexagerado, mas pelo menos consegui colocar para fora o que me incomodava.

– Que bom. As rosas são lindas, vou colocá-las em um vaso. Seremos quatro esta noite – continuou, seguindo até a sala de estar. – Georgie e o namorado dela e nós duas. Margot, do último andar, não está se sentindo muito bem, e Jo, da porta ao lado, infelizmente ainda não voltou do hospital. Sente-se. O que gostaria de beber?

Rosa servia uma taça de vinho para cada uma quando ouviram batidas na porta – era Georgie, deslumbrante em um vestido com estampa Pucci e uma faixa no cabelo combinando, ainda que sem o namorado e parecendo bastante constrangida com a ausência dele.

– Sinto *muito*, Rosa! Simon é um grande idiota. Eu lhe avisei um milhão de vezes que o jantar era esta noite, sei que sim, mas agora ele está falando que já tinha um compromisso do trabalho e que devo ter dito o dia errado... o que *não* é verdade... – Então brandiu, irritada, uma garrafa úmida de prosecco. – Deixa pra lá, vamos nos divertir mais sem ele mesmo. Mas espero que isso não tenha atrapalhado seus planos culinários. Sinta-se à vontade para jogar um prato cheio de comida na pasta do laptop dele se estiver *mesmo* furiosa.

Rosa riu da maneira cômica que Georgie revirava os olhos em direção ao teto.

– Não estou furiosa. – Sinceramente, ficara aliviada em saber que ainda estavam juntos e que Georgie só parecia irritada e não arrasada com uma separação dolorosa. – E isso só quer dizer que vai sobrar mais para nós. Noite das garotas! – Retirou, então, o conjunto extra de talheres da mesa e serviu uma taça de vinho para Georgie. Então era isto: seu sonho de um grande jantar alegre havia encolhido ainda mais, mas não importava. – Muito bem, prontas para comer? Vou servir a entrada.

– Muito obrigada – agradeceu Charlotte, apreciando o cheiro da comida no ar quando o primeiro prato foi servido.

Rosa planejara preparar pimentões recheados com halloumi por causa de Jo, que era vegetariana, mas, com a permanência prolongada de sua vizinha no hospital, mudara de ideia, optando por um velho favorito: crostini com carne grelhada, além de stilton, rúcula e um *crème fraîche* com ervas.

– É tudo um pouco caseiro, espero que não se importem – disse Rosa, colocando uma colher de chá no *crème fraîche*. – Este aqui tem cebolinha e raiz-forte, aliás. Podem atacar!

Quando as três se serviram, Georgie começou a contar histórias sobre um clube de arte excêntrico que visitara na noite anterior para a revista.

– Minha editora fez o briefing, e eu pensei: Ora, clube de arte, pessoas de avental pintando aquarelas, que coisa chata. Mas não. Estamos em Brighton, certo? É um clube de arte *alternativa*.

– E o que isso significa? – perguntou Charlotte, limpando *crème fraîche* do canto da boca.

– Significa usar o que você quiser para pintar... inclusive *fluidos corporais* – explicou Georgie, com os olhos arregalados.

– Não! – exclamou Rosa.

– Ah, sim, e usando partes do seu corpo como *carimbo*, se lhe agradar. – Ela riu. – Sinceramente, as pessoas por aqui adoram tirar a roupa, não é?

– Parece assustador – comentou Charlotte. – Você não teve que... tirar a roupa, não é? Rolou alguma orgia selvagem no final da noite?

– Não, de jeito nenhum – disse Georgie. – Na verdade, eram todos incríveis. Tinha uma mulher que pintava com café, e seu trabalho era absolutamente brilhante. Um cara usava um tipo de papa verde que ele mesmo produz liquefazendo plantas... Ele pintava com aquilo e depois usava pétalas coloridas para acrescentar detalhes aqui e ali. Muito bom! E outra mulher usava fita isolante, só isso, cortada em diferentes tamanhos... e ainda assim, de alguma forma, conseguiu criar uma imagem impressionante. Não dava para acreditar.

– O que você usou? – perguntou Rosa, espantada.

Georgie parecia um pouco envergonhada.

– Bem, não riam... isso vai lhes mostrar que sou uma completa amadora... mas levei canetinhas na bolsa. Eu sei! – exclamou ela quando as outras duas caíram na gargalhada. – Que idiota; não me atrevi a confessar. Principalmente quando os outros eram tão artísticos. O cara ao meu lado tinha até feito sua própria tinta com ovo e uns pigmentos estranhos, dá pra acreditar...?

Ela revirou os olhos.

– Então você sacou suas canetinhas? – perguntou Charlotte, rindo.

– De jeito nenhum! De repente, lembrei que tinha vários itens de maquiagem na bolsa: rímel, paleta de sombras, batom, delineador... Então foi isso que usei. Ainda assim ficou uma droga... É sério, eu desenho muito mal, não estou só sendo modesta. Mas o que me fez rir muito depois foi que a professora se aproximou, ficou olhando para minha obra de arte horrível por um tempo e, em seguida, disse, numa voz extremamente refinada: *Imagino que seja uma análise da natureza artificial da beleza versus a forma humana nua?*, e eu fiquei tipo: *Sim*, é isso mesmo, na maior cara de pau.

As outras duas voltaram a rir.

– Espere um minuto – disse Rosa, sem fôlego. – Você disse "a forma humana nua"? Quer dizer...?

– Sim! Não mencionei isso? Modelo vivo. Não só isso, mas um modelo vivo que... não estou brincando... tinha o pênis mais estranho que já vi na vida. Estou falando sério! – exclamou Georgie enquanto as outras duas caíam na risada. – Eu não parava de pensar em salsicha de fígado. Era *horrível*. – Cobriu o rosto com a mão. – Ah, Deus, sim, e o mais engraçado de *tudo*... Charlotte, você nunca vai adivinhar quem era o modelo vivo: o cara da pista de patinação, aquele esquisitão que se achava. O próprio!

– Não! Aquele que estava rebolando e passando a mão em todas as mulheres? Eca!

– Sim! E aparentemente ele é mesmo um cretino. Um galinha. A mulher sentada ao meu lado me contou que a amiga dela dormiu com ele e teve o pior caso de chato de todos os tempos.

– Espera aí – disse Rosa, tentando acompanhar. Tinha perdido alguma coisa? – Vocês duas *andam de patins*?

– Só uma vez – explicou Georgie –, embora não me importasse nem um pouco de ir de novo. Rendeu boas gargalhadas, não é, Charlotte?

– Foi excelente – respondeu Charlotte, que já parecia ligeiramente embriagada. (*Bom*, pensou Rosa.) – Aterrorizante, mas excelente. Você deveria ir também da próxima vez, Rosa. Só as garotas!

– Deveríamos *mesmo* marcar uma saída só das garotas – disse Georgie, aproveitando a ideia. – E chamar... qual é mesmo o nome dela?... a Jo também, quando ela estiver melhor.

– E Margot! – sugeriu Charlotte, animada. – Ela é ótima. Vocês já a conheceram? Ela é a mulher mais glamourosa, inteligente e divertida... Fiquei um pouco assustada com ela no começo, mas Margot é demais. – Ela deu outra risada. – Sabe, perguntei se ela queria que eu lhe fizesse algum favor semana passada, e ela me mandou numa pequena turnê por Brighton... basicamente por todas as suas lojas preferidas, onde tive que pedir para ser atendida por vários homens lindos que ela... bem, *selecionou*. E todos eles a adoram! Não é o máximo? Uma mulher de oitenta anos!

– Mentira! – disse Rosa, rindo. – Já adorei a Margot. Então... o quê? Ela tem um harém de homens pela cidade, uma seleção de seus vendedores favoritos?

– Exatamente. Foi uma experiência reveladora – replicou Charlotte. – Ela me pediu para comprar velas elegantes, vinho, queijo chique, em várias lojas lindas, e depois trazer cappuccinos de uma cafeteria. "Não deixe de procurar pelo Ned" – disse ela no fim com um terrível sotaque francês e, por algum motivo, suas bochechas ficaram rosadas ao mencionar o nome dele.

– Ah, o *Ned*, eu o conheço... do Sea Blue Sky? – comentou Georgie, surpresa. – Ele é um amor, não é? – Então colocou o último pedaço de crostini na boca e lambeu o *crème fraîche* dos dedos. – Acha que ela estava tentando juntar você com algum desses homens? E você gostou de algum deles? – Seus olhos se arregalaram quando se inclinou para a frente sem esperar a resposta. – Dê uma chance para o Ned. Ele é tão legal! Você já o conheceu, Rosa? Dedicado, engraçado, usa óculos... É dono da cafeteria aqui perto. Faz um café excelente.

– Não o conheço, mas com certeza vou passar por lá para dar uma conferida nele. *E na cafeteria dele* – brincou Rosa, arqueando uma das sobrancelhas enquanto se levantava para recolher os pratos vazios. – Hum, não pude deixar de notar que Charlotte ficou muito quieta depois das suas perguntas, Georgie – acrescentou ela de maneira provocadora.

– Ficou mesmo. Vai, Charlotte. Confessa. Qual deles é o mais sexy, só para futura referência? Só para podermos passar por lá casualmente e nos apresentarmos ao maior dos deuses da Margot. – Ela piscou. – Parece um programa de TV. Quem segue para a próxima rodada de O Maior dos Deuses da Margot? *Você decide!*

Charlotte parecia atordoada.

– Bem... Ah, não sei. – Ela esvaziou a taça de vinho de um gole, e Rosa de repente se lembrou do drama do ex-marido no fim de semana anterior. Talvez a conversa tivesse tomado um caminho que Charlotte preferiria evitar.

– Hum... como Rosa sabe, andei um pouco confusa recentemente... – Seu rosto ficou quente e vermelho ao olhar para Rosa. – Mas, falando nisso... Bem, tomei mesmo um café com Ned outro dia, então...

– A-há!

– Continua!

O rosto de Charlotte agora estava cor de tomate, e ela se encolhia toda diante da empolgação das outras mulheres.

– Ele disse que talvez pudéssemos repetir, então... – Ela deu de ombros, mas Rosa pôde notar um pequeno sorriso, agora visível. – Ele realmente parece um amor.

– Ele é um amor! – exclamou Georgie. – Ah, que notícia maravilhosa. Que bom para você!

– É uma notícia boa mesmo – concordou Rosa. O rosto de Charlotte parecia mais suave e feliz de repente. – Acho que é minha deixa para abrir a outra garrafa de champanhe.

– Então – disse Georgie quando Rosa trouxe o prato principal um pouco mais tarde. – Falamos sobre minha excêntrica aula de arte. E nos metemos na vida amorosa de Charlotte. Mas não sei muito sobre você, Rosa. Você é chef, não é?

– Bem, ainda não, mas esse é meu sonho. Pelo menos, é o que eu acho – respondeu Rosa, colocando uma travessa de batatinhas salteadas na manteiga na mesa. Para o prato principal, preparara salmão *en croûte*, acrescentando acelga, coentro, gengibre, limão, capim-limão e pimenta no interior de sua cobertura de massa folhada para dar um toque picante. Ufa, para seu alívio, a crocância da massa estava perfeita quando o cortou em grossas fatias.

– Você parece incerta – arriscou Charlotte quando Rosa colocou um prato à sua frente. – Embora, ao olhar para isto, eu não consiga imaginar por quê. Eu comeria sempre em seu restaurante.

– Caramba, sim, eu também, com certeza – disse Georgie com entusiasmo.

Rosa sorriu.

– Ah, gente... Obrigada. Adoro cozinhar, mas os turnos no hotel onde trabalho são bem puxados. E meu chefe não parece do tipo que ajuda ninguém a progredir na carreira, se é que me entendem. Por ele, acho que eu ficaria descascando batatas e fatiando cebolas para sempre.

– Sabendo fazer coisas assim? Isso é um crime – afirmou Charlotte, se servindo de batatas e salada. – E digo isso como alguém que come comida congelada toda noite.

– É algo meio novo para mim – explicou Rosa. – Entrei lá este ano. Antes, eu trabalhava na área de publicidade e morava em Londres. Fiz as malas e vim para cá à procura de um recomeço, quando... bem, as coisas ficaram feias, basicamente. – Olhou para Charlotte. – Problemas com um homem.

– Entendo – respondeu Charlotte. – Então nenhuma de nós está aqui há muito tempo. Me mudei para cá no Ano-Novo. Também à procura de um recomeço.

– E nós viemos para cá no mês passado – disse Georgie, tirando uma foto do prato e digitando alguma coisa no telefone. – Desculpa, estou só mandando a foto para o Simon, para deixá-lo com inveja. Bem feito para ele por ser tão ignorante. Está perdendo, colega! – Então apertou um botão e, em seguida, colocou o telefone de volta na bolsa. – Bem, um brinde aos recomeços. Às novas carreiras também... *e* aos novos vizinhos. E um brinde duplo a este jantar incrível!

– Saúde! – disseram em coro, erguendo as taças.

– Estou adorando – acrescentou Charlotte, os olhos brilhando à luz das velas. – Obrigada, Rosa, está tudo maravilhoso.

– Eu também – concordou Georgie, a boca cheia. – Sabe, quando me mudei para cá, minha amiga Amelia, que adora essas coisas de astrologia, ficou toda animada quando eu disse que iria morar no número onze. E me explicou que a décima primeira casa astrológica está ligada a amigos, esperanças e desejos. Na época, eu fiquei tipo: sei, tá bom. Mas... – Ela sorriu, batendo a taça contra a de Charlotte e depois a de Rosa. – Talvez ela estivesse se referindo a isto. Aqui estamos, celebrando esta nova amizade, desejando que dê tudo certo entre Charlotte e o fofo do Ned, torcendo para Rosa nos convidar para jantar de novo...

Rosa riu.

– Vocês são bem-vindas a qualquer hora – disse ela, colocando salada no prato.

E estava falando sério. Receber as vizinhas para o jantar – vizinhas gentis e simpáticas daquele jeito – era *divertido*. Aquela era tranquilamente a noite mais agradável que tivera desde que deixara Londres. Afastara-se das velhas amigas ao mudar para lá, querendo ficar sozinha, chafurdando em sua própria mágoa, mas jantar com Georgie e Charlotte a fizera perceber quanta falta sentia daquela camaradagem feminina. Devia organizar um encontro com seu velho grupinho, e logo.

Enquanto devoravam a comida, a conversa mudou de rumo novamente, dessa vez de volta à florescente nova carreira de jornalismo de Georgie, e em particular ao dilema que enfrentava naquele momento – a chamada "Casa das Mulheres" e sua oposição à construção do hotel projetado pelo namorado dela.

– Simon sabe que você fez a entrevista? – perguntou Charlotte baixinho, inclinando-se para a frente.

– Não, não sabe... e isso fica só entre nós três, está bem? Não estamos nos entendendo muito bem ultimamente. O que acontece à mesa da Rosa fica à mesa da Rosa, ok? – As duas concordaram imediatamente. – A questão é que o prazo para o artigo é amanhã, e ainda estou dividida. Quer dizer, é o melhor trabalho da minha vida, sabe, é jornalismo de verdade, e não aqueles textos bobos sobre pista de patinação ou um clube de arte alternativo. Por outro lado... é a carreira do Simon também. Sua grande chance. Como posso me colocar contra ele? – Fez uma careta. – Não posso, não é? Não deveria. Ele vai me matar.

Naquele momento, ouviram batidas na porta e o telefone de Georgie soou ao mesmo tempo com o recebimento de uma mensagem.

– Ah, meu Deus, é ele! – gritou ela. – Simon chegou, Rosa. Justo agora! Ninguém fala nada, ok? Droga!

Nenhuma delas conseguiu ficar muito séria quando Simon entrou segundos depois, uma garrafa de champanhe na mão, desculpando-se com Rosa por ter se atrasado e com Georgie por "andar chato pra *cacete* ultimamente... Qual é a graça?" Franziu a testa quando ela não conseguiu esconder a risada de culpa.

– Nada, nada – balbuciou Georgie, de maneira não muito convincente. – Charlotte tinha acabado de nos contar uma piada incrível quando você chegou, só isso.

– Ah, é?

Ele olhou para Charlotte, que corou e se encolheu.

– Não era tão engraçada assim – disse ela, chutando Georgie debaixo da mesa.

Para sobremesa, Rosa tinha assado uma boa e velha torta de maçã e amora, mas a aromatizara delicadamente com gengibre e preparara um creme com um pouco de baunilha. Enquanto isso, Simon devorava a enorme porção que sobrara do salmão *en croûte* e dizia a Rosa que ela cozinhava divinamente, e que era seu melhor jantar desde que deixara Yorkshire.

– Está excelente, estou falando sério. Eu pagaria uma boa grana por uma comida assim, posso garantir.

– E ele é de Yorkshire, lembre-se, então não abre a mão nem para jogar peteca – disse Georgie, abaixando-se quando ele tentou acertá-la.

– Eu também pagaria – concordou Charlotte. – Ei... você podia criar um daqueles *supper clubs*, um tipo de bistrô secreto – acrescentou de repente. – Alguém no trabalho foi a um desses no fim de semana, disse que era ótimo. É como um convite para jantar em sua casa, mas as pessoas pagam por esse privilégio. É basicamente o que estamos fazendo hoje, só que desembolsando umas vinte libras.

– Você pode reunir umas dez ou mais pessoas – disse Simon, assentindo. – Cobre seus gastos, todo mundo traz a própria bebida... Todos se divertem.

– Saiu alguma coisa sobre esses *supper clubs* na revista outro dia – lembrou Georgie, entrando na conversa. – Vou encontrar a matéria para você. Mas, sim, você devia fazer uma coisa do tipo, Rosa.

Rosa olhou para cada um deles, como se esperasse que estivessem de brincadeira, mas todos pareciam estar falando sério. Então sentiu sua pele se arrepiar com a súbita empolgação.

– Sério? Vocês acham que as pessoas pagariam para jantar no meu apartamento?

– Com certeza! – disseram todos juntos.

– O que você tem a perder? – acrescentou Georgie, acenando a colher vazia com entusiasmo.
– Acho que você deveria pensar nisso com carinho – insistiu Charlotte.
– Vou, sim.
De repente, seu coração batia acelerado e sua cabeça não parava de girar. Um *supper club*, repetiu Rosa para si mesma. Seu próprio restaurante em miniatura bem ali. Podia fazer isso, não podia? E por que não?

Capítulo Dezenove

Quadro de avisos de SeaView

LEMBRETE A TODOS OS INQUILINOS

Vocês poderiam, por favor, evitar fazer barulho após as dez da noite? Recebi reclamações dos vizinhos e gostaria de lembrá-los que esta é uma casa de respeito, NÃO uma BOATE.

Angela Morrison-Hulme
Administradora

Georgie atirou uma pedra no mar e suspirou. A nova edição da revista *Brighton Rocks* saíra, e três de seus trabalhos haviam sido publicados naquela semana, mas o prazer e o orgulho que normalmente sentiria com tal conquista tinham perdido o brilho, já que se sentia a pior namorada do mundo. Sim, ela publicara a entrevista com as mulheres do refúgio, escrita sob um pseudônimo. Sim, sabia que isso só aumentaria a oposição que Simon estava enfrentando no trabalho. Sim, provavelmente era imperdoável de sua parte.

"Você está tomando conta da revista!", dissera Viv animadamente por e-mail ao enviar o link para a edição digital. Além da entrevista, saíra também o artigo sobre o clube de arte alternativo, que Viv tinha amado, e a coluna *E aí, Em?* estava tendo mais acessos do que nunca, além de uma caixa de entrada cheia de novos problemas. A entrevista em si tivera muito feedback on-line, e alguém chegara a dar início a uma petição para salvar a casa, reunindo quase mil assinaturas até o momento.

No entanto, ela não tinha como contar a Simon sobre o sucesso de seus textos. Já tinha sido ruim o suficiente ele descobrir sobre a carta em que se queixara dele e que fora acidentalmente publicada, mas aquilo era muito pior. Ele também não era muito inclinado a perdoar, sendo o tipo de homem que gostava de ter pelo menos um rancor latente a cada momento. No passado, já guardara ressentimento contra o lixeiro, ex-colegas, o técnico do time de futebol Leeds United, o primeiro-ministro... e por aí vai. A última coisa que Georgie queria era subir direto para o topo dessa lista.

Além do mais, a revista era *pequena*, lembrou a si mesma. Com ou sem petição, quase ninguém a lia; não era como se tivesse exposto Simon à imprensa nacional ou à televisão. Ele nunca ia descobrir. Talvez dali a alguns anos, se ela confessasse, eles morreriam de rir, pensou, otimista, arremessando outra pedra nas ondas. Talvez até mostrassem aos netos deles. Claro.

Então percebeu que seu telefone estava tocando no bolso e, ao pegá-lo, viu o nome de Viv na tela.

– Alô – disse Georgie, virando de costas para o mar revolto e colocando a mão em torno da outra orelha, na esperança de ouvir melhor.

Uma ventania se agitava em torno dela, bagunçando seu cabelo, e Georgie curvou a cabeça para se proteger e começou a voltar para a orla na esperança de encontrar abrigo.

– Oi, Georgie, tudo bem? – perguntou Viv. – Tem algum plano para esta noite?

– Bem... – *Silent Witness* ia passar mais tarde, e uma torta de carne com cerveja na geladeira (a preferida de Simon), mas era só. – Na verdade, não.

– Ótimo, porque tenho o próximo desafio para a coluna *Você Manda*, e é *incrível*. – Viv sorria, muito satisfeita consigo mesma; dava para notar na voz dela. – Coloque seu melhor vestido, garota, porque...

Uma gaivota no alto escolheu aquele exato momento para grasnar, e Georgie, já de volta à orla, entrou em uma pequena galeria moderna que vendia cartões pintados à mão e cerâmicas craqueladas, onde reinava o silêncio.

– Desculpe, não entendi. Poderia repetir? Agora consigo ouvi-la.

Coloque seu melhor vestido, pensava. Devia ser algum lugar chique. O teatro, talvez. A ópera. Quem sabe balé? Esperava que fosse algo romântico para poder arrastar Simon com ela. Imaginou os dois de mãos dadas na plateia, talvez compartilhando um sorriso hesitante e se reconectando mais uma vez.

– Você está aí? – gritou Viv, tão alto que Georgie teve que afastar o telefone da orelha. – Falei que vamos mandá-la participar de um evento de *speed dating*. Só que tem uma diferença. Você tem caneta? Vou passar os detalhes.

– Bem, eu...

Georgie se pegou olhando nos olhos da mulher atrás do balcão da galeria – cabelo pintado com hena e piercing no nariz –, que parecia um pouco interessada demais na conversa do encontro rápido. Então virou de costas e baixou a voz, fingindo dar uma olhada num display de cartões de aniversário. Maldição, seis libras cada, notou. Sem chance, amiga.

– A questão é que... eu tenho namorado e... – Podia imaginar a atendente da galeria se inclinando para a frente de curiosidade agora, e se encolheu. – Olha, eu tenho namorado – repetiu, com mais firmeza dessa vez. – Então...

– Então você não precisa *fazer* nada, meu Deus, não estou pedindo que transe com ninguém. Vamos lá, Georgie. Você não tem que contar a ninguém que está de namorico com outro cara. Também não precisa falar nada para o seu namorado. Só entre no jogo, mantenha a mente aberta e depois conte tudo. É só o que estou pedindo.

Georgie hesitou.

– Mas...

Era fácil dizer "Não precisa falar nada para o seu namorado", mas, se o nome dela saísse junto com o texto sobre o encontro rápido, não seria difícil ele descobrir, não é?

A voz de Viv foi tomada, então, pela impaciência, o sorriso desaparecendo.

– Bem, querida, a ideia foi sua. *Me mande para qualquer lugar, eu faço, topo qualquer coisa*, foi o que você me disse. E agora está dando para trás?

– Não estou dando para trás! É que...

– Certo, então vou passar o endereço. Já está com a caneta? Primeira regra do jornalismo, sempre tenha uma caneta a postos.

Georgie suspirou. Não tinha uma caneta a postos, obviamente, porque não era tão organizada assim, então pronto, falhara no teste do jornalismo. Xingando-se mentalmente – e xingando Viv também, por suas ideias esdrúxulas –, examinou a seleção de canetas da galeria exibidas em um pequeno pote ali perto, vendidas a cinco libras cada, ao que parecia. Eles podiam engolir aquelas canetas, se quisessem, pensou, irritada, procurando em sua bolsa um batom e um recibo velho e amassado.

– Pode falar – disse, por entre os dentes cerrados.

***

Apenas mais uma coisa a esconder de seu pobre e sofrido namorado, pensou Georgie com tristeza enquanto fazia hora em frente ao bar Olive Grove naquela noite, desejando que ainda fumasse para acender um cigarro e matar o tempo. Também queria ter sido mais firme com Viv e lhe dito, de forma a não deixar dúvidas, que não iria cooperar. Então se perguntou se teria coragem de enviar um texto falando de um *Você Manda* completamente diferente, que quisesse mesmo fazer. Poderia escrever sua coluna sobre um novo espaço para comédia stand-up que abrira em Hove, ou o grupo de samba que vinha sendo anunciado, por exemplo. Vamos encarar, os leitores se interessariam muito mais por essas coisas do que ler sobre alguém que já tinha namorado participando de um encontro rápido.

Olhando para o bar pelas janelas embaçadas, podia ver que já estava cheio. Mulheres em vestidos pretos curtos com penteados que desafiavam a gravidade. Homens de calça jeans e camisa em tons pastel, um casal de terno que parecia ter acabado de descer do trem de Londres. Ela apostava que o interior fedia a loção pós-barba barata e suor nervoso. Merda. E ela deveria se juntar a eles e participar de tudo: flertes, gracejos, ouvir cantadas para todos os lados, enquanto o pobre e inocente Simon se matava de trabalhar. Aquilo estava muito errado. Não era o comportamento de uma boa namorada, não é mesmo? De novo.

Georgie olhou para as próprias roupas: um vestido ameixa já meio surrado que comprara numa liquidação da Hobbs havia cerca de três anos e um par de escarpins já meio arranhados na ponta. Seu cabelo estava solto – e precisando de um corte –, e, relutantemente, ela passara um pouco de maquiagem num esforço simbólico, sem se importar muito com o resultado. *Maldita Viv*, pensou, franzindo a testa e pensando no que fazer. Será que estava deliberadamente tentando sabotar o relacionamento de Georgie ou algo assim? Encontro rápido, *aff.* E não era só isso... era um encontro rápido *silencioso*, em que não era sequer permitido rir de como tudo aquilo era horrível, mas se comunicar exclusivamente através dos olhos. Georgie pesquisara os detalhes do evento mais cedo e parecera excruciante ao extremo.

Droga, já estava cheia de guardar segredos. Não tinha como relaxar naquela noite e seguir em frente com aquela bobagem, atormentada o tempo todo pela culpa. *Sinto muito, Viv, não vai rolar.* Ligaria para o namorado desavisado que estava trabalhando até tarde *de novo* – o coitadinho – e lhe contaria sobre aquela nova proeza embaraçosa... *Sim*, era isso, pensou ao ter uma ideia. Em vez de entrar lá sozinha e passar por toda aquela farsa ridícula, convenceria Simon a participar com ela. Genial! Poderiam fingir que não se conheciam e captar o olhar um do outro através da sala. Na verdade, poderia ser bem sexy!

Um sorriso se abriu em seu rosto ao imaginar a cena; ela o convidando a se aproximar de um jeito quente e sensual, os dois se despindo com os olhos, ardendo de desejo, e talvez ela lambesse os lábios de forma sugestiva, inclinando-se para a frente, pressionando o joelho contra o dele sob a mesa...

Ligou na mesma hora. Viv nunca precisaria saber que Georgie burlara sorrateiramente as regras. No que dizia respeito à sua chefe, Georgie estaria apenas fazendo o que tinha sido pedido: relataria os acontecimentos daquela noite, deixando de fora – de maneira nada proposital – a parte em que tascava um beijo ardente no namorado e depois ia para casa com ele para um pouco de sexo selvagem por todo o apartamento.

Depois de ouvir o telefone dele chamar umas seis vezes, uma mulher finalmente atendeu.

– Alô, celular do Simon.

O corpo de Georgie se retesou ao ouvir a voz inesperada.

– Ah. Hã... Onde ele está? – perguntou, notando a frieza de seu tom.

Havia música tocando ao fundo, o que era estranho, pensou, lembrando-se dos contêineres bem simples que vira no local da obra. Devia ser o rádio de alguém.

– Ele está no bar – respondeu a mulher, as palavras ligeiramente abafadas pelo som de risadas. – Quer deixar recado?

O queixo de Georgie caiu.

– No bar? – repetiu, arqueando as sobrancelhas.

Aquilo era estranho. Simon não falara nada sobre ir beber depois do trabalho.

– Sim, ele foi buscar as bebidas, e já não era sem tempo – replicou a mulher. – Estávamos começando a pensar que a carteira dele tinha sido cirurgicamente costurada ao bolso da calça.

– Certo – disse Georgie, ouvindo novas gargalhadas ao fundo.

Estava perdendo a calma com a maneira como a mulher brincava sobre seu namorado. Mas quem diabos era ela, afinal? E como ousava ser tão rude com Simon? Após uma pausa devidamente reprovadora, disse, de maneira fria:

– Aqui quem fala é Georgie. Poderia, por favor, avisar que eu liguei? E peça para ele me ligar assim que possível.

– Assim que possível – repetiu a mulher… e talvez fosse paranoia de Georgie ou a ligação não estava muito boa, mas poderia jurar que a mulher estava imitando seu sotaque de Yorkshire. – Pode deixar, garota – disse ela… Sim, definitivamente estava, e então a linha ficou muda.

E, sem dúvida, haviam irrompido em novas gargalhadas às suas custas agora.

Georgie ficou fumegando por um instante, pensando em ligar de volta e perguntar onde ficava aquele bar. Queria ir até lá para ter uma conversinha com a vaca atrevida que atendera o telefone de maneira tão arrogante. Mas então pensou em como Simon ficaria irritado e que lhe diria, provavelmente bastante furioso, que não precisava que ninguém o defendesse, muito obrigado, e, Deus do céu, ela não sabia aceitar uma brincadeira?

Duas mulheres se aproximaram do bar cambaleando, de braços dados, as vozes já agudas e estridentes ao rirem juntas.

– Aqui vamos nós, Olive Grove – disse uma delas. – Pronta para conhecer o Sr. Fabuloso?

– Pode apostar – respondeu a outra. – Onde ele está? Deixe só eu colocar as mãos nele!

E então entraram, suas risadas pairando no ar por um instante como um rastro de fumaça depois que a porta se fechou.

– Anda, Simon – murmurou Georgie, virando o telefone de um lado para outro na mão, mas o aparelho continuou quieto, aparentemente sem nenhuma pressa de anunciar uma ligação recebida.

O que deveria fazer? Seus dedos coçavam para lhe mandar uma mensagem, para o caso de a Srta. Convencida do pub não ter passado seu recado… mas, por outro lado, se os colegas de Simon eram do tipo que não pensava duas vezes em atender seu telefone quando ele o esquecia na mesa do bar, o que os impediria de se intrometerem e o pegarem de novo quando sua mensagem chegasse? Podia apostar que se aglomerariam em volta sem pestanejar, ao se lembrar das risadas que ouvira ao fundo.

Ah, olha só, é ela de novo, não confiou em mim, cacarejaria a bocuda ao ver o nome de Georgie na tela. *Mas o que é isso? Está chamando Simon para se juntar a ela em uma noite de encontros rápidos? Uau, que safada! Olha lá, ali vem ele... Ei, Si, aqui, sua namorada ligou. Relacionamento aberto, hein? Seu cachorrão...*

Puta merda. *Estava entre a cruz e a espada,* pensou Georgie, aborrecida. *É uma droga me sentir dividida assim.* Então começou a chover de repente, o que forçou sua decisão. Ia entrar no bar dos encontros rápidos, mas só até Simon dar notícia. E, enquanto isso, tomaria uma bebida e se manteria seca.

Georgie guardou o telefone na bolsa e caminhou até a porta, tentando não parecer que seguia em direção à forca.

– *Oláááá*, gente bonita, vamos começar com algumas perguntas para quebrar o gelo antes de ficarmos todos em silêncio e mais íntimos – disse uma mulher com um vestido vermelho de franja, com um decote tão profundo que provavelmente fazia bico de mergulhador nas horas vagas.

Aquela mulher, que se autodesignara a anfitriã deles naquela noite, apresentara-se às pessoas ali reunidas como Dominique, embora Georgie pudesse jurar ter ouvido um dos funcionários do bar chamando-a de "Dawn". Qualquer que fosse seu verdadeiro nome, Dominique tinha cabelos negros volumosos e bagunçados e pele meio alaranjada, os olhos maquiados com um esfumado preto pesado, e os lábios vermelho-cereja pareciam grudados em um permanente biquinho.

– Todos poderiam vir para este lado do salão, por favor?

E lá foram eles, Georgie esvaziando o resto de seu Orgasmo Pulsante em um apreensivo gole (a lista de coquetéis consistia de um nome erótico após outro, então, só em pedir uma bebida você estava efetivamente solicitando alguma performance obscena dos funcionários). Ela ainda não tinha falado com ninguém ali, porque vinha checando seu telefone a cada dez segundos para ver se Simon estava ligando de volta. Até então, nada.

Havia cerca de trinta pessoas reunidas no canto da sala agora, todas disfarçadamente checando umas às outras enquanto aguardavam a próxima instrução.

– Primeira vez? – perguntou um homem de rosto corado, invadindo o espaço pessoal de Georgie.

– Perdão, o quê? – Ele usava uma camisa listrada, e sua barriga caía sobre o cós da calça jeans apertada demais. Georgie levou um instante para entender o que ele falava com sua voz baixa e rouca e o forte sotaque de Belfast. – Ah, certo. Sim, primeira vez – respondeu, tentando se esquivar discretamente.

– Então, queridos! Vamos nos conhecer um pouco melhor, certo? – sugeriu Dominique faceiramente, esfregando as mãos e fazendo seus seios, fartos e bronzeados, balançarem, atraindo a atenção do homem de camisa listrada. – Ou talvez *muito* melhor, quem sabe? – Mais biquinho e uma piscadela. – Vamos começar com algumas revelações ousadas para esquentar um pouco o clima e depois passar para a parte dos encontros rápidos. Mas, primeiro, a hora da confissão!

Uma série de risadinhas nervosas tomou conta do salão enquanto o homem ao lado de Georgie se aproximava novamente.

– Você deveria guardar o telefone, querida – murmurou, o hálito quente e repulsivo no ouvido dela ao se inclinar em sua direção. – Aqui o lance é atração animal.

E então, por mais incrível que pareça, deixou escapar um rosnado baixo do fundo da garganta, que provavelmente era para soar sexy, mas só fez Georgie se lembrar do som sufocado emitido pelo gato da Sra. Huggins, em Stonefield, sempre que vomitava uma bola de pelo no jardim.

Georgie estava a ponto de lhe dizer que tinha namorado e que, mesmo que não tivesse, idiotas acima do peso nunca tinham feito seu tipo, mas conseguiu se conter. Para começar, não seria legal se alguém entregasse que ela tinha namorado; os outros potenciais pares poderiam expulsá-la com forcados ou, pior, encarar aquilo como algum tipo de desafio.

– Com licença – murmurou ela –, eu só preciso...

E então foi abrindo caminho pelas pessoas, só para não ter mais que ouvi-lo. Agora, entre uma mulher com um macacão com estampa de leopardo e brincos enormes e um homem com uma camisa de rúgbi, que tinha um cecê astronômico, esforçava-se ao máximo para se concentrar no que Dominique dizia, enquanto o telefone permanecia resolutamente silencioso em sua mão. Anda, Simon. Anda *logo!*

– Então contem para mim – ronronou Dominique, olhando para todos através dos cílios cheios de rímel –, alguém aqui já fez sexo ao ar livre, em plena luz do dia? Todos aqueles que já... – ela chamou mexendo um dos dedos, o esmalte vermelho bem visível em sua unha – passem para o meu lado da sala.

Alguns rostos vermelhos e outra onda de riso pela sala enquanto todos olhavam para as pessoas em volta, perguntando-se quem se manifestaria primeiro. Georgie olhou para os escarpins desconfortáveis, lembrando-se do verão quando ela e Simon tinham dezoito anos, naquela bela calmaria pré-universidade em que passavam longas tardes agradáveis em bares ao ar livre com os amigos. Ele pegara o carro da mãe emprestado num dia quente no início de julho e seguiram para Dales, levando uma manta de piquenique e uma caixa de som de iPod. Lembrava-se do sol quente em sua pele nua quando caíram, rindo, na grama que pinicava.

– Alguém vai nos ver! – guinchara Georgie, de repente assustada, quando Simon começara a tirar as roupas dela, mas ele murmurara:

– Quem se importa?

Ele a beijara tão apaixonadamente que ela também deixara de se importar.

Gritinhos e risos correram pela sala quando um homem usando uma calça jeans branca justa e uma camisa de seda preta audaciosamente se destacou da multidão e caminhou em direção a Dominique. Duas mulheres risonhas foram logo em seguida, e então outras pessoas criaram coragem de fazer a caminhada da confissão, algumas com as bochechas vermelhas, enquanto outras aproveitavam para exibir sua indiferença sexy. Georgie deu um suspiro. Se Simon estivesse ali com ela, poderiam olhar nos olhos um do outro naquele instante, talvez apertar as mãos, lembrando-se de tudo juntos. Em vez disso, sentia como se, de alguma forma, estivesse maculando aquela linda lembrança de verão, admitindo-a naquelas circunstâncias e juntando-se aos que cruzavam a sala. Mas era isso ou ser deixada para trás e parecer uma completa careta, ponderou. Então, os olhos sempre em frente para não encarar ninguém, atravessou rapidamente a sala, morrendo um pouco por dentro.

– Isso, legal. Não foi tão ruim, não é? Agora quero saber quantos de vocês já fizeram um *ménage à trois*? – perguntou Dominique, arqueando uma sobrancelha. – Se já, fiquem do lado safadinho da sala comigo. Se não, arrastem seus traseiros de volta para lá.

Para o lado chato, em outras palavras, pensou Georgie, rangendo os dentes e sorrindo fixamente enquanto ela e metade do seu grupo cruzavam de novo a sala.

– Ok, vejo que estamos construindo uma certa imagem aqui, não é? Fiquem de olho em alguém que tenha despertado seu interesse... e podem acabar descobrindo que têm coisas em comum, se entendem o que quero dizer! – Então fez um biquinho, para o caso de alguém ser idiota o bastante para não entender. – Próxima pergunta! Quem já fez sexo na praia? Magaluf, Margate, qualquer praia. Venha para cá!

E assim foi. Quem gostava de usar fantasias, quem já tinha tido uma aventura de uma única noite, quem gostava de palmadas... Georgie sentia-se cada vez mais recatada, e definitivamente não estava bêbada o suficiente para aquilo. Não era nenhuma puritana, mas, comparada àquele bando, começava a se sentir bem sem graça; uma solteirona que estava fora do mercado dos solteiros há muito tempo. (Graças a Deus; ficar agarradinha no sofá com Simon vendo *Emmerdale* nunca parecera tão atraente.) Coitado de quem fora até ali com os olhinhos brilhando, à espera de um encontro romântico. Estava mais para dar com a língua nos dentes diante de completos estranhos. Ou, melhor, dar com a língua nos dentes e em qualquer outra coisa (e, estando ali já há meia hora, tinha a sensação de que alguns ali, na verdade, gostariam disso).

Por fim, quando Dominique perguntava sobre chicotadas, o telefone de Georgie tocou e ela pôde escapar para o banheiro. *Simon.*

– Ah, oi, graças a Deus – disse ela, apoiando-se contra a parede fria de azulejos, o barulho do pub diminuindo ao fechar a porta. – Você está bem? Estava esperando você ligar, estou presa aqui...

– Desculpe, estou atrasado – cortou ele, a voz grossa e arrastada, como se sua bateria estivesse acabando. – Fiquei preso no trabalho. Dia cheio.

– Ah. Achei que você estivesse... no bar.

Ele não estava mesmo tentando fazê-la acreditar que continuava ralando no escritório, não é?

– Sim. Estou no pub *agora* – confirmou ele, como se precisasse, quando dava para ouvir o barulho da música e vozes altas atrás dele. – Você está bem?

– Sim, estou...

Georgie fechou os olhos brevemente, pensando no que dizer. Tinha a sensação de que Simon já estava bêbado o suficiente para não dar para explicar seu paradeiro sem que ele interpretasse mal. Se tentasse lhe contar sobre o bar de encontros rápidos, e que esperava que ele se juntasse a ela, Simon não ia entender e provavelmente chegaria à conclusão errada.

— Também estou na rua — disse ela, por fim, sem energia para explicar.

— Legal. Acho que vou demorar aqui... aniversário do Maz — informou ele, então Georgie ouviu risadas e vozes ao fundo, e Simon respondeu para alguém: — Sim, claro! Não, eu não!

Pelos gritos entusiasmados, estava rolando alguma discussão típica de macho. Georgie viu seu reflexo no espelho sujo do banheiro e foi tomada pelo desânimo. A maquiagem dos seus olhos tinha escorrido um pouco por causa do calor do bar, e o rímel manchara sua bochecha. E seu vestido já estava amassado assim quando saíra de casa? Parecia que tinha dormido com ele.

— Você ainda está aí? — perguntou queixosamente quando Simon não mostrava nenhum sinal de parar de falar com os colegas.

— Desculpe, amor. Estão falando de ir para outro lugar, estou só tentando... Sim, um minuto! — gritou ele.

Ao sentir que perdia novamente sua atenção, ela fez uma última tentativa de recuperá-la:

— Que tal eu me encontrar com você? Está meio chato aqui, na verdade, então...

— Espere, não consigo ouvir... Ah, vai à merda, seu cabeçudo idiota. Ouça, é melhor eu ir, o pessoal está ficando doido. Não espere acordada, ok? Vejo você amanhã.

Simon desligou, e ela ficou olhando para seu reflexo com a maquiagem manchada, a expressão frustrada. Ah, meu Deus, e agora? Não estava no menor clima de voltar para a zona de humilhação de Dominique, não conseguia mais ouvir nenhuma proeza sexual e com certeza não poderia mais fingir nenhum tipo de flerte de encontro rápido, silencioso ou não. No entanto, se voltasse para o apartamento, ficaria andando de um lado para outro, pensando onde Simon estaria, deitada sem conseguir dormir até ele voltar para casa.

A porta do banheiro se abriu e duas mulheres entraram, rindo e conversando sobre um cara em que estavam de olho, deixando um rastro de perfume adocicado e laquê. Georgie fingiu procurar um batom na bolsa para esconder o rosto, o coração disparado no peito. Estava tudo errado, pensou, a mão trêmula enquanto remexia dentro da bolsa. O que estava acontecendo com eles? Simon tinha saído para beber com os novos colegas — e aquela mulher insuportável –, aparentemente sem dar a mínima para o que Georgie tinha a dizer. Enquanto isso, Georgie estava participando em segredo de uma noite de encontros rápidos e fizera várias revelações sobre sua vida sexual a uma sala cheia de desconhecidos. Então teve outro flashback rápido daquele lindo dia de junho – os dois, ainda adolescentes, estendidos em sua manta de piquenique no meio do nada – e lembrou com uma pontada de dor como estavam loucamente apaixonados naquela época, como o mundo inteiro parecera encolher para conter apenas os dois, Georgie e Simon Para Sempre. Ao pensar nisso, teve que se apoiar na pia porque, por um horrível instante, pensou que fosse começar a chorar. Em que haviam se transformado? Como as coisas tinham dado tão errado?

– Você está bem, querida? – Uma das mulheres, a loira mais velha, com uma voz que entregava já ter fumado milhares de Marlboros, tinha acabado de sair do reservado e olhava para Georgie com preocupação. – Meio intenso lá dentro, não é? Tem mais tubarões do que o maldito oceano, se quer saber.

Georgie abriu um sorriso hesitante.

– Estou bem – conseguiu dizer, embora não se sentisse assim. – Obrigada.

Não sabia direito nem mais quem ela era. A Georgie de Stonefield nunca teria ido ali, nem em um milhão de anos. No entanto, aquela nova Georgie de Brighton vivia se metendo naquelas enrascadas.

Tinha duas opções, percebeu, atordoada, ao encontrar dois batons no fundo da bolsa – um vermelho de parar o trânsito e um caramelo mais suave –, e ficou olhando para o nada. Poderia desencavar um pouco de entusiasmo, lembrando a si mesma que aquilo fazia parte de seu *trabalho dos sonhos* e não significava nada, e então se juntar aos encontros rápidos silenciosos. Ou poderia se arrastar para casa, esquecer aquela noite infeliz e aproveitar o tempo para pensar em maneiras de salvar seu relacionamento antes que de fato terminasse.

– Vermelho – aconselhou a mulher ao seu lado na pia, passando blush. – Estou falando do batom. Sempre escolha o vermelho. Faz você sentir que vale um milhão de dólares. E todos os homens adoram, não é?

Georgie tentou abrir outro sorriso. *Vermelho de perigo, de amor*, pensou, mas o passou assim mesmo. Não porque os homens adorassem uma boca pintada com batom vermelho, mas porque precisava de toda ajuda de um milhão de dólares que pudesse conseguir. Então olhou fixamente para seu reflexo, respirou fundo e tomou sua decisão.

Capítulo Vinte

Facebook: Ann-Marie Chandler

Atualizações recentes
Pintura a dedo com minha princesinha esta manhã! Uma futura Picasso!!!

Joshie ficou em primeiro lugar no concurso de soletrar na escola. Definitivamente, puxou ao pai!!!

Ops... Saí com as garotas e acidentalmente comprei algumas coisinhas. Mamãe travessa. Ninguém conta para o meu marido!!! #sapatos #adorosapatos

Alguém a fim de uma bebida? Comemorando que a nova estufa finalmente ficou pronta. Aleluia! #jameiobebada

Boas notícias... Meu pequeno gênio, David, conseguiu um trabalho novo incrível! Tão orgulhosa!!! Notícias não tão boas... ele vai ficar longe de casa mais tempo do que nunca agora. O que posso dizer?... Todos o querem. Quem pode culpá-los? #abençoada

Rosa estava se sentindo tão mais feliz desde seu agradável jantar – *alegre* de fato, sim, Madame Zara, alegre, pronto, engula esta, sua charlatã – que uma parte dela se sentia meio desonesta por ainda estar revirando a página do Facebook de Ann-Marie, incapaz de resistir a ruminar cada atualização efusiva e foto radiante. A família perfeita, olha só para eles, tão bonitos e saudáveis – e ainda assim ela sabia muito bem que tudo não passava de um castelo de mentiras, oco por dentro. Poderia derrubar toda a estrutura com um simples sopro.

No fim das contas, devia sentir pena de Ann-Marie: pena da linda e entusiasmada Ann-Marie, tão ingênua e crédula. Como Rosa tinha sido um dia, é claro. Ela sabia como ninguém como Max – David – podia parecer confiável quando olhava em seus olhos, como uma mulher sentia vontade de acreditar em todas as malditas coisas que ele lhe dizia.

Mas aquela menção a um "novo emprego" e ficar longe de casa mais tempo do que nunca... não parecia nada boa para Ann-Marie, não é mesmo? Acorda, Ann-Marie, e sinta o cheiro daquele cappuccino feito na hora que acabou de preparar em sua nova cafeteira chique! Ele arrumou outra amante e está fazendo você de boba! E como será que diz se chamar desta vez?, perguntava-se Rosa. Max novamente ou usa um nome diferente agora? As coisas deviam ficar meio confusas depois de um tempo, todas aquelas identidades. Exaustivas, na verdade. Mas é claro que, aos olhos dele, o esforço valia a pena; o jogo era irresistível demais para terminar tão cedo. *Me apaixonei por você e as coisas saíram do controle. Sinto muito,* dissera ele com voz suplicante ao telefone naquela última vez, e parecera sincero. Mas não o suficiente para impedi-lo de arrumar outra mulher, é claro.

Era só voltar na linha do tempo de Ann-Marie, como Rosa tinha feito antes (sim, a linha inteira, porque era masoquista desse jeito): as provas estavam lá, bem claras, e qualquer pessoa mais desconfiada juntaria facilmente as peças. O trabalho de David na área de vendas que o levava a viajar tanto e participar de tantas conferências – principalmente nos fins de semana! As crianças sentiam falta dele, mas também eram gratas por terem um pai tão inteligente e batalhador, que estava apenas fazendo o melhor para sua família. Mesmo quando o pobre David tivera que perder o aniversário do Joshie porque estava em Nova York, e Ann-Marie enviara por e-mail um vídeo com os primeiros passos da pequena Mae porque ele estava fora de novo, dessa vez em Boston, e ah, tantas outras vezes, na verdade, em que Rosa podia ler nas entrelinhas e ver que, apesar de toda a pose e encenação para a câmera, na verdade David não era um pai muito presente na vida dos filhos. Ele estivera com *ela* todas aquelas vezes, é claro, em Londres, em Amsterdã, nas Maldivas, não em Nova York ou em Boston, não em nenhuma conferência. E, no entanto, Ann-Marie parecia ter aceitado cada ausência sem reclamar, a idiota iludida.

Enfim, tanto faz. Rosa tinha coisas melhores a fazer naquela tarde, como imprimir um cartaz para colocar no hall, anunciando seu *supper club* inaugural. Sim! Ia mesmo tentar. Seria uma coisa pequena a princípio, só para pessoas que já conhecia, basicamente, mas era preciso dar o primeiro passo. Seus vizinhos tinham-na encorajado muito, e até mesmo Natalya aprovara.

– As pessoas vão pagar para você preparar o jantar no seu *apartamento*? Gostei – afirmara. – Vai dar certo.

A campainha tocou bem quando estava salvando o rascunho do primeiro cartaz, e ela levou um susto.

– Oi? – disse ao interfone.

– Oi, Rosa, é o Gareth – ouviu em resposta, e ainda estava tão imersa na página do Facebook que, por um instante, pensou como uma tonta que podia ser o Gareth que vira na linha do tempo de Ann-Marie, marido de sua amiga Miranda. Controle-se, Rosa! – Bea está com você? – continuou ele, antes que pudesse dizer qualquer coisa. – Você a viu? – Ele parecia ofegante, como se tivesse corrido até lá, e ansioso. – Não sei onde ela está.

As palavras saíam tão depressa de sua boca que se atropelavam, e Rosa ficou confusa. Já passava das cinco horas; a aula havia terminado muito tempo antes.

– Trabalhei a maior parte do dia – disse ela, apertando o botão para deixá-lo entrar e saindo para encontrá-lo no corredor. – Ela deve estar no apartamento, eu acho, mas não a vi. Era para eu ter visto? Quer dizer, você não deveria estar...?

Gareth mal a ouvia e passou direto por ela para bater na porta de Jo.

– Bea? Você está aí? Eu sinto muito, está bem? Bea? – Ninguém atendeu, e ele deixou o punho descer, o rosto abatido. – Droga.

– O que houve? Imagino que já tenha tentado ligar para ela. – Rosa apontou para a porta aberta do seu apartamento. – Por que não entra? Posso tentar ligar, se ela estiver irritada com você, ou...

– Isso é parte do problema – disse ele, entrando atrás dela. Gareth afundou no sofá, as longas pernas se curvando como uma luminária de escrivaninha, e tirou um pequeno smartphone roxo do bolso, mostrando-o com ar preocupado. – Estou com o telefone dela. Confisquei-o novamente ontem à noite quando tivemos uma briga feia. A pior até agora. – Ele esfregou os olhos, sua linguagem corporal sinalizando derrota. – Deus, sou péssimo nisso – confessou com tristeza. – Eu só... não faço ideia do que estou fazendo. Pensei que era difícil quando ela era bebê e chorava a noite inteira com cólica, mas isso... não saber... nós dois nos estranhando a respeito de tudo, discutindo constantemente... – Ele abriu os braços e olhou para Rosa, os olhos cheios de humildade. – Estou fazendo tudo errado. E agora não tenho a menor ideia de onde ela está. Minha própria filha!

Rosa tentou pensar em termos práticos.

– Você ligou para a escola para saber se ela foi hoje?

– Sim – respondeu ele. – Disseram que ela esteve em todas as aulas e não tem nenhuma atividade extra após a escola. Ela também não foi ver Jo, o hospital me informou. Não consigo pensar em mais nada.

– E os colegas? Você sabe o nome deles, aonde costumam ir?

– Essa é outra questão – disse ele. – Dei uma olhada no celular para ver se havia alguma conversa antiga em que ela marcava de se encontrar com alguém ou ir a algum lugar e...

Ele fez uma careta.

– O que foi?

– Bem, ela está recebendo umas mensagens horríveis. Horríveis mesmo. Coisas ofensivas, bullying. – Rosa o viu cerrar os punhos de novo. – Eu não tinha ideia. Sou o pai dela e não tinha a menor ideia.

Claro. Porque sou tão *popular*, Rosa se lembrou de Bea ter resmungado sarcasticamente no outro dia. Ah, meu Deus, quem gostaria de voltar a ser adolescente?

– Que tipo de mensagens horríveis? – perguntou, preocupada. – De quem? De alguém da escola ou...?

– Todas anônimas. – Ele pegou o telefone e passou o dedo pela tela. – Do tipo: "Por que você não morre logo, vadia?", "Ninguém gosta de você, sua vaca", "Já pensou em se afogar, cretina?". – Ele balançou a cabeça. – E assim por diante.

Rosa ficou gelada ao ouvir aquelas palavras pesadas.

– Ah, não. Coitadinha.

Ela pensou na expressão fechada e desconfiada de Bea, que às vezes – se você tivesse sorte – se transformava em um meio sorriso; a dor que devia estar carregando aquele tempo todo. Por dentro, as pessoas eram frágeis. Todas se escondendo, construindo máscaras para se proteger, mas imagine receber mensagens como aquelas, dia após dia, perguntando-se quem tinha enviado, quem mais sabia.

– O que a escola falou? Eles sabiam disso?

– Disseram que ela tem andando bastante "volátil" nos últimos tempos. Discutindo em sala de aula. Um dos professores notou que ela passa muito tempo sozinha – disse ele categoricamente. – Queria que ela tivesse me contado. Dito alguma coisa. Talvez eu pudesse ajudar, mas... – Ele se levantou. – Bem, preciso sair e procurar por ela. *Merda.* Eu tinha tanta certeza de que a encontraria aqui! Vou deixar meu número; se ela aparecer você pode me ligar? Preciso encontrá-la e consertar tudo, não só porque Jo... – Ele parou de falar, o olhar angustiado. – Preciso consertar tudo.

– Tenho uma ideia melhor – declarou Rosa, se levantando. – Vou com você.

Após deixarem um bilhete para Bea com os números dos telefones de Rosa e Gareth, saíram no carro dele.

– Ela vai nos ligar do telefone fixo se voltar antes de nós – garantiu Rosa, colocando o cinto de segurança. – Onde devemos procurar enquanto isso? Para onde ela poderia ter ido?

– Ela não tem muito dinheiro – disse Gareth –, não o suficiente para pegar o trem para nenhum lugar, por isso espero que não tenha ido longe. A menos que tenha pegado carona, é claro. – Ele bateu no volante enquanto se arrastavam pelo trânsito da hora do rush ao longo da orla. – Ah, Deus. Por favor, que ela tenha juízo para não fazer uma besteira dessas.

– Ela *tem* juízo – afirmou Rosa, embora soubesse por experiência própria que até a pessoa aparentemente mais sensata podia agir de maneira irracional quando ficava muito magoada. – Vamos pensar em lugares por aqui primeiro. Ela obviamente está infeliz, passando por uma situação difícil. Tem algum lugar especial que ela procuraria em busca de conforto? Algum lugar que goste muito onde possa estar se escondendo?

– O píer, eu acho. Tem sempre um monte de adolescentes por lá. E ela adorava a Hove Lagoon quando era mais nova. Nós costumávamos ir muito lá nos fins de semana, quando ela ficava comigo. – Gareth gemeu. – Deus, não acredito que isso esteja acontecendo. Não acredito que chegou a esse ponto. Eu não devia ter sido tão severo, ela é só uma criança.

Rosa tentou conduzir a conversa de volta aos aspectos práticos.

– Ela tem alguma cafeteria ou loja favorita? Você já procurou na praia?

Rosa olhou para o mar azul tranquilo, e as palavras das horríveis mensagens lhe vieram à mente. *Já pensou em se afogar, cretina?* Rosa estremeceu apesar do calor dentro do carro. Não ia nem mencionar essa possibilidade. Não antes de vasculharem cada centímetro da cidade, pelo menos.

– Não – admitiu ele –, mas você está certa, deveríamos ir lá. Maldição! – Gareth virou o volante para a esquerda, entrando na rua secundária seguinte e estacionando assim que avistou uma vaga, embora houvesse linhas amarelas duplas e os guardas de trânsito da cidade fossem notoriamente generosos com as multas. – Vai ser mais rápido se formos andando. Vamos começar a procurar. – Trancou o carro. – Venha.

Caminharam ao longo da praia, vasculhando o horizonte em busca de Bea, mas ela não estava em nenhum lugar do píer, nem em nenhum dos cafés pelo caminho. Não estava em frente ao shopping comendo um lanche do KFC com outros adolescentes, ou perto das rampas de skate. O sol começava a se pôr no mar, o céu diáfano com o crepúsculo. As famílias já tinham ido embora da praia, não havia mais nenhum nadador ou remador no mar; as cadeiras já tinham sido dobradas e guardadas. Enquanto isso, os restaurantes e bares à beira-mar começavam a encher, e grupos de adolescentes e jovens de vinte e poucos anos relaxavam nas pedras com cigarros, garrafas de cerveja e música. *Onde você está, Bea?*, pensou Rosa enquanto verificava e descartava mentalmente o rosto de uma garota após outra. *Onde você está?*

Gareth comprou um saco de batatinhas chips para comerem enquanto seguiam pela praia em direção a Hove. As luzes começavam a se acender na orla, cordões de lâmpadas douradas penduradas entre os postes como bandeirolas. Em pouco tempo, o céu adquiriria um tom mais escuro de azul e, se Bea estivesse na praia, seria ainda mais difícil encontrá-la. Em que ponto se começava realmente a entrar em pânico por um filho desaparecido?, perguntou-se Rosa, incerta. Em que momento era preciso envolver a polícia?

Gareth estava com a cabeça baixa.

– Isso é tudo culpa minha – disse ele, arrasado. – Tem sido difícil com Candy por lá, eu deveria saber que não acabaria bem.

– Candy... é sua namorada? – perguntou Rosa, lembrando-se da voz feminina sonolenta que ouvira na casa de Gareth.

– Não, minha irmã. Ela está à procura de um apartamento, então falei que poderia ficar por um tempo, mas Bea nunca se deu bem com ela. Acho que ela culpa Candy por eu ter me separado de Jo.

Rosa franziu a testa, sem entender de imediato.

– Porque foi com Candy que Jo começou a namorar. Sim, minha irmã e minha esposa – confirmou, vendo o rosto chocado de Rosa. – Pense num golpe duplo.

– Caramba – disse Rosa, olhando de soslaio para ele. – Isso deve doer.

– Sim. Passei por todos os níveis de constrangimento – comentou ele, com uma risada fraca, olhando ao longe. – Mas, você sabe, somos todos adultos. E temos que pensar em Bea também no meio disso tudo. Ainda assim, não tenho certeza se algum de nós se comportou muito bem durante todo o processo.

Ele fez uma careta, suas feições entrando repentinamente em foco ao passarem sob um poste de luz, e Rosa lembrou-se do que Jo dissera sobre a dificuldade de Gareth para encarar a separação e seu orgulho viril que tinha sido ferido. Os homens podiam se prender muito a certas coisas, tentando viver de acordo com esses estereótipos, tanto quanto as mulheres, pensou. Pessoas perfeitas, pais perfeitos. Será que alguém de fato conseguia atingir essas metas? Apostava que até Ann-Marie Chandler, a deusa suprema da maternidade, gritava com os filhos às vezes, cometia erros, tomava um gim-tônica às cinco da tarde de vez em quando porque tinha tido um dia péssimo. Todos os seres humanos não se sentiam assim, uma vez ou outra?

Antes que ela pudesse abrir a boca, Gareth ficou rígido ao seu lado.

– Ei. É ela ali, não é? No muro lá embaixo?

E, antes que Rosa pudesse responder, ele já estava correndo, balançando um dos braços.

– Bea! Ei, Bea!

Chegaram a um playground à beira-mar, silencioso e escuro agora, bem diferente de como devia ser durante o dia, fervilhando de crianças escandalosas e seus pais. Rosa não conseguiu ver ninguém a princípio e forçou a vista em meio à penumbra, então viu a figura imóvel, ocupando o menor espaço possível em um muro baixo, abraçando os joelhos, os longos cabelos caindo sobre as pernas. Bea – finalmente –, em um parquinho onde um dia devia ter passado momentos felizes, provavelmente mais felizes do que nas últimas semanas.

Rosa ficou um pouco mais para trás, não querendo interferir no momento entre pai e filha. Viu Gareth correr até lá, o alívio palpável em sua voz ao chamar o nome da filha de novo, então sentiu um nó na garganta quando ele se sentou ao lado dela, envolvendo-a protetoramente num abraço, e Bea se apoiou nele, sem se afastar dessa vez. *Papai chegou. Papai está com você.* Rosa se lembrou, com um nó na garganta, de todas as vezes que seu pai a salvara de uma queda, de uma briga com a irmã, de um dia ruim na escola.

– Sinto muito – disse Bea, soluçando. – Sinto muito, pai.

Gareth murmurou alguma coisa, os braços ainda em volta da filha, mas Rosa podia imaginar o que ele estava dizendo. *Também sinto muito, meu amor. Vai ficar tudo bem. Vamos para casa, está bem?*

Rosa queria ir embora e deixá-los a sós, mas Gareth insistiu que jantasse com os dois em um pub não muito longe da praça, o Regency Arms.

– Vamos lá, deixe que eu lhe pague uma bebida e algo para comer além de batatinhas – pediu quando ela hesitou. – Eu e minha filha acabamos arrastando você para uma longa caminhada pela praia. Uma restauradora taça de vinho e comida é o mínimo que posso oferecer em retribuição.

– Desculpe, Rosa – falou Bea, olhando para ela sob os cílios grudados e encharcados de lágrimas.

As unhas dela estavam roídas até o sabugo, notou Rosa, abraçando a menina.

– Não esquenta – disse ela. – Sinto muito também que as coisas estejam difíceis para você. Mas tenho certeza de que podemos resolver isso.

– Começando com os idiotas que têm mandado essas mensagens de texto horríveis – interrompeu Gareth. – Já mandei uma mensagenzinha minha para eles.

E estendeu o celular de Bea, que o pegou imediatamente.

– Pai! Você não fez isso! Ah, meu Deus. PAI! O que você *disse*?

Gareth piscou para Rosa por sobre a cabeça da filha enquanto a garota clicava freneticamente em seu telefone. Então de repente ela deu uma gargalhada.

– Ah, meu *Deus*. Não acredito que você fez isso.

– Está tudo bem? Foi demais? Estava meio furioso na hora, para ser sincero – admitiu Gareth. – Posso ter exagerado um pouco.

– O que você escreveu? – Rosa não pôde deixar de perguntar.

Bea passou o telefone para que ela mesma lesse a mensagem sob a luz da rua, enquanto caminhavam.

AQUI É O PAI DA BEA. VOU MOSTRAR ESTAS MENSAGENS PARA A ESCOLA E PARA A POLÍCIA. SE VOCÊ FALAR COM A MINHA FILHA DE NOVO, VAI SE VER COMIGO, SEU MERDINHA.

– Uau.

– Eu *sei* – disse Bea, mas dava para ver que estava contente. – Nenhuma resposta. Devem estar se borrando de medo. – Ela deu uma risadinha. – Bem... a menos que de fato tenham visto *você*, pai.

– Ei, cuidado aí, mocinha – ameaçou Gareth, mas estava sorrindo. – Aliás, você deveria pensar em uma senha melhor, Bea. Levei dois minutos para acertar a sua e ler suas mensagens. Pelo menos crie alguma dificuldade para alguém que venha a roubar seu telefone.

Bea revirou os olhos.

– Papai é hacker – explicou a Rosa.

– Hã, eu crio softwares, você quer dizer – corrigiu ele. – Não sou um gênio do crime. Apesar de que... – Gareth deu uma batidinha no nariz – aprendi alguns truques por aí.

Chegaram, então, ao pub, e Gareth abriu a porta para elas. O lugar era decorado com papel de parede rosa brocado, um globo de espelhos cintilando do teto e sofás aveludados com estampa de leopardo. *Bem Brighton*, pensou Rosa com um sorriso enquanto seguiam para o bar. Gareth pediu uma rodada de bebidas e falou para as duas se sentarem. Quando voltou com os copos em uma bandeja e alguns cardápios, Bea se afastou, dando lugar para ele se sentar ao seu lado. Foi discreto, um gesto tão pequeno que poderia ter passado despercebido por alguém menos atento, mas Rosa notou e ficou contente, e Gareth na mesma hora passou o braço ao redor da filha e bagunçou seu cabelo, o que a fez rir e empurrá-lo. Carinhosamente. Como pai e filha.

Ele conseguiu consertar as coisas, pensou Rosa, sentindo um carinho inesperado por Gareth ao pegar o cardápio. Pai em pleno resgate, bem no momento de maior necessidade. Quando o desastre aconteceu, Gareth estava lá para pegar sua filha, para salvá-la da queda. Isso ensinaria Rosa a deixar de lado a ideia de que todo homem bonito era indigno de confiança. Talvez ele fosse um dos caras bons, afinal.

A garçonete tinha acabado de servir seus pratos e já saía depressa novamente quando o telefone de Bea começou a tocar no bolso. Os três na mesma hora olharam um para o outro, claramente pensando a mesma coisa: que era a pessoa da escola que fazia bullying com ela de novo, partindo para outro ataque.

– Quer que eu atenda? – perguntou Gareth, já estendendo a mão.

– Não, eu atendo... – Bea engoliu em seco. – Pode deixar. – Ela pegou o celular e sua expressão mudou. – Ah, é a minha mãe! – disse, deslizando rapidamente o dedo pela tela. – Alô?

Rosa e Gareth inclinaram-se para a frente em expectativa e daria até para ouvir um alfinete caindo.

– *Sério?* – indagou Bea, e seus olhos de repente ficaram úmidos. – Ah, mãe, isso é ótimo. Vou contar para os outros... Ela pode voltar para casa amanhã! Sim, está tudo bem aqui – disse ela ao telefone, sorrindo timidamente para Gareth e Rosa. – Na verdade, estamos no pub. Não, não estou bebendo. Meu pai só tomou três garrafas de vinho até agora. – Então mostrou a língua para Gareth enquanto ele esbravejava, indignado. – Estou brincando, mãe. Não, está tudo bem. Ele está bem, eu acho. Sim, eu também. Tchau, mãe. Vejo você amanhã.

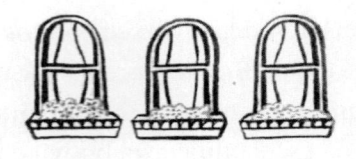

Capítulo Vinte e Um

Quadro de avisos de SeaView:

EXPERIÊNCIA *SUPPER CLUB*
SEXTA, 20 DE MAIO!

Jantar com entrada, prato principal e sobremesa no apartamento da Rosa.
Traga o que quiser beber.
Dez libras – preço especial de inauguração!

Todo mundo ficou feliz quando Charlotte e Jim começaram a namorar. "Ele combina tanto com você", dissera sua mãe, emocionada, após aquele primeiro jantar de domingo. "Parece um bom rapaz", comentara o pai dela quando Jim o ajudara a erguer uma cerca. Até mesmo a difícil tia Irene, que nunca gostava de *ninguém*, de má vontade, decretou-o "melhor do que os últimos, pelo menos"; um grande elogio, para seus padrões. O casal perfeito, diziam os amigos, suspirando, no dia do casamento. Mas nada durava para sempre. Até mesmo a perfeição podia se distorcer e se deformar, principalmente quando o casal era forçado a ver seu bebê morrer. Presos em seus mundos paralelos de tristeza, não haviam sido capazes de se reconectar após o funeral. Não eram tão perfeitos juntos, afinal.

Só Deus sabia por que estava pensando em Jim de novo, quando devia estar se arrumando para seu primeiro encontro com *Ned*, repreendeu-se Charlotte, tentando colocar o rímel mas piscando no momento errado e enfiando o pincel no olho. *Ai*. Pronto, aquilo era o carma lhe dizendo para se concentrar e esquecer o passado. Agora ia aparecer no encontro com um dos olhos vermelho e a maquiagem malfeita, e a culpa seria toda dela.

Tenho um encontro, pensou, maravilhada, tentando limpar as manchas pretas em sua pálpebra sem muito sucesso. Iria mesmo sair para um encontro de novo. Ei, Jim, você não é o único que pode seguir em frente. Passado era passado. Agora precisava se concentrar no futuro.

– Um encontro! – exclamara sua mãe quando lhe contara ao telefone. – Meu Deus! Tem certeza de que não está fazendo isso só...

Ela parara diplomaticamente, mas Charlotte conhecia a mãe bem o suficiente para ouvir o que não fora dito: "... por causa das novidades sobre Jim?"

– É só um encontro, mãe – dissera ela com firmeza. – Jantar com um cara. Estou só testando as águas de novo, ok?

Pelo menos Margot parecera mais entusiasmada quando Charlotte subira para lhe contar. Ainda estava pálida e indisposta, envolta em um roupão, a fala pontuada por uma tosse violenta, mas garantira a Charlotte que estava melhorando e que aquela notícia era exatamente do que precisava para ajudar em sua recuperação.

– Divirta-se – dissera ela. – E seja valente. E *sexy*!

Sexy, certo. Como se Charlotte fosse esse tipo de pessoa. Mas poderia ser valente, isso sim. Poderia tentar de novo, usar sua experiência como armadura e dar uma chance a Ned. Afinal, ele sabia a pior coisa que já lhe acontecera e não recuara. Na verdade, sua gentileza e compreensão foram o que a fizera sentir que podia confiar nele.

Voltou a passar o rímel, tomando cuidado para não espetar o olho ou borrar de novo. Saíra para comprar roupas novas na hora do almoço do dia anterior e encontrara uma blusinha verde-hortelã que ficara muito bem nela, o tecido sedoso caindo suavemente sobre a pele e de alguma forma disfarçando as gordurinhas de todas as refeições congeladas e éclairs que devorara recentemente. Combinou-a com uma boa calça jeans e uma sandália anabela, além de uma discreta tiara dourada, que dava um ar elegante; um visual que, em sua opinião, dizia: fiz um esforço, mas sem exageros. Escovou o cabelo, olhando-se no espelho, e arrumou-o em torno dos ombros, sentindo-se de repente uma pilha de nervos. Caramba. Será que ele esperava *beijá-la*?, perguntou-se, fazendo uma careta para seu reflexo. Já fazia tanto tempo desde a última vez que beijara alguém, assim com vontade, do tipo "Minha nossa, como gosto de você". E se tivesse esquecido como era? E se metesse os pés pelas mãos e estragasse tudo?

Seu telefone tocou naquele exato momento, e era Ned.
– Hum... Charlotte? – falou, parecendo preocupado. – Sobre hoje à noite. Temos um pequeno problema.

– Eu sinto muito – disse ele ao atender a porta meia hora depois.
Após pegar uma garrafa de vinho da geladeira, ela fora de táxi até a casa dele em Hanover, uma casa vitoriana em uma colina íngreme, com figuras de flores rosa coladas em uma das janelas do andar de cima.
– Minha babá, Daisy, geralmente é muito confiável, mas acabou agendando dois trabalhos no mesmo dia e só percebeu no último minuto. Tentei minha irmã, mas aparentemente ela está com doze mulheres bêbadas de seu clube do livro esta noite em casa. Palavras dela, não minhas. – Ele parecia agitado, passando a mão pelo cabelo bagunçado e deixando-o arrepiado na frente. – Mas seja bem-vinda. Receio que o jantar vá ser meio... simples, mas pelo menos tenho toneladas de vinho.
Ela entrou no corredor estreito, passando por minúsculas galochas vermelhas e roxas de crianças, um carrinho meio tombado com um colar de plástico enrolado em uma das alças, e quase tropeçou no que parecia ser um carrinho de joaninha com loucos olhos arregalados embaixo do cabideiro. Uma casa de família de verdade, pensou consigo mesma, sentindo uma pontada de inveja misturada à familiar tristeza por algo que lhe fora negado. Como morava bem no centro da cidade, era fácil esquecer que havia bairros como aquele, com bicicletas apoiadas do lado de fora, gatos no peitoril das janelas, vislumbres de jantares servidos em cozinhas bem iluminadas, cortinas sendo fechadas no andar de cima. É claro que tinha sido escolha dela morar longe de famílias felizes em ruas como aquela, mas ali, vendo tantas pessoas levando vidas comuns e tranquilas à sua volta, percebeu que de uma maneira estranha também sentia falta daquilo.
– Aqui, para a sua coleção – disse ela, estendendo a garrafa que levara. – E está tudo bem, sinceramente, com relação ao restaurante e tudo o mais, não se preocupe.
Então tirou a jaqueta e pendurou-a em um gancho vazio na parede ao lado de uma capa da Branca de Neve, uma capa de chuva pequena e amarela e uma jaqueta jeans surrada. Havia também minúsculos tênis no chão,

largados de qualquer jeito. Calçados pequenos não eram as coisas mais doces do mundo? Ela guardara um único par de sapatinhos de tricô branco que Kate usara na UTI e, ainda naquele instante, conseguia se lembrar da sensação daqueles minúsculos pés em suas mãos. *Ah, Kate.* Esperava poder se controlar, estar presente, cercada pelos aparatos de outras garotinhas. E se suas emoções tomassem conta dela, e se estar ali despertasse novamente todos os seus sentimentos de luto?

Não pense nisso, repreendeu-se, respirando fundo. *Mantenha a calma.*

– Olá – ouviu uma voz aguda e interessada falar bem naquele momento, e, ao olhar para cima, Charlotte viu que um rosto pequeno e curioso tinha aparecido no topo da escada, espiando para baixo; a garota do píer que segurara sua mão. Lily, não era?

– Olá – cumprimentou Charlotte, engolindo em seco, insegura, e tentando abrir um sorriso.

Por favor, não lembre que gritei com seu pai naquele dia.

Ned gemeu ao ver a filha.

– Você devia estar na cama.

– Não estou com sono. – A menina se sentou no degrau mais alto, puxando a camisola rosa-clara sobre os joelhos. – Nem mesmo um *pouquinho*. – Então arregalou bem os olhos, como se quisesse demonstrar quanto estava acordada. – Veja só.

– Lily, anda. Está na hora de dormir e você tem aula amanhã. – Um temporizador começou a apitar vindo de algum lugar mais para dentro da casa, e ele olhou por cima do ombro, sem saber o que fazer. – É a lasanha. Anda, volta pro quarto. Rapidinho! Agora mesmo! Boa menina! – Ele fez uma cara engraçada quando a filha se levantou relutantemente. – Desculpe, Charlotte, venha. Deixe-me pegar uma bebida para você.

Charlotte seguiu Ned pelo corredor até a cozinha longa e estreita, com paredes decoradas com várias pinturas e colagens. Um rosto feito de macarrões de formatos diferentes. Algum animal – um cachorro? uma vaca? – formado com retalhos de tecido e botões pretos no lugar dos olhos. Havia um macaco de pano pendurado no trilho da cortina e um quadro de bichinhos da coleção Sylvanian Families tomando chá com um pequeno dragão de plástico, perto da porta dos fundos. Charlotte teve que piscar para segurar as lágrimas e desviar o olhar. *Ele tem o direito de ter uma família*, procurou lembrar, cerrando os punhos. *Eles têm o direito de ser felizes. Esta é a vida real, Charlotte. É assim que é.*

– O cheiro está delicioso – comentou ela, notando a pilha de panelas na pia e sentindo-se emocionada por ele ter se empenhado tanto por ela, quando teria ficado perfeitamente feliz com peixe e fritas para viagem. – Obrigada. É muita gentileza sua, principalmente em cima da hora. (*Se ele podia preparar uma lasanha de improviso, nunca deveria deixar que ele visse o triste vazio de sua geladeira*, pensou.)

– É vegetariana, espero que não se importe – disse ele, a voz ligeiramente abafada quando se curvou para checar dentro do forno. – Não lembrei de perguntar se você comia carne quando eu... Ah, *Lily*. – Sua voz adquiriu um tom severo ao ouvirem o som de passos. – O que está fazendo aqui embaixo? Pensei que tivesse ido para a cama!

Ao se virar, Charlotte viu a menininha parada à porta, pulando de um pé para o outro.

– Olá de novo, Lily.

Encorajada, a menina entrou dançando na cozinha, seu cabelo loiro-claro voando em torno da cabeça enquanto ficava na ponta dos pés.

– Gosto da sua blusa – disse ela para Charlotte, que se sentiu pateticamente lisonjeada. – Verde é minha cor preferida. – Então parou perto da geladeira e olhou para o pai. – Vocês vão tomar sorvete? – perguntou de uma maneira que não deixava espaço para mal-entendidos com relação ao rumo daquela conversa.

– Talvez mais tarde, mas...

– *Adoro* sorvete – confidenciou Lily a Charlotte, como se o pai não tivesse falado nada. – É minha comida *preferida*. Principalmente o de chocolate. Tia Debbie nos deixa colocar *confeitos* e...

– Lily. Você pode tomar sorvete amanhã se voltar para a cama agora – disse Ned, cruzando os braços. – Mas, se não for neste minuto, então Charlotte e eu vamos comer *tudo* esta noite, sem você. E vamos comer *todos* os confeitos.

O queixo de Lily caiu de indignação.

– Mas...

– Neste *minuto*, já disse.

Com os olhos ardendo de raiva, Lily virou-se, irritada, e subiu a escada pisando duro. Então ouviram uma porta bater e logo em seguida um choro sentido.

– Ah, que ótimo – disse Ned com um suspiro. – Agora ela acordou a irmã. Desculpe, Charlotte. – Então pegou duas taças e estendeu-as, parecendo desamparado. – Tinto ou branco? Ou eu deveria acabar com seu sofrimento e chamar um táxi?

– Não! Não se preocupe com isso.

Ned parecia esgotado, tirando os óculos e limpando as lentes na camisa. Charlotte notou a tábua de passar apoiada num canto, o ferro ainda esfriando ao lado, e percebeu que ele devia ter passado a camisa por sua causa. Ele estava se esforçando, com certeza.

– Tinto seria ótimo – respondeu. – Posso servir, se você precisar terminar o jantar.

– Sério? Obrigado. – Ned passou para ela a garrafa, o saca-rolhas e as taças. – Certo. Deixe só eu preparar uma salada e então poderemos comer.

Demorou cerca de meia taça de vinho, várias garfadas de (uma excelente) lasanha e uma conversa um pouco formal sobre o trabalho dele gerenciando o café e o emprego sem graça dela, até terem seu primeiro momento de maior conexão ao perceberem que os dois tinham feito faculdade em Birmingham. Esse foi o instante em que Ned parou de parecer tão atormentado e Charlotte começou a relaxar. Após a segunda taça de vinho, rasparem os pratos e perceberem, felizes, que tinham amigos de amigos em comum ("Não! Você morou no alojamento da Eleanor *Gray*? Ela saiu com meu colega de quarto Neil!"), já estavam brindando como velhos amigos, falando sobre como o mundo era pequeno e relembrando os pubs e shows favoritos pela cidade.

Mas então ouviram novamente o som de pequenos passos, e Lily apareceu, desta vez de mãos dadas com Amber, as duas de camisola e com o cabelo despenteado por terem estado deitadas. A camisola de Amber tinha desenhos de dinossauros, e um velho ursinho marrom pendia de uma de suas mãos. Lily, por algum motivo, tinha colocado um par de asas de fada e meias listradas. Charlotte sentiu a respiração presa na garganta diante daquela visão. Ah, aquelas meninas. Eram simplesmente adoráveis.

Lily colocou o braço em volta de Amber.

– Vocês estavam fazendo muito barulho rindo – disse ela de maneira reprovadora – e acordaram a gente.

– E agora a gente quer sorvete – continuou Amber, projetando o queixo com ar determinado.

– Falei pra ela que vocês tomaram sorvete – explicou Lily, cheia de si – e agora Amber também quer.

E deu de ombros como se os adultos só pudessem culpar a si mesmos por aquela situação.

– Ah, é mesmo? – perguntou Ned, erguendo uma das sobrancelhas antes de olhar para Charlotte.

Ele fazia uma cara tão severa de pai que ela teve vontade de rir.

– Eu tive um sonho mau – disse Amber de um jeito tocante e não de todo convincente, inclinando a cabeça em direção ao pai. – Porque vocês *estavam* rindo. – Ela olhou para Charlotte sob os longos cílios escuros. – Qual é o seu nome? – perguntou, enfiando o dedo na boca.

Elas eram tão fofas, as duas ali de pé, descalças, pequenas parceiras no crime, tentando descolar um sorvete. Talvez fosse o vinho, talvez fosse porque tinha se divertido muito com Ned, mas Charlotte já não sentia mais um aperto no coração de dor ou inveja. Deus do céu, se tivesse filhas pequenas e doces como aquelas, provavelmente deixaria tomarem sorvete o dia todo. Olhe só para elas! Como alguém poderia lhes recusar qualquer coisa?

– Meu nome é Charlotte. Sinto muito por termos acordado vocês. Não tenho certeza, mas acho que seu pai deve ter um pouco de sorvete – continuou, esperando que a animação e os pulos que conseguiu com isso não provocassem a ira do anfitrião.

Não podia suportar a ideia de Ned mandá-las de volta para a cama agora, percebeu. Além do que, e isso era ainda mais mesquinho, queria que as duas gostassem dela. Sempre disseram que ela tinha o coração mole.

– Desculpe – disse Charlotte, virando-se para ele. – Não pude resistir. Elas são tão lindas!

Lily parou de pular e comemorar para sorrir para Charlotte, depois rodopiou no lugar fazendo as asas tremularem.

– Sou uma linda fada – afirmou.

– A gente pode tomar sorvete agora? – perguntou Amber, só para o caso de alguém ter esquecido por que estavam ali.

– Ah, tudo bem – disse Ned, dando-se por vencido e revirando os olhos para Charlotte. – Um potinho pequeno e então vão direto para a cama, está bem? E é só por hoje.

No final da noite, todos tinham comido e bebido bastante, e Amber dormia no colo de Charlotte, aninhada como um filhote de urso quentinho. Lily já tinha sido levada de volta para a cama no colo do pai, dormindo profundamente, mas Charlotte balançara a cabeça quando Ned se oferecera para levar a caçula.

– Está tudo bem – dissera a ele.

Estava mais do que bem, na verdade, ter uma pessoinha macia dormindo em seu colo enquanto tomava outra taça de vinho e flertava ousadamente com o pai delas. Toda vez que sentia Amber respirar, suspirar ou murmurar, toda vez que olhava para baixo e via aquela minúscula orelha rosada, os longos cílios escuros tremulando contra a bochecha arredondada, os compridos cabelos castanhos deslizarem contra seu braço, era como o melhor bálsamo para uma ferida antiga. A sensação mais reconfortante do mundo. *Você não é Kate*, pensava, *mas é um amor. E está aqui.*

– Obrigada, tive uma noite maravilhosa – declarou ela quando, por fim, deram a noite por encerrada.

Amber fora levada para cama, Charlotte vestira de novo a jaqueta e um táxi estava à espera do lado de fora, o motor roncando sob as luzes dos postes.

– Eu também – respondeu Ned. – E prometo que, da próxima vez, estará tudo mais do que certo com a babá e não precisaremos comer em grupo – acrescentou ele com ar pesaroso.

Da próxima vez, pensou ela, curtindo a frase.

– Não me importei nem um pouco – falou com sinceridade, depois hesitou na porta, querendo parar de pensar em beijá-lo.

Deveria se aproximar dele, dar o primeiro passo?, perguntou-se, mordendo o lábio. *Seja valente*, insistia Margot em sua cabeça, mas Charlotte permaneceu congelada. Era fácil para Margot dizer isso; não tinha vergonha de nada e não parecia se importar com o que os outros pensavam. Charlotte, por outro lado...

– Bem... – começou ela, relutante. – Boa noite, então. E obrigada mais uma vez.

– Boa noite, Charlotte – disse ele, e então, antes que ela pudesse sequer cogitar se seu hálito estava cheirando a alho ou se tinha desaprendido a beijar, ele se aproximou e seus lábios se tocaram.

Santo Deus, sim, e agora os braços de Ned estavam em volta dela, firmes e musculosos, e os dois trocaram um beijo fantasticamente apaixonado, que fez as pernas de Charlotte virarem gelatina e ela querer pressionar o corpo contra o dele e...

Então o táxi buzinou, e os dois riram, pensando que o motorista devia ser um grande desmancha-prazeres nada romântico, e se afastaram.

– Foi um excelente beijo – ela se ouviu dizer impulsivamente antes de se inclinar e lhe dar um último beijo de despedida.

Então desceu depressa a escada, um imenso sorriso no rosto.

– Vamos repetir em breve!

– Pode apostar! – gritou ela de volta, entrando no táxi.

Podia ver Ned ainda ali parado, recostado à porta, e depois erguendo uma das mãos em um aceno quando o motorista arrancou com o carro. Charlotte acenou de volta, sorrindo como uma idiota, o coração disparado. *Eu o beijei*, pensou, maravilhada, erguendo os dedos para tocar os próprios lábios. Seu corpo todo formigava. *Eu beijei o Ned!*

O motorista captou seu olhar pelo espelho retrovisor. Tinha mais ou menos a idade do pai dela e um rosto simpático, apesar de ter buzinado para eles um minuto atrás e interrompido seu melhor beijo em anos.

– A noite foi boa? – perguntou ele, ao dobrar uma esquina e seguir em direção ao mar escuro e cintilante.

– Sim – respondeu Charlotte sonhadoramente, recostando-se ao assento de vinil e sorrindo para si mesma. – Sim, a noite foi ótima, obrigada.

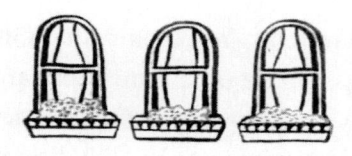

Capítulo Vinte e Dois

Você Manda... Encontro Rápido Silencioso!
Por Georgie Taylor

Esta semana fui enviada para conferir o misterioso mundo dos encontros rápidos... com um toque especial. Os gênios por trás da agência de encontros Forever Yours acreditam que um encontro silencioso com um parceiro em potencial pode ser íntimo, romântico e muito sexy, e que olhar nos olhos de uma pessoa é muitas vezes tão revelador quanto ouvi-la discorrer enfadonhamente sobre seu trabalho e seu time de futebol favorito – e talvez mais atraente também!

Essa é a teoria... Mas como isso se dá na prática? Como sua destemida repórter, fui até lá para descobrir.

O evento foi realizado no Olive Tree, da Grosvenor Street – e, assim que entrei, fui atingida por uma forte onda de loção pós-barba, perfume e o cheiro de trinta pessoas nervosas, a maioria das quais parecia já ter tomado o coquetel de cortesia da noite e talvez alguns extras, para dar coragem. Quem pode culpá-las? Eu mesma fui direto ao bar e pedi um Orgasmo Pulsante (sem risinhos ao fundo, por favor), sabendo que aquela não seria uma noite comum.

Há algo bastante libertador em se estar em uma sala cheia de solteiros com o único propósito de encontrar alguém para amar. As pessoas conferiam umas às outras abertamente, notei muitos contatos visuais bastante expressivos e pude ouvir várias tentativas furtivas de flerte enquanto alguns se arriscavam a obter uma vantagem no jogo antes de a parte silenciosa em si começar (ou antes de ficarem bêbados demais para serem coerentes, talvez).

O evento dos encontros começou com uma série de exercícios de aquecimento...

Georgie gemeu e afundou o rosto na cama. Que monte de bobagens aquilo tinha sido. Já passava de uma e meia da tarde de sexta-feira, e ela só tinha mais três horas para enviar o texto dos encontros rápidos. Se não mandasse, tinha quase certeza de que Viv lhe diria para se despedir de sua coluna. Mas que diabos deveria escrever?

Bem na hora em que se perguntava indolentemente se devia ir até a cozinha pegar queijo brie, cream crackers e talvez um dos biscoitos de nozes-pecãs que Rosa lhe dera, a porta do apartamento abriu de repente, e seu coração quase parou de susto. Ah, meu Deus, pensou, arregalando os olhos de preocupação. Era isso... ia ser roubada. Assaltada. Todos os alertas de sua mãe sobre os perigos da vida na cidade soando inutilmente em sua cabeça ao rolar para fora da cama – um rolamento e tanto, é preciso dizer – e pegar a coisa mais próxima para usar como arma.

– Olá! – gritou ela, tentando parecer forte e ameaçadora, antes de olhar para baixo e perceber que estava segurando uma pantufa. Perfeito.

– Oi – ouviu em resposta, e Georgie na mesma hora foi tomada pelo alívio, a adrenalina se esvaindo ao reconhecer a voz.

Felizmente não era nenhum doido viciado em crack decidido a saquear o lugar em busca de objetos de valor, mas a voz cansada e abatida de seu namorado:

– Sou só eu.

Nossa, a voz dele estava estranha, pensou Georgie, a pantufa caindo de sua mão ao fechar rapidamente o laptop, então foi depressa ver por que Simon tinha voltado tão cedo para casa. Ele soava péssimo, na verdade. Estaria doente? Será que alguma das imensas vigas de aço do novo hotel tinha caído na sua cabeça ou algo assim?

– O que houve? Por que já está de volta? – perguntou ela, ao encontrá-lo na sala de estar. Simon estava caído no sofá com a cabeça nas mãos, então ela soube que algo muito ruim devia ter acontecido. – O que... O que está acontecendo? – perguntou com medo, desejando tardiamente que ela ainda não estivesse de pijama e que tivesse tirado uns minutos para escovar os cabelos.

– Acabou – respondeu ele, e por um terrível instante ela pensou que ele queria dizer que estava tudo acabado entre os dois, que estava dando o fora nela ali naquele exato momento. Será que de alguma forma ficara sabendo sobre a noite dos encontros rápidos?

– Com...

Ela engoliu em seco, a respiração presa em seus pulmões. *Não*. Aquilo não podia estar acontecendo. Não quando ainda estava de pijama e tinha uma imensa espinha no meio da testa, *por favor*, ela se pegou pensando, o que só demonstrava que tipo de pessoa horrível e superficial realmente era.

– Como assim acabou?

– O hotel. Está tudo acabado. A incorporadora se retirou.

Ah, pensou ela, os joelhos cedendo enquanto seu cérebro tentava acompanhar tudo. Estava tudo acabado para o *hotel*. Não para eles. Graças a Deus.

– Que merda – disse Georgie, tentando soar devidamente devastada. Na verdade, era *mesmo* devastador. – Por quê? Foi por causa de dinheiro ou...?

– Foram aquelas malditas mulheres – retrucou ele amargamente, olhando para Georgie pela primeira vez desde que ela entrara na sala. – Caramba, você não está nem *vestida* ainda? Mas que droga!

– Eu... – Ela se viu envolvendo o corpo com os braços, como se isso disfarçasse alguma coisa. – É que acabei me envolvendo... – murmurou. – Escrevendo essa nova... – Hesitou de novo. A última coisa que queria era falar com ele sobre sua coluna. – Como assim aquelas mulheres?

Então a ficha caiu, tão forte e dolorosamente quanto qualquer viga de aço na cabeça. Bum. *Não*, pensou, apavorada. Ele estava se referindo às mulheres do refúgio e sua campanha? A campanha que ela ajudara a criar com sua entrevista?

– As mulheres da ocupação – respondeu ele, amargo. – Elas têm um refúgio lá e se recusam a sair. A campanha que começou pequena acabou ganhando cobertura da imprensa nacional, e as coisas ficaram frenéticas. O pessoal do Patrimônio Histórico se envolveu e estão pedindo que a casa seja tombada. O conselho retirou a licença de construção...

– Eles *podem* fazer isso?

– Sim. Quando vêm à luz detalhes que anteriormente desconheciam... – Ele suspirou, desmoronando no sofá como se seus últimos átomos de energia o tivessem abandonado. – Então tivemos que parar as máquinas até decidirem o que vão fazer. Pode levar meses, para ser sincero. Então... – Virou as palmas das mãos para cima, aborrecido. – Então é isso. Minha grande chance... acabou não dando em nada.

– Ah, Si... – Ela se aproximou e o envolveu em um abraço, sentindo-se péssima por ele. Sabia como ele se empenhara no projeto inicial, como ficara feliz em ter sido escolhido para desenvolver o trabalho. – Minha nossa, mas que coisa horrível.

Sua mente estava em conflito. Só conseguia pensar na entrevista e em como apoiara com fervor a causa em seu texto. *A história das mulheres de Brighton não deve ser desonrada*, escrevera, independentemente de como isso poderia afetar a carreira de Simon. Era tudo culpa dela, pensou, suando frio.

– Tenho certeza de que vai aparecer outra coisa – afirmou ela com voz fraca. – Deve haver várias empresas de arquitetura por aqui, posso apostar.

Ele deu de ombros.

– Não onde tenho contatos – disse ele. – É melhor voltar para casa.

– Voltar para Stonefield? Mas... – Uau, aquilo era inesperado. Logo agora que começava a se sentir em casa em Brighton. Ainda não estava pronta para voltar! – Mas... Bem... – pensava freneticamente, sem poder acreditar no que estava ouvindo. O que tinha feito? – Nossa casa está alugada por mais quatro meses, lembra? Não podemos simplesmente despejar os inquilinos. – Por piores que fossem. (Embora, pensando bem, imaginava que seria incrivelmente satisfatório expulsar aquela cretina da Chloe de uma vez por todas. *Dê o fora da minha cidade!*)

– Podemos ficar com os meus pais – sugeriu ele, dando de ombros. – Ou notificar os inquilinos, dizer que mudamos de ideia. – Então se virou para ela, estreitando os olhos. – Pensei que você quisesse voltar.

– Sim, eu queria, mas...

Ela mordeu o lábio. Mas aquilo foi antes de fazer amigos, antes de descobrir sua cafeteria e suas lojas preferidas, e, mais do que tudo, antes de se ver adorando sua nova carreira de jornalista. Além disso, não queria de forma alguma passar mais do que uma noite na casa dos pais do Simon.

– Acho que não devemos nos precipitar. As obras do hotel podem ser retomadas em breve, não é? Você podia só tirar uns dias para descansar. – Ela se viu tagarelando na tentativa de melhorar o ânimo dele. – Procurar se divertir um pouco. Poderíamos tirar umas férias, talvez!

– Férias? Quando acabei de perder meu emprego? – Simon olhou para ela como se a achasse louca. Então deu um suspiro e se levantou. – Vou ao pub. Preciso de uma bebida. Com o dia que tive, preciso de algumas, na verdade.

– Vou com você – disse Georgie. Pagar uma bebida para ele era o mínimo que podia fazer, imaginou. Mas que diabo, estava se sentindo tão culpada que o almoço também seria por sua conta. – Me dê uns minutos para eu me vestir, que vou com você.

De uma forma ou de outra, tinha que consertar as coisas, pensou enquanto corria para o quarto, os dedos trêmulos ao puxar o pijama por cima da cabeça. Mas como?

Alguns dias se passaram e, quando não estava encaixotando suas coisas, Simon estava ao telefone com seus antigos contatos no norte da Inglaterra, ainda aparentemente insistindo na ideia de retornar a Yorkshire assim que possível. Enquanto isso, a culpa pelo segredo pesava como chumbo no estômago de Georgie, que se sentia a namorada mais desleal do mundo. Conseguira mais alguns dias para entregar o texto sobre os encontros rápidos mentindo para Viv que estava com uma violenta intoxicação alimentar, mas sua editora não tinha ficado nada feliz em ter um espaço de coluna vazio tão em cima da hora.

Para piorar a situação, Cleo, uma das mulheres do refúgio, mandara um e-mail para lhe agradecer por ter feito a entrevista. *Se você não tivesse apresentado nosso caso de maneira tão solidária e compreensiva, ainda poderíamos estar lutando*, dissera ela, cada palavra atingindo Georgie como um punhal. *Assim que seu artigo foi publicado, a petição viralizou e conseguimos aproveitar a oportunidade para trazer a imprensa nacional e o conselho para o nosso lado. Foi incrível... Não temos como agradecer o suficiente!*

Ah, aquilo era tão irônico! Se o e-mail fosse de qualquer outra pessoa, sob quaisquer outras circunstâncias, estaria exultante e adorando levar todo o crédito. Mas as palavras de Cleo só adicionavam outra avalanche de culpa à parcela já considerável que a consumia por dentro. Além disso, Georgie pesquisara secretamente o assunto e vira que o *Guardian*, o *Times* e o *Telegraph* tinham citado trechos de sua entrevista original nas matérias deles, o que, mais uma vez, era ao mesmo tempo gratificante e mortificante. *Se você não tivesse apresentado nosso caso!*, Cleo dizia em sua cabeça, os olhos brilhando de alegria. Sim, Cleo. Se não fosse por mim, meu namorado ainda teria um emprego e não estaria encaixotando todos os seus pertences e falando em voltar para casa. Mandou bem, Georgie!

Era quase o suficiente para fazê-la querer entrar em contato com seu próprio alter ego ficcional e pedir um conselho. *E aí, Em, basicamente dei uma rasteira no meu namorado com um artigo que escrevi e que acabou fazendo com que ele perdesse o emprego. Devo confessar ou suportar a culpa em silêncio para sempre? Ah, sim, e também fui a uma noite de encontros rápidos sem ele saber, para escrever outro artigo. O que, posso dizer, é complicado!*

A resposta direta de Em veio até ela num estalo. *Coitadinho. Para mim, está parecendo um relacionamento tóxico. O que você ama mais: ele ou seu trabalho? Seja qual for, pode ser que esteja na hora de libertar o cara e lhe contar a verdade – com certeza ele merece alguém melhor do que você!*

Mesmo sendo uma conselheira imaginária, criada artificialmente para a coluna de uma revista e existente apenas na cabeça de Georgie, Em tinha uma parcela de razão, era preciso admitir.

– *Você* acha que eu deveria dizer alguma coisa? – perguntou a Charlotte na noite de terça-feira.

Incapaz de suportar o som opressivo de Simon guardando as camisas numa mala, escapulira para o apartamento ao lado, onde fizera sua confissão, sussurrando seus terríveis pecados porque não podia arriscar ser ouvida, mesmo separados por uma parede de tijolos.

– O que você faria, Charlotte?

Havia algo de diferente na amiga, Georgie percebeu, olhando para a vizinha, desconfiada. Ela abrira a porta com um sorriso bobo e todo o seu ser parecia... relaxado. Despreocupado. Já tendo passado algumas excelentes noites juntas, Georgie gostava muito dela, mas Charlotte sempre lhe parecera meio tensa. Nervosa. Definitivamente apavorada naquela primeira ocasião em que Georgie a convencera a andar de patins. E agora ali estava ela, os pés descalços, sentada com as pernas cruzadas no sofá, servindo vinho, com música ao fundo, aquele sorriso misterioso de Mona Lisa... Algo tinha acontecido. De repente, Georgie estava um pouco menos interessada em falar sobre seus problemas e queria saber o que mudara drasticamente no mundo de Charlotte.

– ... quer dizer, confiança é muito importante – dizia Charlotte. – Eu sou péssima em guardar segredos, nunca soube disfarçar muito bem. Manter um segredo assim me mataria.

– Hum...

No fundo, ela sabia o tempo todo que Charlotte defenderia a honestidade; parecia uma pessoa muito sincera para escolher o caminho da mentira, se tivesse escolha. Mas, por outro lado, não era o relacionamento de Charlotte que estava por um fio, era?

– O que você acha que ele diria? Simon é do tipo que perdoa?

Georgie se lembrou de como Simon ficara mal-humorado no dia em que pegara o carro dele emprestado e o arranhara contra uma parede num terrível incidente enquanto estacionava de ré. Ficara aborrecido com ela por uma semana inteira. Mas, por outro lado, nos bons e velhos tempos de Yorkshire, quando não vivia estressado e irritado, já rira de outros contratempos com bom humor: como aquela vez que ela tentara dançar break, bêbada, em sua antiga cozinha e acabara chutando sem querer a caneca do Leeds United que ele tinha desde criança, derrubando-a da mesa (e deixando-a em pedacinhos), por exemplo, ou aquele dia dos namorados em que conseguira arruinar a própria surpresa, levando-o ao restaurante errado na hora errada. Ela ficara arrasada, mas ele achara tudo hilário, e acabaram pedindo uma comida chinesa para viagem e morrendo de rir. Ele podia ser gentil quando queria. Agradável. Amoroso. Mas esse lado parecia ter sido engolido pelo estresse.

– Sim e não – respondeu após pensar um pouco. – Mas está infeliz agora, e é uma daquelas pessoas que alimenta o mau humor e demora a sair desse estado de espírito. É muito mais difícil perdoar alguém e ser benevolente com as falhas da pessoa quando se está deprimido, não é?

– É, sim – afirmou Charlotte, na hora em que seu telefone soou com uma mensagem de texto. – Desculpa, vou só... – disse ela, olhando para a tela, e então seu rosto se iluminou ao ler seja lá qual fosse a mensagem que chegara.

A curiosidade de Georgie atingira o nível máximo. Precisava saber o que estava acontecendo.

– Mas chega de falar de mim e meus dramas – disse ela. – E quanto a você? Parece bem alegre. Algo que eu deveria saber?

Espera um minuto, pensou em seguida, lembrando-se das provocações no jantar da semana anterior: a maneira como Charlotte ficara vermelha quando falaram sobre Ned, da cafeteria.

– Espera aí... Vocês dois se viram de novo? Foi, não foi? Posso ver pelo seu rosto. – Então encheu as taças de vinho e concentrou-se na amiga, tirando Simon da cabeça por um tempo. – Quero saber tudo.

A felicidade de Charlotte com seu novo relacionamento fora uma distração bem-vinda, mas, no dia seguinte, Simon dera um passo adiante. Georgie ainda não tinha levado muito a sério toda aquela conversa de voltar para casa desde que ele soubera que o projeto do hotel havia sido engavetado. Simon iria mudar de ideia, ela pensava; iria superar aquilo e encontraria outro trabalho em Brighton. Toda aquela coisa de encaixotar tudo e resmungar era só sua maneira de desestressar um pouco.

Mas não. Aparentemente não. Porque lá estava ele, as chaves do carro tilintando no bolso da calça jeans e parecendo agitado quando ela lhe trouxe uma xícara de chá. Ele sentou-se, então, na cama, e ela percebeu, só pela sua postura, que ia mesmo levar aquilo adiante.

– Então... Estou indo embora agora de manhã – anunciou, direto. – Posso voltar com uma van para buscar o restante das coisas no fim de semana ou...

– Ei, espera aí! – disse ela, alarmada. Então procurou se sentar, bateu com a cabeça e derramou chá por todo o edredom. – Você vai mesmo? Hoje? Mas...

E quanto a mim?, queria gritar. Por que não conversaram sobre aquilo juntos? Parecia que a partida dele de Stonefield se repetia, percebeu Georgie: Simon novamente tomara a decisão sem pensar nela. Estou indo. Não posso esperar. Tenho coisas para fazer. Não vou ficar.

Ele pareceu surpreso com a reação dela.

– Eu *falei* – ressaltou ele. – Disse o tempo todo que ia voltar. Nada mudou. É você que não consegue se decidir. – Ele apoiou a mão no edredom, em seguida tirou-a rapidamente, lembrando que estava encharcado de chá. – Olha, se você quiser vir comigo, eu posso...

– Não – disparou Georgie.

Não podia acreditar que aquilo estava acontecendo. Nem estava pronta para ir embora. Em parte, sentia culpa por estar vivendo em negação, por evitar confrontá-lo sobre os planos dele, mas, por outro lado, ele também não a procurara e perguntara o que deveriam fazer nem dissera algo como *Vamos resolver isso juntos, nós dois, como um casal normal faria.*

– Não podemos conversar mais sobre isso antes de você ir? Tem que ser *hoje*? É tão repentino... como se tivesse decidido sem mim. Como se estivesse fugindo.

Ela fechou a boca antes de acrescentar "de mim" no fim da frase, sabendo que não era bom começar a parecer carente. Se alguma coisa o faria voltar, decidido, acelerando pela estrada, seria ela se comportar de forma grudenta.

– Não estou fugindo. – Droga, agora ela tinha ferido seu orgulho masculino, e ele parecia na defensiva. – Eu só... – Ele deu de ombros. – Bem, não há mais nada aqui para mim. Além de você, mas sabe o que quero dizer.

Além de você. Bem, pelo menos tinha entrado em suas considerações, ainda que como uma reflexão tardia. Que bom. Georgie pegou a mão de Simon, sentindo como se estivessem evitando algo grande e assustador, nenhum dos dois capaz de olhar o outro nos olhos. O que ele queria? Não aquilo, isso estava claro. E o que ela queria? Também não queria aquilo... os dois tensos e irritados, sem conseguirem ser eles mesmos, ser sinceros. Ah, de repente estava cansada de não ser sincera. Desde que fora para Brighton atrás de Simon, parecia estar escondendo todo tipo de verdades dele, daquele que devia ser seu amado. Isso não a fazia se sentir uma pessoa boa. Talvez devesse dar o fora dali com ele, pular no carro, inventar uma desculpa esfarrapada para Viv com relação à revista e depois voltar para a vida de Stonefield como se nunca tivessem ido embora.

Seus olhos correram para as fotos que tinha pendurado na parede do quarto: instantâneos de férias e do Natal, a despedida de solteira de Jade, o churrasco do povoado no último verão... Seria tão fácil fazer as malas e ir, não seria? Admitir a derrota, correr de volta para o norte, voltar ao conhecido conforto de estar em casa. Os encantos de Brighton acabariam parecendo um sonho distante sempre que olhasse para trás, um breve e agradável desvio da rotina. E ainda assim algo parecia detê-la.

Embora um mês antes pudesse ter saltado de alegria por Simon querer ir embora, Georgie tinha um lado teimoso que detestava desistir de qualquer coisa. Gostava dali! Tinha suas novas amigas e o trabalho! E, se pudesse escolher, queria chegar ao fim daqueles seis meses, aproveitar tudo o que a cidade tinha a oferecer, em vez de seguir obedientemente o namorado mais uma vez só porque ele estava com pressa de ir embora. Por que sempre tinha que fazer o que ele queria?

– Simon... Qual é o cenário dos seus sonhos, digamos, dentro de um ano? – perguntou Georgie, acariciando as costas de sua mão. Ele tinha mãos tão lindas, ela sempre achara... grandes e fortes, que começavam a pegar um bronzeado agora após as últimas semanas de sol, mas naquela hora foi como tocar um estranho. – Quer dizer... se pudesse fazer um pedido e mudar sua vida da noite para o dia, qual seria sua vida perfeita? O que espera que aconteça no futuro?

Ele parecia surpreso com a pergunta, como se nunca tivesse parado para pensar nisso. (Georgie, ao contrário, teria sido capaz de detalhar seus cenários dos sonhos dentro de um, cinco ou dez anos desde que tinha catorze anos.)

– Bem... Morar em Stonefield, um trabalho novo incrível... – Ele coçou o queixo enquanto pensava. – Adoraria construir uma casa um dia, comprar um terreno, sabe, no estilo do *Grand Designs*, aquele programa legal de arquitetura. Esse é o sonho, eu acho. Por quê?

E aquela era exatamente a diferença entre eles, pensou Georgie com tristeza. O sonho de Simon tinha a ver com *ele*, trabalho, uma casa idiota que queria construir, enquanto os sonhos dela sempre tinham a ver com os dois, casar, adotar o primeiro cão, começar uma família, todas essas coisas do tipo *então eles viveram felizes para sempre*. Será que ela ao menos fazia *parte* do cenário dos sonhos de Simon? Ou havia apenas uma "namorada" genérica e os detalhes da vida dos dois importavam menos do que as dimensões de sua fantástica casa? Talvez ela estivesse se enganando aquele tempo todo, pensou, sentindo um nó se formar na sua garganta. Talvez ter ido até ali atrás dele tivesse sido o pior dos erros, sua transformação em namorada grudenta.

Georgie então olhou para ele, que mexia no telefone, nem mesmo esperando uma resposta. Será que se importava com o cenário dos sonhos *dela*? Ela tentou engolir aquele bolo na garganta, lembrando como Charlotte parecera feliz na noite anterior, como seu rosto brilhara ao falar sobre Ned e seu jantar romântico, interrompido pelas duas filhas fofas dele. Quando ela e Simon tinham olhado carinhosamente um para o outro durante um jantar romântico pela última vez? Quando tinham deixado de se divertir e de ter aquele brilho?

Ela suspirou e colocou os pés para fora do edredom porque já estavam abafados. Simon ficaria bem sem ela pelo resto de sua vida. Ele mesmo dissera... ela nem sequer entrava em seu cenário dos sonhos, pelo amor de Deus!

Bem, então... pensou ela. *Lá vamos nós.*

– Preciso lhe dizer uma coisa – começou ela. – Na verdade, algumas coisas.

Depois que ela começou, não conseguia mais parar. Era estranhamente libertador revelar um terrível segredo após outro, arrancar as tampas e libertá-los enquanto ele não dizia nada, só se afastava um pouco mais da cama a cada nova revelação, parecendo mais e mais horrorizado. E assim Georgie contou sobre a entrevista com as mulheres do refúgio e sua parte em fazê-lo perder o emprego ("Foi *você*?") e, sim, também sobre a noite de encontros rápidos.

– Mas não aconteceu *nada*! – disse ela rapidamente, vendo o rosto dele ficar roxo. – Na verdade, tentei ligar para você várias vezes, queria chamá-lo para ir comigo, mas uma *mulher* atendeu seu telefone e foi rude...

– Ah, certo, aí você pensou "que se dane, vou sozinha para uma noite de *encontros rápidos*"...

– Não! Bem, sim... mas não foi desse jeito. Foi só uma coisa idiota de trabalho, não *significou* nada. Assim como você estar em um pub com uma mulher depois do trabalho não significou nada!

– Isso foi diferente. Estávamos em grupo. E ninguém estava flertando e tentando ir para a cama com o outro.

A voz dele soava tão fria que ela se sentiu desmoronar. Simon projetava o queixo com ar furioso e nem sequer olhava para ela.

– Sim, mas... Você saiu várias vezes com eles, não foi? E aquela mulher que atendeu seu telefone foi muito rude, e...

Simon parecia perplexo.

– Espera um minuto, como é que o assunto de repente mudou para mim? Não fui eu que estive em uma noite de encontros rápidos, Georgie.

– Mas é sobre você também, é sobre nós dois. – Ela podia ouvir a própria voz cada vez mais aguda. Estridente, até; na defensiva. – Você nunca levou meu trabalho a sério...

– De onde veio tudo isso?

– E não tem me dado atenção desde que chegamos aqui...

– Ah, pelo amor de Deus! – Agora ele parecia zangado. – Não é verdade...

Georgie sentia que o foco estava se perdendo.

– Enfim, fui embora cedo daquela droga de noite de encontros rápidos porque estava horrível – disse ela em voz baixa.

– Ah, é mesmo?

Georgie podia ver que ele não acreditava nela.

– Mesmo. Depois que falei com você ao telefone, fui para casa, assisti a *Silent Witness* de pijama e coloquei uma máscara facial. *Mesmo*. – Graças a Deus Charlotte estava no trabalho e não poderia ouvi-la através da parede, pensou, estremecendo com o volume crescente de sua voz. – Olha, sinto muito, está bem? – prosseguiu, mais humilde. Ele odiava gritos ainda mais do que gente grudenta. – Sinto muito por as coisas andarem estranhas, sinto muito por nós não termos sido totalmente honestos um com o outro...

– *Nós?* Não me envolva nisso, Georgie. Não sou eu que tenho tido encontros rápidos por aí, sou?

– Não, mas você também errou, não tem sido exatamente um santo – retrucou, sem conseguir evitar. Havia um limite para quanto uma pessoa podia se desculpar. – Você tem me deixado de fora esse tempo todo que estamos aqui. É sempre tudo sobre você e esse hotel idiota. E até mesmo agora, é sobre você e sua "futura casa" idiota. – Ela fez aspas no ar para o caso de ele não ter percebido exatamente quanto desprezava aquela maldita futura casa dele. – Onde eu entro nessa história, hein? Será que ao menos *entro* nesse maldito cenário?

Simon se levantou rigidamente, sem olhar para ela.

– Vou embora – disse ele, batendo a porta com uma determinação inequívoca.

Georgie piscou com força para conter o choro.

– Vou encarar isso como um não, então – murmurou ela para o cômodo vazio.

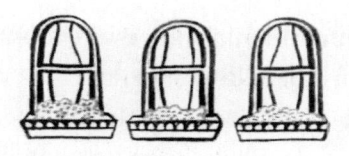

Capítulo Vinte e Três

Quadro de avisos de SeaView

LEMBRETE
Para todos os moradores

POR FAVOR, coloquem o lixo nas lixeiras públicas do lado de fora. NÃO deixem os sacos de lixo amarrados às grades da frente. É feio e um perigo para a saúde.

Angela Morrison-Hulme
Administradora

– Ele ficou muito bravo... eu nunca o vi tão bravo... e então falou *Vou embora*, e f-f-foi embora. Saiu sem dizer mais uma palavra. E não tive notícias dele desde então!

Rosa pegara o turno da manhã naquele dia, saindo às três da tarde, e estava ansiosa para ficar de pernas para o ar pelo resto da tarde, conferindo a lista de compras para seu próximo jantar em casa – ou melhor, seu *supper club* inaugural, como deveria começar a pensar nele. Mas, quando estava chegando, vira Georgie no gramado em frente ao prédio e fora até lá para dar um oi, e a vizinha do andar de cima se derramara em lágrimas e começara a desfiar seu rosário de problemas com Simon, os ombros trêmulos de tanto soluçar.

– Ah, não – disse ela solidariamente. – Isso não parece nada bom.

– Ele olhava para mim como se me o-o-*odiasse*. – Georgie esfregou os olhos vermelhos e úmidos com o punho e soluçou. Estava sem maquiagem, o que a fazia parecer uma menininha, e usava uma camiseta cinza lisa e bermuda jeans, um visual bem diferente das cores vivas de costume. – Não posso acredito que a-a-acabou. Assim, de repente. Estamos juntos desde quando estávamos na *escola*. Ele foi meu único namorado!

– Ah, querida – disse Rosa, o braço ainda ao redor dos ombros estreitos de Georgie. – Eu sinto muito.

– E é tudo culpa m-m-minha – lamentava Georgie. – Eu provoquei isso. – Então assoou o nariz. – Ele merece alguém melhor do que eu. Uma namorada melhor para morar em sua maldita casa dos sonhos. Acho que nós dois chegamos a essa conclusão.

Então limpou as novas lágrimas que brotaram em seus olhos com o lenço de papel úmido.

– Não diga isso. Você é um amor – replicou Rosa lealmente. – E ele também não estava sendo exatamente um raio de sol nos últimos tempos, não é? Você falou naquela outra noite que ele andava mal-humorado e obcecado pelo trabalho. Então talvez seja *você* quem mereça alguém melhor do que ele.

Georgie abriu um discreto sorriso, mas dava para ver que não estava comprando aquele discurso encorajador. Ainda não estava pronta para aquela parte de se sentir forte e independente ao terminar com alguém. Era justo. Afinal, Rosa também levara um bom tempo para chegar lá.

– Bem, e agora? – perguntou Rosa.

O dia estava quente e ensolarado, o mar, uma grande extensão azul cintilante, o que fazia ser ainda mais cruel se sentir infeliz. À sua volta havia grupos de estudantes estendidos na grama, crianças correndo descalças, cães perseguindo alegremente bolas de tênis.

– Ele provavelmente já está de volta a Yorkshire – disse Georgie com um suspiro. – Ah, Deus, a mãe dele vai adorar isso. Ela sempre me encarou com aquele ar de superioridade, como se eu não fosse boa o suficiente para seu precioso filho. Vai paparicá-lo de todas as maneiras e envenená-lo contra mim, aposto. – Georgie apoiou o queixo nos joelhos e abraçou as pernas. – Depois... talvez ele entregue uma notificação aos inquilinos, para poder se mudar de volta para nossa casa. Para nossa casa. – Fungou ao pensar nisso. – Talvez queira... – Ela engoliu em seco. – Vender a casa. Nossa casinha! – Elevou a voz em um gemido. – Ah, isso é tão horrível! Não posso acreditar que esteja acontecendo, Rosa. Eu achava que nós dois ficaríamos juntos para sempre!

Então caiu novamente no choro, e Rosa esfregou suas costas.

– Você tem que esperar para ver como as coisas vão ficar quando vocês se acalmarem – disse ela de maneira reconfortante. – Pode não ser o fim. Talvez só precisem de um tempo sozinhos para pensar, uma chance de tentar entender o que cada um quer. Vai ficar tudo bem. Olhe para você... tão vibrante, inteligente, cheia de energia, isso é só um revés temporário, ok? Com ou sem ele, você ainda é a mesma Georgie, lembre-se disso.

E ali estava ela, pensou Rosa, repetindo todas as coisas que suas amigas tinham lhe dito seis meses antes, quando era ela que se sentia arrasada, como se sua vida tivesse chegado a um fim abrupto. O ciclo dos rompimentos.

Georgie então assentiu, assoando o nariz mais uma vez, e tirou o cabelo do rosto.

– Obrigada – disse ela em voz baixa, girando uma folha comprida de grama entre os dedos. – E me desculpe por alugar você com meu choro. Não estava suportando ficar no apartamento sem ele, as paredes pareciam estar se fechando. Pensei em sair e trabalhar um pouco, mas só fiquei chorando e me sentindo péssima.

– Que tal irmos para o meu apartamento? – sugeriu Rosa, levantando-se e estendendo a mão para a vizinha. – Você precisa de uma mudança de cenário. Tenho café, panquecas e centenas de lenços de papel...

As duas olharam para o lencinho já bastante úmido, esfarelento e totalmente inútil que Georgie usava, e ela conseguiu dar uma risadinha.

– Vamos lá – insistiu ela, ajudando Georgie a se levantar. – Lembre-me de contar outra hora as histórias da *minha* vida sentimental desastrosa... com certeza você vai se animar. Mas, enquanto isso... fique um pouco comigo, se não quer ficar sozinha. Estava pensando em planejar meu cardápio para sexta à noite, e você pode me dar sua opinião.

– Sexta...? Ah, o *supper club*. – O rosto de Georgie se entristeceu de novo enquanto caminhavam em direção ao prédio. – Acho que é melhor você tirar o Simon da lista de convidados. Vou ter que ficar sozinha.

– Não vai, não – disse Rosa, ao ver que Georgie parecia prestes a chorar de novo. – Você pode se sentar com minhas três amigas de longa data que estão vindo de Londres para a ocasião. E, acredite em mim, essas garotas são exatamente quem você quer ao seu lado quando está passando por um rompimento. No mínimo, vão embebedá-la e lhe contar todos os segredos sujos delas. Ou você pode se sentar com Jo, se preferir. Ela já está em casa, sabia? E confirmou que vai com a Bea e o ex, Gareth, o pai da Bea, então... – Georgie começava a parecer angustiada. – Bem, veja como vai estar se sentindo amanhã, ok?

Ao chegarem à porta, Rosa abriu e segurou-a para Georgie entrar.

– Enquanto isso, vou forçá-la a ouvir minhas ideias de cardápio, goste ou não. Assim ocupa a mente e me diz o que acha.

Atualização do Facebook: Ann-Marie Chandler

Tenho o prazer de anunciar que David e eu estamos esperando nosso terceiro filho!!! Fiz a ultrassonografia de 13 semanas ontem, e nosso bebê é lindo e saudável. Estamos tão felizes!!!! #abençoada #feliz #bebe #familia #amor

Rosa fechou o laptop e ficou toda arrepiada. Tinha que parar de ver aquela página. Agora mesmo!

– E eu estava tipo: ei, sinto muito, mas acho que *eu* cheguei aqui primeiro... isso já um pouco bêbada... então olhei de novo para ter certeza e... puta *merda*... percebi que o cara ao meu lado no bar, o cara com quem eu tinha acabado de ser toda arrogante, era...

– Ah, meu Deus, *quem*?

– ... apenas o maravilhoso Harrison Ford. – Alexa ergueu as mãos no ar. – Nada mais, nada menos que o próprio Han Solo, minha paixão adolescente! E eu ali, toda antipática com o cara. Com o Harrison Ford! Morri, né? Quase surtei de vergonha!

Era a noite de sexta, e Rosa estava dando seu jantar inaugural de *supper club*. Até aquele momento, tudo ia bem, pensou, lançando um olhar pela sala enquanto recolhia os pratos raspados da entrada e enchia algumas taças de vinho. Havia onze convidados além dela, e mais cedo empurrara o sofá e a poltrona para o quarto, abrindo espaço para arrumar as mesas em uma longa linha no meio da sala. (Estava meio apertado, tinha que admitir, mas isso só parecia ter promovido uma interação maior entre as pessoas, em vez de desconforto.) Algumas lâmpadas e velas acesas estrategicamente colocadas conferiam uma iluminação suave. Também comprara alguns pequenos vasos de terracota com tomilho e alecrim que arrumara ao longo da mesa, dando mais um toque ao tema mediterrâneo do cardápio.

Suas amigas de Londres chegaram logo depois das seis da noite, carregadas de malas, buquês de flores e sacolas que tilintavam e deviam estar cheias de bebida. As quatro gritaram tão alto na porta do prédio que uma pessoa que passava na calçada chegou a virar a cabeça, assustada. Conhecia aquelas mulheres há dezessete anos, quase metade da sua vida, e, embora se afastar enquanto tentava colocar sua vida de volta nos trilhos tivesse parecido a decisão certa na época, só agora que tinha todas elas de volta ao seu redor sentia-se propriamente como Rosa de novo, como se tivessem colocado de volta um membro seu que tivesse perdido.

Todos pareciam estar se divertindo à mesa do jantar, a julgar pelas risadas em resposta à mais recente história do showbiz de Alexa. Trabalhando como relações públicas para a indústria cinematográfica e televisiva, sempre tinha uma ou duas boas histórias na manga de sua roupa de grife.

– Harrison Ford? *Não!* – exclamou Jo, que havia pintado o cabelo de marsala para a ocasião e também tinha as bochechas um pouco coradas novamente (talvez em razão do vinho). – Amo esse cara. Ah, eu voltaria a sair com homens num instante para ficar com o Harrison, é sério.

– Mãe! – gritou Bea, tapando os ouvidos, horrorizada. – Não diga essas coisas na minha frente!

– Alerta de ex-marido – anunciou Gareth secamente, revirando os olhos. – Cof, cof. Que constrangedor...

No entanto, Alexa parecera entusiasmada com o comentário de Jo e a cumprimentara do outro lado da mesa.

– Eu também! – gritou ela.

Estava rolando um clima entre as duas?, perguntou-se Rosa, empolgada, erguendo a sobrancelha para Catherine ao seu lado.

– Bem, acredite em mim, ele ainda está com tudo – continuou Alexa confidencialmente. – Está com tudo mesmo. Além disso, foi muito gentil e simpático quando me desculpei nove milhões de vezes e me ofereci para lhe pagar uma bebida, por pura vergonha.

– E ele deixou que você lhe pagasse uma bebida? – perguntou Georgie, os olhos arregalados. Ela levara junto sua chefe, Viv, e estava bastante quieta até o momento, notara Rosa.

– Infelizmente, não. Acenou dispensando minha oferta, como se não fosse necessária – demonstrou Alexa –, com suas mãos lindas e fortes.

– Mãos velhas e enrugadas, você quer dizer – disse Meg estremecendo. – Ele já deve ter uns setenta anos, sua pervertida.

– E portanto, é claro, ainda *jovem*, eu gostaria de ressaltar – repreendeu-a Margot, olhando fixamente para ela.

Rosa conteve uma risada diante da expressão envergonhada de Meg. Ficara muito feliz por Margot ter se juntado a eles naquela noite, usando um elegante vestido preto, os cabelos grisalhos penteados à perfeição, e novamente trazendo champanhe. ("Estar doente é muito chato", declarara majestosamente ao entrar. "Então decidi... não! Não vou perder outra noite com meus vizinhos. Às vezes só é preciso colocar um vestido e aproveitar a vida, não é?")

– Setenta não é *nada* nos dias de hoje, querida – prosseguiu Margot com ar reprovador. – Ainda se pode ser um homem forte e decidido aos setenta. Um bom amante também. Eu sei bem!

Meg chegou a corar.

– Sim – disse ela, sentindo-se mal. – É claro. Só quis dizer...

Os lábios de Margot se contraíram.

– Estou brincando com você – confessou. – Ah... olha só! Posso ser uma velha prestes a morrer, mas ainda sei brincar!

– Margot – repreendeu Charlotte carinhosamente quando Meg ficou visivelmente pálida. Charlotte tinha feito ondas suaves no cabelo, que caíam em torno de seu rosto sorridente, e parecia positivamente radiante, pensou Rosa. Estar apaixonada obviamente lhe fazia bem. – Por favor, não fale em morrer. Vocês deviam ver todos os homens que ela tem aos seus pés por toda a cidade – contou aos outros. – Inclusive este aqui – disse, piscando para Ned ao seu lado. – Embora ele esteja indisponível para você agora, Margot, muito obrigada.

Margot parecia encantada.

– Mas eu o vi primeiro! – exclamou.

Rosa sorriu para si mesma ao sair em direção à cozinha.

– Daqui a pouco eu volto com o prato principal – avisou a todos.

– Vou ajudá-la – disse Catherine, levantando e indo atrás dela.

Na cozinha, estava tudo praticamente pronto para ser servido. Criara um cardápio com tema mediterrâneo, com uma torta de legumes assados e chèvre para os vegetarianos, e costeletas de cordeiro com ervas para os que comiam carne, além de três tipos diferentes de salada.

– Parece tudo incrível – elogiou Catherine, colocando pratos na lavadora enquanto Rosa cortava a torta. – O jantar está indo muito bem, não é? Bem, pelo menos do meu ponto de vista. Você está satisfeita? Deve estar! Estão todos elogiando a comida. E adorei ver como a maioria de nós não se conhecia mas estamos todos conversando como velhos amigos. O rosto de Meg quando Margot a colocou em seu lugar agora há pouco! Nunca a vi tão sem graça!

Rosa riu.

– Eu sei! Margot é incrível, não é? É ótimo tê-la aqui com a gente. É ótimo ter *todos* vocês aqui.

Então foi invadida por uma onda de carinho pela mulher ao seu lado, pensando em todas as diferentes cozinhas em que tinham estado juntas ao longo dos anos... cafés da manhã de ressaca e intermináveis rodadas de bebida nos tempos de estudante, inúmeras festas com ponches duvidosos e vizinhos batendo na parede, até as despedidas de solteira, fins de semana de viagem, dietas, bebedeiras, comemorações de Ano-Novo, aniversários dos afilhados... e agora ali estavam reunidas novamente, em uma nova cozinha, a cozinha de Rosa. Parecia um momento decisivo ter o selo de aprovação de alguém que realmente importava.

Catherine hesitou, como se estivesse prestes a dizer algo, e olhou para Rosa, então pareceu pensar melhor e pegou alguns pratos de salada.

– Devo levar estes aqui para as pessoas se servirem?

– Sim, por favor. Quanto mais informal, melhor, eu acho. Obrigada.

Relaxe, lembrou a si mesma, servindo generosas fatias de torta em quatro pratos antes de Catherine levá-los para os vegetarianos. Receber seus convidados, até agora, tinha sido como organizar uma operação militar – fazer compras, cozinhar, arrumar a sala, pegar cadeiras e mesas emprestadas com os vizinhos, pegar emprestadas as toalhas de mesa do hotel. Se fosse fazer aquilo a sério, teria que pedir ajuda a Natalya da próxima vez, pensou, carregando pratos cheios do cheiroso cordeiro e colocando-os em cada ponta da mesa.

– Sirvam-se. Vou só pegar pão e manteiga e uma jarra d'água. Alguém quer mais vinho? Ok, também vou trazer mais. Agora, por favor... podem atacar!

No final da noite, Rosa estava se sentindo incrivelmente feliz. Também estava incrivelmente bêbada. O jantar fora um grande sucesso, e mal sobrara uma migalha do imenso cheesecake de chocolate branco e frutas vermelhas que preparara. Todos permaneceram para uma rodada de café e mais algumas taças de vinho. Alexa levara uma garrafa de licor de anis que trouxera de uma viagem recente à Grécia e que fizera Margot, Charlotte, Ned e Viv saírem aos tropeços por volta das onze da noite. Depois foi a vez de Jo, que parecia acabada.

– Só mais meia hora, Bea, e seu pai vai mandar você para casa também – avisou.

– Está bem, está bem – replicou Bea de maneira não muito convincente.

– Acho que devíamos fazer um brinde – sugeriu Catherine, erguendo uma caneca de café em uma das mãos e a garrafa de licor na outra. – À nossa fabulosa anfitriã, excelente cozinheira e amiga espetacular. Rosa!

– Rosa! – disseram os outros em coro, tilintando os copos.

– Sim! – acrescentou Georgie, que parecia tão bêbada quanto Rosa se sentia no momento.

Uma bêbada alegre, felizmente, pensou Rosa, olhando em seus olhos. O que era muito melhor do que uma bêbada sentimental que acabou de levar um fora.

– Obrigada por estarem aqui e me deixarem treinar com vocês – agradeceu ela, rindo e franzindo o nariz.

– Está brincando? Como se fôssemos ficar de fora quando você finalmente tomou vergonha na cara e nos convidou – disse Meg, bufando, mas com os olhos brilhando de diversão.

– Por que vocês não se viam há tanto tempo? – perguntou Gareth.

Estava meio embriagado também; as palavras se chocando umas contra as outras como patinadores de gelo novatos, e parecia que seu rosto estava meio desfocado. Mas talvez fosse só a embriaguez de Rosa.

– Afinal... Londres e Brighton não ficam tão longe assim. Vocês todas andaram insanamente atarefadas ou coisa parecida?

– Pai! Isso é pessoal! – ressaltou Bea, revirando os olhos.

– Bem... – Alexa olhou para Rosa e deu de ombros. – Às vezes a vida nos dá umas rasteiras, certo?

– E *somos* insanamente atarefadas – acrescentou Catherine, o que era verdade. – Ou atarefadamente insanas, não sei bem qual dos dois.

– Nós não brigamos nem nada do tipo – explicou Meg.

Estavam todas sendo muito amáveis e diplomáticas, acobertando Rosa, mas a verdade parecia grande demais para esconder por mais tempo.

– Fui eu – admitiu. – Só uma típica crise de meia-idade, sabe... abandonar um excelente trabalho, fugir para o litoral, ficar longe... das melhores amigas. *Eu quero ficar sozinha*. Que bobagem. – Ela fez uma careta, para parecer que estava brincando, mas sua voz saiu trêmula no final, entregando completamente seus verdadeiros sentimentos. – Então... é.

– Mas aqui estamos todas nós agora e você já superou o pior – concluiu Catherine, que tinha três filhos com menos de cinco anos e era altamente qualificada para amenizar crises emocionais.

– Certo – disse Gareth, parecendo um pouco sem graça. Estava tentando sondar melhor Rosa, mas ela fingiu não notar e começou a servir mais bebidas para todos. – Que bom...

Georgie tomou seu terceiro copo de licor e estremeceu.

– Isso tem alguma coisa a ver com aquele lance da vida amorosa que você mencionou outro dia? – perguntou ela, depois se encolheu ao perceber que fora indelicada. – Desculpe. Você não precisa falar nada. Foi uma pergunta muito enxerida. Isso com certeza foi obra do licor. O que *tem* nessa coisa?

– Diz aqui: 55% de teor alcoólico – disse Bea, lendo o rótulo, em seguida tirou a tampa da garrafa e cheirou o conteúdo. – Caramba, isso é permitido por lei?

– Pois é – concordou Catherine, fazendo uma careta enquanto tomava um gole.

Rosa girou o copo entre os dedos. Então a frase seguinte escapou antes que pudesse detê-la:

– A esposa dele vai ter outro bebê, sabia?

Catherine deixou sua bebida espirrar para todo lado.

– Não!

– Que pilantra – rosnou Meg.

– Como você sabe? – perguntou Alexa, o cabelo escuro balançando ao se inclinar para a frente. – Ele entrou em contato? – Então ela e Catherine trocaram um olhar. – Você...

– Shh – fez Catherine rapidamente, e levou um dedo aos lábios, mas não antes de Rosa ter visto.

Ah, ótimo. E agora? Será que queria *mesmo* saber por que as amigas tinham se entreolhado daquele jeito? Provavelmente não. Definitivamente não. A sala rodopiava ao redor dela; sentia-se vulnerável, descontrolada, todas as emoções preocupantemente próximas à superfície.

– Sinto muito – disse ela para Georgie, Bea e Gareth, ao perceber tarde demais que estavam todos lá sentados, sem ideia do que as quatro estavam falando. – É só minha trágica vida amorosa. Não vamos seguir por aí. Vamos mudar de assunto!

– Então como você sabe que ela está grávida? – perguntou Catherine, ignorando as últimas palavras de Rosa. – Você o viu de novo?

– Não! É claro que não, eu o odeio – respondeu Rosa. Então suspirou, sabendo que as amigas não iam deixar aquela passar. – Tenho acompanhado o Facebook da esposa dele – murmurou. – E os passos dele também. Ele nunca trabalhou em Amsterdã, dá para acreditar? É gerente de marketing de uma grande firma de tecnologia na Old Street. Rá!

– Hum... Acho que está na hora de irmos embora – disse Gareth com delicadeza. – Venha, Bea.

– Sim – concordou Georgie, empurrando a cadeira para trás. – A noite está ótima, mas, se eu continuar bebendo este licor, provavelmente vou fazer algo terrível, como ligar para o meu namorado. Ex-namorado. *Argh*. Na verdade, talvez fosse melhor deixar meu celular aqui.

– Ah, fiquem mais um pouco – sugeriu Rosa. – Não precisam ir embora por minha causa. Vamos mudar de assunto e deixar o tórrido melodrama da minha vida pra lá, não vamos? E vou buscar uma jarra de água gelada para diluir um pouco o licor.

Ela se levantou, mas Meg estendeu a mão como um policial no trânsito fazendo sinal de "Pare".

– Espera aí, querida. Vamos mudar de assunto e beber nossa água gelada assim que dermos uma olhada nessa página do Facebook – disse ela, erguendo uma das sobrancelhas. – Anda. Mostra. Todos queremos ver.

– Podemos escrever comentários venenosos para a vaca presunçosa – sugeriu Alexa.

– Não! – exclamou Rosa. Tornara-se estranhamente protetora da pobre e ingênua Ann-Marie, por mais louco que isso pudesse ser. – Não é culpa dela o marido ser um cretino. – Então fez uma careta e explicou brevemente a situação para Gareth, Bea e Georgie, que condenaram veementemente as ações de Max... David. – Só preciso esquecê-lo e deixá-lo viver em paz com sua feliz e abençoada família – disse sarcasticamente.

– Não tão feliz – resmungou Catherine.

– Cath o viu com outra mulher – disparou Alexa. – O quê? – acrescentou quando Catherine sibilou ao seu lado. – Olha, é melhor ela saber, caso alimente alguma ideia maluca de voltar para aquele homem desprezível.

– De jeito nenhum! – exclamou Rosa. – É verdade? Você o viu, Cath?

Catherine suspirou.

– Sim. Eu vi. Mas ia lhe contar com *jeitinho* – disse, fuzilando Alexa com o olhar. – Talvez quando você não estivesse completamente bêbada e com seus novos amigos em volta. Tipo, só nós duas e um grande saco de pancadas à mão.

– Tudo bem. Tanto faz. Não me importo.

– Não está tudo bem – interrompeu Gareth. – E, se quer saber minha opinião, ele merece uma lição.

Bea bufou.

– O quê, você vai atrás dele para dar uma surra? Isso é um pouco diferente de ameaçar um valentão da escola, pai.

– Eu sei, mas... – Ele deu de ombros. – É que me tira do sério ver como algumas pessoas podem ser tão desprezíveis e saírem impunes. – Ele ficou de pé e ajudou a filha a se levantar também. – Certo, mocinha, é melhor irmos embora ou Jo não vai ficar feliz com nós dois. – Gareth hesitou, vestindo o casaco. – Obrigado, Rosa, a noite foi ótima. E... bem, se um dia quiser pensar numa vingança satisfatória contra seu ex... – Deu uma batidinha no nariz. – Você tem meu telefone. Conte comigo.

Capítulo Vinte e Quatro

Havia migalhas debaixo da torradeira de Charlotte. Uma mancha marrom não identificável na gaveta de legumes da geladeira. Estava sem amaciante de roupas, e havia poeira – sim, *poeira* – na cúpula negra de seu aspirador de pó. Talvez alguém dissesse que o padrão estava caindo... e estaria certo. No entanto, também estaria certo ao dizer que Charlotte não poderia se importar menos.

Ela estava *feliz*, percebera. Parecia que tinha esquecido como era! Um alegre fervilhar no sangue, a agitação meio atordoante que sentia ao receber uma mensagem ou ligação de Ned, a maneira como acordava de manhã e se sentia feliz. *Feliz!* Até mesmo se pegara cantarolando nos corredores do supermercado outro dia enquanto escolhia alguns alimentos, e levara também uma caixinha de morangos bem vermelhos, um chique gel para banho de toranja e várias frésias só porque estava com vontade. Na realidade, cantarolara alto e em público!

Era como se olhasse toda hora para si mesma, admirando-se por ter avançado tanto. Não conseguiria sobreviver aos jantares de Rosa na mesma época do ano anterior, por exemplo: andava infeliz demais para comer, muito fechada em si mesma para conversar e exausta demais para sequer pensar em colocar um bom vestido e fazer uma maquiagem e um penteado. E agora conseguira exatamente isso todas as vezes, e se divertira de verdade: tivera a chance de conhecer seus vizinhos Rosa, Georgie, Bea e, é claro, Jo, com quem conversara bastante e que parecia uma pessoa incrível e vibrante.

Até o trabalho estava melhor. Uma das advogadas de sua equipe, Jacqui, que tinha cabelos dourados e olhos verdes de gato, elogiara o colar de Charlotte um dia enquanto tomavam café, e as duas acabaram conversando e almoçando juntas algumas vezes desde então. Outra colega, Shelley, convidara Charlotte para sair para beber e comemorar seu aniversário, e tinha sido muito divertido, além de ter tido a chance de conhecer muitos colegas, ainda que de um jeito tímido e embriagado. Haviam começado a falar sobre uma festa de verão no escritório, e Charlotte se oferecera para ajudar na organização... Na verdade, Charlotte estava dizendo sim para tudo nos últimos dias. Era como uma margarida abrindo suas pétalas e oferecendo-as ao sol. Olá, mundo. Estou de volta. E estou pronta.

– Você está vivendo de novo – dissera sua mãe ao telefone, a voz soando um pouco anasalada... ou estava chorando ou a febre do feno estava lhe dando trabalho aquele ano. – É isso... você superou o luto e está vivendo de novo. Resgatada pelo amor!

Resgatada pelo amor? Charlotte revirou os olhos para o comentário melodramático.

– Eu *me* resgatei – ressaltou. – Além do mais, ainda não é "amor", eu mal o conheço. Só tivemos três encontros e tomamos um café na praia. – Então, porque sabia que a mãe era uma romântica incorrigível, e principalmente porque era verdade, acrescentou: – Mas ele me faz feliz.

– Ele faz você *feliz* – repetiu sua mãe com grande satisfação. – Ah, querida, estou contente. Estou muito contente por você.

– Eu também. E, na verdade, se não parecer muita maluquice, eu também me faço feliz hoje em dia. Minha vida, as coisas que fazem parte dela, meus novos amigos... tudo parece se encaixar num grande e lindo pacote. Não sei explicar, mas é como se as nuvens negras tivessem se dissipado. Não que algum dia eu vá esquecer Kate, é claro...

– Não, claro que não. Mas está aprendendo a conviver com a tristeza, não é? Sem deixá-la encobrir tudo em seu mundo.

– Sim. É exatamente isso, mãe.

Sentiu um nó na garganta. Perder Kate encobrira mesmo tudo em sua vida, percebeu, e a escuridão era tão profunda que não conseguira ver o caminho através dela por um tempo. E, embora tivesse certeza de que sempre sentiria um aperto no peito ao ver um bebê, talvez pelo resto da vida, aquela sombra se dissipara, permitindo que a luz do dia voltasse a brilhar. Seus dias pareciam mais significativos, estava dormindo melhor à noite e parara de chorar sem motivo algum no banheiro do trabalho. Quanto ao cronograma de limpeza, tinha sido deixado de lado. E o melhor de tudo, já não chorava examinando a caixa de sapato com as coisas de Kate havia pelo menos duas semanas.

– Realmente devo uma a Margot – disse a Ned, alguns dias depois.

Apesar de todo o seu papo sobre ter se resgatado e conseguido superar o luto, nunca esqueceria que fora Margot quem catalisara aquelas mudanças. Margot, que a interrogara com tanta atenção, que a escutara, que a fizera se sentir uma pessoa novamente, que lhe lembrara que ainda havia coisas boas na vida para se aproveitar.

– Margot? – repetiu Ned, ligando o alarme antirroubo dentro da cafeteria e trancando a porta.

Ele fechava às seis todos os dias, bem quando Charlotte estava saindo do trabalho, então ela ia ao seu encontro às vezes, para dar um olá e roubar um beijo, e talvez fazer uma caminhada rápida pela orla com Ned enquanto ele ia buscar as filhas na casa da irmã. Naquela noite, tinha sido convidada para comer com eles...

– Espero que goste de peixe empanado e macarrão ao pesto – dissera ele, e ela não tinha tanta certeza se estava brincando.

Talvez ela estivesse supervalorizando, sendo boba, mas parecia importante ser chamada para participar da hora do lanche da família, ser admitida naquele círculo. Estava lisonjeada, animada e também muito nervosa. Deveria se envergonhar por levar balas de gelatina na bolsa na tentativa de conquistar aquelas fofas menininhas descalças?

– Sim. Não só por ter nos apresentado... pela segunda vez, quero dizer – acrescentou Charlotte, corando. (Provavelmente nunca conseguiria pensar no primeiro encontro fatídico dos dois sem morrer um pouco por dentro.) – Mas por ter se tornado... bem, uma espécie de modelo para mim, eu acho. Inspiradora. Nunca conheci uma mulher como ela... que realmente não dê a mínima para o que os outros pensam e que seja tão charmosa, travessa e maliciosa.

– Que saiba flertar que nem ela... – disse Ned, puxando a barulhenta porta metálica da frente da cafeteria. – Ela não tem aparecido ultimamente. Na verdade... – Ele se curvou para prender o cadeado. – Acho que não a vi a semana toda. Ela está bem, não está?

A pergunta inquietou Charlotte.

– Hum... Acho que sim – respondeu, mas agora começava a ser invadida pela dúvida. Margot parecera tão bem no jantar de Rosa na semana anterior, tão ela mesma, que, para a vergonha de Charlotte, ela acabara se esquecendo um pouco da senhora, em seu próprio novo anseio por viver. Iria até a casa dela na sexta-feira para o bate-papo semanal, mas, de repente, Charlotte teve a forte intuição de que deveria ir lá antes. Nada específico que pudesse identificar, apenas uma sensação de urgência. *Anda. Vai.*

– Sabe, na verdade, acho melhor voltar lá e ver como ela está – disparou. – Você se importa? Provavelmente estou sendo boba, mas como ela estava tão mal antes e sempre me diz que está morrendo, quero ter certeza de que está bem.

Ela hesitou, sabendo que Debbie, a irmã dele, estava esperando os dois chegarem para buscar as meninas – Debbie, que não conhecia ainda, mas que era uma parte tão importante da vida do irmão que Charlotte definitivamente queria lhe causar uma boa impressão. Não pegaria bem se aparecessem mais tarde do que o combinado só porque ela, Charlotte, tivera essa ideia repentina de visitar a vizinha idosa. Mas, agora que aquilo *estava* em sua cabeça, não conseguia simplesmente ignorar.

– Vou com você – disse Ned, conferindo uma última vez se a porta estava bem fechada antes de colocar as chaves no bolso.

Quando chegaram ao prédio, após ter subido a colina, ofegante, em razão da pressa, Charlotte começava a se sentir constrangida por deixar seus instintos falarem mais alto, por permitir que suas emoções e o pânico os levassem para longe da casa de Debbie, atrasando, assim, o jantar com peixe empanado. Seria muito embaraçoso bater na porta de Margot e ver a expressão de surpresa no rosto da vizinha quando atendesse e os visse lá. Provavelmente riria. E podia até repreendê-los por seu comportamento ansioso e intrometido. "Ahh, vocês acham que estou morrendo, é? Ainda não, meus queridos. Hoje não!"

Mesmo assim. Já estavam ali no último andar, então não custava nada verificar.

– Margot? – chamou Charlotte, batendo na porta. – Sou eu. Você está aí?

Para sua surpresa, a porta se abriu silenciosamente. Sua vizinha devia ter deixado só no trinco.

– Margot? – Charlotte entrou no apartamento. – É a Charlotte. Você está bem?

Silêncio.

– Talvez ela tenha saído – disse Ned, esperando do lado de fora.

Mas o coração de Charlotte estava disparado. Havia algo errado, pensou enquanto seguia pelo corredor. Simplesmente sabia: havia algo errado.

– Margot?

Então ouviu: um gemido fraco em resposta, e saiu correndo, o sangue gelado, até a sala de estar, onde...

– Ah, meu Deus. Margot! Margot! O que aconteceu?

... onde sua vizinha estava caída no chão, o rosto branco como cera, olhos quase fechados, o cabelo um emaranhado grisalho.

Charlotte se ajoelhou no chão e tomou o pulso de Margot – estava muito fraco, como se seu coração não tivesse mais energia.

– Merda! – gritou Ned, entrando na sala um segundo depois e pegando o telefone. – Vou chamar uma ambulância.

– Não! – O fervor na voz de Margot surpreendeu os dois, os olhos dela se arregalando de repente.

– Margot, precisamos levá-la ao hospital, você está muito fraca – disse Charlotte, ainda segurando sua mão.

Ela tirou o cabelo de Margot do rosto. Seu lindo cabelo, sempre tão elegantemente penteado e cheio de laquê... agora estava ali caído em finas mechas, traindo a idade e a saúde fraca de sua dona. A pele das mãos dela estavam frias e finas como papel, como se estivesse caída havia algum tempo.

– Ah, meu Deus, você caiu? Há quanto tempo está aqui?

Margot agarrou Charlotte, implorando com os olhos enevoados.

– Por favor. Não. Nada de ambulância – pediu, ofegante. – Por favor.

– Mas...

– *Por favor.*

Charlotte olhou para ela, impotente e em conflito.

– Podemos pelo menos chamar uma enfermeira, alguém para cuidar de você? – perguntou, antes de se lembrar de Jo com uma súbita clareza. – Ned. Você pode descer e chamar a Jo, no apartamento 2? Ela é enfermeira da ala oncológica, saberá o que fazer. Ah, Margot – disse ela, a voz aflita, enquanto ele saía depressa. *Por favor, não vá*, queria dizer, chorosa. Não ainda! Acabei de conhecê-la... e adoro passar o tempo com você. – Sinto muito por não ter aparecido mais cedo. Eu deveria ter pensado em ver como você estava. Fui uma péssima amiga, estava tão centrada em mim mesma...

As pálpebras de Margot haviam se fechado, uma minúscula veia arroxeada latejando em um canto, e sua respiração saiu como em um suspiro. Por um terrível instante, Charlotte pensou que era o fim, que ela tinha acabado de morrer, bem ali no chão da sala de estar, mas então Margot entreabriu os lábios.

– Boa amiga – disse ela, a voz pouco mais que um sussurro. – Estou feliz. Por você.

Ned entrou correndo no minuto seguinte, seguido por Jo, que se ajoelhou ao lado de Charlotte e falou de forma gentil e enérgica com Margot.

– Oi, você se lembra de mim? Sou a Jo, lá do térreo, trabalho como enfermeira no hospital. Podemos trazer uma ambulância aqui em dois minutos ou posso levá-la ao hospital, se preferir – ofereceu ela, mas Margot só balançou a cabeça. – Tem certeza de que quer ficar? Ok, nesse caso, vamos deixá-la um pouco mais confortável, e, se mudar de ideia, é só falar.

Lágrimas escorriam pelo rosto de Charlotte quando Jo assumiu, fazendo um monte de perguntas antes de ela e Ned levarem Margot para a cama.

– A situação não parece nada boa – explicou em voz baixa para Charlotte. – Ela está muito fraca e cansada, acho que está perto do fim. Você sabe de algum parente que poderia querer estar aqui?

– Ela tem dois filhos na França – informou Charlotte, a voz embargada.

Ah, meu Deus, estava acontecendo tudo muito rápido. Rápido demais. Ela tentou se recompor pelo bem de Margot. Como os filhos dela se chamavam? Sabia que nem sempre tinham se entendido, mas iriam querer estar com a mãe em um momento como aquele, não iriam? Não tinham discutido porque queriam que ela morresse em casa, na França? Então os imaginou chegando e levando Margot embora, enfiada embaixo do braço, como um tapete enrolado, e teve que piscar várias vezes para pensar com clareza.

– Vou tentar entrar em contato com eles. Ela deve ter um caderninho de endereços ou informações de contato em algum lugar.

Ned se remexia, inquieto, o rosto angustiado.

– Sinto muito, mas preciso buscar as garotas – disse ele. – Poderia pedir a Deb que ficasse um pouco mais com elas, mas sei que tem pilates hoje... é a única noite da semana em que eu não tenho como me atrasar. Detesto deixá-la assim, mas...

– Está tudo bem. Eu entendo – respondeu Charlotte, impotente. – Vou ficar aqui. Sinto muito. Podemos remarcar o jantar?

– Claro! Não se desculpe – disse ele, com um longo e apertado abraço. – Com certeza iremos remarcar. – Então a soltou, com ar preocupado. – Você pode... ir me avisando como as coisas estão aqui? Me manter informado?

– Aviso, sim – prometeu ela, olhando para Jo, que vasculhava um armário à procura de mais um cobertor, com que cobriu Margot. – É melhor eu ir. A gente se vê.

Os dois se beijaram, e ele lhe deu um último abraço antes de se afastar. Enquanto o ouvia descer a escada, Charlotte tentou reunir forças. Tinha a sensação de que aquela noite seria longa.

Margot morreu pouco depois das três horas da manhã, com Charlotte e Jo ainda ao seu lado. A única pessoa que Charlotte já vira morrer tinha sido sua bebezinha em um quarto de hospital estéril e bastante iluminado, e fora o momento mais devastador e comovente de sua vida. A morte de Margot, em contraste, se dera de forma estranhamente pacífica, quase imperceptível, um suave desvanecer, a noite lá fora respeitosamente silenciosa, como se prestando uma homenagem. Charlotte e Jo tinham estado cada uma de um lado da cama, segurando suas mãos o tempo todo. Houvera momentos de conversa, em que Margot recuperara a lucidez e conseguira lhes responder, intercalados por longos períodos de paz, em que o único som era o tique-taque de um relógio de cabeceira e a respiração laboriosa de um velho e cansado par de pulmões. Charlotte escovara o cabelo de Margot, limpara delicadamente seu rosto, passara um pouco de creme para as mãos em seus dedos secos. Pequenos atos de bondade que diziam: *Estou aqui. Sou grata pelo que fez. Vou sentir muito sua falta.*

Jo ligara para a enfermaria em que trabalhava e conversara com outra enfermeira de lá, para lhe contar o que estava acontecendo. Segundo os registros do hospital, Margot sofria de leucemia e, desde o início da primavera, se recusara a continuar o tratamento. Fora vista pela última vez por um médico na sexta-feira anterior, quando lhe explicaram que estava nos estágios terminais da doença e era apenas uma questão de tempo. Sua ficha dizia que tinham lhe oferecido assistência médica, mas ela recusara, preferindo ficar em casa. Uma lágrima escorrera pelo rosto de Charlotte ao ouvir isso. É claro que Margot recusara. "Morrer num lugar estranho com pessoas que não conheço? *Non*", Charlotte podia imaginá-la dizendo com seu jeito desafiador.

— Sexta foi o dia do *supper club* da Rosa — percebeu, sentindo um nó se formar na garganta ao tentar segurar o choro. — Ela estava tão bem, parecia tão... tão Margot. Eu pensei... presumi...

Jo apertou a mão dela.

— Muitas vezes é assim mesmo — explicou, baixinho. — Já vi isso antes. Às vezes há até certa alegria em saber que seu tempo está acabando, principalmente quando se tem sentido dores intensas por um longo período, como no caso de Margot. Há um alívio em saber que a agonia está chegando ao fim.

Então olharam para a senhora deitada entre elas, e Charlotte mal podia conter a tristeza que sentia ao pensar em Margot passando seu batom todos os dias, tentando encobrir heroicamente o sofrimento. A força de caráter que devia ter sido necessária, a determinação para enfrentar a doença e seguir em frente sozinha... eram mesmo extraordinárias.

— Há também às vezes um fenômeno estranho, pouco antes de uma pessoa morrer, que a leva a passar um dia ou dois se sentindo muito bem — prosseguiu Jo. — É como a bonança antes da tempestade, uma última calmaria. Talvez tenha sido assim para Margot. Seus últimos bons momentos. Bom para ela.

— Bom para ela — ecoou Charlotte. — Bom para você, Margot.

As lágrimas voltaram a arder em seus olhos ao pensar pela centésima vez como estava feliz por ter seguido algum sexto sentido que a levara a checar como a vizinha estava antes que fosse tarde demais. Não sabia exatamente quanto tempo Margot ficara caída lá antes que ela e Ned chegassem. Que terrível teria sido se não tivessem chegado a tempo, se tivesse ido para a casa do Ned lanchar com as meninas. Margot poderia ter morrido ali, no chão da sala de estar, sozinha e com frio. Era tão horrível que Charlotte sentia o coração se partir só de pensar.

Na morte, tanto como em vida, Margot fora organizada e meticulosa. Assim que Charlotte começara a procurar pelo contato de seus filhos, encontrara uma lista de instruções escritas em uma letra trêmula, que incluíam os números de telefone de Michel e Henri, orientações sobre como gostaria que fosse o funeral (a cremação em Woodvale, e que as cinzas fossem jogadas em Auray, a cidade francesa onde crescera), além do contato de seu advogado e o nome de seu médico. No final da folha, tinha escrito "Eu aproveito a vida" e, em seguida, um simples "MERCI" em letras maiúsculas, e isso, o fato de, mesmo muito doente, as luzes já se apagando, Margot ter querido deixar sua marca no mundo com aquela última frase corajosa e cheia de orgulho, fez com que Charlotte a amasse ainda mais. *Eu aproveito a vida.* Sim, você aproveitou, pensou ela, enxugando os olhos enquanto se preparava para ligar para a França. Aproveitou bem pra caramba, Margot.

Quando o fim finalmente chegou e Margot parou de respirar, Jo verificou seu pulso para ter certeza, então anotou a hora da morte, fechou delicadamente suas pálpebras e ligou para o médico. Enquanto isso, Charlotte desabou em lágrimas e deitou a cabeça no peito imóvel da senhora como uma criança em busca de conforto. Pensou em tudo que Margot fizera por ela – a confiança que depositara nela, assim como o prazer de sua companhia, o chá semanal com folhados, seu senso de aventura. Margot lhe lembrou de todas as belas coisas da vida que valem a pena ser celebradas, e fizera isso com muito brio. Então pensou nos filhos de Margot, seguindo consternados naquele momento para Brighton, agora já tarde demais para se despedirem da mãe. Talvez estivessem na balsa naquele instante, olhando para as estrelas enquanto cruzavam a água escura, rezando para que ela ainda estivesse lá quando chegassem. *Sinto muito*, disse a eles em sua cabeça. *Mas ela não estava sozinha.*

Ela ficou lá deitada com o braço sobre o corpo de Margot até Jo voltar para dizer que o médico viria assim que possível para emitir a certidão de óbito e que ela deveria dormir um pouco. Puxaram um lençol respeitosamente sobre o corpo inerte e frio de Margot, apagaram as velas e deixaram o apartamento.

– Adeus – disse Charlotte baixinho, demorando-se à porta. – Adeus, Margot. Durma bem.

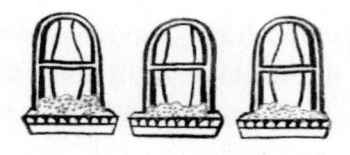

Capítulo Vinte e Cinco

– "'Eu sou a ressurreição e a vida', disse-lhe Jesus." – A voz do vigário ecoava pelos bancos, e Georgie, de cabeça baixa, segurou a mão de Charlotte. – "'Aquele que crê em mim, ainda que morra, viverá; e quem vive e crê em mim, não morrerá eternamente.'"

Na segunda seguinte, o funeral de Margot estava sendo celebrado no crematório da Lewes Road. Georgie não fora a muitos funerais, mas tinha certeza de que o público daquele era bastante fora do comum, para dizer o mínimo. As fileiras estavam todas cheias de pessoas de luto – e que grupo heterogêneo era aquele, de senhoras de cabelo grisalho com cardigãs combinando, passando por motoqueiros exuberantemente barbudos, tipos boêmios com roupas coloridas e contas e... bem, não que ela estivesse de olho em alguém ou qualquer coisa assim, ali no funeral de sua vizinha, mas Georgie tinha certeza de que alguns dos bonitões de Margot estavam por lá também, cabeças baixas, oferecendo suas condolências.

Todos adoravam Margot, pelo visto – e, embora Georgie só a tivesse visto uma vez, no jantar de Rosa naquela noite, também se afeiçoara na mesma hora e a classificara mentalmente como uma pessoa de mente aberta. Parecia tão afiada e divertida e, segundo Charlotte, vivera majestosamente lá em cima, em seu apartamento, até o fim. Era assim que devia ser. Assim que Georgie conseguisse parar de chorar e de se sentir infeliz com relação a tudo o tempo todo, pretendia ter Margot Favager como sua nova inspiração. Podia imaginar Margot suspirando e se arrastando, desanimada, por aí porque um namorado a deixara? De jeito nenhum. Podia imaginar Margot vendo, triste, foto após foto de Simon, relendo mensagem após mensagem, acessando a página dele no Facebook diversas vezes por dia, sem fazer mais quase nada da vida? Jamais. Mesmo após seu breve encontro com a mulher, Georgie tinha certeza de que Margot teria voltado à ativa logo após o rompimento, cabeça erguida, mandando qualquer ex-namorado pastar. Ah, se fosse assim tão fácil...

Ainda não recebera nenhuma notícia de Simon, lá de Yorkshire. Nem uma palavra. Já tinham se passado doze dias inteiros desde que ele partira, irritado, do apartamento e fora para casa, e continuava sem fazer nenhum contato, apesar de todas as mensagens com pedidos de desculpa de Georgie. Amelia o vira outro dia, e ele parecia "arrasado" enquanto levava o labrador preto da família para passear, mas fora a única coisa que conseguira levantar com suas espiãs em Stonefield até o momento. Ou ele estava ficando mais na casa dos pais, saindo pouco, sendo paparicado, ou andava fora direto, tendo arrumado logo algum novo trabalho incrível e se esquecido completamente dela. Nenhum desses cenários era muito reconfortante.

Infelizmente, não podia nem perturbar as duas melhores amigas, insistindo que fizessem mais incursões de espionagem – olhar pela janela da frente dos pais de Simon ou ficar escondidas nos arbustos do lado de fora com binóculo, esse tipo de coisa inocente e inofensiva –, porque as duas já tinham problemas suficientes no momento. A amada avó de Jade falecera, e a família inteira estava despedaçada, e Amelia estava furiosa porque a cretina da Chloe dera descaradamente em cima de Jason, seu noivo.

– Sim! Agarrou mesmo o Jason e tentou arrastá-lo para os fundos do pub para darem uns amassos – contara Amelia ao telefone, a voz aguda e estridente de indignação. – Pode acreditar na cara de pau dela? Aquela cobra nojenta. É melhor ela não se atrever a aparecer na minha frente de novo, estou dizendo. Não se quiser viver até o próximo Natal, pelo menos.

Isso fez Georgie se sentir mais isolada do que nunca, tão longe das amigas quando as três passavam por uma crise. Com certeza teria ido oferecer suas condolências a Jade e ao resto da família, que conhecia desde os quatro anos. E nem era preciso dizer que deveria ter estado firmemente ao lado de Amelia ao longo de todo aquele fuzuê com a perua da Chloe, fornecendo bonecos de vodu para a amiga espetar com alfinetes e desfrutando por completo o prazer de detonar aquela cretina enquanto tomavam umas três garrafas de vinho. Quanto à própria Georgie, é desnecessário dizer que as duas amigas normalmente teriam sido firmes pilares de apoio durante a ausência do namorado. Embora isso a levasse a se perguntar: será que estaria naquela situação se nunca tivesse deixado Stonefield?

Era melhor não pensar nisso.

Chegou a lhe ocorrer, várias vezes, que talvez devesse apenas engolir seu orgulho e voltar para Yorkshire a fim de resolver tudo. Mas, por outro lado, Simon provavelmente ficaria irritado com ela por segui-lo de novo e... Ah, ela já não sabia mais. Porque meio que *queria* ir atrás dele, queria voltar a ficar com ele. Será que isso fazia dela uma pessoa fraca, que não conseguia fazer nada sem um cara? Ou simplesmente uma mulher que se recusava a desistir do amor?

Um dos filhos de Margot estava falando agora. Tinha penetrantes olhos azuis, nariz adunco e cabelos escuros que chegavam quase aos ombros. Além disso, falava inglês com um sotaque francês deliciosamente sexy. Não que ela estivesse de olho em um filho de luto no funeral da mãe ou algo tão grosseiro. Óbvio que não.

– Minha mãe, ela adora morar aqui. Nós, meu irmão e eu, dizemos, volta para casa. Queremos você em casa conosco. Mas ela diz: e deixar a Inglaterra? Não. Eu fico. *Aqui* é a minha casa. Tenho amigos aqui, estou feliz. Então quero agradecer a seus muitos e muitos amigos. A família dela agradece. Vocês proporcionaram a ela uma boa vida até o fim. Ela se sentia amada por vocês. E nós, a família dela, nos sentimos... – Ele pensou por um instante na palavra, juntando as grossas sobrancelhas. – Nos sentimos... gratos? Gratos... por isso. Por a acolherem, amarem e chamarem de amiga.

Charlotte estava chorando ao seu lado, e Georgie tinha lágrimas nos olhos, pela maravilhosa Margot e seus filhos de nariz adunco, mas também, para ser sincera, porque estava se sentindo muito triste com toda a confusão em sua vida. Se morresse no dia seguinte, Simon iria ao seu funeral? Alguém iria? Viv provavelmente não, após Georgie ter aparecido aos prantos no escritório na semana anterior e confessado que não podia escrever o texto sobre os encontros rápidos, simplesmente não podia. Viv ficara irritada com ela por dois dias inteiros antes de ceder e dizer que talvez Georgie pudesse escrever um artigo sobre "As mulheres de Brighton que fazem as coisas do seu jeito" em vez disso, e sim, tudo bem, ela poderia incluir Rosa e seu *supper club* como um dos estudos de caso.

As primeiras notas do *Réquiem*, de Mozart, soaram, marcando o fim da cerimônia, e a congregação se levantou, enxugando os olhos, assoando o nariz, passando o braço em torno uns dos outros. Se Georgie aprendera alguma coisa naquele dia tinha sido que Margot fora uma mulher enérgica e apaixonada, que agia por amor e seguia seu coração sempre.

– Não se fazem mais pessoas assim – disse uma mulher na fileira de trás.

Quando em dúvida, tome café. De preferência, num lindo cenário perto da praia, com alguém para prepará-lo para você, e – ah, vá em frente – uma boa dose de frituras. Georgie fora ao café de Ned em busca de conforto, amparo e para lembrar que ainda havia algumas coisas na vida a serem desfrutadas. Foi só quando chegou ao balcão e viu o rosto sardento de Shamira, a garçonete, que se lembrou de seu primeiro caso da coluna *E aí, Em?* e da pessoa por trás daquilo tudo.

– Oi – disse ela, sentindo-se estranha de repente.

Provavelmente deveria ter aparecido ali antes, percebeu, só para ter certeza de que Shamira não estava chateada com sua impetuosa resposta no estilo Em.

– Como você está? E aí, como foi com...? – Esquecera o nome dele. – O cara e sua irmã?

Shamira preparou o café dela, o sorriso formando covinhas em seu rosto.

– John? Está indo muito bem – respondeu, o sorriso ficando ainda maior. – Estou incrível e enlouquecidamente feliz. Nós dois estamos.

Georgie ficou surpresa.

– Mas então... – Então você ignorou meu conselho de colocar os sentimentos da sua irmã em primeiro lugar?, quis perguntar. Mas não conseguiu. – Você... decidiu dar uma chance a ele?

Shamira assentiu.

– Ele é meu verdadeiro amor. Sempre achei isso. E minha irmã... ela entende.

– *Entende?* – Uau. Sério? Alguma mulher podia ser assim *tão* compreensiva? – Então... vocês resolveram tudo?

Não conseguia disfarçar como estava surpresa, percebeu. Na verdade, surpresa e meio desapontada por aquela mulher ter ignorado completamente o seu conselho e, mesmo assim, ter conseguido alcançar seu "felizes para sempre". Isso fazia Georgie se sentir... bem, um pouco idiota, para ser sincera. Meio desnecessária.

– Aparentemente, ela sabia que as coisas não andavam muito bem entre eles há séculos – continuou Shamira acima do barulho do espumador de leite. – Ela acredita que nós dois combinamos muito mais. Nós três nos sentamos juntos e conversamos... Estamos bem. Está tudo bem.

– Legal – falou Georgie, atônita. – Quer dizer... Ótimo. Isso é muito bom. Estou... feliz por vocês.

Será que conseguia fazer alguma coisa direito?, ela se perguntou ao se sentar, sentindo-se inesperadamente melancólica diante do rosto radiante da garçonete. Qualquer coisa?

– Então ela já foi embora, pelo que eu soube. Voo noturno. E já vai tarde, é o que eu tenho a dizer. Nem pense em voltar, Chloe Phillips!

A voz de Amelia tinha um tom vitorioso, mas, apesar de estarem a quatrocentos quilômetros de distância uma da outra, Georgie sabia que sua melhor amiga ainda devia estar profundamente magoada pela traição daquela mulher que tanto considerara. Lembrava-se da admiração com que Amelia olhara para Chloe naquela noite no pub: dava para ver *"girl crush"* escrito por todo o seu rosto. É sempre pior quando alguém que você admira a decepciona.

– Aquela vaca – disse Georgie lealmente, mas então seus pensamentos se voltaram para sua casa, agora sem a Chloe. – Ele foi embora também, o carinha dela? A casa está vazia?

Ainda usava o vestido preto do funeral, mas tinha pegado o edredom na cama e estava enrolada nele no sofá, junto a uma garrafa de vinho tinto, três Creme Eggs – provavelmente vencidos – que comprara em promoção na lojinha da esquina, assistindo a uma de suas comédias românticas favoritas em DVD. Pausou o filme para se concentrar, percebendo que aquela era potencialmente uma notícia importante. Se a casa deles agora estivesse desocupada, não havia nada que impedisse Simon de se mudar de volta, sem ela, e sentiu uma pontada ao imaginá-lo lá novamente, esparramado no sofá deles, sozinho. Na cama aconchegante deles, sozinho. Um único copo, prato, garfo e faca na pia da cozinha, onde ele comera sozinho. Aquilo era muito estranho. Estava tudo errado. E se ele gostasse da vida de solteiro após todos aqueles anos juntos? E se mudasse as fechaduras para Georgie não poder voltar?

– Daz? Não, ele ainda está lá, perambulando por toda parte com cara de enterro – replicou Amelia, interrompendo aquela sombria linha de raciocínio. – Agora, com Daz e Simon, Stonefield está praticamente infestada de homens infelizes.

O coração de Georgie se contraiu de dor.

– Você o viu de novo?

– Sim, ele estava no pub ontem. Não ficou muito tempo. Ouvi quando falou algo com Jade sobre querer manter a mente clara para uma entrevista de emprego no dia seguinte. Em Harrogate, acho.

– Entendi.

Sufocada com aquela novidade, Georgie tomou um gole tão grande de vinho que deixou pingar um pouco no edredom. Uma *entrevista de emprego*, repetiu para si mesma, entorpecida. Em *Harrogate*. Então ele seguia alegremente sua vida sem ela. E como era horrível, devastador, descobrir isso através de uma amiga e não do próprio Simon! Um dia, ela fora a primeira pessoa para quem ele teria contado; poderiam ter treinado algumas perguntas na noite anterior, ela o teria ajudado a escolher a gravata certa e lhe desejado boa sorte. Teria cruzado os dedos o dia todo por ele, ansiosa por receber uma mensagem ou ligação com alguma notícia. Mas agora, naquele estranho mundo novo, Simon fazia essas coisas sozinho; não precisava de dedos cruzados nem de ajuda com a gravata.

– Meu Deus – disse, desanimada.

– Sim, eu sei. Então essas foram as últimas notícias do boletim de Stonefield – prosseguiu Amelia antes de sua voz se suavizar. – O que você sente por ele, Georgie? Você está bem?

Georgie sentiu um bolo tão grande se formar na garganta que não conseguiu responder imediatamente.

– Sinto falta dele. Não consigo me acostumar com a ideia de Simon não estar aqui. Quero fazer as pazes, mas não sei como; ele estava muito furioso quando foi embora, sinto como se ele... – Ela engoliu em seco. – Como se ele tivesse lavado as mãos em relação a mim. É horrível.

– Ah, querida. – A compreensão de Amelia era tão sincera e calorosa que fez lágrimas brotarem dos olhos de Georgie novamente. (Estava começando a pensar que podia haver algo errado com seus canais lacrimais. Pareciam não ter mais um botão de desligar.) – Ouça, vou lhe dizer do que você precisa.

– Do quê?

– Você precisa das suas amigas. Precisa sair com a gente para extravasar. Já tem planos para o fim de semana? Está mais do que na hora de eu ir visitá-la, e vou ver se Jade pode ir também. Gostaria de companhia?

– Sim – disse Georgie, sentindo-se pateticamente agradecida. – Muito.

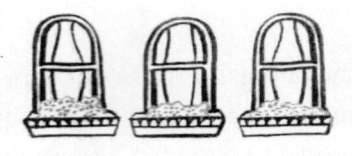

Capítulo Vinte e Seis

Caro David Chandler,

Parabéns! Você foi selecionado para fazer parte da prestigiada Fraternidade dos Babacas. Suas habilidades na arte da conquista barata, enrolação e picaretagem em geral fazem de você um excelente candidato à nossa irmandade. E a pobre Ann-Marie não tem ideia, não é? Realmente um trabalho incrível, companheiro babaca. Parabéns!

Veja como isso vai funcionar. Sabemos que você é um cara modesto, que não gosta de se gabar de todas as suas várias conquistas, casos e – já que não temos papas na língua – transas. Não você, David! Mas não há vergonha em ser um babaca. De jeito nenhum! Então esperamos que nos permita puxar seu saco (no bom sentido!) e contar a todos sobre suas façanhas. Entraremos em contato com seus colegas, seu chefe e – é claro! – sua esposa, para contar a eles que incrível babaca você é. Ah, sim, e sabe aquele imenso outdoor em frente ao seu escritório, bem na rotatória da Old Street? Estamos planejando um anúncio especial por lá – um pôster enorme com seu rosto e todos os detalhes de seu comportamento babaca. Nós só queremos celebrar nossos membros! (Por assim dizer. Sabemos muito bem quanto você gosta de celebrar o seu!)

Não é só isso, David. Fizemos algumas pesquisas em seu povoado e um dos agricultores locais está disposto a nos alugar um espaço em seu lote para colocarmos uma grande placa lá também, contando a todos os seus vizinhos que grande babaca você tem sido ultimamente. Não precisa agradecer, colega! Nós, os grandes babacas, devemos cuidar uns dos outros.

Presumimos que ficará feliz se seguirmos com esses planos, certo? Não seja tímido! Para tanto, você encontrará anexa uma imagem da nossa *proposta de cartaz – bastante atraente, tenho certeza de que vai concordar. Com certeza dará o que falar assim que seus colegas e vizinhos descobrirem o incrível babaca que você é!*

No entanto, no espírito da fraternidade babaca, se por qualquer motivo preferir que a gente não dê prosseguimento a esses planos, está tudo bem também. Como quiser, amigo! Nesse caso, tudo o que precisa fazer é deixar de ser um babaca. Não é simples? É só isso! Apenas deixe de trair sua esposa, deixe de levar uma vida dupla, deixe de dormir com outras mulheres e mentir para elas... Você sabe do que estamos falando. Ah, e com um terceiro filho a caminho – parabéns, a propósito! –, você provavelmente vai querer "se demitir" daquele "emprego" inventado, que faz com que tenha que "viajar" tanto durante a semana, não é? Passe um pouco mais de tempo em casa com sua esposa e seus filhos.

Enquanto isso, ficaremos de olho em você, David, para ver que caminho irá escolher. Felicidades, companheiro!

Nossos melhores votos,

Conselho Diretor, Fraternidade dos Babacas

P.S.: Só uma ideia. Como você ama as mulheres (seu garanhão!), que tal provar fazendo uma doação para este projeto de refúgio de mulheres em Brighton? Prove que você é um grande homem! Maiores informações aqui.

– Devemos enviar? – perguntou Gareth, o dedo pairando sobre o mouse. Rosa sorriu.

– Com certeza – respondeu ela.

Gareth clicou no botão com um floreio. *Sua mensagem foi enviada*, informou-lhes uma frase no alto da tela. E então os dois se cumprimentaram, eufóricos, e Rosa caiu na gargalhada ao imaginar a cara de seu ex ao ler o bendito e-mail. *Estamos observando. Sabemos quem você é. Estamos de olho em você.*

Rá. A vingança era algo *incrível*. Esqueça essa história de superar um homem com dignidade silenciosa, choramingando enquanto sofre sozinha. Vingar-se do cara é muito mais satisfatório.

– Você é um gênio – disse ela ao seu parceiro no crime, e ele ergueu a taça em um brinde. – Deus, isso é muito bom – continuou com um suspiro, recostando-se no sofá.

Aquele era o segundo autoproclamado "Encontro Vingativo" dos dois; o primeiro fora no Regency Arms, onde tiveram várias ideias e escolheram a da Fraternidade dos Babacas como sua preferida. Então Gareth fizera todo o trabalho duro, montando um site completo, com logomarca e endereço de e-mail próprios, de forma que se Max – David – se desse ao trabalho de pesquisar para descobrir mais, logo perceberia que a ameaça era genuína. Então, naquela noite, Rosa preparara um jantar para eles e, enquanto saboreavam pratos cheios de espaguete à carbonara e tomavam um sauvignon barato, elaboraram o e-mail matador.

– Fico feliz em ajudar – respondeu ele, servindo mais vinho, e ela sentiu o perfume de sua agradável colônia amadeirada quando ele se inclinou para a frente.

Gareth usava uma camisa vermelho-escura elegante, perfeitamente passada, ao que parecia. Será que iria a algum lugar depois?, perguntou-se Rosa.

– Um brinde por darmos a David Chandler o maior susto de sua vida – acrescentou ele, entregando-lhe a taça.

– Isso aí – concordou ela, sorrindo.

Longe de ser a pior pessoa do mundo, como Bea dissera uma vez, Gareth definitivamente era um dos caras legais, pensou Rosa. Ele e Bea já tinham acertado suas diferenças e estavam se dando bem melhor: Bea passava duas noites por semana na casa dele, e os dois recomendavam músicas e filmes bizarros de zumbis um para o outro com grande entusiasmo. Iriam até ver o show de uma banda obscura na semana seguinte.

Um estranho tipo de silêncio caíra, então, sobre os dois. Agora que ela e Gareth tinham terminado o que haviam se proposto a fazer, Rosa não sabia bem o que falar.

– Aliás, quanto eu lhe devo? – disparou ela. – Você deve ter levado um século para montar aquele site.

– Você não precisa me pagar nada – retrucara ele, parecendo surpreso. Gareth passava muita sinceridade, ela veio a perceber. Seus olhos escuros eram gentis. – Você preparou o jantar para mim, isso é suficiente. E, para ser sincero, eu gostei. Um cara que sacaneou você assim merece tudo isso... Foi bom poder fazer justiça. Homens de verdade não tratam ninguém desse jeito.

Ela arqueou uma das sobrancelhas.

– E você é um "homem de verdade"?

Era para ter soado como uma brincadeira, mas de alguma forma acabou saindo meio brega, como se ela estivesse tentando flertar com ele de um jeito péssimo.

– Sim! Bem, independentemente de qualquer coisa, eu não trataria mal nenhuma mulher. Não trataria *você* desse jeito.

Já era bem tarde, e Rosa se sentia bêbada, mas havia algo no tom de Gareth, uma seriedade, que a deixou alerta de repente. Ele não estava *flertando* com ela, estava?, perguntou-se, lembrando-se da camisa passada, da colônia. Então logo descartou a ideia. Não. Certamente não.

– Hum... – disse ela, evasiva. – Bem, acho que é justo dizer que a maioria das pessoas não anda por aí criando outras vidas para enganar dois parceiros diferentes. A menos que eu tenha subestimado imensamente o restante da raça humana.

– Não, quero dizer... – Ele parecia tão bêbado quanto ela se sentia, o rosto corado, a voz arrastada. O cabelo escuro de Gareth estava arrepiado, e ele passou a mão para ajeitar. – Quero dizer, *eu* não trataria *você* desse jeito. Se estivéssemos namorando.

– Ah, hipoteticamente. Sim.

O bom e velho "hipoteticamente" e suas qualidades despersonalizantes. Mesmo que fosse muito difícil pronunciar todas essas sílabas na ordem certa quando uma pessoa já estava caindo de bêbada.

– Não quis dizer hipotequi... hipoteta... – Gareth não iria deixá-la escapar tão facilmente, apesar de se enrolar todo tentando falar a palavra. – Não falei de um jeito *abstrato* – declarou ele, revirando os olhos. – Quis dizer. Se. Estivéssemos. Namorando.

Ah, Deus. Ele estava *mesmo* flertando com ela, mesmo bêbada podia ver isso, e Rosa não fazia a menor ideia de como se sentir com relação a essa novidade. E quanto a Jo?, pensou em pânico. E quanto a Bea?

– Ouça – disse ela, esforçando-se para ordenar os pensamentos –, talvez esta não seja uma conversa para se ter quando nós dois estamos bêbados feito um gam...

Mas, antes que pudesse terminar a frase, Gareth se aproximara dela e a beijava de um jeito meio inebriado e desajeitado. Na verdade, mesmo com a falta de jeito, era muito bom. Ele passou os braços em volta dela, e Rosa se sentiu toda mole por dentro...

– Gambá – concluiu ela com voz fraca quando se afastaram para respirar.

– Eu queria fazer isso há séculos – disse ele, a voz baixa e rouca. – Bêbado como um gambá ou não.

– Ah.

Rosa o encarou, sentindo-se em conflito, surpresa e meio constrangida ao mesmo tempo. Parte dela queria continuar a beijá-lo para ver onde daria. Afinal, Gareth era atraente, e ela passara a gostar muito dele. Mas outra parte – a parte mais sóbria – estava hesitando. Porque era Gareth! O ex-marido da sua vizinha! E aquilo poderia acabar muito mal.

– A questão é... – começou, afastando-se enquanto tentava encontrar as palavras certas.

Ele deu uma risada triste.

– Está tudo bem. Não precisa falar nada. Apenas amigos, certo? Perdão. Eu não deveria ter feito nada. Não consegui me controlar. – Ele colocou a taça na mesa. – Você é uma mulher incrível, é só isso. Desculpe se ultrapassei os limites.

– Tudo bem, não precisa se desculpar – falou, sentindo-se péssima.

Gostara do beijo, essa era a parte estranha, mas não tinha pensado em Gareth de uma forma romântica antes, e o beijo a pegara de surpresa. Além disso, já tinha cometido erros suficientes com maridos de outras pessoas.

– É melhor eu ir – disse ele, levantando-se, o rosto virado para o outro lado.

Ela o constrangera, ou ele se constrangera, Rosa ainda não sabia bem o quê. Talvez os dois ao mesmo tempo.

– Bem... Se você quer mesmo ir... – Agora ela se sentia ainda pior, como se o tivesse expulsado. – Mas muito obrigada por tudo. Pelo plano de vingança. Eu adorei.

– Sem problema.

Ele vestia o casaco, ainda sem olhar para ela, o coração partido. A alegria de seus esforços conjuntos, o riso e o triunfo, tudo se fora, se desvanecera em um instante.

– E venha ao próximo *supper club*, se estiver livre. – De repente, não conseguia parar de tagarelar, qualquer coisa para preencher o silêncio desconfortável que ele deixava no ar. – O tema vai ser a França, em homenagem a Margot, então...

– Acho que vou estar ocupado – disse ele, embora Rosa não tivesse especificado qual seria o dia.

E isso lhe disse tudo o que ela precisava saber.

– Você está bem? Está quieta.

Era a manhã seguinte, e Rosa e Natalya estavam escondidas, fazendo uma pausa para o café nos fundos do hotel, para Natalya poder fumar um de seus terríveis cigarros russos.

Rosa estendeu a mão para tocar a cabeça e fez uma careta. Era o primeiro dia de junho, e o sol estava dolorosamente radiante.

– Dor de cabeça – replicou. – Ressaca. Tomei muito vinho ontem à noite.

– Ah. Devia tentar tomar vodca da próxima vez. É melhor. Não doer tanto.

Rosa abriu um sorriso fraco.

– Vou ter isso em mente.

Se algum dia houvesse uma "próxima vez" com Gareth, é claro. Pela maneira como ele saíra, apressado, depois que o rejeitara, Rosa não alimentava muitas esperanças. Recostou-se à parede áspera de tijolo enquanto tomava seu café quente demais, cansada de pensar nele, cansada de repetir a conversa meio sem jeito na cabeça.

– Natalya – chamou, quase antes mesmo de perceber –, você já se apaixonou por alguém?

Natalya arqueou uma das sobrancelhas grossas.

– Apaixonar? – Parecia que estava experimentando a palavra na boca. Mas então ela sorriu, de um jeito bem menininha, e assentiu. – Já me apaixonei, sim.

Rosa não sabia o que mais a surpreendeu – o fato de ter acabado de ver Natalya sorrir e parecer tímida ou as palavras que ouviu saírem de seus lábios.

– Como você sabe? – A pergunta não saía da sua cabeça desde que Gareth a beijara. Estava com tanto medo de cometer o mesmo erro duas vezes, de se apaixonar por outro homem que não devia e sofrer tudo de novo, que já não confiava mais em seus instintos. – Você soube imediatamente ou levou um tempo para perceber?

– Ele era muito bonito – respondeu Natalya, tragando com força o cigarro e soprando uma longa nuvem de fumaça malcheirosa. – Músculos grandes – disse, flexionando os próprios bíceps. – Sexy. Rosto forte. Sabe? Eu gostar dele.

Ok. Luxúria, então, pensou Rosa, assentindo. O que não era a mesma coisa, mas não importava.

– Acontece devagar, o amor – continuou a mulher mais jovem. – No começo, eu achar ele um pouco chato, sabe? Um pé no saco. Mas então um dia... – De repente todo o seu rosto mudou, parecendo mais animado, e Rosa pôde ver além da expressão carrancuda e melancólica e do uniforme que não favorecia nem um pouco uma Natalya mais jovem e mais doce, a Natalya que realmente *se apaixonara* por aquele cara. – Uma noite... Dia da Vitória, em maio do ano passado, estamos assistindo aos fogos de artifício juntos na Rússia, grandes fogos de artifício. E o céu está escuro, e está frio, estamos no meio da multidão e sinto seu corpo se encostando em mim. Estamos com grandes casacos e chapéus, e ele está me provocando por causa do meu chapéu, estamos rindo e sinto... – Ela fez uma pausa, pensativa, e então abriu aquele sorriso tímido de novo. – Eu me sinto *quente* ao lado dele. Não só meu casaco, não só meu chapéu. Sinto quente por dentro, como se nunca quero parar de rir, como se quero ficar ali com ele para sempre, sob o céu escuro e os fogos de artifício, como se é o melhor momento da minha vida. – Era a ocasião em que falava por mais tempo com Rosa até então, e seu rosto ainda estava suave com as lembranças quando concluiu: – E penso... *eu o amo*. Fico surpresa com esse pensamento, mas é tão repentino, tão forte. *Eu o amo*. É quando eu sei.

– Ah, Natalya...

Rosa se sentiu tocada pela história, imaginando a multidão sob os fogos de artifício, o cheiro de pólvora, os riscos de fumaça no céu escuro. Natalya e seu jovem bonito usando casacos e chapéus, juntinhos de pé. Mal ousava fazer a próxima pergunta.

– O que houve?

Natalya deu um último trago no cigarro e o apagou com força contra a parede, faíscas laranja caindo ao chão.

– Ele se foi – contou ela, dando de ombros. – Ele desaparecer. Ele tem alguns inimigos... Política, sabe? Disse algumas coisas estúpidas. E então um dia... – Ela virou as mãos para cima no ar. – Ele se foi. Eu não sei pra onde. – Natalya revirou os olhos. – Então agora não amo. Trabalho aqui. Esqueço dele.

Rosa lamentava ter perguntado. Sentia como se tivesse erguido uma rocha e visto toda a dor, a mágoa e os segredos de Natalya se contorcendo por baixo. Estendeu a mão para tocar a outra mulher com pesar, solidariedade, mas Natalya já se virava rapidamente para voltar à cozinha.

– Venha. Nós trabalhamos – disse ela, dando batidinhas no relógio. – Está na hora.

O *supper club* com tema francês foi um grande sucesso, e na sexta seguinte Rosa preparou um cardápio inspirado no verão. As noites de seus jantares estavam se tornando suas horas favoritas da semana e, desde que saíra o artigo entusiasmado de Georgie na revista *Brighton Rocks*, passara a ter a casa cheia todas as vezes, já com uma lista de espera.

– Convide alguns blogueiros que falam de comida também – aconselhou Georgie quando Rosa lhe contou a novidade. – Ah, e tem um aplicativo de *supper clubs* que vi também... você precisa experimentar. Aposto que Gareth saberia ajudar, ele entende dessas coisas, não é?

– Hum – replicou Rosa, sem querer mencionar o fato de que duvidava que Gareth lhe faria mais algum favor depois da noite desastrosa do beijo. Já lhe mandara mensagens duas vezes desde então, convidando-o para os *supper clubs*, mas ele respondera educadamente que estava ocupado, e ela deixara pra lá. – Posso até aumentar para duas noites por semana, se conseguir me organizar com os horários do hotel.

Estava tentando não se deixar levar pela imaginação, mas era assim que os negócios começavam, não era? Era assim que as coisas decolavam: uma crítica inesperada, as pessoas contando aos amigos, clientes fiéis voltando... Aquilo realmente poderia dar certo, ela não parava de pensar. Dar certo de verdade. Bea se oferecera para digitar os cardápios para ela todas as vezes, e Natalya agora ajudava a servir, aliviada por conseguir um trabalho extra em que ninguém atirava coisas nela. Rosa já pensava nas semanas seguintes e em como poderia montar diferentes cardápios para as próximas noites: marroquino, mexicano, italiano... talvez um cardápio brasileiro para marcar o início das Olimpíadas do Rio. Churrasco numa noite de verão, quem sabe... As possibilidades pareciam infinitas.

– Você deveria começar a cobrar mais – aconselhara Ned na semana anterior. – Quinze libras por pessoa... Está conseguindo cobrir seus custos? Poderia até aumentar para vinte, se necessário. Já vi *supper clubs* cobrando 25 libras por pessoa, o que ainda não é exorbitante para uma fantástica refeição de três pratos.

Mas Rosa ainda estava relutante em aumentar o preço. Queria construir a clientela primeiro, estabelecer o negócio antes de começar a agir como uma grande empresária e ficar pensando nos lucros. Além disso, por enquanto, já era um grande prazer preparar o jantar para aquelas pessoas toda semana, uma novidade extremamente agradável ter a sala cheia de clientes felizes, ver todos aqueles pratos limpos... O dinheiro quase parecia uma coisa secundária. Momentos de alegria, pensou consigo mesma de novo. A vida parecia cheia deles atualmente.

Naquela semana, Ned e Charlotte estavam lá, como sempre, assim como Georgie e uma amiga de sua cidade, Amelia, e mais dez outros desconhecidos, todos muito tímidos e quietos a princípio, como costumava ser, mas se animando e conversando cada vez mais à medida que o vinho ia rolando. Jo saíra num encontro às cegas naquela noite, então não pudera ir, nem Bea, que estava na festa do pijama de uma amiga, dois eventos que pareciam promissores para Rosa.

O tempo estivera quente a semana toda e, com isso em mente, Rosa preparara um cardápio leve de verão, abrindo com algumas opções de salada como entrada, uma com a mais deliciosa truta defumada, seguidas de pilaf de frango com açafrão, com uma opção vegetariana. Para terminar, ia servir porções individuais de suflê de limão e mascarpone, que levara inúmeras tentativas para aperfeiçoar mas finalmente pegara o jeito, alcançando um sabor pungente e apetitoso. Dito isso, evitaria qualquer bebida alcoólica até ter servido todas as quinze sobremesas fofinhas, quando finalmente se permitiria tomar uma grande taça de vinho e sentar um pouco.

A noite começara bem. Por acaso dois dos convidados já se conheciam, e assim o grupo logo estava firmemente engajado em conversas, e todos pareciam se dar bem. Aquela era outra coisa boa dos *supper clubs*: a quantidade de novos moradores de Brighton que estava conhecendo. Rosa já não se sentia sozinha na cidade, tendo se integrado àquele cenário social – ali mesmo em sua sala de estar. Sentia-se alguém de novo, como se tivesse um lugar na comunidade. *Jante com Rosa*, imaginou ler em seu site. *Venha, seja bem-vindo!*

Mas chega de sonhar acordada por enquanto! Ainda tinha um pilaf ou dois para servir, pistache e salsa para picar e polvilhar, e a jarra de água gelada precisava ser reabastecida. Estava acabando de servir o prato principal, recebido com uma gratificante exclamação em coro, quando ouviu fortes batidas na porta e uma voz feminina bastante irritada.

– Olá? Você está aí?

Franzindo a testa, Rosa limpou as mãos em um pano de prato e se apressou em atender, tentando lembrar se ainda esperava mais alguém. A pessoa que estava batendo obviamente tinha a chave da porta da frente do prédio, mas a voz não parecia ser de Bea ou Jo e, até onde sabia, o apartamento de Margot no andar de cima ainda estava vago, depois que seus filhos haviam tirado suas coisas de lá.

– ROSA! – veio a voz de novo, parecendo bastante impaciente, enquanto ela corria até a porta.

A voz era familiar de alguma forma, e a fizera se lembrar da maneira como sua mãe gritava com ela em sua adolescência por tocar música alto demais.

Abriu a porta... mas não era sua mãe. Era sua senhoria, Angela Morrison-Hulme, usando um vestido preto colado e salto alto, os braços cruzados, os lábios pintados de fúcsia contraídos.

– Ah, oi, Angela – disse Rosa, engolindo em seco, percebendo na mesma hora que não se tratava de uma visita social. Percebendo também, um pouco tarde demais, que talvez devesse ter conversado sobre a ideia do *supper club* com a proprietária primeiro. – Como está? – grunhiu, sentindo o rosto ficar vermelho.

– Como estou? Bem, *feliz da vida*, naturalmente, em descobrir que uma das minhas inquilinas abriu um negócio dentro do prédio sem se preocupar em me pedir permissão primeiro – disparou a Sra. Morrison-Hulme, o olhar duro. Ah, Deus. Ela estava praticamente sibilando de fúria. – Como acha que me senti quando descobri que você havia montado um restaurante ilegal aqui? Servindo álcool? Na minha propriedade?

– Não estou servindo álcool, e não é um restaurante... muito menos nada ilegal – tentou dizer Rosa, mas sua senhoria não parecia disposta a ouvir.

– Receio que você não possa continuar com isso. – Seu tom não admitia discussão. – A vontade que eu tenho é de lhe dar uma ordem de despejo, mas isso vai estritamente contra os termos do contrato. Quando penso em como trato vocês, garotas, como cuido de vocês aqui... e você faz isso pelas minhas costas? Por acaso achou que eu não iria descobrir? Acha que eu sou tão idiota assim?

– Não, claro que não... e realmente não foi minha intenção – protestou Rosa, mas era o mesmo que se estivesse falando para as paredes.

Da sala veio o som das risadas de seus convidados e, na mesma hora, os olhos de Angela se aguçaram.

– Eles têm que ir embora – disse ela. – Todos eles. Precisam ir.

– Mas...

Era ridículo, mas Rosa não conseguia deixar de pensar nos pratos de pilaf que acabara de servir, no momento em que marinara os pedaços de frango em suco de limão e iogurte tão cuidadosamente, quando a versão vegetariana já estava cravejada de sementes de romã, brilhando como rubis. Não sabia bem o que seria pior – todo aquele alimento ser desperdiçado ou ter que sofrer a humilhação de pedir a todos que saíssem.

– Eles não podem, pelo menos, terminar o jantar primeiro? Por favor?

Angela Morrison-Hulme claramente não gostava de ser contrariada. Além disso, também estava cada vez mais mal-humorada e não voltaria atrás em nada que dissera.

– Não – disparou. – Não podem. Eles têm que ir embora agora e você pode considerar isso uma advertência verbal, como minha inquilina. Ou também terá que ir. Acredite em mim, você tem sorte por eu não mandá-la arrumar suas coisas e dar o fora neste exato minuto.

Natalya devia ter ouvido as vozes alteradas porque apareceu no corredor, as bochechas rosadas.

– O que houve? – perguntou, olhando de uma mulher para a outra.

Rosa teve que apertar as mãos dela com muita força para evitar irromper em lágrimas.

– Acabou – disse, com a voz embargada. – O *supper club*. Todo mundo tem que ir embora.

Capítulo Vinte e Sete

Charlotte apoiou-se na pá.

– Acha que está fundo o suficiente? – perguntou ela, olhando para o buraco que havia cavado.

– Está perfeito – disse seu pai, colocando um balde de adubo aos pés dela. – Coloque isso aí agora, assim. – Deu um tapinha nas costas dela. – Qualquer um iria pensar que você já plantou uma árvore antes, filha. Mas não, certo?

Charlotte sorriu de lado para ele enquanto colocava o restante do adubo escuro no buraco. Após ter rejeitado a sugestão de sua mãe de plantar uma árvore por tanto tempo, por considerá-la sentimental e clichê, mudara de ideia recentemente. Talvez fosse seu novo hábito de aproveitar o intervalo do almoço fora do escritório nos dias ensolarados e se sentar com um sanduíche no Victoria Gardens, onde se via admirando os espetaculares olmos, tão majestosamente frondosos e altos. Talvez também tivesse a ver com o fato de ter saído com Ned e as meninas no sábado anterior para uma caminhada na floresta em Withdean e ouvido o glorioso farfalhar dos galhos, admirado a luz esverdeada que passava através das folhas e sentido a atemporalidade que as árvores conferiam àquele lugar. Então, de repente, entendera o que sua mãe vinha falando: o legado de uma muda, a satisfação em vê-la crescer e se expandir cada vez mais, mês após mês, ano após ano, mudando com as estações, mas com uma reconfortante solidez.

E, assim, precisou morder a língua e, aliada a uma boa dose de humildade, fora passar o dia em Reading, encontrando-se com seus pais no centro de jardinagem local para escolher uma árvore para Kate. Após alguma deliberação, optara por uma pequena pereira, que daria lindas flores brancas a cada primavera e, com um pouco de sorte, algumas peras a cada verão, depois que já estivesse plantada por tempo suficiente para se estabelecer. Fora em Reading que Kate nascera e morrera, e assim parecia o lugar certo para sua árvore. E mais importante ainda, os pais de Charlotte não planejavam se mudar tão cedo. A árvore seria bem cuidada e se desenvolveria em segurança no quintal deles por vários anos, e ela poderia admirar sua beleza toda vez que os visitasse.

– Está na hora – indicara o pai. – Vamos colocá-la!

Segurando o caule da muda, Charlotte tirou-a do vaso, alguns pedacinhos de terra caindo em suas botas, então seu pai lhe mostrou como desenredar a raiz com os dedos, antes de depositá-la cerimoniosamente em seu novo lar. Em seguida, encheram de terra em volta, pisoteando-a com cuidado para assentá-la, e regaram a base da árvore.

Sua mãe passou o braço ao redor de Charlotte, e os três ficaram admirando-a por alguns minutos: a pequena muda de Kate entre as rosas e as camélias, os delfínios que se erguiam ali perto e as primeiras frágeis papoulas. Um pássaro cantava na cerejeira atrás deles. Um dos gatos tomava banho de sol no pátio, o pelo quente e empoeirado. Havia uma borboleta branca um pouco afastada no jardim, percebeu Charlotte, em seu voo tremulante através das flores. Olhou de volta para a pequena árvore e imaginou-a cheia de flores nos anos seguintes, as peras douradas pesando em seus galhos. Aquilo a fez se sentir feliz. Mais feliz do que esperava.

A mãe de Charlotte a abraçou.

– Aí está. Não disse que seria lindo?

– Disse, mãe. E você estava certa. – Charlotte abraçou-a também, sentindo um grande afeto por seus pais, e riu. – Se eu tivesse escutado você mais cedo, hein?

– Exatamente – disse a mãe, bagunçando seu cabelo como se ela tivesse oito anos de novo. – Venha, vamos tomar uma xícara de chá.

Aquela sensação boa acompanhou Charlotte pelo resto do dia e por todo o caminho de volta a Brighton. Gostava de pensar na árvore, a árvore de Kate, desenrolando devagar os capilares de suas raízes, alongando-os hesitantemente para dentro do novo solo e absorvendo a água. Era muito fantasioso de sua parte admitir que isso a fazia pensar em seu próprio lento desenrolar, estendendo raízes hesitantes, voltando-se timidamente para o sol de novo? Talvez. Suas novas raízes em Brighton de fato estavam se firmando mais a cada dia. A cada noite também, pensou com um sorrisinho ao entrar na casa.

– Então você e esse cara novo estão namorando? – perguntara a mãe enquanto tomavam chá com biscoitos.

Ela erguera as sobrancelhas de um jeito alegre, mas Charlotte sabia que era só sua maneira de encobrir a ansiedade.

– Bem... – Charlotte não queria admitir que ele dormira em sua casa pela primeira vez na noite anterior, mas, conhecendo-a bem, a mãe devia ver isso escrito por todo o seu rosto corado. Talvez não fosse preciso dizer com todas as palavras. – Eu gosto dele.

– E ele tem duas filhas, pelo que você disse, não é? Está tudo bem?

Mais um vez, sua mãe fizera a pergunta do jeito mais discreto possível, mas o fato de ter acidentalmente colocado três colheres de açúcar em seu chá, em vez das duas de sempre, entregava seus verdadeiros sentimentos.

– Mãe, está tudo bem. Ele é ótimo. Elas são uns amores. Está tudo absolutamente bem. De verdade.

Suas palavras a levaram de volta àquele momento em que pegava a pilha de correspondências na mesa do hall e subia as escadas depressa, tomada por uma súbita energia. Estava tudo bem melhor do que "bem" e "ok" entre os dois. Olhe só para ela, subindo as escadas como uma gazela! Ned era o responsável. Olhe só para ela, cantando no chuveiro naquela manhã depois de lhe dar um beijo de despedida. Ele também fizera isso. Aquele brilho nos olhos dela? A música cantarolada baixinho? A alegria borbulhando por suas veias? Ele, tudo ele. Ela mal ousava dizer a palavra em voz alta em sua cabeça, mas não saíra de sua mente o dia todo, resplandecente e brilhante, enfeitada com corações, flores e luzinhas. Amor. AMOR. *Amor.*

Estou me apaixonando por você, ela se imaginava dizendo a ele. *Estou me apaixonando*. Palavras que não esperara dizer de novo, emoções que nunca esperara sentir, mas lá estavam, transbordando mais uma vez, deixando-a zonza com impetuosa intensidade. Se o pesar tinha sido como o frio na barriga inicial de um salto de paraquedas, estar apaixonada era mais como o que vinha logo depois de o paraquedas abrir: a sensação de flutuar, suspensa como um pássaro no céu azul, a adrenalina transformando-se imediatamente em euforia e alegria ofegante. Não sabia se queria voltar um dia para terra firme.

Tudo com relação à noite anterior tinha sido maravilhoso. As meninas dormiriam na casa da irmã dele para uma festa do pijama com os primos, e então, sabendo que talvez tivesse Ned só para si a noite toda, Charlotte limpara o apartamento de cima a baixo ao voltar do trabalho naquela tarde, alisando a roupa de cama limpa e colocando um pacote de preservativos na gaveta de sua mesinha de cabeceira. (Charlotte fora bandeirante, e gostava de estar preparada, embora tivesse certeza de que não havia um distintivo para Cuidados Contraceptivos.) Então tomara banho, fizera a sobrancelha, passara hidratante e vestira sua melhor lingerie antes de borrifar perfume por todo lugar. (Depois, tossindo e engasgando, abrira as janelas o máximo possível, temendo que o pobre homem ficasse asfixiado com o cheiro de Red Roses, de Jo Malone, assim que cruzasse a porta.)

Saíra para tomar uma bebida com Ned no Regency Arms, depois foram jantar no *supper club* de Rosa... ou pelo menos esse tinha sido o plano, até Angela aparecer e arruinar tudo. Pobre Rosa! A proprietária entrara, furiosa, praticamente cuspindo fogo, e ordenara que todos deixassem o local, enquanto Rosa embrulhava freneticamente a comida em papel-alumínio para que pudessem levar algo para viagem e ao mesmo tempo reembolsava metade do valor, entregando as garrafas já abertas de vinho nas mãos deles e se desculpando profusamente, retorcendo as mãos.

– Somos convidados de Rosa e isto aqui é um jantar; o contrato de aluguel não nos proíbe de dar jantares – tentara ressaltar Charlotte... bastante corajosa, tendo em vista quanto achava Angela assustadora.

Mas a senhoria não quisera nem saber, e ficara lá de pé, com as mãos nos quadris, até a última pessoa ir embora. É claro que Charlotte e Ned, e Georgie e sua amiga Amelia, tinham só ficado esperando no alto da escada, como crianças desobedientes após a hora de dormir, até Angela deixar o prédio, e depois bateram na porta de Rosa para ajudá-la. Os cinco comeram tudo o que sobrara, inclusive os quinze suflês de limão, enquanto falavam mal de Angela com grande veemência.

Depois Charlotte e Ned subiram aos tropeços, ela mais apreensiva a cada passo.

– Fique à vontade – disse ela, quando chegaram ao seu apartamento.

Seu coração começava a acelerar. Ali estavam eles, só os dois, com a noite inteira a seu dispor. Será que transariam? Ela se lembraria do que fazer? Ele notaria suas estrias e faria algum comentário sobre a barriguinha dela que aumentara com o suflê? (Ah, por que tinha comido tanto, justo naquela noite?) Havia tanta coisa com que se preocupar! E a manhã seguinte também – conseguiria olhar nos olhos dele ou ele fugiria dela o mais depressa possível?

Mas então, antes que ela pudesse ter um colapso nervoso, Ned a envolveu em seus braços e começou a beijá-la, e as perguntas se desvaneceram, seu corpo todo respondendo ao beijo, como se ela fosse a Bela Adormecida acordando de um longo sono. *Ah, sim*, pensou enquanto seguiam embolados pelo corredor, ainda se beijando, e desabavam juntos no sofá. *Estou lembrando agora. Sim, eu me lembro disso.*

Com tantas preocupações, ela havia ignorado a possibilidade de realmente curtir a experiência e a encarava apenas como um atoleiro de humilhação e pavor. Que surpresa, então, ao se ver tirando a roupa com total abandono! Como era surpreendente descobrir que o desejo ainda corria por dentro dela e uma grande fonte esquecida subia pelo seu corpo ao tirar a camisa dele e correr os dedos por sua pele nua. As sensações despertadas, os *gritos* que dera, a imensa e vertiginosa alegria que sentira depois, deitada nos braços dele!

Charlotte, a safadinha, pensou sozinha, sorrindo com a lembrança enquanto largava a bolsa e tirava os sapatos. Quem teria pensado? Quem poderia imaginar? Sinceramente, mal podia esperar para repetirem a dose.

Enquanto esperava a chaleira ferver, deu uma olhada na correspondência. Eram três naquele dia: um catálogo da Lakeland (provavelmente estavam em pânico porque diminuíra as compras de produtos de limpeza), alguma coisa do banco e um envelope creme grosso com o endereço escrito à mão. Estava abrindo o último – parecia ser de uma firma local de advogados, Tavener, Smith & Lloyd, que não lhe dizia nada – quando o telefone tocou, e era o próprio Ned.

– Oi – disse ela, alegre, alisando as páginas da carta. Talvez quisessem lhe oferecer um emprego, pensou, distraída, olhando de novo para o logotipo da empresa. – Como você está?

– Bem. Incrivelmente feliz o dia todo. Não consigo imaginar por quê. Ah, sim. Agora me lembro. A noite passada.

Ela riu.

– Eu também – confessou, tímida. – Estava pensando nisso agora mesmo. Foi muito...

Ela hesitou, sem ter certeza se havia uma palavra boa o suficiente para capturar todos os seus sentimentos com relação àquela noite. Ficar deitada com ele depois, olhando para o teto, sentindo-se entorpecida, deslumbrada, suas terminações nervosas ainda trêmulas. Acordar com o braço pesado dele sobre seu corpo, sentindo-se maravilhada com o cheiro da pele dele, e virar a cabeça e ver seu rosto adormecido, notando as sardas discretas em seu ombro nu. Evitara qualquer proximidade por muito tempo, temendo aquele tipo de intimidade, e agora ali estava Ned, dormindo na cama dela, como um lindo milagre entregue em mãos pela benevolente Deusa das Mulheres Enlutadas. E mais, sentia-se avassaladoramente extasiada em tê-lo ali.

– ... bom – disse ela, por fim. – Muito, muito bom.

– *Dois* "muitos", gostei – provocou ele. – E como foi hoje? Plantar a árvore?

– Maravilhoso. É muito reconfortante mesmo. – Ela derramou água fervente no saquinho de chá, lembrando-se da paz e da satisfação que sentira no quintal da mãe, o canto dos pássaros, o sol, a pá sob seus pés. – Estava pensando em fazer algo parecido para Margot, sabe? Depois que plantei minha primeira árvore...

– Agora ninguém vai conseguir segurar você – completou ele. – Boa ideia. Alguma árvore elegante e bonita, da qual ela teria gostado. Um salgueiro imponente, talvez. Ou um daqueles lindos choupos que ladeiam as estradas na França.

– Sim. Embora só Deus saiba onde eu poderia colocar um – replicou, percebendo de repente as limitações práticas de sua ideia. E também imaginando a ira de Angela se colocasse uma árvore enorme no pequeno jardim dos fundos da casa. – Talvez tenha que me contentar com um girassol em um vaso por enquanto.

Seus olhos pousaram novamente na carta, e ela piscou, sentindo um déjà-vu ao ver o nome de Margot. O quê? Talvez não fosse uma oferta de emprego, afinal.

– Alô? Você ainda está aí?

– Oi. Sim. Eu só... – Mas sua atenção estava dispersa, o olhar preso a algumas palavras na página.

Executores testamentários...
Margot Favager...
Meu dever informá-la...

– Sinto muito, Ned – disse Charlotte, percebendo que ele continuara falando ao seu ouvido. – Estava distraída com... Ah, meu Deus.

– O que foi? Está tudo bem?

Minha cliente deixou uma herança...

– Puta merda. Uau!

– *O que houve?*

Charlotte piscou algumas vezes e voltou a ler as palavras. E os números. *Ah, Margot...*, pensou, as lágrimas brotando em seus olhos. *Não acredito! Isso é sério?*

– Desculpe. – Ela procurou se recompor. – É... É algo maravilhoso, na verdade. Acabei de descobrir... – Charlotte hesitou, sentindo-se rude ao admitir que lia uma carta ao mesmo tempo que conversava com ele pelo telefone.

– O quê? Ah, meu Deus, fale.

– Margot me deixou uma herança. – Sentiu um nó na garganta, tão grande que era difícil falar. – Acabei de descobrir. Ela me deixou dinheiro para... para gastar sem sabedoria nenhuma, ao que parece. – Emitiu, então, um ruído involuntário, ao ver as palavras lá impressas, e não sabia direito se era um soluço ou uma risada. – É que eu sempre dizia a ela que gastaria o dinheiro que me dava com sabedoria, e eu podia ver que ela achava isso sensato demais...

Deixou escapar o ruído novamente. Uma risada, disse a si mesma. Uma risada, com um quê de choro.

– Que coisa incrível! – disse Ned, e ela podia notar que ele estava sorrindo. – Dinheiro para gastar insensatamente... é a cara de Margot.

– Não é? Como eu a amo.

Charlotte não parava de olhar para o valor que recebera: dez mil libras. Não podia acreditar. Sua mente já dava voltas e mais voltas pensando em maneiras "insensatas" de gastar o dinheiro – férias mais do que especiais, compras em todas as lojas preferidas de Margot, uma linda obra de arte, talvez até mesmo um par de patins, só por diversão... *Ah, Margot...*, pensou de novo, inundada por um turbilhão de sentimentos. Aquela mulher fabulosa, mesmo na morte, abria novas portas para Charlotte e a empurrava para que ela entrasse. Se ao menos pudesse agradecê-la pessoalmente uma última vez!

Então se forçou a deixar a carta de lado e voltar a se concentrar em Ned.

– Mas como você está? Pensando em fazer alguma coisa?

– Bem, foi por isso que liguei. Porque, além de pensar em você praticamente todos os segundos do dia...

Charlotte sentiu o calor se espalhar por seu corpo.

– Só *praticamente*? – brincou. – Mas que rude.

– Estava tentando não dar muita bandeira, mas tudo bem, sim, admito, *a cada* segundo – replicou ele. – No entanto, tenho pensado em outra coisa também. Tive uma ideia, na verdade, e estava me perguntando o que você iria achar.

– Vá em frente – disse ela. – Conte o que tem em mente.

– Bem... – começou ele. – É o seguinte...

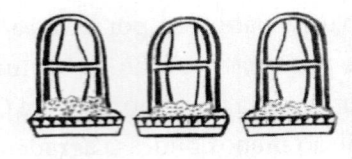

Capítulo Vinte e Oito

– Uau – disse Amelia, rindo enquanto rolava a tela. – Ela vai *adorar*. É perfeito!

– Você acha? – perguntou Georgie, satisfeita. – Ainda é só um rascunho, mas...

– Tenho certeza! Amiga, ela vai ficar encantada. Está excelente! – Amelia cutucou-a com o cotovelo. – Ei, você acha que poderia fazer um para mim também? Por favor?

– Claro – disse ela, sorrindo para a melhor amiga. – Pode apostar.

Ah, estava sendo tão bom ter Amelia em casa! Tinham passado o sábado inteiro procurando presentes de casamento para Jade e seu noivo – bem, pelo menos em teoria, pois, para ser sincera, tinham passado a maior parte do tempo comprando blusinhas novas em uma butique na North Laine, antes de se empanturrarem com um enorme almoço. Então Amelia insistira em ir ao píer e andar em todos os brinquedos.

– Estou de folga, faça minhas vontades – disse enquanto forçava Georgie a entrar na fila da montanha-russa de novo.

No sábado à noite, tinham se aventurado em busca de coquetéis e foram parar em uma discoteca estilo anos setenta, onde tomaram todo tipo de misturas estranhas e se acabaram de tanto rir, inventando movimentos de dança ridículos juntas, como se tivessem dezessete anos de novo. Fora tão divertido que, por um período, quase esquecera tudo o que acontecera com Simon. Quase.

– Este lugar é o máximo – dissera Amelia com voz arrastada enquanto cambaleavam de volta para casa, de braços dados, pelas ruas da cidade, quando por fim deram a noite por encerrada. – Posso ver por que gosta tanto daqui. Estou morrendo de inveja de você morar *mesmo* aqui.

– Sim, é ótimo – concordara Georgie, depois hesitara. – Embora, sem o Simon, eu não tenha certeza se...

Amelia, então, erguera imperiosamente a mão no ar.

– Não estamos falando sobre ele, lembra? Aquele que não deve ser nomeado.

Georgie apoiou-se em uma placa, oscilando sobre seus saltos.

– Achei que esse fosse o Voldemort.

– Ele também. Os dois estão banidos. E é isso!

No domingo, Georgie acordara cedo e, no instante em que abrira os olhos, uma ideia genial surgiu de repente em sua cabeça como um pão saltando da torradeira – o presente perfeito para o casamento de Jade. Sim! Claro, ela lhe comprara um abajur no dia anterior, ainda que pensando "dá pro gasto", já que não encontrara nada melhor. Embora fosse bonito, não era o tipo de presente que impressionaria qualquer noiva ou noivo. Não era algo que Jade se lembraria de pegar na sala se a casa estivesse pegando fogo, digamos.

Sua mente devia estar trabalhando no problema o tempo todo em que dormia profundamente em seu sono induzido pelos coquetéis, apresentando-lhe a solução – *tcharam!* – assim que se mostrou vagamente consciente. Então, enquanto Amelia dormia, a máscara de dormir rosa meio torta em seu rosto corado, Georgie saíra do quarto na ponta dos pés e começara a trabalhar. Abrira um programa de edição e criara o modelo da *Gazeta da Jade e do Sam*, no estilo de um jornal, com uma foto grande do casal feliz no centro e várias manchetes sobre eles que descem uma barra lateral. Não era tão diferente dos pequenos jornais que criara quando criança – *The Hemlington Road Gazette* e *The Stonefield Times* –, pensou, sorrindo enquanto digitava.

O casamento do ano – Leia tudo sobre isso!
Ilkley Road Disco – Onde o romance começou!
Conheça Molly, a amada border terrier do casal!

– Ah, é uma ideia tão boa... – disse Amelia, olhando para a tela do laptop de novo, a maquiagem ainda borrada nos olhos. – E Jade vai adorar. É genial! Então, você vai imprimir e fazer um quadro ou usar a imagem para um cartão, ou um pôster...? Sabe, gostaria de encomendar alguns para as mesas da recepção quando eu me casar – continuou, ansiosamente, sem esperar pela resposta. – Daria a todos algo para rir um pouco, enquanto esperam pelas entradas. Você faria para mim? Claro que eu lhe pagaria.

– Não precisa me pagar, sua maluca, claro que faço para você – respondeu Georgie. – Mas, sim, eu estava pensando que um quadro seria um bom presente para os dois.

De repente, sua cabeça estava fervilhando de ideias. Canecas. Calendários. Descansos de copo. Provavelmente havia um mercado para toda uma gama de lembrancinhas de casamento desse tipo, agora que parava para pensar, sentindo-se animada. Talvez aquele pudesse ser seu novo empreendimento!

– Parabéns, querida – disse Amelia, e então gemeu. – Enquanto isso, você por acaso teria um analgésico? Acho que comecei a sentir os efeitos da noite passada. Nós dançamos mesmo uma conga com todas aquelas divas da discoteca?

Foi quando as duas se despediam com um abraço na estação de trem naquela tarde que Georgie teve a segunda ideia genial. Dessa vez, com relação a Simon. Já fazia mais de três semanas que ele fora embora de Brighton e ela ainda não tivera nenhuma notícia. Em suas mensagens iniciais, ela se desculpara e rastejara atrás dele, mas depois começara a escrever de maneira mais sucinta e até mesmo desagradável, e por fim decidira apagar o número de Simon para evitar mandar mensagens por impulso. Amelia também não tinha nada de novo para lhe contar sobre ele, não o vira nenhuma vez ao acaso, não ouvira nenhuma fofoca no pub, nada. Era como se houvesse um muro de silêncio entre eles, que ficava mais alto e mais largo a cada dia. Como se nunca tivessem sido um casal.

Maldição, pensou Georgie, acenando quando a amiga passou pela roleta. Chegara a hora de tomar uma posição, de dizer o que pensava, de derrubar aquele horrível muro de silêncio. E se Simon não atendia suas ligações nem respondia a suas mensagens, então teria que tentar uma nova abordagem.

O tempo todo, enquanto estava montando a *Gazeta da Jade e do Sam* naquela manhã, havia uma voz dentro dela: uma voz triste e melancólica que não parava de desejar poder fazer algo assim tão lindo pelo seu próprio namoro. Então era o que iria fazer. Seria seu último gesto, uma última tentativa de salvar as coisas e se desculpar antes de admitir a derrota e desistir dele para sempre.

– Eu ainda o amo, esse é o problema – dissera com voz arrastada para Amelia no sábado à noite, quando se sentaram para comer torradas com geleia na cozinha, depois da boate.

– Sei que sim, querida. – Amelia dera um suspiro, a manteiga brilhando em seu queixo. – E aposto que ele ainda a ama também. Você sabe como são os homens: não conseguem admitir que cometeram um erro. Imagino que ele esteja se sentindo péssimo.

Mas Georgie não tinha ideia de como Simon se sentia; até onde sabia, ele podia estar fazendo qualquer coisa. Podia ter conseguido aquele emprego em Harrogate, podia ter se apaixonado por outra pessoa, podia ter decidido fazer as malas e partir para uma nova vida em Hong Kong – e, apesar de tudo que Amelia lhe dizia, Georgie podia muito bem ser a última coisa na mente dele. Então estava na hora de lembrá-lo, basicamente. Mostrar a ele que sua nova paixão pelo jornalismo não precisava significar a destruição do seu relacionamento. Talvez, apenas talvez, também pudesse ser uma oferta de paz.

Clarim da Dukes Square, digitou no computador ao voltar para o apartamento, então contraiu os lábios e franziu a testa. Será que estava bom? Ele por acaso ainda se importava com o que acontecia ali em Brighton? Afinal, não dera nenhuma indicação de que poderia estar sentindo falta do lugar.

Folhetim de Georgie e Simon!, digitou no lugar, mas, mesmo ao escrever, já balançava a cabeça, sabendo que aquilo também não estava bom; era um nome muito esperançoso e presunçoso quando não tinha nem mais certeza se ainda havia mesmo um "Georgie e Simon". Apagou novamente o título, quebrando a cabeça para encontrar as palavras certas, o gancho que todo aquele gesto representava. Por fim, teve uma ideia e digitou duas palavras: *Sinto Muito*.

As horas foram passando, intercaladas por um telefonema de sua mãe que tagarelara sem parar, uma mensagem de Amelia dizendo que chegara bem em casa e agradecendo a Georgie pelo maravilhoso fim de semana, sem contar um prato rápido de torrada com ovos mexidos quando percebeu que não comia havia cinco horas e seu estômago estava roncando.

"Se uma coisa vale a pena, vale a pena fazê-la da melhor forma possível", sua mãe gostava de dizer, e Georgie estava determinada a realizar seu pedido de desculpas da melhor forma que conseguisse.

Foi por isso que, para a foto de capa, vestira uma blusa azul-clara de que Simon sempre gostara, lavara e secara o cabelo, para que caísse bem solto e ondulado pelos ombros, e tirara umas cem selfies com cara triste, antes de escolher uma em que estava bem bonita, além de parecer arrependida. Quem olhasse atentamente – o que esperava que ele fizesse –, podia ver a cama ao fundo, e esperava que ele notasse e se lembrasse dos momentos felizes passados sob aquelas cobertas. (Sim, tudo bem, talvez não fosse a mais sutil das mensagens subliminares, mas às vezes um cara precisava de um empurrãozinho na direção certa, ok?)

Também pensara durante um bom tempo nas manchetes da revista *Sinto Muito*. Otimista era a palavra-chave para a linha que deveria seguir, concluíra: otimista, positiva, engraçada. Sinto sua falta, mas não de uma forma grudenta e desesperada, era o que queria dizer. Sinto muito e, ei, se você quiser tentar de novo, eu também gostaria. Não iria implorar ou agir como uma maluca, só iria se abrir e expressar todos os seus sentimentos e esperanças, em um grande gesto de amor por escrito. E, droga, se ele ignorasse isso também, então deixaria pra lá. Pelo menos teria tentado.

Garota sente falta de garoto – "Estraguei tudo!", ela admite
Inquilinos se chocam com jantar desastroso – Senhoria vive dia de fúria
Minha sofrida noite de encontros rápidos – Uma exclusiva da verdadeira história
E mais! Dez razões para dar outra chance a Georgie

Na parte inferior da capa, digitou em letras pequenas: *Revista* Sinto Muito *é publicada em associação com Namorada Arrependida Ltda.*

Aquele era apenas o começo, é claro. Ela não parou por aí. Pensando no que sua mãe dizia sobre "fazer da melhor forma possível", após terminar a capa, começou a criar as páginas internas da revista: todos os artigos que listara em suas chamadas, além de várias fotos dos dois, desde quando eram namorados na escola até os instantâneos mais recentes em que apareciam rindo e fazendo careta no Palace Pier. Ela até mesmo desenhara um péssimo cartoon com uma nova piada de *toc, toc* em que pensara. (*Que olho? Olho só como estou arrependida.*)

Algum tempo depois, quando terminou, olhou para o relógio e percebeu com um susto que era quase meia-noite. Aquele era o momento em que uma pessoa sensata daria a noite por encerrada, dormiria e releria tudo com mais calma pela manhã, antes de enviar. Mas, agora que terminara sua grande tentativa de fazer as pazes, Georgie só queria que ele visse logo – além disso, nunca fora muito sensata, para início de conversa. Então salvou o documento e escreveu uma rápida mensagem explicativa para acompanhar o arquivo. Em seguida, respirou fundo e enviou o e-mail.

Estava feito, e não havia como voltar atrás.

– Agora é com você, Simon – disse em voz alta, fechando o laptop e indo para a cama.

Georgie ficava na cama até tarde durante a semana, agora que não tinha mais nenhum namorado acordando cedo ao seu lado todas as manhãs, e depois do fim de semana movimentado e de todo o seu trabalho no laptop, dormiu profundamente até as nove e meia, quando o toque do interfone a acordou. *Ah, meu Deus*, pensou, saltando da cama num instante. *Era o Simon!* Ele lera sua revista *Sinto Muito* à meia-noite e dirigira até ali para envolvê-la em seus braços, e...

– Entrega para você, querida – disse uma voz nada parecida com a de Simon pelo interfone. – Preciso que você assine.

Droga. Provavelmente não era nem para ela, sabendo a sorte que tinha, e se arrastaria à toa escada abaixo em seu roupão, assustando o carteiro de quebra. *Além disso, estava bem no meio de um sonho bom.*

– Já vou – resmungou de maneira nada simpática, pegando a chave da portaria antes de descer.

Mas às vezes o universo dava um jeito de mostrar como você pode se enganar. Bem, está certo, não se enganara com relação a assustar o carteiro, que mal esperara Georgie assinar para sair dali depressa, mas o misterioso pacote em forma de tubo era *de fato* para ela. E mais, ao ver a etiqueta com o endereço enquanto subia de volta, teve certeza de que a letra era de Simon. Assim, de uma hora para outra, estava bem acordada e corria para voltar ao apartamento o mais rápido possível e descobrir logo de que se tratava.

Já do lado de dentro, fez o maior esforço para abrir o tubo, mas Simon, sendo quem era, tinha fechado as pontas tão firmemente com fita que suas unhas eram armas inúteis naquele caso, e ela teve que vasculhar as gavetas da cozinha em busca de uma tesoura. O que ele lhe enviara após semanas de silêncio? O que diabos havia no tubo? E ai, Deus do céu, como seria humilhante se fosse algo realmente horrível, se aquilo selasse o término do relacionamento, quando ela lhe enviara a maldita revista *Sinto Muito* na noite anterior! Por que fora tão impulsiva? Por que não fora paciente e esperara para mandar agora de manhã?

Após conseguir vencer as várias camadas de fita, torceu o selo plástico de uma das pontas do tubo e deixou cair o conteúdo na bancada da cozinha. Um rolo de papel – algum tipo de desenho arquitetônico, ela viu, franzindo o nariz, confusa. Por um terrível instante, Georgie se perguntou se ele tinha cometido algum engano e acidentalmente lhe enviara um portfólio ou uma proposta de trabalho. Mas então viu seu nome no alto da folha, as palavras bem nítidas, em letras maiúsculas: A CASA DE GEORGIE E SIMON, e seu coração começou a bater mais rápido.

Abrindo o papel e mantendo as pontas esticadas com duas canecas, o saco de açúcar e seu próprio cotovelo, ela examinou a construção que ele desenhara – uma casa bonita e moderna – e leu as anotações:

Nosso quarto – com vista para o leste, para recebermos o sol da manhã. Grande o suficiente para todos os seus livros.

Escritório – para Georgie, com uma escrivaninha de verdade, para você não precisar ficar curvada digitando na cama, além de várias prateleiras para exibir todas as revistas e os livros que vai escrever.

Uma cozinha enorme – para jantares e Natais. Definitivamente grande o suficiente para uma ou duas camas de cachorro também.

Sala de estar – com lareira. Para assar castanhas? Talvez até mesmo para fazer amor. (Não ao mesmo tempo.)

Quartos extras – para recebermos os amigos. Ou para nossos filhos?

A escrita elegante dele ficou borrada de repente quando as lágrimas transbordaram dos olhos de Georgie, porque o que ele estava descrevendo, o que ele havia criado, era a casa perfeita dela. Sua casa dos sonhos, com todas as coisas que sempre quisera. E, apesar do que pensara, ele a amava o suficiente para notar cada detalhe e gravá-lo em sua mente.

Então, fungando, enxugou os olhos e assoou o nariz antes de notar uma última observação que ele escrevera na parte de baixo da folha:

Mais uma coisa a considerar: localização. Me ofereceram um novo emprego em Reigate, a cerca de 60 quilômetros de Brighton, então poderíamos ficar no Sul, se você quiser. Por outro lado, minha antiga empresa em York está se expandindo, e pediram que eu voltasse, então poderíamos recomeçar em Yorkshire, se você preferir. Ou, é claro, poderíamos ir a algum lugar completamente novo juntos. Mas não me preocupo com isso, para ser sincero. Só quero estar com você, Georgie. Você é meu lar. Desculpe ter perdido a cabeça por um tempo. Você estava certa: não tenho sido um bom namorado, mas quero tentar de novo, se me der a chance.

P.S.: Também peço desculpas se você tentou me enviar mensagens. Esqueci meu telefone numa parada na estrada, feito um idiota. Estou com um telefone novo. Segue o número.

Agora ela estava realmente chorando. Com vontade, um choro feio, do tipo que, se Simon visse, iria fugir para as montanhas. Ela era *o lar* dele, Simon dissera. Ele projetara uma *casa* para os dois. Após toda a preocupação dela com a entrevista em Harrogate, acabou que ele se candidatara a um emprego em Reigate. Era muita coisa para absorver.

Os dois tinham enviado ofertas de paz ao mesmo tempo, percebeu, perguntando-se se ele já teria visto a revista *Sinto Muito*. E, na verdade, não era assim que um relacionamento deveria ser, os dois tentando acertar as coisas ao mesmo tempo, os dois estendendo a mão simultaneamente, dizendo "Espere, podemos conversar? Cometi um erro"?

Então, com a alegria fazendo seu coração dar piruetas, pegou o telefone e ligou para ele de imediato. Simon atendeu no primeiro toque, a voz hesitante. Nervosa.

– Oi – disse ela, alegremente, ainda de pijama, sentada à mesa da cozinha, o desenho da casa aberto à sua frente. – Recebi sua casa.

– Recebi sua revista. Sinto muito, Georgie. Não lidei muito bem com isso.

– Está tudo bem, também sinto muito. Senti sua falta. – Ela se recostou contra a cadeira, inundada de alívio por estarem tendo aquela conversa e por ter certeza agora de que tudo ia dar certo. – Podemos resolver isso. Quando posso ver você?

– Fico feliz que você tenha perguntado – disse ele. – Porque eu estava pensando... esta noite?

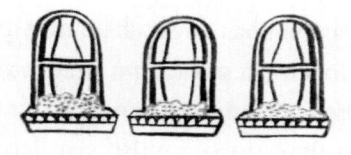

Capítulo Vinte e Nove

Dois meses depois

– Pronta para começar, chefe? – perguntou Natalya.
– Vamos lá! – disse Rosa, acrescentando um último fio de azeite ao prato. – Entradas saindo!

Era agosto, e uma noite de clima agradável para o *supper club* de Rosa, então as portas do café estavam bem abertas para deixar a brisa suave do mar entrar. A casa estava cheia naquela noite, e havia muitas pessoas famintas lá fora, conversando e bebendo. Nada como a agitação de um *supper club* prestes a começar para lhe causar arrepios.

Ainda em junho, depois que Angela fechara à força seu minúsculo esquema de jantar em casa, Rosa estivera pronta para desistir, esquecer tudo e se resignar a trabalhar como escrava no Hotel Zanzibar, descascando cenouras pelo resto da vida. Até Ned e Charlotte baterem em sua porta com uma proposta.

– Ned teve uma ideia – dissera Charlotte, as palavras saindo animadamente, como se estivesse eufórica.

– Sobre o *supper club* – continuara ele. – Por que você não o faz lá no meu café?

Uma pergunta simples para a qual só havia uma resposta possível: *sim, por favor*. O acordo favorecia Ned – que fechava às seis todas as noites e ficaria bastante satisfeito com a renda extra do aluguel do espaço. E também favorecia Rosa – além de a cafeteria ficar muito perto do seu apartamento, o espaço era claro e elegante e tinha uma linda vista para o mar. E era grande o suficiente para caberem mais clientes, e ao mesmo tempo pequeno o suficiente para manter a sensação aconchegante. Além disso, a cozinha do café era muito mais bem equipada do que a sua, o que era um bônus.

Depois de contatar as pessoas de sua lista de espera para avisá-las a respeito da mudança de local, ela colocou a mão na massa mais uma vez, e o *supper club* foi transferido sem nenhum sobressalto para a cafeteria. Na verdade, a mudança ganhara um impulso sísmico quando Ned anunciara a noite no seu quadro de giz, o que aumentara imediatamente a clientela de Rosa, tanto que ele lhe oferecera uma segunda garçonete emprestada – a sempre disposta Shamira – durante as primeiras semanas. (Aparentemente, ela estava juntando dinheiro para comprar um apartamento com o namorado, John.) Então, quando as reservas chegaram a trinta por semana, Rosa arriscara abrir o *supper club* às quintas também.

Em julho, o *supper club* se tornara tão popular que Rosa pôde pedir demissão do Zanzibar. Aprendera muita coisa lá e estava grata pela experiência, mas não sentiria falta dos exaustivos turnos com os casamentos de verão, nem do chefe que só sabia berrar. Para sua grande surpresa, Brendan recebera bem a notícia, sem atirar uma única coisa nela, e até aparecera para jantar no café uma noite, nada menos do que acompanhado de sua esposa muito bonita e encantadora. E, ainda mais surpreendentemente, fora educado e falara baixo o tempo todo, elogiando-a a cada prato. Deixara até gorjeta. ("Deve ser um caso de possessão demoníaca", dissera Natalya, incrédula, mordendo uma das moedas para ver se era verdadeira.)

Embora aquele sucesso inicial fosse gratificante, Rosa tentava não se empolgar muito. Afinal, comandar um *supper club* seria sempre mais fácil nos meses de verão, quando os hotéis e albergues estavam cheios de turistas todas as semanas, mas no inverno, com os ventos fortes soprando do mar, as coisas certamente ficariam mais difíceis. Ainda assim, com isso em mente, já estava pensando em maneiras de manter a clientela, fazendo-os voltar semana após semana: algum esquema de fidelização para os moradores locais, talvez, ou passar a realizar degustações de vinho ou aceitar encomendas para bufês... Iria dar um jeito.

Para equilibrar o orçamento por enquanto, estava trabalhando algumas manhãs como chef para Ned, e fornecendo bolos para ele regularmente. Então estava tudo indo bem, na verdade. Mais do que bem. Estava adorando cada minuto.

– Boa noite a todos. Meu nome é Rosa, sua anfitriã, e estas são as entradas – disse quando ela e sua equipe entraram no salão com os pratos cheios.

Embora preparasse toda a comida, adorava aparecer e apresentar os pratos, assim como a si mesma. Quanto mais informal e agradável pudesse tornar a noite, melhor as coisas pareciam andar.

– Temos ceviche de robalo com limão e pepino em conserva, além de feta e salada de beterraba para os vegetarianos. Temos pães também, então sirvam-se à vontade. Espero que gostem.

Durante o dia, o café era um espaço com várias mesas menores para duas ou quatro pessoas, mas, para as noites de *supper club*, Rosa organizava tudo formando três longas mesas, cada uma com espaço para dez pessoas. Era hora, então, das toalhas brancas engomadas – comprara algumas de segunda mão do Zanzibar – e das velas e flores para a decoração. Além disso, prendia luzinhas pelas paredes e mantinha as portas abertas em noites quentes para que a brisa refrescante do mar entrasse.

Naquela noite a casa estava cheia, e ela conhecia pelo menos metade das pessoas presentes – amigos e clientes que já tinham estado ali antes.

– Olá – disse ela, colocando os pratos na primeira mesa.

Jo e Bea estavam sentadas ali, junto à nova namorada de Jo, Izzy, e uma amiga de Bea, India, com quem saía bastante recentemente. Bea parecia outra garota – sorridente, alegre, tranquila. Seu cabelo tinha um novo corte assimétrico, que realmente combinava com seu rosto, o bullying na escola terminara e ela agora tinha um grupo melhor de amigos, ainda bem.

Jo exibia uma nova tatuagem no tornozelo e estava economizando para passar as férias na Tailândia. Continuava seguindo seu lema *Viva o hoje!*, mas, como dissera a Rosa, também procurava levar uma vida mais saudável no estilo *Cuide-se para o amanhã!* após seu trauma hospitalar, e para isso persuadira Rosa a acompanhá-la a uma aula de *hot yoga* toda segunda à noite, quando Bea estava na casa do pai.

– Quando a gente quase morre, se motiva ainda mais a querer viver – dissera Jo mais de uma vez, e ela e Bea fizeram várias viagens curtas para acampar durante o verão, chegando até a visitar seus pais evangélicos em uma tentativa de reaproximação.

Quanto a Gareth, seu nome não fora mencionado por Rosa ou Jo desde o beijo malsucedido, naquela noite ébria de junho. Duvidava que Gareth fosse abrir o bico sobre o que acontecera depois que ela o rejeitara, e decidira que, em benefício de sua nova amizade com Jo, provavelmente era mais seguro não dizer nada e mudar de assunto sempre que o nome dele surgisse na conversa. Mas as duas saíram para tomar umas bebidas após a aula de ioga, no início da semana, em um pequeno bar na Western Road, e de alguma forma a conversa se voltara para Gareth antes que Rosa pudesse fazer algo para impedir. Estavam falando justamente sobre beijos, porque Jo contava, bêbada, a Rosa como sua nova namorada beijava incrivelmente bem.

– Tão bem quanto Gareth, na verdade, que sempre tive como referência de excelência – disse ela, rindo. – Os lábios daquele homem são quentes, tenho que lhe dizer.

Era quase como se ela *quisesse* que Rosa confessasse, na verdade. E, como era de se esperar, Rosa acabara soltando:

– É, eu sei. – Então levou a mão depressa à boca, dizendo no segundo seguinte: – *Merda*.

A cara de espanto de Jo teria sido hilária se Rosa não tivesse sido imediatamente inundada por uma avassaladora onda de culpa.

– Você *sabe*? Como? Ah, meu Deus. Só eu não sabia? Vocês dois estão juntos? – guinchou Jo, gesticulando tão dramaticamente que quase atirou seu drinque Brisa Marinha para fora da mesa.

Ela parecia animada, e não furiosa, mas, ainda assim, Rosa se viu encolhendo o corpo.

– Hum... Bem...

– Sua danada! Há quanto tempo isso está acontecendo? – perguntou Jo, depois olhou para ela. – Não fique tão preocupada! Foi por isso que você não falou nada? Deus! Gareth também é terrível. Conversei com ele hoje de manhã e ele não disse uma *palavra*! Uau. Espere só até eu contar para a Bea!

– Jo... não... não é bem assim. Não há nada para contar, essa é a questão: foi só um beijo. Um beijo, e já faz meses. Tínhamos tido uma noite ótima e estávamos muito bêbados e... aconteceu. Mas eu meio que... o afastei, então... – Girou seu copo na mesa, deixando círculos úmidos. – Então é isso. Fim da história. Não tive mais notícias dele desde então.

Jo franziu a testa, tentando processar aquilo tudo.

– Ah. – Ela parecia desapontada. – Sério? Que pena. Acho que vocês dois combinam. Então... o que houve, você não gostou dele ou...?

Rosa mordeu o lábio. Pensara muito em Gareth desde aquela noite e repetira a cena várias vezes em sua cabeça.

– Acho que você deveria tentar! – insistira Catherine quando Rosa ligara para a amiga para lhe contar tudo.

– Deixe de besteira! O carinha é ótimo! – concordara Meg durante a segunda ligação angustiada de Rosa, que não soubera dizer direito o que a segurava.

Tinha acabado de sair de um relacionamento ruim, argumentara com as amigas. Não sabia direito se estava pronta para se atirar em um novo tão cedo.

– *Aff* – dissera Alexa sem levar muito a sério, quando ouvira a história. – Você está pensando demais. O melhor a fazer é se atirar logo de cabeça.

– Eu... Eu gosto mesmo dele – confessou, por fim, a Jo, escolhendo as palavras com cuidado. Lembrou-se da alegria da missão do site de vingança que elaborara com Gareth, como riram naquelas noites, como passara a apreciar sua companhia, e a confiar nele também. – Acho que ele é um cara ótimo. E não é que eu não tenha gostado dele, só não era o momento certo para mim, é isso. Ele me pegou de surpresa. – Então tomou o resto do seu Cosmopolitan, sentindo que já havia bebido *e* falado demais por uma noite. Por que essas duas coisas sempre andavam juntas? – Mas é complicado. Acho que posso ter ferido os sentimentos dele, o que era a última coisa que eu queria fazer. – Rosa girou o anel de prata no dedo, um velho hábito nervoso. – Também estava preocupada com o que você e Bea iriam pensar – admitiu. – Porque magoar vocês duas era a última coisa que eu queria fazer.

– Magoar? – exclamou Jo, revirando os olhos. – Não estou magoada! Na verdade, ficaria feliz. Bea também. Sinceramente, não faz diferença para mim, Rosa. Tenho torcido muito para ele conhecer alguém e ser feliz, em vez de ficar sozinho para sempre. E finalmente poderia me livrar do peso da culpa de ter arruinado a vida dele. – Seus olhos verdes estavam injetados em razão da bebida, mas ainda assim brilhavam com sinceridade. – Estou falando sério. Vai em frente!

Quatro dias se passaram e Rosa ainda não tinha decidido o que fazer. De qualquer forma, ele provavelmente já conhecera outra pessoa àquela altura, disse a si mesma, e se esquecera dela. Talvez ainda estivesse envergonhado pelo beijo e esperasse que ela já tivesse esquecido tudo aquilo. Ou então a descartara como frígida, uma puritana velha e chata. Talvez ela *fosse* uma puritana velha e chata. Ah, deixa pra lá. Às vezes o timing não ajuda, e as pessoas não se entendem. Caminhos que se cruzam mas seguem em frente para outros destinos. Além disso, andava tão ocupada com sua nova carreira culinária em ascensão que provavelmente não teria tempo para um relacionamento.

– Obrigada! Que bom que gostaram!

As entradas tinham praticamente acabado, e podia ouvir Natalya e Shamira ocupadas, recolhendo os pratos. Enquanto isso, estava de volta à cozinha, dando os retoques finais em um fabuloso ensopado de peixe espanhol, que adaptara de uma receita moura clássica, com tamboril, açafrão e amêndoas. O cheiro era divino.

Se o romance não fazia parte da vida de Rosa naquele momento, parecia estar brotando por toda parte para as outras pessoas, ela se viu pensando enquanto servia porções do ensopado. Ann-Marie Chandler, por exemplo. Não acompanhava mais a linha do tempo dela no Facebook com regularidade, mas, ainda assim, depois que Rosa e Gareth enviaram aquela bomba da Fraternidade dos Babacas para David, era notável como as coisas haviam mudado rapidamente. Alguns dias depois, Ann-Marie digitara:

Notícia incrível! David foi promovido DE NOVO! Melhor ainda, de agora em diante ele não vai mais ter que viajar para longe de casa! Vamos voltar a ter jantares em família todas as noites! Papai em casa todos os finais de semana! Estamos tão #felizes #agradecidos #unidos.

Parece que um babaca aprendeu a lição. Definitivamente era um episódio de sua vida que merecia destaque, isso era certo. Ver a alegria da inocente Ann-Marie, a enxurrada de exclamações e hashtags, dera a Rosa a estranha sensação de que podia ter salvado o casamento da antiga inimiga – o que era uma grande ironia. Mas ela já o superara. Estava chateada? Não. Ainda estava ressentida? Não. Gostara de ter sua vingança? Pode apostar que sim. Estavam quites, concluíra, e poderia deixar aquilo pra lá. Adeus, David, adeus, Max, olá, restante da minha vida. Respire fundo.

– Está tudo aqui? – perguntou Natalya naquele instante, e Rosa piscou, olhando para os pratos de ensopado de peixe à sua frente, cheirosos e fumegantes.

– Sim – disse, jogando Ann-Marie e o marido dela para o fundo da mente. – Sim, estão todos aí.

Então saíram, ela, Natalya e Shamira, servindo o prato principal e mais tigelas de salada de funcho e rúcula, além de batatas na manteiga.

– Aqui está, esperamos que gostem – declarou ela, servindo Georgie e Simon, espremidos juntos em um canto, e, sim, de mãos dadas sobre a mesa.

Quase não ficavam mais afastados um do outro desde que Simon voltara para Brighton. (Na verdade, por causa de todo o sexo alegre e barulhento de reconciliação, Rosa tivera que comprar tampões de ouvido industriais na esperança de conseguir voltar a dormir um dia. O amor das outras pessoas podia ser superestimado.)

– Obrigada. O cheiro está incrível – disse Georgie, sorrindo para ela.

Naquela noite, tinha trançado o cabelo loiro, prendendo-o ao redor da cabeça, como uma leiteira, ainda que uma leiteira com um vestido curtinho cor de cereja e grandes sandálias douradas, com pulseiras tilintando num dos braços.

– Meu Deus, vamos sentir falta disto aqui, não vamos, Si?

– Vamos – respondeu ele. – Teremos que voltar várias vezes para uma visita. Ou isso ou você terá que fazer umas aulas de culinária, Georgie.

– Hã, o quê? Você é que vai, não é mesmo? – disse ela, cutucando seu braço de leve. – Não fui eu quem quase nos fez contrair salmonela com aqueles ovos pochés crus outro dia, lembra?

– Venham mesmo me visitar – pediu Rosa, ao mesmo tempo rindo e sentindo um nó se formar na sua garganta.

Iria sentir muito a falta dos dois quando se mudassem no final do mês. Após muito pensarem, Georgie e Simon decidiram voltar para Yorkshire, onde planejavam comprar um terreno para Simon construir a casa deles. Não era romântico? Melhor ainda, iriam se casar na primavera e convidariam todos os que tinham feito parte de sua aventura em Brighton.

– E ainda vou manter *alguns* elos com Brighton, mesmo a gente indo embora – dissera Georgie a Rosa –, porque Viv falou que posso continuar a escrever a coluna *E aí, Em?* lá do Norte, um favorzinho especial, ela disse. *E* vai me colocar em contato com um colega dela que trabalha no *Yorkshire Post*. Além disso, tenho que dar prosseguimento ao meu novo negócio. Vou mesmo tentar... Minha amiga Amelia fez um site para mim e tudo, olhe aqui no celular. O que você acha?

Garanta a primeira página! era como chamara seu novo empreendimento, e Rosa achava que Georgie tivera mesmo uma ideia brilhante: imitações de primeira página de jornais e capas de revistas, com manchetes personalizadas pertinentes ao assunto, transformadas em quadros, cartões ou cartazes para serem dados como presentes especiais de aniversário, casamento ou bodas.

– Posso mesmo ver seu projeto decolando – disse-lhe sinceramente, passando as imagens do site. – Ei, o aniversário de quarenta anos da minha irmã está chegando, com certeza vou encomendar um para ela.

O outro elo – ou talvez até legado – que Georgie deixava era com a Casa das Mulheres, que agora tinha seu futuro aparentemente garantido graças a uma campanha de financiamento do Kickstarter e um possível subsídio do governo. Rosa não podia deixar de se perguntar se uma das grandes doações anônimas tinha vindo de seu ex – ela esperava que sim. As mulheres também tinham chegado a um acordo com a prefeitura para permanecerem no prédio, com o qual estavam todas muito felizes. Georgie vinha trabalhando como voluntária lá toda semana e dera início a um clube do livro; Charlotte também fora lá algumas vezes, oferecendo aconselhamento jurídico às mulheres; e Rosa começara a participar, dando lições básicas de culinária uma vez a cada quinze dias. Toda vez que demonstrava uma receita que incluía abóbora, pensava em tudo o que tinha aprendido naquele ano, assim como em tudo o que poderia ensinar aos outros.

– A propósito – disse Georgie, abaixando a voz e inclinando-se para perto, quando Rosa já ia voltar depressa para a cozinha. – Ele já está aqui? O gostosão do Paul?

– Não! Não que eu saiba. Ele está nos provocando, chegando deliberadamente mais tarde – disse Rosa com um suspiro enquanto olhava para o espaço vazio ao lado de sua senhoria, Angela, que naquele momento conferia o relógio e começava a parecer um pouco irritada.

– É melhor que ele apareça! – exclamou Georgie, revirando os olhos. – Depois de todo esse tempo! Estou morrendo de curiosidade. E se ele for realmente tão lindo e fabuloso como Angela sempre nos disse e agora estou noiva desse aqui? – Então cutucou Simon carinhosamente com o cotovelo, e ele fez o mesmo.

– Eu sei! Que desastre! – brincou Rosa. – Bem, eu ainda estou solteira. Posso cuidar dele... se ele aparecer, é claro.

Em seguida, voltou depressa à cozinha para buscar mais comida, e no caminho olhou novamente para Angela, que agora estava ligando para alguém. Para o gostosão do Paul, sem dúvida, para lhe dar uma bronca. Mal podia acreditar que aquela criatura lendária, com o status mítico de um unicórnio, ia realmente aparecer em seu *supper club* e finalmente o conheceriam, depois de todas as tentativas nada sutis de Angela de juntá-lo a uma de suas várias inquilinas. *Você iria adorá-lo. Preciso mesmo apresentá-lo. Ele é perfeito, e não estou dizendo isso só porque sou sua mãe. Ele é LINDO. E ainda está solteiro! Isso com certeza é um crime. O que essas mulheres estão pensando, pelo amor de Deus?*

Veja bem, alguns meses antes Rosa dificilmente esperaria que *Angela* estivesse ali, depois de seu ataque naquela noite fatídica em junho, em que praticamente lhe dera uma ordem de despejo. Era incrível como ganhar uma cortesia para o *supper club* em sua nova sede fizera a senhoria mudar de ideia. Na verdade, até perguntara a Rosa se gostaria de se mudar para o andar de cima, para o antigo apartamento de Margot. "É muito maior do que o seu, é claro, e lá em cima é mais silencioso", dissera ela, persuasivamente. "A diferença entre os aluguéis é mínima."

"Mínima", para Angela, era sem dúvida o dobro do preço, mas Rosa agradecera a oferta e dissera que iria pensar. Mais espaço e menos barulho com certeza seria ótimo, mas Rosa se apegara bastante ao seu apartamento no térreo. Sem querer soar como um cartão brega de aniversário, fora naquele lugar que encontrara seu recomeço, um casulo no qual entrara em seu pior momento para emergir, renascida e revitalizada, todos aqueles meses depois. Havia muita coisa para dizer sobre um lugar que lhe devolvera a sanidade.

– Desculpem a demora, aqui está – disse ela, levando os últimos pratos à última mesa.

Esse grupo incluía Ned e Charlotte, que estava linda com o cabelo preso, como uma estrela dos anos cinquenta, usando um vestido decotado e batom vermelho. É isso aí, Charlotte! Ela parecia uma nova mulher desde que voltara com Ned e as filhas dele de incríveis férias na França, que tinha incluído praias, castelos em ruínas e alguns dias em Paris, quando levaram as meninas à Disney.

– E tudo graças a Margot – dissera Charlotte com um suspiro feliz, mostrando a Rosa as fotos quando voltara, bronzeada e com os olhos brilhando, após passar quinze dias ao sol.

Tinham até ido a Auray, a pequena cidade onde Margot crescera, e após pedir permissão a um capelão de rosto gentil com seu rudimentar francês de colégio, plantaram uma roseira branca perfumada contra um muro ensolarado no terreno da igreja, para homenagear Margot. Então, Charlotte contara a Rosa, Ned levara as meninas para tomar sorvete enquanto Charlotte se sentara por um tempo no pátio silencioso, naquele dia de clima agradável, para dar seu último adeus.

– Depois tomamos um gim-tônica superfaturado em um bar, que sei que Margot aprovaria muito mais do que quaisquer flores – concluíra ela, franzindo o nariz. – Então foi tudo ótimo.

Charlotte ainda parecia uma menininha encantada por Ned, mesmo depois de passar duas semanas com ele e suas filhas, o que certamente era um teste difícil para qualquer relacionamento. Já tinham conhecido os pais um do outro (com aprovação mútua, aparentemente), e ela passava várias noites por semana na casa dele, assim como a maioria dos fins de semana. Durante um recente encontro das garotas de SeaView, ela se abrira com as outras sobre sua falecida filha, Kate, antes de lhes confidenciar que, embora ainda estivesse no começo do relacionamento com Ned, já começara a pensar em como seria bom ter um bebê com ele.

– Vocês devem achar que estou me apressando, mas me sinto bem com a ideia, feliz – dissera ela. – Mas, enquanto isso, estou adorando ser madrasta. Já contei que vou levar as meninas para patinar semana que vem? Comprei até patins combinando para todas nós!

– Obrigada, Rosa – disse Charlotte agora, parecendo radiante ao sentir o cheiro do ensopado de peixe. Então esticou a cabeça para espiar ao redor da sala. – Ei, ele está aqui, a propósito? O Paul? Sem ofensas, Ned, mas quero pelo menos dar uma *olhada* nesse cara que Angela acha que é o par perfeito para mim, Georgie *e* você, Rosa. Ele deve ser um deus grego, certo? Um pedaço de mau caminho.

– Fico espantado por não termos ouvido falar dele através da imprensa local – comentou Ned, com a maior cara de pau. – Com todas essas mulheres que devem suspirar e desmaiar toda vez que ele passa na rua...

– Exatamente! Ele deve representar um perigo para a saúde pública.

– Charlotte se abanou com o cardápio. – Estou com calor só de falar no homem, mesmo antes de estar na presença desse deus. Quero dizer...

– Espere um minuto! – interrompeu Rosa, quando a porta se abriu de repente. – Acho que o deus pode ter acabado de chegar...

Ela, Charlotte e Ned fizeram o máximo para não se virar para a entrada quando o retardatário chegou, olhando em volta como se estivesse procurando alguém. Ele era alto e, sim, como anunciado, tinha ótima aparência, e o que só poderia ser descrito como uma juba de cabelo castanho na altura dos ombros, que jogava para longe do rosto enquanto caminhava. Rosa franziu a testa. Já o vira em algum lugar, pensou. De onde o conhecia?

– Ah, meu Deus – disse Charlotte, rindo. – Eu não acredito. É *ele*. Juro que é ele. Onde está Georgie?

– Quem? – perguntou Rosa, assistindo intrigada enquanto Georgie e Charlotte se comunicavam por gestos através da sala, as duas assentindo vigorosamente, as sobrancelhas erguidas.

Eu sei!, telegrafavam seus rostos cheios de animação. *É ele, não é?*

– Paul! U-hu! Aqui! – gritava Angela.

– Bem, com certeza é nosso garanhão – disse Ned ironicamente, e todos eles ficaram observando Paul caminhar até a mãe com um andar afetado.

É claro, fora lá que o vira!, pensou Rosa para si mesma, quando a ficha caiu. Exibindo-se sozinho na pista de dança do Zanzibar, como se achasse algum tipo de dançarino profissional. Então *aquele* era o Paul!

– Nós o vimos na pista de patinação! – sussurrou Charlotte para eles, os olhos úmidos de alegria. – O esquisito que ficava rebolando. O mesmo que foi modelo vivo na aula de artes de Georgie!

– Não! – disse Rosa, caindo na gargalhada. – Você quer dizer... o salsicha de fígado?

– O salsicha de fígado! – confirmou Charlotte. E apoiou-se no ombro de Ned, tentando se recompor. – Acho que tivemos sorte em escapar, Rosa.

– Acho que sim – concordou Rosa, tentando manter o rosto sério enquanto ia cumprimentar o recém-chegado.

Sorte?, pensou ela, apresentando-se e sumindo em direção à cozinha para pegar um prato. Sim, ela se sentia sortuda. Mas havia também quem fizesse a própria sorte, é claro, com um punhado de coragem e uma boa dose de determinação, por via das dúvidas. Olhe só para ela, por exemplo, tocando seu próprio *supper club*. Olhe só para Georgie também, com seu novo negócio e sua nova casa; e Charlotte, mergulhando em um novo relacionamento e em uma nova família. Na verdade, Rosa tivera recentemente a intuição de que, assim como Georgie, Charlotte não demoraria muito a se mudar de SeaView para um lugar ainda mais feliz.

Tudo estava mudando na grande e antiga casa delas na Dukes Square, pensou; a casa das esperanças, dos desejos e dos amigos, como Georgie dissera aquela vez durante o jantar. A casa dos novos começos também. Mas talvez tivesse sido sempre assim: um porto seguro na vida das pessoas, uma casa onde aqueles que estavam perdidos iam parar, para se reencontrarem e depois seguirem em frente. Enquanto servia o ensopado de Paul, pensou em como todas as três, ela, Charlotte e Georgie, haviam se mudado para seus diferentes apartamentos, sentindo-se perdidas e inseguras a princípio, como peixes fora d'água. Podia ter levado um tempo, mas parecia que todas haviam relembrado como nadar.

– Tem alguém aí?

Era muito mais tarde, e Rosa estava prestes a fechar o café quando pensou ter ouvido uma voz. Havia sido mais uma noite de sucesso: os convidados tinham partido, deixando elogios extremamente generosos e gorjetas mais generosas ainda, quase não havia sobrado comida (sempre um bom sinal), e agora o chão estava limpo, as panelas, lavadas, e a máquina de lavar louça, ocupada, cuidando de todos os pratos e talheres.

– Olá? Tem alguém aí? – A voz novamente, seguida de batidas na porta.

– Oi – disse ela, incerta, pegando sua jaqueta jeans e a bolsa, estendendo os dedos para o telefone, caso precisasse.

Muito ocasionalmente entrava um bêbado aos tropeços quando estava prestes a fechar – um cara fizera xixi na porta um dia – e uma vez encontrara um casal transando, os dois praticamente nus, perto das lixeiras. Natalya e Shamira sabiam que deviam trancar a porta ao irem embora, mas se houvesse algum cara esquisito lá fora naquela noite, talvez ela tivesse que sair pelos fundos. Ah, meu Deus, pensou, e por falar em esquisitos, e se fosse Paul, querendo tentar a sorte com ela?

– Rosa? Sou eu, Gareth.

O nome era tão inesperado que ela parou de repente.

– Ah – disse Rosa e, após um instante de hesitação, abriu a porta para que ele pudesse entrar.

Lá fora estava muito escuro, mal dava para distinguir o mar, preto e líquido, correndo e quebrando ao fundo, e algumas pessoas voltando de uma festa, cambaleando sob a luz dos postes. Ele entrou, junto com uma rajada do ar frio, o cabelo um pouco mais longo do que quando o vira pela última vez, os olhos castanhos cautelosos.

– Oi – disse ela. – Eu já estava fechando. – Hesitou. – Como você está?

– Estou ótimo. É bom ver você de novo. – Ele então fez uma pausa, depois acrescentou: – Na verdade, estava pensando se você quer sair para beber alguma coisa.

O coração dela bateu acelerado.

– O quê... agora? – perguntou.

Jo o incitara àquilo, pensou no instante seguinte. Sabia que não devia ter tomado aquele último coquetel com a vizinha e deixado escapar a confissão do beijo.

– Sim. Se você quiser. Estava passando por aqui e me perguntei como você estava. – Gareth franziu o nariz, depois balançou a cabeça. – Bem... Não, eu não estava "só passando". Isso fui eu tentando soar casual. Estava sentado no pub da esquina durante a última hora, pensando se vir até aqui seria uma boa ideia.

– Certo. E você concluiu... que era?

– Sim – disse ele, embora ainda não parecesse muito confiante. – Um belo lugar você tem aqui, aliás – continuou, olhando em volta. – Bea tem me mantido atualizado, obviamente, sobre como os negócios estão bombando e que você será a próxima Delia Smith, e...

Rosa bufou.

– Delia *Smith*? É o melhor que você pode fazer?

– Está bem, Fanny Craddock, então, eu sei lá, mas...

– Fanny *Craddock*? – Ela começou a rir, e o embaraço que sentira por ele estar ali se desvaneceu. – Caramba, Gareth, essa bebida que você vai pagar para mim está ficando mais cara a cada segundo.

Ele sorriu.

– Tudo bem. Vou colocar na conta da Fraternidade dos Babacas. Você pode pedir o que quiser.

Rosa vestiu a jaqueta jeans, virando o rosto por um instante para poder pensar.

– Jo disse para você fazer isso, não foi? Isso tem cara de coisa da Jo, metendo o nariz dela onde não é chamada.

Ele abriu a boca como se fosse negar, então assentiu, relutante.

– Bem... ela me ligou e falou para eu parar de perder tempo e fazer logo alguma coisa – confessou –, mas só me disse o que eu já sabia. E, bem, eu não estou aqui só por causa dela. Estou aqui porque... porque senti sua falta. E às vezes é preciso arriscar e tentar de novo, não é? Mesmo correndo o risco de fazer papel de idiota duas vezes.

Suas palavras tocaram fundo dentro dela. Às vezes é preciso arriscar e tentar de novo, não é? Era verdade. Ela não estava pensando justamente nisso mais cedo?

– Você não está fazendo papel de idiota – disse a ele baixinho, ligando o alarme antirroubo, depois levando-o para fora e trancando a porta.

– Não estou? – perguntou, esperançoso. – Então... isso é um sim? Vamos sair aí pela noite em busca do bar mais caro que Brighton pode nos oferecer?

Ela riu, abaixando a porta metálica e colocando o cadeado.

– É um sim – concordou, virando-se para encará-lo.

Porque às vezes valia a pena tentar de novo, não é? Às vezes era preciso reunir coragem para arriscar ser feliz, ser receptivo à alegria, como a velha cartomante aconselhara.

– Adoraria deixar você me pagar uma bebida cara – disse Rosa, sorrindo enquanto o encarava.

No alto, o céu estava tomado por estrelas prateadas, e a lua olhava para baixo, brilhando com uma luz suave enquanto a noite os envolvia. Ele passou o braço pelo dela, e começaram a caminhar juntos pela orla. Parecia o tipo de noite em que qualquer coisa pode acontecer, pensou ela, olhando de soslaio para o rosto dele e lembrando-se da sensação de seus lábios contra os dela. Qualquer coisa mesmo. E Rosa tinha a sensação de que iria aproveitar cada minuto.

Agradecimentos

Parece-me apropriado estar escrevendo os agradecimentos de *A casa dos novos começos* em meio a um mar de caixas e fita adesiva, já que em breve também vamos nos mudar para uma nova casa, para nosso próprio recomeço. Torço para que meus novos vizinhos sejam tão amáveis quanto alguns dos personagens deste livro...

Novos começos são ótimos, mas nada supera a satisfação de se trabalhar com uma equipe incrível ao longo de anos... e eu não poderia ter uma equipe melhor na Pan Macmillan. Em primeiro lugar, muito obrigada a Caroline Hogg, uma das minhas maiores incentivadoras e uma talentosa editora, que tanto acrescenta aos meus livros. Também gostaria de agradecer imensamente a Anna Bond, Katie James, Alex Saunders, Jeremy Trevathan, Stuart Dwyer, Jo Thomson, Emma Bravo, Kate Bullows, Kate Tolley, Nicole Foster e a todos da editora.

Uma grande salva de palmas à brilhante e fabulosa Lizzy Kremer, da David Higham Associates. Obrigada por sua visão e criatividade, e por sempre dizer a verdade. Você é demais.

Muitíssimo obrigada a Jo White e Kate Harrison pela hospitalidade, as dicas de pubs e excelentes noitadas em Brighton. Gostaria de fazer um agradecimento especial às pessoas na biblioteca de Gateshead que foram as primeiras a ouvir um trecho deste livro e reagiram exatamente como eu esperava – obrigada também por suas sugestões de título, que foram muito apreciadas!

Meus agradecimentos e todo o meu amor a Martin, Hannah, Tom e Holly, por seu apoio constante e sua disposição em dar ideias para a trama a qualquer momento à mesa de jantar.

Por fim, obrigada a você por ter escolhido este livro. Espero que tenha aproveitado a leitura.

CONHEÇA OUTROS LIVROS DA COLEÇÃO
ROMANCES DE HOJE

Desencontros à beira-mar
Jill Mansell

Clemency se apaixona por um belo estranho que senta ao seu lado durante um voo e logo começa a fazer planos para um futuro a dois, mas acaba se decepcionando ao saber que ele é casado.

Sam, o homem encantador do avião, aparece três anos depois na cidade litorânea onde Clemency mora, só que não veio à sua procura: desta vez ele está envolvido com a irmã postiça dela.

Belle parece ter um namoro perfeito com Sam, mas na verdade algo não vai bem na relação deles.

Ronan, melhor amigo de Clemency, aceita embarcar em um plano maluco e fingir um relacionamento amoroso com ela para provocar ciúmes em Sam. Pela primeira vez, o jovem sedutor não sabe o que fazer para conquistar a mulher que realmente ama.

E assim os desentendimentos e a confusão começam.

Enquanto o sol esquenta a areia e o mar turquesa cintila, uma verdade fica clara: segredos enterrados sempre acabam vindo à tona.

A PEQUENA LIVRARIA DOS SONHOS
Jenny Colgan

Nina Redmond é uma bibliotecária que passa os dias unindo alegremente livros e pessoas – ela sempre sabe as histórias ideais para cada leitor. Mas, quando a biblioteca pública em que trabalha fecha as portas, Nina não tem ideia do que fazer.

Então, um anúncio de classificados chama sua atenção: uma van que ela pode transformar em uma livraria volante, para dirigir pela Escócia e, com o poder da literatura, transformar vidas em cada lugar por que passar.

Usando toda a sua coragem e suas economias, Nina larga tudo e vai começar do zero em um vilarejo nas Terras Altas. Ali ela descobre um mundo de aventura, magia e romance, e o lugar aos poucos vai se tornando o seu lar.

Um local onde, talvez, ela possa escrever seu próprio final feliz.

CONHEÇA OS LIVROS DE LUCY DIAMOND

A casa dos novos começos
O café da praia
Os segredos da felicidade
Uma noite na Itália

Para saber mais sobre os títulos e autores da Editora Arqueiro,
visite o nosso site e siga as nossas redes sociais.
Além de informações sobre os próximos lançamentos,
você terá acesso a conteúdos exclusivos
e poderá participar de promoções e sorteios.

editoraarqueiro.com.br